NE T'ÉLOIGNE PAS

DU MÊME AUTEUR

Ne le dis à personne..., Belfond, 2002 et 2006 ; Pocket, 2003
Disparu à jamais, Belfond, 2003 ; Pocket, 2004
Une chance de trop, Belfond, 2004 ; Pocket, 2005
Juste un regard, Belfond, 2005 ; Pocket, 2006
Innocent, Belfond, 2006 ; Pocket, 2007
Promets-moi, Belfond, 2007 ; Pocket, 2008
Dans les bois, Belfond, 2008 ; Pocket, 2009
Sans un mot, Belfond, 2009 ; Pocket, 2010
Sans laisser d'adresse, Belfond, 2010 ; Pocket, 2011
Sans un adieu, Belfond, 2010 ; Pocket, 2011
Faute de preuves, Belfond, 2011 ; Pocket, 2012
Remède motel, Belfond, 2011 ; Pocket, 2012
Sous haute tension, Belfond, 2012 ; Pocket, 2013

Vous pouvez consulter le site de l'auteur à l'adresse suivante :
www.harlancoben.com

HARLAN COBEN

NE T'ÉLOIGNE PAS

*Traduit de l'américain
par Roxane Azimi*

belfond
12, avenue d'Italie
75013 Paris

Titre original :
STAY CLOSE
publié par Dutton, un membre de Penguin Group (USA)
Inc., New York

Si vous souhaitez recevoir notre catalogue
et être tenu au courant de nos publications,
vous pouvez consulter notre site internet,
www.belfond.fr
ou envoyer vos nom et adresse,
en citant ce livre,
aux Éditions Belfond,
12, avenue d'Italie, 75013 Paris.
Et pour le Canada,
à Interforum Canada, Inc.
1055, bd René-Lévesque-Est,
Bureau 1100,
Montréal, Québec, H2L 4S5.

ISBN : 978-2-7144-5073-9

Belfond | un département **place des éditeurs**

place
des
éditeurs

Celui-ci est pour tante Diane et oncle Norman Reiter.
Et tante Ilene et oncle Marty Kronberg.
Avec toute mon affection et ma gratitude.

1

QUELQUEFOIS, DURANT CETTE FRACTION DE SECONDE où Ray Levine prenait des photos et où le monde s'évanouissait dans l'éclair de son flash, il voyait le sang. Il savait bien sûr que c'était juste une image mentale mais, tout comme en ce moment, la vision était si nette qu'il devait abaisser son appareil pour scruter longuement le sol. Cet épisode terrible – l'instant où la vie de Ray avait basculé, où, de quelqu'un avec des projets et un avenir, il était devenu un loser grand format –, cet épisode, donc, ne le hantait jamais dans ses rêves ni quand il se trouvait seul dans le noir. Les visions d'horreur attendaient qu'il soit bien réveillé, entouré de gens, pris par ce que d'aucuns nommeraient ironiquement son travail.

Dieu merci, les visions s'estompèrent pendant qu'il mitraillait non-stop le garçon dont on fêtait la bar-mitsvah.

— Regarde par ici, Ira ! cria Ray derrière son objectif. Qui est-ce qui t'habille ? C'est vrai que Jen et Angelina se crêpent toujours le chignon à cause de toi ?

Quelqu'un lui donna un coup de pied dans le tibia. Quelqu'un d'autre le bouscula. Ray continuait à mitrailler.

— Et l'after, Ira, ça se passe où ? Qui est l'heureuse élue à qui tu réserves la première danse ?

Ira Edelstein fronça les sourcils, dissimulant son visage à l'objectif. Imperturbable, Ray se propulsa en avant, le prenant sous toutes les coutures.

— Dégage ! lui hurla-t-on.

On le poussa de plus belle. Ray s'efforça de reprendre son équilibre.

Clic, clic, clic.

— Maudit paparazzi ! glapit Ira. Je pourrais pas avoir un moment de répit ?

Ray leva les yeux au ciel. Il ne recula pas. Derrière l'objectif, la vision sanglante revint. Il essaya de la chasser, elle persista. Il gardait le doigt sur le déclencheur. Le héros de la bar-mitsvah bougeait au ralenti à présent.

— Parasites ! brailla-t-il.

Ray se demanda s'il était possible de tomber plus bas.

Un nouveau coup au tibia lui fournit la réponse : non et non.

Le « garde du corps » d'Ira – un malabar au crâne rasé dénommé Fester – écarta Ray de son avant-bras large comme un fût de chêne. Ray le regarda, l'air de dire : « Qu'est-ce qui te prend ? » et Fester articula silencieusement : « Pardon. »

Fester était son employeur et patron de Star d'un Jour – Paparazzi à louer, ce qui voulait dire ce que ça voulait dire. Ray ne filait pas les stars dans l'espoir de voler une photo compromettante qu'il pourrait revendre à un tabloïd, non. C'était pire que ça : il était là pour offrir son quart d'heure de célébrité à quiconque était prêt à en payer le prix. En clair, des clients avec un ego surdimensionné et probablement des problèmes d'érection embauchaient des paparazzi pour les suivre partout, prendre des photos souvenirs et vivre, conformément à la brochure, « des moments fabuleux dans la peau d'une star, avec votre paparazzi personnel ».

Ray aurait certes pu dégringoler encore plus bas, mais pas sans l'intervention expresse de Dieu.

Les Edelstein avaient choisi le « mégapack VIP » : deux heures avec trois paparazzi, un garde du corps, un perchman, tous collés aux basques de la « star », le mitraillant comme s'il était Charlie Sheen se faufilant en catimini dans un couvent. Le mégapack VIP comprenait également un DVD-souvenir et votre trombine en couverture d'un faux magazine people avec gros titres à l'avenant.

Le prix du mégapack VIP ?

Quatre mille dollars.

Et, pour répondre à la question qui s'imposait : oui, Ray se détestait.

Ira joua des coudes pour s'engouffrer dans la salle de bal. Abaissant son appareil, Ray regarda ses deux confrères paparazzi. S'ils n'avaient pas le « L » de loser tatoué sur le front, c'était juste pour éviter la redondance.

Ray consulta sa montre.

— Zut, lâcha-t-il.

— Quoi ?

— Encore un quart d'heure à tirer.

Les confrères – tout juste capables d'écrire leurs noms dans le sable avec le doigt – grognèrent. Un quart d'heure. Autrement dit, il fallait entrer dans la salle pour couvrir l'ouverture des festivités. Ray avait horreur de ça.

La bar-mitsvah avait lieu au *Manoir de Wingfield,* une salle de banquet tellement surchargée qu'un peu plus tôt dans le temps elle aurait pu passer pour la réplique d'un palais de Saddam Hussein. Il y avait des lustres, des miroirs, du faux ivoire, des boiseries sculptées et une profusion de dorures étincelantes.

L'image du sang revint. Il cilla pour l'évacuer.

La soirée était habillée. Les hommes avaient l'air riches et harassés. Les femmes, soignées et artificiellement embellies. Ray se fraya un passage dans la foule, en jean, blazer gris froissé et baskets Chuck Taylor. Quelques-uns des convives le dévisagèrent comme s'il venait de vomir sur leurs fourchettes à salade.

Il y avait là un orchestre de dix-huit musiciens, plus un « animateur » censé mettre de l'ambiance. Imaginez une émission de jeux ringarde à la télé. Imaginez Kermit la grenouille. L'animateur se saisit du micro et, d'une voix de présentateur sur un ring de boxe, déclama :

— Bienvenue, mesdames et messieurs, pour la première fois depuis qu'il a reçu la Torah et qu'il est devenu un homme, je vous demande d'accueillir comme il se doit le seul, l'unique... Ira Edelstein !

Ira parut avec deux... Ray ne savait pas très bien quel terme employer, le plus adéquat étant peut-être « call-girls de luxe ». Deux bombes escortèrent le petit Ira dans la salle, les yeux à la hauteur de leur décolleté. Ray arma l'appareil et avança en secouant la tête. Ce gosse avait treize ans. À cet âge-là, avec des créatures pareilles collées à lui, il allait mettre une semaine à débander.

Ah, la jeunesse.

La salle croula sous les applaudissements. Royal, Ira salua la foule.

— Ira ! lui cria Ray. Ce sont tes nouvelles déesses ? Est-ce vrai que tu vas peut-être en ajouter une troisième à ton harem ?

— Je vous en prie, geignit Ira, blasé. J'ai droit à ma vie privée !

Ray réprima un haut-le-cœur.

— Mais ton public veut savoir.

Fester, le garde du corps aux lunettes noires, posa une grosse paluche sur Ray pour permettre à Ira de passer. Ray prit des photos, persuadé que la magie du flash allait opérer. L'orchestre explosa... Depuis quand mariages et bar-mitsvah rivalisaient-ils en nombre de décibels avec un concert de rock en plein air ? Ira dansa lascivement avec les call-girls. Puis ses copains de treize ans envahirent la piste, bondissant telles des échasses sauteuses. Ray « rusa » pour contourner Fester, reprit des photos, jeta un œil à sa montre.

Plus qu'une minute.

— Bâtard de paparazzi !

Nouveau coup au tibia de la part d'un petit con qui passait par là.

— Bordel, ça fait mal !

Le petit con se hâta de disparaître. Note : penser à se munir de protège-tibias. Il implora Fester du regard. Celui-ci mit fin à son supplice en lui faisant signe de le suivre dans un coin. Mais le vacarme était tel qu'ils durent retourner dans l'entrée pour s'entendre parler.

Fester pointa son énorme pouce en direction de la salle de bal.

— La lecture de la haftarah, il s'en est bien tiré, le gamin, tu ne trouves pas ?

Ray se borna à le dévisager.

— J'ai un boulot pour toi demain, dit Fester.

— Cool. Qu'est-ce que c'est ?

Fester évitait de le regarder, et Ray n'aimait pas ça.

— Aïe.

— C'est George Queller.

— Doux Jésus.

— Eh oui. Pareil que d'habitude.

Ray soupira. George Queller cherchait à impressionner ses nouvelles conquêtes en les accablant et, pour finir, en les terrorisant de ses attentions. Il louait les services de Star d'un Jour pour les accompagner, lui et sa dulcinée – le mois dernier, par exemple, ce fut une prénommée Nancy –, tandis qu'ils pénétraient dans un petit bistrot romantique. Une fois la mignonne bien à l'abri à l'intérieur, on lui présentait une carte – ce n'est pas une plaisanterie – customisée sur laquelle on pouvait lire : « Le tout premier rendez-vous de George et Nancy » avec l'adresse, le jour, le mois et l'année imprimés dessous. À la sortie du restaurant, le paparazzi de location était là, mitraillant le couple et clamant que George avait annulé un week-end aux îles Turks-et-Caïcos avec Jessica Alba pour les beaux yeux de Nancy (présentement tétanisée).

George considérait ces manœuvres comme un prélude à un radieux avenir à deux. Nancy et consorts considéraient ces manœuvres comme un prélude à un bâillon sur la bouche et un entrepôt désaffecté.

Il n'y avait jamais de second rendez-vous.

Fester finit par ôter ses lunettes noires.

— Je veux que tu sois le chef, sur ce coup-là.

— Chef paparazzi. Attends que j'appelle ma mère pour qu'elle puisse frimer devant ses copines de mah-jong.

Fester s'esclaffa.

— Je t'aime, tu sais.

— Ça y est, on a fini ?

— Ça y est.

Ray rangea soigneusement son appareil après avoir démonté l'objectif et mit la sacoche en bandoulière. Il clopina vers la sortie… non pas suite aux coups dans les tibias, mais à cause du morceau de shrapnel logé dans sa hanche. Le shrapnel qui commençait à descendre. Non, c'était trop simple. Le shrapnel était une excuse. À un moment de sa misérable existence, Ray avait joui d'un potentiel quasi illimité. À l'école de journalisme de Columbia – où un prof lui avait trouvé un « talent presque surnaturel », pour ce qu'il en faisait aujourd'hui –, il s'était spécialisé dans le reportage photo. Mais cette vie-là n'était pas pour lui. Il y a des gens qui attirent la poisse. Des gens, quelles que soient les opportunités qui s'offrent à eux, qui trouvent le moyen de tout gâcher.

Ray Levine était de ceux-là.

Dehors il faisait nuit. Ray se demandait s'il allait rentrer se coucher directement ou bien faire un saut dans un troquet élégamment nommé *Le Tétanos*. Un véritable dilemme.

Il repensa au cadavre.

Les visions s'enchaînaient, de plus en plus rapides et brutales. Normal, vu que c'était le jour anniversaire où tout s'était arrêté, où les rêves d'une vie réussie s'étaient disloqués comme… ma foi, un peu comme ces images qui le harcelaient.

Il fronça les sourcils. Alors, Ray, on verse dans le mélo ?

Il avait espéré que le travail inepte d'aujourd'hui lui changerait les idées. Mais ça n'avait pas marché. Il se rappela sa propre bar-mitsvah, le moment où, sur la chaire, son père s'était penché pour chuchoter à son oreille. Son père sentait l'Old Spice. Il avait posé la main sur sa tête et, les larmes aux yeux, dit simplement : « Je t'aime tellement. »

Ray chassa ce souvenir. La pensée du cadavre était bien moins douloureuse.

Les voituriers avaient voulu le faire payer – pas de cadeaux, même entre professionnels –, du coup il avait trouvé une place trois pâtés de maisons plus loin, dans une rue latérale. Il tourna et la vit, sa poubelle roulante, une Honda Civic, douze ans d'âge, avec un pare-chocs arraché et une vitre rafistolée avec du Scotch. Ray se frotta le menton. Mal rasé. Mal rasé, quarante ans, une poubelle en guise de voiture, un appartement en sous-sol lequel, entièrement rénové, pourrait prétendre à l'appellation de trou à rats, aucune perspective, abus de boisson. Il pleurerait bien sur son sort, mais encore fallait-il que ça l'intéresse.

Il venait juste de sortir ses clés de voiture quand il reçut un coup violent à l'arrière de la tête.

Mais qu'est-ce qui… ?

Il tomba sur un genou. Tout devint noir. Un frémissement lui courut le long de la nuque. Ray se sentait désorienté. Il essaya de secouer la tête, histoire de recouvrer ses esprits.

Un nouveau coup atterrit près de sa tempe.

Quelque chose à l'intérieur de son crâne explosa dans un éclair aveuglant. Ray s'étala par terre. Il avait dû perdre connaissance – il n'en était pas certain – quand soudain il sentit qu'on le tirait par l'épaule droite. L'espace d'un instant, il resta affalé, n'ayant ni l'envie ni la force de résister. Sa tête endolorie lui tournait. La partie primitive de son cerveau, la zone purement animale, s'était mise en mode survie. Fuir plutôt que punir, lui soufflait-elle. Roule-toi en boule, protège-toi.

On tira plus violemment, manquant lui déboîter l'épaule. Puis la pression se relâcha, et ce fut là qu'il comprit. Et rouvrit les yeux d'un seul coup.

On était en train de lui voler son appareil.

C'était un Leica classique doté d'une fonction d'envoi numérique récemment mise à jour. Il sentit son bras se lever, la bretelle glisser vers le haut. Une seconde de plus, et son appareil photo allait se volatiliser.

Ray ne possédait pas grand-chose. Son Leica était l'unique bien auquel il tenait réellement. C'était son gagne-pain, mais aussi le seul lien avec le Ray d'autrefois, la vie d'avant le cadavre, et si l'autre croyait qu'il allait se laisser faire…

Trop tard.

Il se dit qu'il aurait peut-être une opportunité, si jamais l'agresseur s'en prenait aux quatorze dollars que contenait son portefeuille, mais il ne voulait pas courir de risque.

Encore flageolant, Ray cria :

— Non !

Il voulut se jeter sur son agresseur, heurta quelque chose – les jambes peut-être – et essaya de refermer ses bras autour. L'obstacle n'offrait pas vraiment de prise, mais l'impact avait suffi.

L'autre tomba. Ray aussi, à plat ventre. Entendant un bruit mat, il pria pour n'avoir pas fracassé son propre appareil. Il parvint à ouvrir les yeux en plissant les paupières et vit la sacoche à quelques pas de lui. Il se traîna dans sa direction quand soudain son sang se glaça.

Il venait d'apercevoir une batte de base-ball sur le trottoir.

Et, surtout, une main gantée qui la ramassait.

Ray voulut lever les yeux, en vain. Il repensa à la colonie de vacances que son père dirigeait quand il était petit. Son père – tout le monde l'appelait tonton Barry – organisait des courses de relais où il fallait brandir le ballon de basket au-dessus de sa tête, tournoyer sur soi-même sans le quitter des yeux, puis, complètement étourdi, traverser le terrain en dribblant et mettre le ballon dans le panier. Le problème, c'était que, en proie au tournis, on s'écroulait d'un côté tandis que le ballon partait de l'autre. C'était pareil maintenant : il avait l'impression de dégringoler vers la gauche alors que le reste du monde basculait à droite.

Le voleur d'appareil photo leva la batte de base-ball et fit un pas vers lui.

— À l'aide ! hurla Ray.

Personne ne vint.

La panique fut rapidement suivie d'un réflexe de survie. Fuir. Il tenta de se mettre debout, mais non, aucune chance de ce côté-là. Il était déjà sonné. Un coup de plus…

— À l'aide !

L'agresseur se rapprocha. Ray n'avait pas le choix. Toujours à plat ventre, il s'éloigna en rampant comme un crabe estourbi. En voilà une superidée ! De quoi échapper à coup sûr à cette saleté de batte. L'enfant de salaud était déjà presque sur lui. Il n'y avait aucune porte de sortie.

L'épaule de Ray se cogna à quelque chose ; il comprit que c'était sa voiture.

Au-dessus de lui, la batte s'éleva en l'air. Encore une seconde, deux peut-être, et il aurait le crâne broyé. Il n'avait qu'une seule chance, et il la saisit.

Se pressant contre le trottoir, Ray s'aplatit au maximum et se glissa sous sa voiture.

— Au secours ! cria-t-il à nouveau.

Puis, à l'adresse de son agresseur :

— Prends l'appareil et tire-toi !

L'autre obéit instantanément. Ray entendit le bruit de ses pas décroître dans la ruelle. Formidable. Il entreprit de s'extirper de sous la voiture. Sa tête protesta, mais il y parvint. Il s'assit sur le bitume, adossé à la portière côté passager. Il n'aurait pas su dire combien de temps il resta là. Peut-être même qu'il avait tourné de l'œil.

Lorsqu'il en eut la force, Ray lâcha un juron, monta dans la voiture et mit le moteur en marche.

Bizarre, se dit-il. Le jour anniversaire du bain de sang… et voilà que lui-même manque se noyer dans le sien. La coïncidence faillit le faire sourire. Son sourire s'effaça tandis qu'il démarrait.

Une simple coïncidence, c'est ça. Pas de quoi en faire un fromage. La nuit sanglante, c'était il y a dix-sept ans, même pas un jubilé à proprement parler. Ray avait déjà été agressé auparavant. L'année dernière, alors qu'il sortait fin saoul d'une boîte de strip-tease à deux heures du matin, on lui avait piqué son portefeuille avec sept dollars dedans et la carte de fidélité d'une chaîne de pharmacies discount.

N'empêche.

Il trouva une place devant la rangée de maisons mitoyennes correspondant à ce qu'il appelait son chez-lui. La maison où il logeait appartenait à Amir Baloch, un immigré pakistanais qui vivait là avec sa femme et sa bruyante progéniture.

Admettons une seconde, rien qu'une fraction de seconde, que ce ne soit pas une coïncidence.

Ray descendit de voiture. Sa tête l'élançait. Et ce serait pire demain. Il passa devant les poubelles, emprunta les marches qui menaient au sous-sol, glissa la clé dans la serrure. Il fouillait son cerveau endolori à la recherche du moindre rapport – le plus petit lien, le plus ténu, le plus obscur – entre cette tragique nuit dix-sept ans plus tôt et l'agression de ce soir.

En vain.

Ce soir, ç'avait été un vol, pur et simple. On assomme le gars avec une batte de base-ball, on lui arrache l'appareil photo et on disparaît. Sauf que... ne lui volerait-on pas son portefeuille aussi, à moins que ce ne soit le type qui l'avait dépouillé à la sortie de la boîte de strip-tease et qui savait que Ray était fauché ? Si ça se trouve, elle était là, la coïncidence. Jour anniversaire ou pas. C'était peut-être l'enfoiré qui l'avait agressé deux ans plus tôt.

Nom d'un chien, il divaguait, là. Où diable était le Vicodin ?

Il alluma la télévision et alla dans la salle de bains. Lorsqu'il ouvrit l'armoire à pharmacie, une dizaine de flacons et autres contenants dégringolèrent dans le lavabo. Il fourragea dans le tas et finit par repêcher la fiole de Vicodin. Du moins il espérait que c'était du Vicodin. Il avait acheté ces comprimés au marché noir à un gars qui prétendait les faire venir du Canada. C'étaient peut-être des vitamines de croissance, allez savoir.

Aux infos régionales, il était question d'un incendie : on interrogeait les voisins qui, évidemment, avaient toujours quelque chose d'intéressant à dire sur le sujet. Son portable sonna. Le numéro de Fester s'afficha à l'écran.

— Quoi de neuf ? fit Ray en s'effondrant sur le canapé.

— Tu as l'air K.-O.

— Je me suis fait agresser juste en sortant de la bar-mitsvah.

— C'est sérieux ?

— Oui. J'ai pris un coup de batte de base-ball sur la tête.

— On t'a piqué quelque chose ?

— L'appareil photo.

— Attends, tu as perdu les photos d'aujourd'hui ?

— Mais non, il ne faut pas t'inquiéter, dit Ray. Ça ira, je t'assure.

— Au fond de moi, je suis mort d'inquiétude. Je te parle photos pour masquer mon angoisse.

— Je les ai, répondit Ray.

— Comment ?

Il avait trop mal au crâne pour s'expliquer, et puis il était dans le gaz à cause du Vicodin.

— T'occupe. Elles sont en sécurité.

Quelques années plus tôt, lors de son bref passage chez les « vrais » paparazzi, Ray avait pris des photos délicieusement compromettantes d'un célèbre acteur gay en train de tromper son petit ami avec – horreur ! – une femme. Le garde du corps de la star lui avait arraché l'appareil photo et détruit la carte mémoire. Depuis, Ray avait équipé son appareil d'une touche « envoi » – comme on en trouve sur les smartphones – qui expédiait automatiquement par mail les photos stockées sur la carte mémoire toutes les dix minutes.

— C'est pour ça que j'appelle, dit Fester. Il me les faut fissa. Choisis-en cinq et envoie-les-moi ce soir. Le papa d'Ira veut notre nouveau cube presse-papiers.

À la télé, caméra panoramique sur la présentatrice météo, une fille canon moulée dans un pull rouge. Un piège à audimat, quoi. Les yeux de Ray se fermaient quand la petite mignonne en termina avec la photo satellite et rendit l'antenne au présentateur du journal coiffé à outrance.

— Ray ?

— Cinq photos pour le cube presse-papiers.

— C'est ça.

— Un cube a six faces, dit Ray.

— Waouh, dis donc, la bosse des maths ! La sixième face est pour le nom, la date et l'étoile de David.

— Compris.

— J'en ai besoin vite.

— OK.

— Tout baigne alors. Sauf que, sans appareil photo, tu ne pourras pas faire George Queller demain. Pas de souci. Je trouverai quelqu'un d'autre.

— Merci, je vais pouvoir dormir sur mes deux oreilles.

— Tu es un drôle de type, Ray. Balance-moi les photos. Et ensuite, repose-toi.

— Je suis subjugué par ta sollicitude, Fester.

Les deux hommes raccrochèrent. Ray retomba sur le canapé. Le médicament faisait son effet à merveille. Il sourit presque. À la télé, le présentateur outrageusement coiffé prit sa voix la plus grave pour annoncer :

— On nous signale la disparition d'un résident local, Carlton Flynn...

Ray ouvrit un œil. Un jeune type, genre ado attardé, brun aux pointes décolorées, avec un anneau à l'oreille, apparut à l'écran. Il faisait mine d'envoyer des baisers à la caméra. La légende disait : « Porté disparu », alors qu'il aurait été plus exact de spécifier « Trouduc ». Ray fronça les sourcils. Quelque chose le préoccupait vaguement, mais il était incapable d'y réfléchir maintenant. Dormir, il ne pensait qu'à ça, mais s'il n'expédiait pas les cinq photos, Fester allait rappeler, et, franchement, il n'avait pas besoin de ça. Au prix d'un immense effort, il parvint à se remettre debout. Il tituba jusqu'à la table de cuisine, alluma son ordinateur portable et vérifia que les photos avaient bel et bien été transférées sur son disque dur.

Elles y étaient.

Quelque chose le tracassait, sans qu'il sache quoi. Peut-être que ça n'avait rien à voir. À moins que ce ne soit important. Ou alors, plus vraisemblablement, le coup de batte avait détaché de minuscules fragments de sa boîte crânienne qui, maintenant, lui gratouillaient littéralement la cervelle.

Les photos de la bar-mitsvah s'affichèrent dans l'ordre inversé : la dernière venait en premier. Ray parcourut rapidement les onglets. Une scène de danse, une photo de famille, une de la Torah, une avec le rabbin, une avec la grand-mère d'Ira en train de l'embrasser sur la joue.

Cela en faisait cinq. Il les mit en pièces jointes à l'adresse mail de Fester et cliqua. Envoyé.

Ray se sentait tellement vanné qu'il n'était même pas sûr d'avoir la force de décoller de la chaise et d'arriver jusqu'au lit. Il se demandait s'il n'allait pas poser la tête sur la table de cuisine pour piquer un somme quand il se souvint des autres photos de sa carte mémoire, prises plus tôt dans la journée, avant la bar-mitsvah.

Une tristesse infinie le submergea.

Il était retourné dans ce maudit parc pour prendre des photos. Débile, mais il faisait ça tous les ans. Il n'aurait su dire pourquoi. Ou peut-être que si, et c'était encore pire. L'objectif de l'appareil lui donnait de la distance, une perspective, une impression de sécurité. Ceci expliquait peut-être cela. Le fait de revoir ce lieu cauchemardesque sous cet angle curieusement rassurant allait peut-être changer ce qui, évidemment, ne pourrait jamais l'être.

En contemplant les clichés pris plus tôt dans la journée, Ray se rappela autre chose.

Le gars aux pointes décolorées, avec l'anneau à l'oreille.

Deux minutes plus tard, il trouva ce qu'il cherchait. Et son sang se glaça dans ses veines.

L'agresseur n'en voulait pas à son appareil. Il voulait une photo.

Celle-ci, précisément.

2

MEGAN PIERCE MENAIT LA VIE RÊVÉE d'une mère de famille modèle, et ça l'horripilait.

Elle referma le frigo Sub-Zero et regarda ses deux enfants par le bow-window du coin-repas. Les fenêtres laissaient entrer « la lumière primordiale du matin », selon les termes mêmes de l'architecte. La cuisine récemment rénovée comprenait également une cuisinière Viking, des appareils électroménagers Miele, un îlot central en marbre et une parfaite communication avec le séjour transformé en salle de home cinéma : écran géant, fauteuils relax équipés de porte-gobelets et assez d'enceintes pour accueillir un concert des Who.

Dehors dans le jardin, Kaylie, sa fille de quinze ans, était en train d'asticoter son petit frère, Jordan. Megan soupira, ouvrit la fenêtre.

— Arrête, Kaylie.

— J'ai rien fait.

— Je t'ai vue.

Kaylie posa ses mains sur ses hanches. Quinze ans, l'inconfortable parenthèse entre l'enfance et l'âge adulte, où le corps et les hormones arrivent tout juste à ébullition. Megan s'en souvenait bien.

— Et tu as vu quoi ? s'enquit Kaylie avec défi.

— Je t'ai vue embêter ton frère.

— Tu es dans la maison. Tu ne peux rien entendre. Si ça se trouve, je lui ai dit : « Je t'aime trop, Jordan. »

22

— C'est pas vrai ! cria Jordan.

— Je sais que ce n'est pas vrai, répondit Megan.

— Elle m'a traité de loser et a dit que je n'avais pas d'amis !

Megan réprima un soupir.

— Kaylie…

— C'est n'importe quoi !

Megan se borna à froncer les sourcils.

— C'est sa parole contre la mienne, protesta Kaylie. Pourquoi tu es toujours de son côté à lui ?

Dans chaque gamin, pensa Megan, il y a un avocat qui sommeille, cherchant des échappatoires, exigeant des preuves impossibles, pinaillant sur les moindres détails.

— Tu as un entraînement ce soir.

La tête de Kaylie retomba sur son épaule, tout son corps s'affaissa.

— Je suis obligée d'y aller ?

— Tu as pris un engagement vis-à-vis de l'équipe, jeune fille.

Ces mots-là – ou de semblables –, elle les avait prononcés un milliard de fois, et pourtant Megan n'arrivait toujours pas à croire qu'ils sortaient de sa bouche.

— Mais je n'ai pas envie d'y aller, geignit Kaylie. Je suis trop crevée. Et je suis censée sortir avec Ginger, rappelle-toi, pour…

Kaylie aurait développé davantage, mais Megan, guère intéressée, tourna les talons. Son mari, Dave, était vautré devant la télé, vêtu d'un jogging gris. Il regardait une énième star déchue du cinéma se vanter dans une interview triviale du nombre de ses conquêtes féminines et des années passées à écumer les clubs de strip-tease. L'acteur était survolté et, à voir ses yeux dilatés, devait clairement fréquenter un toubib pas trop regardant sur les ordonnances.

De sa place sur le canapé, Dave secoua la tête, dégoûté.

— C'est quoi, ce monde ? fit-il en désignant l'écran. Non mais, tu as vu ce crétin ? Quel boulet !

Megan acquiesça, ravalant un sourire. Dans le temps, elle avait bien connu le boulet en question. Au sens biblique du terme qui plus est. En fait, le boulet était plutôt un brave garçon, généreux côté pourboires, adepte du triolisme et qui pleurait comme un môme quand il avait trop bu.

C'était il y a longtemps.

Dave se tourna et lui adressa un sourire extralarge.

— Ça va, chérie ?

— Ça va.

Il avait cette faculté de lui sourire comme s'il la voyait pour la première fois, et elle se répéta qu'elle avait de la chance, qu'elle devrait être reconnaissante. C'était sa vie à présent. L'ancienne vie de Megan – une vie que personne dans ce cocon suburbain d'impasses, de bonnes écoles et de maisons cossues ne connaissait – était morte et ensevelie dans un fossé.

— Tu veux que j'emmène Kaylie au foot ? demanda Dave.

— Je peux l'emmener.

— Tu es sûre ?

Megan hocha la tête. Même Dave ignorait la vérité sur la femme qui partageait son lit depuis seize ans. Il ne savait pas que le vrai prénom de Megan était, curieusement, May-gin. Même prononciation, mais les ordinateurs et l'état civil ne connaissaient qu'une seule orthographe. Elle aurait bien demandé à sa mère la raison de cette bizarrerie, mais sa mère était morte avant que Megan apprenne à parler. Elle n'avait jamais connu son père, elle ne savait même pas qui il était. Orpheline dès son plus jeune âge, elle en avait bavé dans son enfance et avait fini strip-teaseuse à Vegas, puis à Atlantic City. Strip-teaseuse et plus. Elle adorait ça. Oui, adorait. L'éclate, l'excitation, l'étincelle. Il se passait toujours quelque chose. Sans parler de la sensation de danger, l'impression que tout pouvait arriver, et puis la passion.

— Maman ?

C'était Jordan.

— Oui, mon cœur.

— Mme Freedman dit que tu n'as pas signé l'autorisation pour le voyage scolaire.

— Je lui enverrai un mail.

— Elle dit que c'était pour vendredi.

— Ne t'inquiète pas pour ça, OK ?

Jordan insista pour la forme, puis finit par capituler.

Megan savait bien qu'elle devrait être reconnaissante. Des tas de filles meurent jeunes dans ce milieu-là. Chaque émotion, chaque seconde dans ce monde est presque trop intense – on vit à cent à l'heure –, et ça ne favorise pas la longévité. On brûle la chandelle par les deux bouts. On tire sur la ficelle. Il y a quelque chose de grisant là-dedans. Et aussi un danger latent. Quand finalement tout était parti en vrille, quand la vie même de Megan se trouva mise en péril, elle dut non seulement chercher une issue de secours, mais repartir de zéro, genre seconde naissance, avec un mari aimant, de beaux enfants, une maison de six pièces et un jardin avec piscine.

Ce fut ainsi que, presque par accident, Megan Pierce était passée de ce qu'on pourrait appeler un cloaque immonde au concentré du rêve américain. Elle avait, pour sauver sa peau, joué cartes sur table et quasiment réussi à se convaincre que c'était le meilleur des mondes possibles. Et pourquoi pas ? Depuis toujours, *via* le cinéma et la télévision, Megan, comme nous tous, avait été bombardée d'images dont il ressortait que son ancienne vie était mauvaise, immorale, ne durerait pas… alors que la vie de famille, la maison, la palissade, tout cela était enviable, adéquat, paradisiaque.

Seulement voilà, son ancienne vie lui manquait. Elle n'était pas censée la regretter. Elle était censée se réjouir, malgré son parcours chaotique, d'avoir accédé à ce dont rêvent toutes les petites filles. Mais la vérité, une vérité qu'elle avait mis des années à admettre, était qu'elle songeait avec nostalgie aux salles sombres, aux regards avides, concupiscents, d'inconnus, à la musique assourdissante, aux lumières vibrionnantes, aux décharges d'adrénaline.

Et maintenant ?

Dave, en train de zapper :

— Ça ne t'ennuie pas d'y aller, alors ? Parce qu'il y a un match des Jets.

Kaylie, fourrageant dans son sac de sport :

— Maman, il est où, mon maillot ? Tu l'as lavé comme je te l'ai demandé ?

Jordan, ouvrant le Sub-Zero :

— Tu peux me faire un panini au fromage ? Mais pas avec du pain complet, hein.

Elle les aimait. Profondément. Mais dans des moments comme celui-ci, elle se rendait compte qu'après une jeunesse passée à glisser le long de pentes savonneuses, elle avait opté pour une existence routinière, obligée à jouer la même pièce jour après jour, avec les mêmes interprètes que la veille, juste un peu plus âgés peut-être. Pourquoi, se demandait Megan, pourquoi sommes-nous forcés de choisir un seul mode de vie ? Pourquoi n'y a-t-il qu'un seul « moi », une seule façon de vivre qui fait de nous ce que nous sommes ? Pourquoi ne pourrait-on pas avoir plusieurs identités ? Et pourquoi devoir détruire une vie afin d'en bâtir une autre ? Tout le monde prétend aspirer à la plénitude, à l'éclectisme, mais notre polyvalence n'est que superficielle. Au fond, on fait tout pour étouffer cette aspiration, pour devenir conforme, pour coller à une étiquette et une seule.

Dave revint à l'interview de la star déchue.

— Ah, celui-là, dit-il en secouant la tête.

Mais rien qu'en entendant cette célèbre voix saccadée, Megan se retrouva transportée des années en arrière : sa main enroulée dans son string, son visage pressé contre son dos, rugueux et humide de larmes.

Tu es la seule qui me comprenne, Cassie...

Ben oui, ça lui manquait. Était-ce vraiment un crime ?

Elle ne le pensait pas, mais cela la hantait. Avait-elle commis une erreur ? Ces souvenirs – la vie de Cassie, car personne n'utilise son vrai prénom dans cet univers-là – avaient été remisés dans un recoin obscur de sa tête. Or, quelques jours plus tôt, elle avait déverrouillé la porte et l'avait entrebâillée, à peine. Elle l'avait vite refermée, avait poussé le verrou. Mais cet acte furtif, qui avait permis à Megan de jeter un œil dans le monde de Cassie... d'où tenait-elle la certitude qu'il ne resterait pas sans suite ?

Dave sortit du canapé et s'en fut vers la salle de bains, le journal plié sous le bras. Megan alluma le gril à paninis et chercha le pain de mie. Alors qu'elle ouvrait le tiroir, le téléphone sonna, un gazouillis électronique. Kaylie, qui était à côté de l'appareil, occupée à envoyer un texto, l'ignora.

— Tu veux répondre ? demanda Megan.

— C'est pas pour moi.

Kaylie était capable de dégainer son propre téléphone portable à une vitesse qui aurait impressionné Billy the Kid, mais le téléphone fixe, avec un numéro inconnu de la communauté ado de Kasselton, n'avait strictement aucun intérêt pour elle.

— Décroche, s'il te plaît.

— Pour quoi faire ? De toute façon, il faudra que je te le passe.

Jordan qui, à l'âge tendre de onze ans, était pour la paix des ménages, attrapa le combiné.

— Allô ?

Il écouta un moment, puis dit :

— Vous vous trompez de numéro.

Et il ajouta quelque chose qui glaça Megan :

— Il n'y a pas de Cassie ici.

Prétextant l'incurie des livreurs qui notaient toujours mal son nom – et certaine que les enfants, si merveilleusement indifférents à tout ce qui ne les touchait pas, n'y verraient que du feu –, Megan lui prit le téléphone des mains et s'éclipsa dans la pièce d'à côté.

Elle colla le combiné à son oreille, et une voix qu'elle n'avait pas entendue depuis dix-sept ans dit :

— Désolée de t'appeler comme ça, mais il faut qu'on se voie.

Megan déposa Kaylie à son entraînement de foot.

Elle était, compte tenu de la bombe qui venait d'éclater dans son ciel, remarquablement calme et sereine. Elle mit la voiture en position parking et se tourna vers sa fille, les yeux embués.

— Quoi ? fit Kaylie.

— Rien. Il finit à quelle heure, ton entraînement ?

— Je ne sais pas. Je risque de sortir avec Ginger et Chuckie, après.

Je risque signifiait *Je sors*.

— Pour aller où ?

Haussement d'épaules.

— En ville.

Réponse gentiment floue.

— Où en ville ?

— Je ne sais pas, maman, répondit-elle avec une pointe d'impatience.

Kaylie ne voulait pas s'attarder là-dessus, mais elle ne souhaitait pas non plus indisposer sa mère pour éviter que celle-ci ne la prive de sortie.

— On va juste traîner, OK ?

— Tu as fait tous tes devoirs ?

Megan s'en voulut aussitôt. La mère de famille dans toute sa splendeur. Elle leva la main et dit à sa fille :

— Oublie ça. Vas-y, amuse-toi.

Kaylie la dévisagea comme si un bras supplémentaire lui était soudain poussé au milieu du front. Puis elle haussa les épaules, descendit et s'éloigna en courant. Megan la suivit des yeux. Toujours. Peu importe qu'elle soit assez grande pour pénétrer sur le terrain toute seule. Megan voulait être sûre que sa fille était en sécurité.

Dix minutes plus tard, elle trouva une place de stationnement derrière le *Starbucks*. Elle regarda sa montre. Encore un quart d'heure avant son rendez-vous.

28

Elle prit un latte et s'installa à une table du fond. À sa gauche, une tablée de jeunes mamans – en manque de sommeil, les habits tachés, extatiques – papotaient, chacune d'elles flanquée d'un bébé. Elles parlaient de nouvelles poussettes, des tapis de jeu les plus faciles à plier, de la durée de l'allaitement. Elles débattaient des aires de jeux en bois de cèdre avec paillis de caoutchouc, de l'âge auquel il fallait arrêter la totote, des sièges-auto les plus sûrs, et des mérites respectifs du porte-bébé dorsal, frontal ou latéral. L'une d'elles clamait que son Toddy était « tellement sensible aux besoins des autres enfants, même s'il n'a que dix-huit mois ».

Megan sourit ; elle aurait bien voulu être des leurs. Elle avait adoré la phase jeune maman, mais, comme bon nombre d'étapes dans la vie, avec le recul on se demande à quel moment on vous a lobotomisée. Elle savait ce qui les attendait : choisir la bonne maternelle comme si c'était une question de vie ou de mort, la file d'attente à l'arrêt du bus scolaire, faire inviter leurs gosses dans les meilleures maisons, les cours de gym, de karaté, l'entraînement de lacrosse, les cours de français en immersion, les interminables tournées de covoiturage. Le bonheur vire à la lassitude, et la lassitude à la routine. Le mari naguère compréhensif devient de plus en plus ronchon car on est moins portée sur la chose qu'avant le bébé. Vous, ce couple, les mêmes qui profitaient de la moindre occasion pour s'envoyer en l'air, vous faites à peine attention à l'autre quand il est nu. Vous vous dites que ça n'a pas d'importance – que c'est naturel et inévitable –, mais vous dérivez. Vous vous aimez, à certains égards plus qu'avant, mais vous dérivez et vous vous laissez aller, ou alors vous n'en avez pas vraiment conscience. Vous devenez les gardiens de vos enfants ; votre univers se réduit aux dimensions et aux limites de votre descendance, et tout cela est tellement poli, tellement cousu main, tellement douillet… et exaspérant, étouffant, abrutissant.

— Tiens, tiens, tiens.

La voix familière la fit sourire malgré elle. Une voix rauque et sexy à force de whiskies, cigarettes et nuits blanches, dont chaque inflexion dissimulait un soupçon de rire et un paquet de sous-entendus.

— Salut, Lorraine.

Lorraine la gratifia de son sourire oblique. Sa chevelure, trop abondante, était d'un blond sale. C'était une femme forte, bien en chair, et elle s'arrangeait pour que ça se remarque. Elle semblait s'habiller deux tailles au-dessous de la sienne, et pourtant, sur elle, ça fonctionnait. Après toutes ces années, elle faisait toujours autant d'effet. Même les mamans s'interrompirent pour la toiser avec juste ce qu'il fallait d'aversion. Lorraine leur décocha un regard indiquant qu'elle savait ce qu'elles pensaient et l'endroit où elles pouvaient se carrer leur opinion. Les mamans se détournèrent.

— Tu as l'air en forme, ma fille.

Elle fit tout un cirque pour s'asseoir. Eh oui, dix-sept ans. Lorraine avait été hôtesse-gérante-barmaid-serveuse de cocktails. Elle avait fait la vie, jusqu'au bout et sans le moindre remords.

— Tu m'as manqué, dit Megan.

— Ouais, j'ai bien vu, avec toutes ces cartes postales.

— Je suis désolée.

Lorraine balaya ses excuses d'un geste, on aurait dit que les sentiments l'agaçaient. Elle fouilla dans son sac, tira une cigarette. Les mamans toutes proches s'étouffèrent, comme si elle avait sorti un flingue.

— J'allumerais bien ma clope, tiens, rien que pour les voir détaler.

Megan se pencha en avant.

— Si je peux me permettre, comment m'as-tu retrouvée ?

Le sourire oblique revint.

— Voyons, chérie, j'ai toujours su. Tu me connais, j'ai des yeux partout.

Megan aurait voulu en savoir plus, mais quelque chose dans le ton de Lorraine l'en empêcha.

— Regarde-toi, reprit Lorraine. Mariée, enfants, grande

30

maison. Des tas de Cadillac Escalade blanches sur le parking. Tu en as une aussi ?

— Non, moi c'est une GMC Acadia noire.

Lorraine hocha la tête comme si cela changeait quelque chose.

— Je suis contente que tu aies trouvé le bonheur. Quoique, pour ne rien te cacher, j'ai toujours cru que tu serais une fêtarde, comme moi.

Lorraine gloussa et secoua la tête.

— Je sais, dit Megan. Je m'étonne moi-même.

— Bien sûr, toutes les filles qui sont rentrées dans le rang ne l'ont pas forcément choisi.

Lorraine regarda en l'air comme s'il s'agissait d'une réflexion anodine. Mais toutes deux savaient qu'il n'en était rien.

— On s'est bien marrées, hein ?

— C'est vrai.

— Moi, ça continue. Tout ça…

Elle enveloppa la tablée voisine du regard.

— … franchement, j'admire. Mais ce n'est pas mon genre.

Elle haussa les épaules.

— Peut-être que je suis trop égoïste. Un peu comme si je souffrais de troubles de l'attention. J'ai besoin d'être stimulée.

— Les enfants, ça peut être très stimulant, crois-moi.

— Ah oui ? fit Lorraine, guère convaincue. Ravie de l'apprendre.

Megan ne savait pas très bien quoi dire.

— Tu bosses toujours au *Crème* ?

— Eh oui. Je tiens le bar, surtout.

— Et pourquoi cette soudaine visite ?

Lorraine tripota sa cigarette. Les mamans retournèrent à leur discussion insipide, mais le cœur n'y était plus. Elles jetaient des regards furtifs en direction de Lorraine comme si elle était un virus introduit dans leur organisme de vie suburbaine avec la mission de le détruire.

— Comme je viens de le dire, j'ai toujours su où tu étais. Mais je n'aurais pas moufté. Tu me connais, hein ?

— Parfaitement.

— Je ne tenais pas à t'enquiquiner maintenant non plus. Tu as pris la poudre d'escampette, et la dernière chose que je voulais, c'était te replonger dans le passé.

— Mais ?

Lorraine soutint son regard.

— Quelqu'un t'a repérée. Ou plutôt a repéré Cassie.

Megan changea de position sur son siège.

— Tu es allée au *Crème,* pas vrai ?

Megan ne répondit pas.

— Je comprends, va. Sérieusement. Si je passais mes journées avec ces bibiches, là...

Lorraine pointa le pouce sur le troupeau maternel.

— ... je sacrifierais des animaux de ferme pour pouvoir sortir le soir.

Megan contempla son café comme s'il contenait la réponse. Elle était en effet retournée au *Crème* déguisée en Cassie, mais seulement une fois. Quinze jours plus tôt, presque à la date anniversaire de sa fuite, elle s'était rendue à un salon à Atlantic City. Comme les enfants grandissaient, elle avait décidé de chercher du travail dans le secteur de l'immobilier. Ces dernières années avaient été consacrées à la quête d'un mieux-être : coach particulier, cours de yoga, de céramique et, pour finir, l'atelier d'écriture de mémoires qui, dans son cas, étaient naturellement fictifs. Chacune des activités était une tentative désespérée d'atteindre cette « plénitude » à laquelle aspirent ceux qui ont tout. À vrai dire, ils regardent vers le haut alors qu'ils feraient bien de regarder vers le bas, cherchant un éveil spirituel quand la solution, Megan le savait depuis le début, se trouve probablement à un niveau plus primitif, plus basique.

Si on l'interrogeait, Megan jurerait que ce n'était pas prémédité. Ç'avait été un coup de tête, rien de sérieux ; descendue au *Tropicana,* à deux pas du *Crème,* le second soir, elle avait enfilé sa tenue la plus moulante et était allée faire un tour au club.

— Tu m'as vue ?

— Non. Et visiblement, tu n'as pas cherché à me voir non plus.

Lorraine avait l'air peinée. Megan avait entrevu sa vieille amie derrière le bar, mais elle était restée à l'écart. Le club était vaste et sombre. Les gens aimaient se perdre dans ces endroits-là. Il était facile de passer inaperçu.

— Je ne voulais pas...

Megan s'interrompit.

— Qui, alors ?

— Aucune idée. C'est donc vrai ?

— Juste une fois.

Lorraine ne dit rien.

— Je ne comprends pas. Où est le problème ?

— Pourquoi es-tu revenue ?

— C'est important ?

— Pas pour moi, répliqua Lorraine. Mais un flic l'a su. Quelqu'un qui te cherche depuis des années. Il n'a jamais laissé tomber.

— Et tu penses qu'il va me trouver maintenant ?

— Oui, dit Lorraine. Je pense qu'il y a de fortes chances qu'il te trouve.

— Tu es venue me mettre en garde ?

— Quelque chose comme ça.

— Et sinon ?

— Je ne sais pas ce qui s'est passé ce soir-là, déclara Lorraine. Et je ne tiens pas à le savoir. Je suis heureuse. J'aime ma vie. Je fais ce que je veux avec qui je veux. Je ne me mêle pas des affaires des autres, si tu vois ce que je veux dire.

— Oui.

— Peut-être que je me trompe. Tu sais comment c'est, au club. C'est très mal éclairé. Et ça fait dix-sept ans ! Donc, j'ai pu me planter. Ç'a duré une seconde à peine, mais, si ça se trouve, c'était le soir où tu étais là. Toi qui reviens et maintenant quelqu'un d'autre qui disparaît...

— De quoi tu parles, Lorraine ? Qui as-tu vu ?

Lorraine leva les yeux, déglutit.

— Stewart, répondit-elle en jouant avec sa cigarette. Je crois que j'ai vu Stewart Green.

AVEC UN GROS SOUPIR, LE LIEUTENANT DE POLICE Broome s'approcha de la maison du malheur et sonna à la porte. Sarah vint ouvrir et, sans le regarder, dit :

— Entrez.

Penaud, Broome s'essuya les pieds, ôta son vieux trench, le suspendit à son bras. Rien n'avait changé ici depuis des années. Les lampes à variateur démodées, le canapé en cuir blanc, le vieux fauteuil relax dans le coin... il les connaissait depuis toujours. Même les photos sur le manteau de la cheminée n'avaient pas été remplacées. Longtemps, pendant cinq ans au moins, Sarah avait laissé les vieilles pantoufles de son mari à côté du fauteuil. Elles n'y étaient plus, mais le fauteuil n'avait pas bougé. Broome se demandait si quelqu'un s'asseyait jamais dedans.

C'était comme si la maison refusait de passer à autre chose, comme si les murs, les plafonds s'étaient figés dans la douleur et l'attente. Peut-être que c'était de la projection. Les gens ont besoin de réponses. Ils ont besoin de tourner la page. L'espoir, pensait Broome, pouvait faire des merveilles. Ou alors vous broyer jour après jour. Il n'y avait rien de plus cruel que l'espoir.

— Vous avez raté l'anniversaire, fit remarquer Sarah.

Broome hocha la tête... Il ne se sentait pas prêt à lui dire pourquoi.

— Comment vont les enfants ?

— Ça va.

Les enfants de Sarah étaient grands maintenant. Susie allait entrer à l'université de Bucknell. Brandon était en terminale. Ils étaient encore tout bébés quand leur père avait disparu, brutalement arraché à ce cocon douillet. Broome n'avait jamais résolu l'affaire. Il ne l'avait pas lâchée non plus. C'est un tort de s'impliquer personnellement. Broome en était conscient. Et pourtant, il l'avait fait. Il était allé aux spectacles de danse de Susie. Il avait aidé Brandon à maîtriser les secrets du base-ball. Il s'était même, douze ans auparavant et à son grand dam, pris une cuite avec Sarah et... bref, il était resté dormir.

— Comment ça va, le nouveau boulot ? demanda-t-il.

— Bien.

— Votre sœur, elle arrive bientôt ?

Sarah soupira.

— Oui.

C'était encore une belle femme. Elle avait des pattes-d'oie aux coins des yeux, et les rides autour de sa bouche s'étaient creusées au fil du temps. Il y a des femmes qui vieillissent bien. Sarah en faisait partie.

C'était aussi une rescapée du cancer. Elle l'avait raconté à Broome la première fois qu'ils s'étaient vus, dans cette même pièce, lors de l'enquête sur la disparition. Le diagnostic était tombé pendant qu'elle était enceinte de Susie. Sans son mari, lui avait-elle avoué, elle n'aurait tout simplement pas survécu. Alors même que le pronostic était mauvais, que la chimio la faisait vomir sans cesse, qu'elle avait perdu ses cheveux et sa beauté, que la déchéance commençait à s'installer, alors que tout le monde, y compris Sarah elle-même, avait perdu l'espoir, son seul soutien lui était venu de son mari.

Il restait à ses côtés. La main posée sur son front jusque tard dans la nuit. Il allait chercher ses médicaments, l'embrassait, étreignait son corps tremblant, et elle se sentait aimée.

Tout cela, elle l'avait raconté à Broome les yeux dans les yeux pour qu'il n'abandonne pas, ne classe pas l'affaire comme une simple fugue, pour qu'il en fasse une question personnelle car, sans l'autre moitié de la pomme, elle ne pourrait pas vivre.

Dix-sept ans après, Broome était toujours là. Et le sort du mari de Sarah, sa moitié de pomme, restait un mystère.

Broome leva le regard sur elle.

— Tant mieux, dit-il, avec l'impression de radoter. Que votre sœur vienne vous voir, j'entends. Je sais que vous aimez bien ses visites.

— Oui, génial, répondit Sarah d'une voix blanche. Broome ?

— Oui ?

— Vous êtes en train de noyer le poisson.

Il regarda ses mains.

— J'essayais seulement d'être gentil.

— Ce n'est pas votre style d'être seulement gentil, Broome. Ni de noyer le poisson.

— Bien vu.

— Alors ?

En dépit de tous les artifices – peinture jaune vif, fleurs fraîchement coupées –, Broome ne voyait que la décrépitude. Ces années d'incertitude avaient ravagé la famille. Les enfants avaient connu des moments difficiles. Susie avait été arrêtée deux fois pour conduite en état d'ivresse. Brandon s'était fait prendre avec de la drogue. Chaque fois, Broome était intervenu pour les sortir du pétrin. À voir la maison, on avait l'impression que leur père avait disparu la veille, que tout était resté figé depuis dix-sept ans.

Les yeux de Sarah s'agrandirent, comme si une pensée douloureuse lui avait traversé l'esprit.

— Vous avez retrouvé… ?

— Non.

— Quoi alors ?

— Ce n'est peut-être rien, dit Broome.

37

— Mais encore ?

Il s'assit, posa les coudes sur ses cuisses, se prit la tête dans les mains.

— Un autre homme a disparu. Vous l'avez peut-être vu aux infos. Son nom est Carlton Flynn.

Sarah parut déconcertée.

— Quand vous dites disparu...

— Tout comme...

Il s'interrompit.

— Il était là, il vivait sa vie, et un beau jour... pfuitt, volatilisé.

Sarah s'efforçait de digérer la nouvelle.

— Mais... vous me l'avez dit d'entrée de jeu. Ça arrive que des gens disparaissent, non ?

Broome hocha la tête.

— Parfois c'est un choix délibéré, poursuivit-elle. Parfois non. Mais ça arrive.

— Oui.

— Donc dix-sept ans après la disparition de mon mari, un autre homme, ce Carlton Flynn, s'évanouit dans la nature. Je ne vois pas le rapport.

— Peut-être qu'il n'y en a pas, concéda-t-il.

Elle se rapprocha.

— Mais ?

— C'est pour ça que j'ai manqué la date anniversaire.

— Comment ça ?

Broome hésitait. Qu'avait-il le droit de lui révéler ? Il n'était même pas sûr des renseignements dont il disposait. Il était en train de travailler sur une hypothèse – qui lui rongeait l'estomac et l'empêchait de fermer l'œil la nuit –, mais pour le moment il n'avait rien d'autre.

— Le jour où Carlton Flynn a disparu, dit-il.

— Oui, eh bien ?

— C'est pour ça que je ne suis pas venu. C'est arrivé à la date anniversaire. Le 18 février, exactement dix-sept ans jour pour jour après la disparition de votre mari.

38

Sarah eut l'air sidérée.

— Dix-sept ans au jour près. Qu'est-ce que ça signifie ? C'est peut-être une simple coïncidence. Cinq ou dix ou vingt ans, passe encore. Mais dix-sept ?

Broome se taisait pour lui laisser le temps de la réflexion.

— Je suppose, reprit Sarah, que vous vous êtes penché sur d'autres disparitions. Pour voir s'il n'y a pas un dénominateur commun.

— En effet.

— Et ?

— Ce sont les seuls dont nous sommes sûrs qu'ils ont disparu un 18 février. Votre mari et Carlton Flynn.

— Dont vous êtes sûrs ? répéta-t-elle.

Broome exhala un long soupir.

— L'an dernier, le 14 mars, un gars du coin, Stephen Clarkson, a été porté disparu. Trois ans plus tôt, il y en a eu un autre, un 27 février.

— Et aucun n'a été retrouvé ?

— Aucun.

Sarah déglutit.

— Ce n'est peut-être pas le jour. C'est peut-être les mois de février et mars.

— Je ne le crois pas. Du moins, je ne le croyais pas. Deux autres hommes – Peter Berman et Gregg Wagman – auraient pu disparaître bien avant. Le premier était un zonard, et le second un chauffeur routier. Tous deux célibataires, avec peu de famille. Un type comme ça, s'il ne rentre pas chez lui tout de suite, qui va le remarquer ? Vous, ce n'est pas pareil. Mais si le gars est seul, divorcé ou s'il voyage beaucoup...

— Il pourrait se passer des jours ou des semaines avant qu'on signale sa disparition, acheva Sarah.

— Voire plus.

— Donc ces deux-là auraient pu disparaître eux aussi un 18 février.

— Ce n'est pas aussi simple, rétorqua Broome.

— Pourquoi ?

— Parce que, plus je regarde, plus le lien me paraît difficile à établir. Wagman, par exemple, était de Buffalo... donc pas d'ici. Personne ne sait où ni quand il a disparu, mais de ce que j'ai pu reconstituer de son emploi du temps, il est possible qu'il soit passé par Atlantic City au mois de février.

Sarah écoutait, songeuse.

— Vous avez cité six hommes, dont Stewart, en dix-sept ans. Il y en a eu d'autres ?

— Oui et non. En tout, j'ai trouvé neuf hommes qui pourraient correspondre *grosso modo* à notre schéma. Mais il y a des cas où ça ne colle pas.

— Du genre ?

— Il y a deux ans, on a signalé la disparition d'un homme, Clyde Horner, qui vivait avec sa mère, le 7 février.

— Ce n'est donc pas le 18.

— Sans doute pas.

— C'est peut-être le mois de février.

— Peut-être. C'est **tout** le problème avec les schémas et les hypothèses. Ça **prend** du temps. J'en suis encore à collecter les indices.

Les yeux de Sarah s'emplirent de larmes. Elle cilla.

— Je ne comprends pas. Comment se fait-il que personne ne le voie... avec toutes ces disparitions ?

— Voie quoi ? fit Broome. Même moi, j'ai du mal à m'y retrouver. Des hommes disparaissent tout le temps. La plupart prennent la tangente. Ils sont ruinés, ils n'ont rien ou alors des créanciers au cul... Du coup, ils partent refaire leur vie ailleurs. À l'autre bout du pays. Certains changent de nom. D'autres pas. Bon nombre d'entre eux... ma foi, personne ne les recherche. Personne n'a envie de les retrouver. Une femme à qui j'ai parlé m'a supplié de ne pas lui ramener son mari. Ils ont eu trois gosses ensemble. Elle pense qu'il a filé avec une « pouffe qui tortillait du popotin dans un bouge », selon sa propre expression, et sa famille y a gagné largement.

Ils restèrent silencieux quelques secondes.

— Et avant ? demanda Sarah.

Broome avait compris, néanmoins il répéta :

— Avant ?

— Avant Stuart. Y a-t-il eu d'autres disparitions avant celle de mon mari ?

Il se passa la main dans les cheveux, releva la tête. Croisa son regard.

— Pas que je sache. S'il y a un dénominateur commun, Stuart a été le premier.

4

RAY FUT RÉVEILLÉ PAR DES COUPS FRAPPÉS À LA PORTE.

Il entrouvrit un œil et le regretta aussitôt. La lumière lui fit l'effet d'un coup de poignard. Il empoigna sa tête à deux mains de peur que son crâne n'éclate, tant ça cognait à l'intérieur.

— Ouvre, Ray.

C'était Fester.

— Ray ?

Fester frappa de plus belle. Chaque coup atteignait Ray à la tempe comme une bûche lancée à la volée. Il bascula ses jambes hors du lit et, malgré le tournis, réussit à se redresser en position assise. À côté de son pied droit, il y avait une bouteille de Jack vide. Argh. Il avait comaté – une fois de plus, hélas ! – sur le canapé sans prendre la peine de sortir le lit qui était dessous. Pas de couverture. Pas d'oreiller. Il devait avoir mal au cou aussi, mais la douleur lancinante à la tête l'emportait haut la main.

— Ray ?

— M'nute, dit-il.

Car franchement, il était incapable d'articuler le moindre son. On aurait dit une gueule de bois force dix. Pendant une seconde ou deux, il peina à se souvenir de ce qui était arrivé la veille et qui l'avait mis dans cet état-là. Il songea plutôt à la dernière fois où il s'était senti aussi mal, avant que sa vie parte en eau de boudin. Photojournaliste travaillant pour l'Associated Press, il accompagnait le sixième régiment d'infanterie à travers la province d'Al-Basra durant la première guerre du Golfe lorsque la mine terrestre avait explosé. Ce fut d'abord le néant... puis la douleur. Un moment, on crut qu'il allait perdre sa jambe.

— Ray ?

Les médocs étaient à côté du lit. Médocs et alcool, cocktail idéal pour une fin de soirée. Combien en avait-il pris, et quand ? Oh, et puis zut. Il enfourna deux autres cachets, se força à se lever et tituba vers la porte.

Lorsqu'il l'ouvrit, Fester fit :

— Waouh !

— Quoi ?

— On dirait que plusieurs gros orangs-outans t'ont utilisé comme esclave sexuel.

Ah, Fester.

— Quelle heure est-il ?

— Trois heures.

— Hein, de l'après-midi ?

— Oui, Ray, de l'après-midi. Tu vois la lumière dehors ?

Fester pointa le pouce par-dessus son épaule et prit une voix d'instit de maternelle.

— À trois heures de l'après-midi, il fait jour. À trois heures du matin, il fait nuit. Si tu veux, je peux te faire un dessin.

Comme s'il avait besoin de sarcasmes. Bizarre. Il se levait toujours avant huit heures, et là il était trois heures de l'après-midi ? Le coma avait dû être drôlement profond. Ray s'écarta pour laisser entrer Fester.

— Tu es là pour quoi, au juste ?

Fester, qui était énorme, se baissa pour pénétrer dans la pièce. Il l'examina, hocha la tête.

— Tu parles d'un taudis !

— Ah oui, dit Ray. Avec ce que tu me paies, tu crois que je vais habiter une villa dans une résidence fermée ?

— Eh !

Fester brandit son doigt.

— Tu m'as eu, là !

— Tu veux quelque chose ?

— Tiens.

Il sortit un appareil photo de son sac et le tendit à Ray.

— Pour toi jusqu'à ce que tu puisses t'en racheter un.

— Voilà qui me touche beaucoup, dit Ray.

— Ben, tu fais du bon boulot. Et tu es le seul de mes employés qui ne se drogue pas, tu ne fais que boire. Tu es donc le meilleur de tous.

— C'est notre quart d'heure de câlinothérapie, hein, Fester ?

— C'est ça, fit Fester avec un hochement de tête. Et je n'ai personne d'autre pour George Queller ce soir. Tiens, c'est quoi, ça ?

Il pointa le doigt sur les comprimés.

— Pour quelqu'un qui ne se drogue pas...

— Ce sont des antalgiques. J'ai été agressé hier soir, rappelle-toi.

— Soit. Mais quand même.

— Aurais-je perdu le titre d'employé du mois ?

— Non, sauf si je tombe sur des aiguilles.

— Je ne me sens pas trop de bosser ce soir, Fester.

— Quoi, tu vas rester au lit toute la journée ?

— C'est le plan, oui.

— Ben, change-le. J'ai besoin de toi. Et je paie en heures sup.

Il jeta un coup d'œil autour de lui, fronçant les sourcils.

— Encore que, toi, tu n'aies pas besoin de fric.

Après son départ, Ray mit de l'eau à bouillir. À l'étage du dessus, ça parlait fort en ourdou. Apparemment, les gosses étaient rentrés de l'école. Il se traîna sous la douche et resta sous le jet jusqu'à ce qu'il n'y ait plus d'eau chaude.

Milo, le traiteur du coin, vendait des sandwichs au bacon de rêve. Ray sortit en acheter un et l'engloutit comme s'il craignait qu'il ne s'échappe. Il tenta de se concentrer sur l'instant présent : demander à Milo comment allait son dos, prendre l'argent dans sa poche, sourire à un autre client, acheter le journal local. Surtout, rester zen et ne pas penser à ce qui l'attendait car il n'avait pas envie de revoir le sang.

Il regarda le journal. « Porté disparu » : l'article était accompagné du portrait qu'il avait vu la veille aux infos. Carlton Flynn, la bouche en cul-de-poule. Le connard parfait. Cheveux bruns hérissés, tatouages, peau lisse de bébé sur des muscles surgonflés, il avait l'air de sortir d'un minable jeu de téléréalité avec des crétins bercés trop près du mur et imbus d'eux-mêmes qui traitaient les filles de « thons ».

Carlton Flynn avait un casier judiciaire : trois agressions. Vingt-six ans, divorcé, il « travaillait pour l'importante société de fournitures » de son père. Ray plia le journal, le glissa sous son bras. Il ne voulait pas y penser. Il ne voulait pas penser à cette photo de Carlton Flynn sur son ordinateur, ni au pourquoi de son agression. Il voulait tourner la page, passer à autre chose, à chaque jour suffit sa peine.

Occulter, survivre... comme il l'avait fait ces dix-sept dernières années.

Regarde où ça t'a mené, Ray.

Fermant les yeux, il s'abandonna au souvenir de Cassie. Il était de retour au club, ramolli par l'alcool, la regardant exécuter un *lap dance* pour un client, complètement, irrémédiablement amoureux de tout ce qu'elle était... et cependant pas jaloux pour un sou. Cassie lui décocha un regard par-dessus l'épaule du type, un regard à faire fondre la glace, et il lui sourit, attendant de se trouver seul avec elle, sachant qu'à la fin de la journée – ou de la nuit – elle serait sienne.

Il y avait toujours une aura électrique autour de Cassie. Elle était drôle, fantasque, spontanée, mais aussi chaleureuse, généreuse, intelligente. Elle vous donnait envie de lui arracher ses vêtements et de la jeter sur le premier lit venu, tout en lui écrivant un poème d'amour. Des éclairs soudains, des braises, une combustion lente, la chaleur du foyer... Cassie était tout cela en même temps.

Une femme comme elle, c'est trop beau pour être vrai, non ?

Il songea à la photo à côté de ces fichues ruines dans le parc. Était-ce vraiment ça que voulait l'agresseur ? Cela semblait peu probable. Il examina toutes les options et tous les scénarios possibles et parvint à une décision.

Il s'était planqué assez longtemps. Il était passé du photojournalisme de haut niveau à un sordide centre de cure, puis à la vie joyeuse ici, à Atlantic City, avant de tout perdre. Il était allé à Los Angeles, y avait travaillé comme paparazzi, s'était fourré dans un nouveau pétrin, était revenu ici. Pourquoi ? Pourquoi revenir là où il avait tout perdu, à moins... à moins que quelque chose ne l'y ait entraîné ? Quelque chose qui exigeait qu'il revienne et découvre la vérité.

Cassie.

Ray cilla pour chasser son image, monta dans sa voiture et retourna dans le parc. Il n'aurait probablement pas su dire pourquoi il se trouvait là. Tant de choses avaient changé dans sa vie, tant de choses sauf une : son rapport à l'appareil photo. Il en faut beaucoup pour faire un photographe, mais dans son cas, c'était moins un choix qu'une nécessité. Il ne voyait, n'assimilait réellement le monde qu'à travers son objectif. Pour la plupart des gens, une chose n'existe que s'ils peuvent la voir, l'entendre, la sentir, la goûter. Ray, c'était presque l'inverse : rien n'était réel tant qu'il ne l'avait pas capturé dans son appareil.

En tournant à droite, on arrivait au bord d'une falaise qui dominait les tours d'Atlantic City. Au-delà, l'océan scintillait comme un voile noir moiré. La vue, pour qui voulait bien s'aventurer dans la jungle, était à couper le souffle.

Il emprunta le sentier isolé, prenant des photos, caché derrière l'objectif comme pour se protéger. Les ruines de l'ancienne fonderie de fer se trouvaient à l'orée des Pine Barrens, la plus vaste zone boisée du New Jersey. Un jour, bien des années plus tôt, Ray avait quitté le sentier et s'était enfoncé dans les bois. Il avait découvert une sorte de long abri en béton à l'abandon, couvert de graffitis dont certains paraissaient sataniques. La forêt des Pine Barrens regorgeait de villes fantômes en ruine. La rumeur faisait état de bien des maléfices dissimulés dans ses entrailles. Si jamais vous avez regardé un documentaire sur la mafia, vous avez dû voir les hommes de main enterrer un cadavre dans les Pine Barrens. Ray y pensait souvent. Le jour viendra où l'on inventera un appareil capable de déceler ce qui repose en terre sous nos pieds, de faire la distinction entre les ossements, les branches, les racines et les pierres, et Dieu sait sur quoi on tombera alors.

Ray déglutit, s'efforça de penser à autre chose. Arrivé à l'ancien four de la fonderie, il sortit la photographie de Carlton Flynn et l'examina. Flynn se tenait sur la gauche, à côté du sentier, celui-là même que Ray avait pris dix-sept ans plus tôt. Pourquoi ? Que faisait-il là ? D'accord, c'était peut-être un randonneur ou un explorateur lambda. Mais pourquoi ici, à cet endroit précis, et où était-il allé ensuite ?

Mystère.

La claudication de Ray se remarquait à peine. On y prêtait attention si on le regardait attentivement, mais il avait appris à la masquer. Lorsqu'il gravit le monticule d'où il avait pris la photo, la vieille blessure se rappela à son bon souvenir. Depuis l'agression de la veille, tout son corps lui faisait mal, mais en cet instant précis Ray n'en avait cure.

Quelque chose attira son regard.

Il s'arrêta, scruta le sentier. Le soleil était haut dans le ciel. C'était peut-être ça, la luminosité... et le point de vue depuis son poste d'observation. Un reflet qu'on ne voyait pas du sentier, à la lisière du bois, au pied du gros rocher. Ray fronça les sourcils et redescendit en titubant.

Qu'est-ce qui... ?

En s'approchant, il se baissa pour mieux voir. Tendit la main, mais la retira vite sans avoir rien touché. Il n'y avait pas l'ombre d'un doute. Il prit son appareil et se mit à photographier le sol.

Là, presque derrière le rocher, il y avait une traînée de sang séché.

5

COUCHÉE DANS LE LIT, MEGAN lisait un magazine. Allongé à côté d'elle, Dave regardait la télé, la zappette à la main. Pour un homme, la télécommande, c'est comme un dou-dou. Il est incapable de regarder la télévision sans en avoir une sous la main, au cas où.

Il était dix heures passées. Jordan dormait déjà. Kaylie, c'était une autre histoire.

— À toi l'honneur, dit Dave, ou j'y vais, moi ?

Megan soupira.

— Tu l'as fait deux soirs de suite.

Dave sourit, sans quitter l'écran des yeux.

— Trois soirs de suite, mais on ne va pas compter.

Elle posa son magazine. Kaylie était censée se coucher à vingt-deux heures tapantes, mais elle ne le faisait jamais toute seule ; il fallait qu'un de ses parents l'y pousse. Megan se laissa tomber du lit et longea le couloir à pas de loup. Elle aurait pu hurler : « Au lit, IMMÉDIATEMENT ! » mais ç'aurait été tout aussi épuisant, et puis elle aurait ris-qué de réveiller Jordan.

Megan passa la tête dans la chambre.

— L'heure d'aller au lit.

Kaylie ne daigna même pas lever le nez de son ordina-teur.

— Encore quinze minutes, OK ?

— Non. L'heure, c'est l'heure. Il est presque le quart.

— Jen a besoin d'aide pour ses devoirs.

Megan haussa un sourcil parental sceptique.

— Sur Facebook ?

— Un quart d'heure, maman. C'est tout.

Mais ce n'était jamais un quart d'heure, car dans un quart d'heure la lumière serait toujours allumée, Kaylie serait toujours devant son écran, et Megan devrait se lever de nouveau pour lui dire d'aller au lit.

— Non. Pas une minute de plus.

— Mais…

— Tu veux être punie ?

— C'est quoi, le problème, hein ? Un quart d'heure !

— TOUT DE SUITE !

— Pourquoi tu hurles ? Tu passes ton temps à me hurler dessus.

Et cetera, et cetera. Megan songea à Lorraine qui n'était pas faite pour avoir des enfants, aux mamans agglutinées dans un coin du *Starbucks,* au passé qui ne vous lâche jamais, ni le bon ni le mauvais… on le range dans des boîtes qu'on remise dans un placard, comme ces cartons qu'on entasse chez soi – qu'on garde, mais qu'on n'ouvre jamais – et le jour où la réalité vous rattrape, on va dans le placard et on les déballe.

Quand Megan revint dans la chambre, Dave s'était endormi devant la télévision, la zappette à la main. Il était couché sur le dos, torse nu ; sa poitrine se soulevait dans un léger ronflement. Un instant, Megan s'arrêta pour l'observer. Il était solidement charpenté, en bonne forme physique, mais les années avaient rajouté des couches. Ses cheveux étaient moins épais qu'avant. Ses bajoues étaient plus prononcées. Son maintien n'était plus ce qu'il avait été.

Il travaillait trop. Tous les jours de la semaine, il se réveillait à six heures et demie, enfilait un costume-cravate (sauf certains vendredis où tout le monde s'habillait comme des garçons de café) et se rendait à son bureau situé au sixième étage d'un building de Jersey City. Il était avocat, et ses déplacements professionnels lui prenaient beaucoup trop de temps. Il aimait bien son métier, mais il vivait surtout pour les moments passés avec sa famille. Dave aimait entraîner ses enfants, assister aux rencontres sportives et il avait tendance à prendre leurs performances trop à cœur. Il aimait baratiner les parents dans les gradins, boire une bière avec les vétérans de l'American Legion, jouer au foot avec son équipe de « vieux » et faire un parcours de golf tôt le matin.

Es-tu heureux ?

Elle ne lui avait jamais posé la question. Lui non plus. Que répondrait-elle, du reste ? En ce moment, elle était mal dans sa peau. Elle ne lui avait rien dit. Peut-être qu'il faisait pareil. Seize ans qu'elle dormait avec cet homme, et lui seul, et elle lui avait menti dès le premier jour. Était-ce important aujourd'hui ? La vérité y changerait-elle quelque chose ? Il ne savait rien de son passé... et pourtant il la connaissait mieux que quiconque.

Megan s'approcha du lit, lui prit doucement la télécommande, éteignit le poste. Dave remua et se tourna sur le côté. Il avait l'habitude de dormir en chien de fusil. Elle se faufila dans le lit, se colla contre lui. Son corps était tiède. Elle enfouit le nez dans son dos. Elle aimait son odeur.

Si elle songeait à son avenir, à la vieillesse, quelque part en Floride ou dans un village de retraités, Megan savait que ce serait avec cet homme-là. Elle n'imaginait pas sa vie autrement. Elle aimait Dave. Sa place était auprès de lui... et cependant était-ce si mal de vouloir plus ou simplement autre chose de temps en temps ?

C'était mal. La question était : pourquoi ?

Elle posa la main sur la hanche de son mari. Si elle glissait ses doigts sous la bande élastique, elle savait d'avance comment il réagirait, le petit gémissement dans son sommeil. Elle sourit, mais se retint. Ses pensées la ramenaient à sa visite au *Crème*. Rien que d'y être, de ressentir cette ambiance, c'était déjà extraordinaire.

Pourquoi avait-elle rouvert ce placard ?

Et, moins abstrait et existentiel : était-il possible que Stewart Green soit de retour ?

Non. Enfin, elle n'arrivait pas à l'imaginer. Ou alors, avec le recul, son retour expliquait tout le reste. Soudain, l'excitation se mua en peur. Il y avait eu de bons moments, des moments de grâce. Mais aussi des moments terrifiants.

Quand on y pense, ces deux-là n'allaient-ils pas de pair ? Ça fait partie du jeu, non ?

Stewart Green. Elle croyait ce fantôme-là enterré depuis longtemps. Mais on n'enterre pas un fantôme, hélas !

Elle frissonna, enlaça Dave par la taille, se blottit plus près. À sa surprise, il lui prit la main.

— Ça va, chérie ?

— Oui.

Il y eut un silence. Puis il dit :

— Je t'aime.

— Je t'aime aussi.

Megan se disait que le sommeil ne viendrait jamais, mais elle se trompait. Elle y tomba comme dans un précipice. À trois heures du matin, quand son portable se mit à vibrer, elle était toujours pelotonnée contre son mari, un bras autour de sa taille. Elle s'éveilla en sursaut, attrapa le téléphone sans hésiter, jeta un coup d'œil sur le numéro entrant, même si c'était inutile.

À moitié endormi, Dave lâcha un juron.

— Ne réponds pas.

Mais Megan ne s'en sentait pas la force. Elle était déjà en train de s'extraire du lit, de chercher ses chaussons. Elle porta le téléphone à son oreille.

— Agnes ?

— Il est dans ma chambre, souffla la vieille femme.

— Ça va aller, Agnes. J'arrive.

— S'il te plaît, fais vite.

La terreur dans la voix était manifeste.

— Je crois qu'il va me tuer.

51

Broome ne prit pas la peine de sortir sa plaque en pénétrant au *Crème,* un « club pour hommes » – doux euphémisme – situé à deux pas (et à des années-lumière) de la grande promenade d'Atlantic City. Le videur, un vieux de la vieille nommé Larry, le connaissait bien.

— Yo, Broome.

— Salut, Larry.

— Affaires ou détente ? s'enquit Larry.

— Affaires. Rudy est là ?

— Dans son bureau.

Il était dix heures du matin, mais une poignée de clients piteux s'attardaient dans la salle, avec des danseuses non moins piteuses. Un employé installait le toujours populaire buffet à volonté (« nourriture seulement »… ah ! ah !) en mélangeant des plats congelés qui dataient de Dieu sait quand. Dire que ce buffet était le paradis de la salmonelle frisait le pléonasme.

Rudy trônait derrière son bureau. Il aurait pu faire de la figuration dans *Les Soprano,* sauf que le directeur de casting l'aurait trouvé trop caricatural pour le personnage. C'était un type corpulent qui arborait une chaîne en or assez grosse pour hisser l'ancre d'un paquebot et une bague au petit doigt que ses danseuses auraient pu porter au poignet. Il se leva lourdement.

— Salut, Broome.

— Que se passe-t-il, Rudy ?

— Je peux faire quelque chose pour toi ?

— Tu sais qui est Carlton Flynn ?

— Bien sûr. Un petit frimeur à la noix adepte de la gonflette et du bronzage en cabine.

— Tu es au courant qu'il a disparu ?

— Il paraît, ouais.

— Faut pas que ça t'empêche de dormir, hein.

— J'arrête pas de pleurer, dit Rudy.

— Tu peux me parler de lui ?

— Les filles disent qu'il a une toute petite bite.

Rudy alluma un cigare et le pointa sur Broome.

— Les stéroïdes, mon ami. Évite. Ça te ratatine les *cojones,* après on dirait des raisins secs.

— J'apprécie le conseil, et l'image. Autre chose ?

— Il a dû fréquenter beaucoup de clubs, fit Rudy.

— Sûrement.

— Alors pourquoi tu viens me casser les pieds ici ?

— Parce qu'il a disparu. Comme Stewart Green.

Rudy ouvrit de grands yeux.

— Et alors ? C'était quoi, il y a vingt ans ?

— Dix-sept.

— Ça fait un bail. Dans une ville comme Atlantic City, c'est une éternité.

Il n'avait pas tort. Ici, on comptait en années de chien. Le temps passait plus vite. Et, bien qu'on ne l'ait pas crié sur les toits, Stewart Green, papa gâteau de deux bambins, époux dévoué d'une Sarah atteinte de cancer, ne dédaignait pas le service à la bouteille du *Crème* et la compagnie des effeuilleuses. Il utilisait une carte de crédit séparée, et les factures arrivaient à son bureau. Broome avait fini par en parler à Sarah, avec tous les ménagements possibles, et sa réaction l'avait pris au dépourvu.

— Des tas d'hommes mariés vont dans ces clubs, avait-elle répondu. Et alors ?

— Vous le saviez ?

— Oui.

Elle mentait. Il avait surpris une lueur peinée dans son regard.

— D'ailleurs, ça n'a aucune importance, avait-elle ajouté.

En un sens, elle avait raison. Le fait qu'un homme aime à se rincer l'œil ou même à s'offrir des plaisirs hors mariage n'avait rien à voir avec l'urgence des recherches à entreprendre. D'un autre côté, à force d'interroger les clients et les employés du *Crème,* Broome s'était forgé une image plutôt troublante et torride du personnage.

— Stewart Green, répéta Rudy. Je n'ai pas entendu ce nom-là depuis des lustres. Quel rapport ?

— Seulement deux points, Rudy.

Car, en vérité, les deux hommes avaient très peu de chose en commun. Stewart Green était marié, travailleur, père de famille. Carlton Flynn était célibataire, dorloté, fils à papa.

— Primo, ils ont disparu le même jour, quoique à dix-sept ans d'intervalle. Et secundo, ajouta Broome avec un geste, il y a cet établissement de prestige.

Au cinéma, des types comme Rudy ne coopèrent jamais avec les flics. Dans la vraie vie, ils ne veulent pas d'ennuis ni empêcher que des crimes soient résolus.

— Et comment puis-je t'aider ?

— Flynn avait-il une fille attitrée ici ?

— Tu veux dire comme Stewart avec Cassie ?

Broome ne dit rien, laissant passer le nuage noir.

— Parce que... comment... aucune de mes filles n'a disparu, si c'est à ça que tu penses.

Broome ne disait toujours rien. Stewart Green avait eu une favorite au club. Elle aussi avait disparu cette fameuse nuit. Lorsque les cerveaux du FBI, qui avaient récupéré l'affaire en pensant qu'il s'agissait d'un citoyen respectable, avaient appris ce détail, ils étaient parvenus à une conclusion évidente et universellement admise : Stewart Green avait mis les voiles avec une strip-teaseuse.

Mais Sarah ne voulait pas en entendre parler, et Broome n'y croyait pas non plus. Green était peut-être un mec pas net qui aimait à s'encanailler... mais de là à abandonner ses mômes et à prendre la tangente ? Ça ne tenait pas debout. Aucun de ses comptes n'avait été vidé. Ni argent ni biens personnels ne manquaient à l'appel. Pas de valise, rien n'avait été vendu, aucun signe au travail qu'il projetait de s'enfuir. En fait, la carrière de Stewart tournait autour de son bureau minutieusement rangé. Il avait un revenu fixe, un bon job, des amis, des parents et des frères et sœurs qui l'aimaient.

S'il était parti, tout laissait à penser qu'il s'était décidé sur un coup de tête.

— D'accord, je demanderai si Flynn avait un faible pour une fille en particulier. Quoi d'autre ?

Jusque-là, Broome avait réussi à identifier dix hommes qui pouvaient correspondre au profil qui l'intéressait. Son ex-femme et coéquipière, Erin Anderson, avait même obtenu les portraits de trois d'entre eux. La collecte d'informations allait prendre du temps. Il tendit les photos à Rudy.

— Tu reconnais un de ces gars ?

— Des suspects ?

Broome fronça les sourcils.

— Tu les connais, oui ou non ?

— Oui, bon, d'accord, désolé.

Rudy feuilleta les photos.

— Je ne sais pas. Celui-là, il a une tête qui me dit quelque chose.

Peter Berman. Sans emploi. Porté disparu un 4 mars, huit ans plus tôt.

— D'où le connais-tu ?

Haussement d'épaules.

— Je n'ai pas dit que je le connaissais. J'ai dit que je l'avais peut-être déjà vu. Où et quand, je n'en sais rien. Si ça se trouve, ça fait plusieurs années.

— Huit ans, par exemple ?

— Je ne sais pas, peut-être, pourquoi ?

— Fais circuler les photos. Vois si quelqu'un les reconnaît. Ne dis pas pourquoi on les cherche.

— Ben, moi-même je ne sais pas pour quoi c'est.

Broome avait vérifié tous les autres cas. Pour l'instant – et il était encore tôt –, le seul qui impliquait la disparition d'une femme était naturellement celui de Stewart Green. Son prénom, du temps où elle travaillait ici, était Cassie. Personne ne connaissait son vrai nom. Les agents fédéraux et la plupart des flics étaient partis en courant quand la strip-teaseuse était entrée en scène. Les rumeurs circulaient, atteignant le voisinage des Green. Les enfants pouvaient être méchants. Susie et Brandon allaient se faire chambrer par leurs petits camarades parce que papa s'était fait la belle avec une danseuse exotique.

Un seul flic – un flic probablement très obtus – n'y avait pas cru.

— Autre chose ? demanda Rudy.

Broome secoua la tête, se dirigea vers la porte. Levant les yeux, il vit soudain quelque chose qui le stoppa net.

— Qu'est-ce qu'il y a ? fit Rudy.

Broome pointa le doigt.

— Caméras de surveillance ?

— Évidemment. Au cas où on nous chercherait des embrouilles. Ou bien, tiens, il y a deux mois, on a eu un gars qui a réglé sa note, douze mille dollars, avec sa carte de crédit. Sa femme l'a vu, il a prétendu qu'on lui avait volé sa carte ou qu'il s'était fait escroquer, un bobard, quoi. Il a dit qu'il n'était jamais venu ici. Il a réclamé son argent.

Broome sourit.

— Et alors ?

— Je lui ai envoyé l'image d'un double *lap dance* en précisant que je serais heureux de faire parvenir la vidéo complète à sa femme. Puis je lui ai suggéré d'ajouter un pourboire vu que les filles s'étaient décarcassées ce soir-là.

— Et tu effaces tes bandes au bout de combien de temps ?

— Mes bandes ? Tu crois qu'on est encore au vingtième siècle ou quoi ? Il n'y a plus de bandes. Tout est numérique maintenant. J'ai ici les deux dernières années au complet.

— Tu peux me filer ce que tu as en date du 18 février ? Cette année et l'année passée.

Ray se rendit dans un FedEx Kinko, spécialiste de l'impression numérique, et, à partir de leur ordinateur, imprima la photo de Carlton Flynn dans les Pine Barrens. Il savait que s'il envoyait directement le jpeg, le fichier pouvait conduire les enquêteurs à l'appareil d'origine. Il prit donc la photo imprimée et s'en fut faire une photocopie couleur au Staples sur la route 30.

Il tenait le tout par les bords pour être sûr de ne pas laisser d'empreintes. Il se servit d'une éponge pour l'enveloppe, d'un simple Bic bleu pour rédiger l'adresse tout en majuscules. Police d'Atlantic City. Il reprit la voiture et s'arrêta devant une boîte aux lettres dans une rue tranquille d'Absecon.

L'image du sang revint.

Sa démarche n'était-elle pas trop risquée ? Et si ça lui retombait dessus ? Il ne voyait pas comment, et puis, après tout ce temps, le problème n'était même pas là. Il n'avait pas le choix. Quoi qu'on exhume, quels que soient les désagréments qui puissent en résulter pour lui, qu'avait-il à perdre au fond ?

Ray préférait ne pas y penser. Il jeta l'enveloppe dans la boîte et redémarra.

6

MEGAN DONNA UN VIOLENT COUP DE FREIN et ouvrit la portière à la volée. Elle traversa le hall d'entrée au pas de course, passant devant le gardien de nuit fatigué qui leva les yeux au ciel, et tourna à gauche dans le deuxième couloir.

La chambre d'Agnes était la troisième à droite. En poussant la porte, Megan entendit une exclamation étouffée qui provenait du lit. Il faisait noir comme dans un four. Zut, où était la veilleuse ? Elle appuya sur l'interrupteur, se tourna vers le lit, et son cœur se contracta à nouveau.

— Agnes ?

La vieille femme était assise avec les couvertures tirées jusqu'aux yeux, des yeux ronds comme des soucoupes ; on aurait dit un môme devant un film d'horreur.

— C'est Megan.

— Megan ?

— Tout va bien. Je suis là.

— Il est encore venu cette nuit, chuchota sa belle-mère.

Megan courut vers le lit et la serra dans ses bras. Agnes Pierce avait tellement maigri depuis un an qu'elle eut l'impression d'étreindre un sac d'os. Elle était glacée et grelottait dans sa chemise de nuit trop large. Megan la réconforta comme elle réconfortait ses enfants quand ils faisaient un cauchemar.

— Je suis désolée, fit Agnes entre deux sanglots.

— Chut... ce n'est rien.

— Je n'aurais pas dû téléphoner.

— Mais bien sûr que si, rétorqua Megan. Chaque fois que quelque chose vous fait peur, je veux que vous m'appeliez, OK ?

L'odeur d'urine était très puissante. Une fois qu'Agnes se fut calmée, Megan l'aida à changer sa couche – la vieille dame refusait que Megan le fasse toute seule – et à se remettre au lit.

Allongée dans le grand lit à côté d'elle, Megan demanda :

— Vous voulez me raconter ?

Des larmes coulaient sur les joues d'Agnes. Megan la regarda dans les yeux car, par moments, ceux-ci lui parlaient encore. Les premiers signes de démence étaient apparus trois ans plus tôt, avec la fameuse tendance à la confusion. Elle appelait son fils Dave « Frank »… non pas du nom de son défunt mari, mais de celui du fiancé qui l'avait plantée devant l'autel un demi-siècle auparavant. Grand-mère jadis aimante, soudain Agnes ne se rappelait plus les prénoms des enfants, ni qui ils étaient. Ça faisait peur à Kaylie. La paranoïa était devenue sa compagne de tous les jours. Elle prenait les séries télé pour la réalité, craignait que le tueur des *Experts : Miami* ne se cache sous son lit.

— Il était dans la chambre. Il a dit qu'il allait me tuer.

C'était une nouvelle idée fixe. Dave avait fait de son mieux, mais il n'avait aucune patience pour ces choses-là. Durant le dernier Super Bowl, juste avant qu'ils comprennent qu'elle ne pouvait plus vivre seule, Agnes n'avait cessé de répéter que le championnat n'était pas en direct… qu'elle l'avait déjà vu et savait qui avait gagné. Au début, Dave l'avait pris sur le ton de la plaisanterie :

— Qui a gagné ? Si on parie, ça nous fera des sous.

Agnes répondait :

— Tu verras bien.

Mais Dave s'obstinait.

— Ah oui, et qu'est-ce qui va se passer maintenant ?

Son exaspération grandissait de minute en minute.

— Attends, disait Agnes.

Sitôt le match terminé, son visage s'éclairait.

— Tu vois ? Je te l'avais dit.

— Tu m'avais dit quoi ?

Megan :

— Laisse tomber, Dave.

Agnes se bornait à hocher la tête.

— J'avais déjà vu ce match. Je te l'ai dit.

— Qui a gagné, alors ?

— Je ne veux pas te gâcher le plaisir.

— C'est du direct, maman. Tu n'en sais rien.

— Bien sûr que si.

— Alors qui a gagné, hein ? Dis-moi qui a gagné.

— Et tout gâcher ?

— Tu ne vas rien gâcher du tout. Dis-moi seulement qui a gagné.

— Tu verras.

— Tu n'as jamais vu ce match, maman. Il se joue maintenant, en direct.

— Mais si, je l'ai vu hier.

Et ainsi de suite, jusqu'à ce que le visage de Dave vire à l'écarlate et que Megan s'interpose, lui rappelant pour la énième fois que ce n'était pas la faute d'Agnes. Ce n'était pas facile à intégrer. Un cancer ou une crise cardiaque, d'accord, mais une maladie mentale, par définition, dépasse notre entendement.

À présent, depuis un mois et quelque, Agnes était en proie à une nouvelle hallucination : un homme faisait irruption dans sa chambre et la menaçait. Une fois de plus, Dave avait choisi d'occulter le problème.

— Laisse sonner, disait-il d'un ton las. Il faut la placer dans un cadre plus surveillé.

Mais Megan n'arrivait pas à s'y résoudre. Pas encore.

Les médecins l'avaient prévenue : l'état d'Agnes empirait, bientôt elle serait bonne pour le « troisième étage » réservé aux patients atteints d'Alzheimer. Aux yeux du monde extérieur, c'était un choix cruel, mais Dave était un nouveau converti. Puisqu'il n'y avait aucun espoir de guérison, le personnel du « troisième étage » veillait au confort des patients au moyen de la « thérapie de la validation », ce qui signifiait en gros : « Si vous y croyez, c'est que c'est vrai. » Si vous croyiez, par exemple, que vous aviez vingt-deux ans et étiez mère d'un nouveau-né, les soignants vous laissaient nourrir et bercer le « bébé » (une poupée) et roucoulaient avec lui comme des visiteurs de passage. Si une femme se croyait enceinte, les infirmières lui demandaient où elle en était de sa grossesse, si c'était une fille ou un garçon, et tout le bataclan.

Megan contempla le visage effrayé d'Agnes. Agnes autrefois si vive, si drôle... si merveilleusement délurée. Un soir, alors que les deux femmes avaient bu, Megan lui avait même parlé un peu de son passé. Juste une allusion, comme quoi il ne fallait pas se fier aux apparences. Agnes avait répondu :

— Je sais, mon petit. On a tous nos secrets.

Elles n'avaient plus jamais abordé ce sujet. Et lorsque Megan avait voulu en reparler, il était déjà trop tard.

— Ça va mieux, dit Agnes. Tu peux y aller maintenant.

— J'ai un peu de temps.

— Il faut que tu ailles chercher les petits à l'école, non ?

— Ils sont assez grands pour se débrouiller tout seuls.

— Ah bon ?

Agnes pencha la tête.

— Megan ?

— Oui ?

— Je fais quoi s'il revient cette nuit ?

Megan reporta son attention sur la veilleuse.

— Qui a éteint ça ?

— Lui.

La thérapie de la validation. Après tout, pourquoi pas ? Si ça pouvait chasser ses terreurs...

— J'ai apporté quelque chose qui pourrait vous servir.

Megan sortit de son sac ce qui ressemblait à un réveil numérique.

Agnes parut déconcertée.

— C'est une caméra espion.

Elle l'avait achetée en ligne sur un site spécialisé. Certes, elle aurait juste pu *dire* que c'était une caméra espion – la thérapie de la validation n'exigeait pas d'être honnête –, mais pourquoi mentir quand on pouvait l'éviter ?

— Comme ça, on pourra le prendre en flagrant délit.

— Merci, dit Agnes, les larmes – de soulagement ? – aux yeux. Merci infiniment, Megan.

— De rien.

Megan l'installa face au lit. La caméra était équipée d'une minuterie et d'un détecteur de mouvement. Les coups de fil d'Agnes survenaient généralement vers trois heures du matin.

— Voilà ce qu'on va faire, expliqua-t-elle. Je vais régler la minuterie pour que l'enregistrement démarre à neuf heures du soir et dure jusqu'à six heures du matin, OK ?

— Tes mains, fit Agnes.

— Pardon ?

— Elles tremblent.

Megan baissa les yeux. Sa belle-mère avait raison. Ses doigts parvenaient à peine à trouver les boutons.

— Quand il vient ici, dit Agnes dans un murmure, mes mains se mettent à trembler aussi.

Megan regagna le lit et l'étreignit de nouveau.

— Toi aussi, hein, Megan ?

— Moi aussi quoi ?

— Tu as peur. Tu trembles parce que tu as peur de lui.

Megan ne savait que répondre.

— Tu es en danger, pas vrai, Megan ? Il vient te voir toi aussi ?

Elle allait protester, trouver des mots rassurants, puis elle se ravisa. Elle n'avait pas envie de mentir à Agnes. Pourquoi lui laisser croire qu'elle était la seule à avoir peur ? Que toutes les peurs étaient imaginaires ?

— Je… Je ne sais pas, dit-elle.

— Mais tu crains qu'il ne soit revenu pour te tuer.

Megan déglutit, songeant à Stewart Green, à la façon dont tout s'était terminé.

— Peut-être bien.

— Il ne faut pas.

Megan s'efforça d'acquiescer.

— OK. Vous savez quoi ? Si vous n'avez pas peur, je n'aurai pas peur non plus.

Agnes fronça les sourcils, balayant cette proposition infantile.

— C'est différent.

— Comment ?

— Tu es jeune, fit Agnes. Tu es forte. Tu es dure. Tu as connu l'adversité, non ?

— Tout comme vous.

Mais Agnes ne voulait rien entendre.

— Tu n'es pas une vieille femme grabataire. Clouée au lit dans le noir, impuissante, à grelotter en attendant qu'il t'achève.

Megan la regarda, médusée. C'était pour le bénéfice de qui, la thérapie de la validation, au juste ?

— Ne reste pas à attendre dans le noir, ajouta Agnes dans un murmure fébrile. Ne sois pas impuissante. S'il te plaît. Promets-le-moi.

Megan hocha la tête.

— Je vous le promets.

Elle était sincère. Validation ou pas, Agnes venait d'énoncer une vérité première : avoir peur, c'était moche, mais se sentir impuissante était bien pire. De toute façon, depuis la visite de Lorraine, Megan caressait l'idée de faire le grand saut. Quitte à exhumer le passé à ses risques et périls, mais, comme l'avait dit Agnes, ça valait mieux que de rester à grelotter dans le noir.

— Merci, Agnes.

La vieille femme cilla comme pour retenir ses larmes.

— Tu t'en vas ?

— Oui. Mais je reviendrai.

Agnes ouvrit les bras.

— Tu veux bien rester encore un peu ? Pas longtemps. Je sais que tu dois rentrer. Mais tu n'es pas à quelques minutes près, si ?

Megan secoua la tête.

— Absolument pas.

7

BROOME COMMENÇAIT TOUT JUSTE à visionner les vidéos de surveillance, des tas de crétins qui sortaient en titubant avec des verres, des colliers, des chapeaux de carnaval et des filles, quand Rudy, le gérant du *Crème,* l'appela.

— Carlton Flynn avait bien une favorite, annonça-t-il.

— Qui est-ce ?

— Tawny Allure.

Broome grimaça.

— C'est son vrai nom ?

— Aussi vrai que tout le reste, si tu vois à quoi je pense.

— Eh oui, tu es la subtilité faite homme. Elle sera là quand ?

— Elle est là en ce moment.

— J'arrive.

Broome allait éteindre l'écran quand son chef, Goldberg – un connard fini – demanda :

— C'est quoi, ce bordel ?

Goldberg se pencha au-dessus de lui. Il empestait le thon, la sueur et la bière.

— La vidéo du *Crème* le soir de la disparition de Flynn.

— Et pourquoi vous regardez ça ?

Broome n'avait pas envie de s'étendre sur le sujet, mais Goldberg n'allait pas le lâcher comme ça. Il portait une chemise beige qui à l'origine avait dû être d'un blanc immaculé. Et il grognait plus qu'il ne parlait, se figurant que la posture pouvait masquer la médiocrité. Du reste, jusqu'ici, ça lui avait plutôt réussi.

Broome se leva.

— J'essaie de voir s'il n'y a pas un lien entre Stewart Green et Carlton Flynn. Les deux ont disparu à la même date.

Goldberg hocha la tête, pensif.

— Et où allez-vous maintenant ?

— Je retourne au *Crème*. Flynn avait un faible pour l'une des strip-teaseuses.

— Hmm.

Goldberg se frotta le menton.

— Un peu comme Stewart Green ?

— Possible.

Broome éjecta le CD-Rom de son ordinateur. Peut-être devrait-il les montrer à Erin. Elle avait l'œil pour ce genre de choses. Il pourrait les déposer en chemin. Il contourna Goldberg. En sortant, il regarda en arrière de peur que l'autre ne lui colle aux basques. Mais Goldberg était penché sur le téléphone, la main sur le combiné comme si cela allait changer quelque chose.

Vingt minutes plus tard, après avoir laissé le CD-Rom sur le bureau d'Erin, Broome était assis face à Tawny Allure dans un coin sombre du *Crème*. Rudy se tenait debout derrière elle, bras croisés. Tawny était toute minauderies, implants et papa-ne-m'a-pas-donné-assez-d'amour. Bref, un cliché dans un lieu comme celui-ci, sauf que les clichés sont pour la plupart fondés. Elle était jeune et bien roulée – la chirurgie esthétique était passée par là –, mais elle avait le visage dur de celle qui avait vu trop d'hommes filer à l'anglaise au petit matin, puis changer leur numéro de portable.

— Parlez-moi de Carlton Flynn, demanda Broome.

— Carlton ?

Elle battit des cils… des cils tellement faux qu'on aurait dit des crabes moribonds en train de cuire au soleil.

— C'était un amour. Il me traitait comme une princesse. Toujours très classe.

Tawny ne savait pas mentir. Ses yeux papillotaient comme des oiseaux affolés.

— Il n'y a rien d'autre que vous puissiez me dire à son sujet ?

— Je ne vois pas.

— Comment l'avez-vous connu ?

— Ici.

— Comment ?

— Il a commandé un *lap dance,* expliqua Tawny. C'est autorisé par la loi.

— Et ensuite ? Il vous a emmenée chez lui ?

— Oh non. Ça ne se fait pas ici. C'est un établissement respectable. Jamais de la vie.

Même Rudy leva les yeux au ciel.

Broome soupira.

— Tawny ?

— Oui ?

— Je ne suis pas de la brigade des mœurs, moi. Vous pouvez forniquer avec un macaque, pour ce que ça m'intéresse...

— Hein ?

— ... et je doute que vous ayez quelque chose à voir avec la disparition de Carlton. Mais si vous continuez à me mentir...

— Je ne mens pas !

Broome leva la main pour lui intimer le silence.

— Si vous continuez à me mentir, Tawny, je vous ferai épingler et mettre au frais, juste pour le fun. Je m'arrangerai pour que vous soyez accusée de meurtre car, franchement, cette histoire me fatigue et j'ai besoin de la tirer au clair. Alors soit vous me dites la vérité, soit vous allez faire un tour à l'ombre.

C'était évidemment une menace en l'air. Broome se sentit presque coupable vis-à-vis de cette fille qui avait du yaourt dans la tête. Elle jeta un coup d'œil par-dessus son épaule. Il faillit dire à Rudy d'aller prendre l'air, mais ce dernier l'encouragea d'un signe.

Tawny baissa les yeux. Ses épaules s'affaissèrent.

— Il m'a cassé le doigt.

Elle avait gardé sa main droite sous la table. Avec un gant rouge par-dessus – assorti à la couleur de son bustier –, et lorsqu'elle l'ôta, Broome vit que la fracture n'avait pas été réduite correctement. Le doigt était de travers, avec l'os qui semblait vouloir transpercer la peau.

Il foudroya Rudy du regard. Rudy haussa les épaules.

— Tu crois qu'on a un centre médical ici ?

Une larme roula sur la joue de Tawny.

— Carlton est méchant. Il aime me faire mal. Il a dit que si je me plaignais, il tuerait Ralphie.

— C'est votre fiancé ?

Elle dévisagea Broome comme s'il avait deux têtes.

— C'est mon caniche.

Il leva les yeux sur Rudy.

— Tu le savais, ça ?

— Tu ne crois tout de même pas que je tiens le réper toire de tous leurs animaux de compagnie ?

— Pas le chien, abruti. Le côté sadique de Carlton Flynn.

— Eh, si quelqu'un malmène mes filles, je lui dis d'aller se faire voir. Mais si je ne suis pas au courant, je fais comment, hein ? C'est comme cet arbre qui tombe dans la forêt. Est-ce que ça fait une brèche si on ne l'entend pas ? Si je ne sais pas, je ne peux pas savoir.

Rudy, le philosophe des tripots.

— Vous a-t-il infligé d'autres blessures ? demanda Broome.

Tawny hocha la tête, les paupières serrées.

— Pouvez-vous m'en parler ?

— Non.

— Vous le haïssiez donc.

— Oui.

— Et il a disparu.

Les faux cils de Tawny s'ouvrirent démesurément.

— Vous avez dit vous-même que je n'avais rien à voir avec ça !

— Peut-être pas vous, répondit Broome. Mais quelqu'un qui tient à vous. Quelqu'un qui voulait vous protéger.

À nouveau la mine ahurie, comme face à un type à deux têtes.

— Un amoureux, un parent, un ami intime.

— Vous rigolez ou quoi ?

Sa consternation était, hélas, justifiée. Elle ne semblait avoir personne d'autre hormis un caniche nommé Ralphie. Fin de l'histoire.

— Quand avez-vous vu Flynn pour la dernière fois ? interrogea Broome.

— La veille de... bref, de son départ.

— Où êtes-vous allés tous les deux ?

— Ici pour commencer. Il aimait me regarder danser. Il payait des *lap dances* à droite et à gauche, il regardait en souriant, puis il me ramenait à la maison, me traitait de pute parce que j'avais dansé pour d'autres et me frappait.

Broome s'efforça de rester impassible. Qu'on vienne ici, qu'on cherche à prendre son pied, libre à chacun, il n'était pas là pour juger. Mais ce qu'on ne dit pas, c'est que les gens en demandent toujours plus. Au début, Carlton Flynn n'était qu'un petit joueur : il voulait du cul, point. Puis il lui avait fallu autre chose. C'est comme ça que ça marche. Une addiction en appelle une autre. Le grand-père de Broome avait trouvé la bonne formule : « Si on pouvait baiser tout son saoul, on voudrait une deuxième biroute. »

— Vous projetiez de le revoir ? s'enquit Broome.

— On s'était donné rendez-vous le soir où... bref, où il a disparu.

— Et ensuite ?

— Il a téléphoné pour dire qu'il serait en retard. Mais il n'est jamais venu.

69

— A-t-il dit pourquoi il serait en retard ?

— Non.

— Savez-vous ce qu'il a fait plus tôt dans la journée ?

Tawny secoua la tête. Un vieux relent de laque et de remords vint chatouiller les narines de Broome.

— Vous n'avez rien à me dire à propos de ce jour-là ?

Elle secoua la tête de plus belle.

— Je ne comprends pas, dit Broome. Ce type vous maltraitait, n'est-ce pas ?

— Oui.

— Et ça allait crescendo.

— Hein ?

Broome ravala un soupir.

— C'était de pire en pire.

— Ah oui, d'accord. C'est ça.

Broome écarta les mains.

— Comment ça allait finir, d'après vous ?

Tawny cilla, regarda ailleurs, parut réfléchir.

— Comme d'hab. Il en aurait eu marre de moi. Il serait passé à autre chose.

Elle haussa les épaules.

— Ou il m'aurait tuée.

8

LES MOTS « HARRY SUTTON, AVOCAT » étaient tracés au pochoir sur la vitre opaque. À l'ancienne.

Quand Megan tapota doucement à la porte, Harry répondit d'un sonore :

— Entrez !

Elle posa la main sur la poignée. Quelques heures plus tôt, elle avait appelé Dave pour le prévenir qu'elle rentrerait tard. Il avait voulu savoir pourquoi. Elle lui avait dit de ne pas s'inquiéter et avait raccroché. Et maintenant elle était de retour à Atlantic City, une ville qu'elle ne connaissait que trop bien.

Megan poussa la porte, consciente que ce simple geste allait changer sa vie. Le cabinet se composait d'une seule pièce délabrée, mais Harry n'en voulait pas d'autre.

— Salut, Harry.

Harry Sutton n'était pas beau. Avec les valises qu'il avait sous les yeux, il avait de quoi entreprendre une croisière de trois semaines. Son nez bulbeux frisait la caricature. Sa tignasse blanche ne pouvait être disciplinée que sous la menace d'un fusil. Mais son sourire... son sourire était béatifique : il la réchauffa, la ramena en arrière, et elle se sentit rassurée.

— Ça fait un sacré bout de temps, Cassie.

D'aucuns traitaient Harry d'avocat des rues, mais la réalité était tout autre. Quarante ans plus tôt, frais émoulu de la fac de droit de Stanford, il était entré dans le prestigieux cabinet Kronberg, Reiter et Roseman. Un soir, des collègues bien intentionnés avaient traîné le jeune avocat timide et discret à Atlantic City, l'enfer du jeu, du sexe et de la débauche en général. Le timide Harry avait plongé dans le bain… et n'en était plus ressorti. Il avait quitté le prospère cabinet, affiché son nom sur cette même porte et décidé de défendre les parias de la ville, à savoir tous ceux qui, d'une façon ou d'une autre, débutaient leur carrière ici.

Dans la vie, on rencontre peu de gens avec une auréole au-dessus de la tête. Ils ne sont ni beaux, ni angéliques, ni bénévoles dans une œuvre caritative – Harry, pour sa part, préférait largement les pécheurs aux saints –, mais il émane d'eux une aura de confiance et de bonté. Harry Sutton faisait partie de ces gens-là.

— Comment vas-tu, Harry ?

Il était comme figé dans son fauteuil. Son regard bleu clair la scrutait avec une drôle d'expression. Cela ne lui ressemblait guère, mais bon, ça faisait presque vingt ans. Megan se demanda si elle n'avait pas commis une erreur en venant ici.

— Bien, merci.

— Bien, merci ?

Il acquiesça et se mordit la lèvre.

— Qu'est-ce qui se passe, Harry ?

Soudain ses yeux s'embuèrent.

— Harry ?

— Nom d'un chien, dit-il.

— Quoi ?

— J'avais promis de ne pas craquer. Une vraie midinette, voilà ce que je suis.

Elle ne dit rien, attendit.

— C'est que… je croyais que tu étais morte.

Megan sourit, soulagée de retrouver le personnage sentimental qu'elle avait connu naguère.

— Harry…

Il la fit taire d'un geste.

— Les flics sont venus ici après que toi et ce type aviez disparu.

— Je n'ai pas disparu avec ce type.

— Tu as juste disparu de ton côté ?

— En quelque sorte.

— Eh bien, les flics voulaient te causer. Et c'est toujours d'actualité.

— Je sais, dit Megan. C'est pour ça que je suis revenue. J'ai besoin de ton aide.

Lorsqu'elle vit le jeune couple souriant à côté de sa porte, Tawny Allure soupira et secoua la tête.

Le vrai prénom de Tawny était Alice. Elle l'avait gardé au début – son nom de scène était « Alice au pays des merveilles » –, mais du coup, ses anciennes relations auraient pu la reconnaître facilement. Aujourd'hui, le boulot fini, elle portait un sweat ample qui masquait ses implants. Elle avait troqué les *stilettos* contre une paire de tennis, retiré son maquillage plâtreux et chaussé des lunettes noires de star. Persuadée de ne ressembler en rien à la danseuse exotique qu'elle était.

Le petit couple souriant avait l'air de sortir tout droit d'une séance d'études bibliques. Tawny fronça les sourcils. Elle connaissait le genre. Les bonnes âmes. Venues lui donner des brochures et la sauver. Avec des formules bateau du style : « Abandonne le string et trouve Jésus. » Ce à quoi elle répondrait : « Il laisse de gros pourboires, Jésus ? »

La fille blonde était jeune et jolie, mais sans artifices. Ses cheveux étaient noués en une queue-de-cheval souple façon majorette. Elle était vêtue d'un col roulé et d'une jupe qui n'aurait pas déparé au club dans un numéro d'écolière, socquettes comprises. Qui s'habillait comme ça dans la vraie vie ?

Le beau gosse qui l'accompagnait avait les cheveux ondulés d'un politicien adepte du yachting. Il arborait un pantalon kaki, une chemise bleue et un pull jeté sur les épaules.

Tawny n'était pas d'humeur. Son doigt lui faisait mal. Elle se sentait faible, courbatue, défaite. Elle avait envie de rentrer chez elle et de nourrir Ralphie. Ses pensées tournaient autour de cette entrevue avec le flic, Broome, et bien sûr de la disparition de Carlton Flynn. Le jour où elle avait rencontré Carlton, il portait un T-shirt noir et moulant avec l'inscription : « Je ne suis pas gynéco, mais je veux bien jeter un œil. » Peut-on imaginer meilleur signal d'alarme ? Mais cette truffe de Tawny avait rigolé en le lisant. Triste quand on y repensait. Même si elle était bien pourvue par ailleurs, son radar à connards tombait en panne dès qu'il s'agissait de mecs.

Par moments – presque tout le temps, en fait –, Tawny avait l'impression que la malchance la suivait pas à pas, la rattrapant ici et là, lui tapotant l'épaule, histoire de lui rappeler qu'elle ne la lâchait pas.

Tout avait pourtant bien commencé. Elle avait adoré son boulot au *Crème*. Tout n'était qu'éclate, excitation et danse soir après soir. Non, Tawny n'avait pas subi d'abus sexuels dans son enfance ni rien de tout ça, merci, mais elle avait une autre particularité qu'on trouve souvent dans ce milieu.

Tawny était, reconnaissons-le, intrinsèquement fainéante et très rapidement blasée.

On parle toujours des filles qui sont maltraitées ou qui manquent de confiance en elles. D'accord, il y avait de ça, mais la vérité, c'est que la plupart des filles n'avaient tout simplement pas envie de bosser. Qui en a envie, du reste ? Réfléchissez un peu... quelles étaient les solutions de remplacement ?

Prenez la sœur de Tawny, Beth. Depuis sa sortie du lycée six ans plus tôt, Beth faisait de la saisie informatique dans une compagnie d'assurances. Confinée dans un cagibi malodorant, elle tapait sur le clavier de son ordinateur – heure après heure, jour après jour, année après année –, enfermée dans son cagibi plus petit qu'une cellule de prison, jusqu'à ce que... quoi, au juste ?

Brrr.

Franchement, pensait Tawny, autant crever tout de suite.

Ses options se réduisaient à ceci : primo, saisir des données sur l'ordinateur comme un robot dans un réduit puant... secundo, danser toute la nuit, boire du champagne et faire la fête.

Trop dur de choisir.

Sauf que son job au *Crème* n'avait pas évolué comme elle l'avait espéré. C'était mieux, disait-on, que match.com pour rencontrer des mecs bien, or la seule relation qu'elle avait nouée par ce biais, c'était avec Carlton. Et qu'avait-il fait ? Il lui avait cassé le doigt et avait menacé Ralphie.

Il y avait des filles qui se trouvaient un mec riche, mais elles étaient jolies, et Tawny savait, en se regardant dans la glace, qu'elle ne l'était pas. Elle devait forcer sur le maquillage. Les cernes sous ses yeux s'accentuaient. Ses implants avaient besoin de retouches et, malgré ses vingt-trois ans, elle avait des varices qui faisaient ressembler ses jambes à des cartes en relief.

La petite blonde sémillante lui adressa un signe de la main.

— On peut vous parler un instant, mademoiselle ?

Tawny éprouva une pointe d'envie pour cette poupée blonde au sourire commercial. Le beau gosse était probablement son copain. Il devait prendre soin d'elle, l'emmener au cinéma, lui tenir la main en faisant les courses. Veinarde. Grenouilles de bénitier ou pas, ils avaient l'air heureux et en bonne santé, comme s'ils n'avaient jamais connu la tristesse de toute leur existence. Tawny aurait parié ses maigres économies que, dans l'entourage de ces deux-là, tout le monde était encore en vie. Leurs parents étaient toujours ensemble et, comme eux, respiraient la santé ; ils jouaient au tennis, organisaient des barbecues et de grands repas de famille où l'on baissait la tête avant de dire une gentille prière.

Bientôt, ils allaient lui annoncer qu'ils avaient des solutions à tous ses problèmes, mais désolée, Tawny n'était vraiment pas d'humeur. Pas aujourd'hui. Son doigt cassé lui faisait trop mal. Un flic avait menacé de la jeter en prison. Et son taré de « petit ami » avait disparu et, si Dieu avait un tant soit peu d'affection pour elle, était peut-être mort.

— On en a pour une minute, ajouta le beau gosse souriant.

Tawny allait les envoyer paître, mais quelque chose la retint. Ces deux-là étaient différents des bigots qui se tenaient à l'entrée du club et harcelaient les filles avec leurs citations des Évangiles. Ils avaient un côté... Amérique profonde, peut-être ? La mine plus fraîche, les yeux plus brillants. Quelques années plus tôt, la grand-mère de Tawny, qu'elle repose en paix, s'était entichée d'une espèce de télévangéliste relou qui officiait sur une chaîne câblée à deux balles. On y diffusait un truc appelé *L'Heure de la musique saine* avec de jeunes ados qui chantaient en s'accompagnant à la guitare et en tapant dans leurs mains. Le petit couple, c'est à cela qu'il ressemblait. À deux rescapés d'une chorale religieuse sur une chaîne câblée.

— Ce ne sera pas long, l'assura la blondinette.

Ils avaient choisi leur jour pour venir frapper à sa porte. Plutôt que de se pointer à l'entrée de service du club en vitupérant le péché. Mais peut-être qu'avec toute cette casse, son doigt meurtri, ses pieds endoloris et le reste de sa personne trop fourbu pour faire un pas de plus, ces deux jeunes n'étaient pas là sans raison. Peut-être qu'ils avaient été envoyés, alors que Tawny était au trente-sixième dessous, pour la sauver. Comme deux anges tombés du ciel.

Et si c'était vrai ?

Une larme solitaire roula sur la joue de Tawny. La blondinette hocha la tête comme si elle comprenait exactement ce que Tawny pouvait ressentir.

Si ça se trouve, se dit-elle en sortant sa clé, j'ai besoin d'être sauvée. Si ça se trouve, ces deux petits jeunes, aussi improbable que cela paraisse, étaient son passeport pour une vie meilleure.

— OK, fit-elle en ravalant un sanglot. Vous pouvez entrer. Mais juste une seconde, hein ?

Ils acquiescèrent à l'unisson.

Tawny ouvrit la porte. Ralphie fonça à sa rencontre, ses griffes cliquetant sur le lino. Ce bruit lui fit chaud au cœur. Ralphie, le seul être bon, aimant, gentil, de sa vie. Elle se baissa, et il bondit sur elle. Elle rit entre deux sanglots, le gratta derrière l'oreille et se redressa.

Tawny se tourna vers la blondinette qui n'avait pas cessé de sourire.

— Il est mignon, ce chien.

— Merci.

— On peut le caresser ?

— Bien sûr.

Tawny regarda le beau gosse. Lui aussi souriait. Mais bizarrement cette fois. Quelque chose ne collait pas.

Toujours souriant, le beau gosse leva le poing, pivota et la frappa de toutes ses forces en plein visage.

En s'écroulant, tandis que le sang giclait de son nez et que ses yeux se révulsaient, la dernière chose que Tawny entendit, ce furent les couinements de Ralphie.

9

BROOME REPOSA LE TÉLÉPHONE. Il en était toujours à essayer de digérer ce – comme disent les présentateurs des chaînes de télé locales – « nouveau rebondissement spectaculaire ».

— Qui c'était ? demanda Goldberg.

Broome ne s'était pas rendu compte que son chef laissait traîner son oreille.

— Harry Sutton.

— L'aigrefin ?

— Aigrefin ? répéta Broome en fronçant les sourcils. On n'est pas en 1958. Plus personne ne traite les avocats d'aigrefins.

— Ne faites pas l'andouille, c'est trop facile, rétorqua Goldberg. Cela a quelque chose à voir avec Carlton Flynn ?

Broome se leva. Son pouls s'était accéléré.

— Peut-être.

— Eh bien ?

Quelque chose à voir avec Carlton Flynn ? Possible. Quelque chose à voir avec Stewart Green ? Absolument.

Broome passait et repassait la conversation dans sa tête. Au bout de dix-sept ans de recherches, Harry Sutton prétendait avoir Cassie, l'effeuilleuse qui s'était volatilisée avec Stewart Green, dans son bureau. En ce moment même... comme ça, surgie de nulle part. C'était presque trop beau pour être vrai.

Avec n'importe quel autre avocat, Broome se serait méfié. Mais Harry Sutton, malgré tout ce qu'il savait de lui, n'aurait jamais inventé une chose pareille. Il n'avait aucun intérêt à lui mentir.

— On en parlera plus tard, dit-il.

Goldberg posa la main sur sa hanche, histoire de lui en imposer.

— Non, on en parle maintenant.

— Harry Sutton a peut-être localisé un témoin.

— Quel témoin ?

— J'ai juré de garder le secret.

— Vous quoi ?

Broome ne prit pas la peine de répondre. Il était déjà dans l'escalier, persuadé que Goldberg, qui trouvait épuisant tout ce qui ne consistait pas à tendre la main vers un sandwich, ne le suivrait pas. Au moment où il montait dans la voiture, son portable sonna. C'était Erin.

— Où es-tu ? demanda-t-elle.

— Je vais voir Harry Sutton.

Erin avait été sa coéquipière vingt-trois ans durant, avant de prendre sa retraite l'an dernier. Elle était aussi son ex-femme. Il la mit au courant de la soudaine réapparition de Cassie.

— Ben dis donc ! lâcha-t-elle.

— Eh oui.

— Cassie, la fille de l'air. Ça fait un sacré bout de temps que tu la cherches.

— Dix-sept ans.

— Du coup, tu pourras en savoir plus.

— Espérons-le. Tu m'appelles pour quoi ?

— La vidéo de surveillance du *Crème*. J'ai peut-être trouvé quelque chose.

— Tu veux que je passe quand j'en aurai fini avec Sutton ?

— Volontiers, ça me laissera le temps de besogner. Et puis, tu me raconteras ton entrevue avec la fille de l'air.

Il ne résista pas.

— Erin ?

— Oui ?

— Tu as dit « besogner », hé hé hé !

— Sérieusement, Broome, gémit Erin. Tu as quel âge ?

— Avant, ça te faisait de l'effet.

— Beaucoup de choses me faisaient de l'effet, répondit-elle avec un soupçon de mélancolie. Il y a longtemps.

Eh oui...

— Allez, à tout à l'heure.

Broome garda le pied sur l'accélérateur. Quelques minutes plus tard, il tambourinait sur la vitre dépolie. De l'intérieur, une voix rocailleuse répondit :

— Entrez !

Il poussa la porte et pénétra dans la pièce. Harry Sutton avait l'allure d'un prof d'université autrefois populaire qui serait tombé dans la déchéance. Broome balaya la pièce du regard. Il n'y avait personne d'autre que Harry.

— Ça fait plaisir de vous voir, lieutenant.

— Où est Cassie ?

— Asseyez-vous.

Broome s'exécuta.

— Où est Cassie ?

— Elle n'est pas là pour le moment.

— Ça, je m'en suis aperçu.

— C'est parce que vous êtes un grand professionnel.

— J'essaie de rester modeste, répondit Broome. Que se passe-t-il, Harry ?

— Elle n'est pas loin. Elle veut vous parler. Mais d'abord, définissons la règle du jeu.

Broome écarta les bras.

— Je vous écoute.

— Pour commencer, tout cela reste confidentiel.

— Confidentiel ? Vous me prenez pour un journaliste, Harry ?

— Non, je vous prends pour un flic compétent et au

80

bout du rouleau. Confidentiel veut dire ceci : pas de notes, pas de procès-verbal. Pour tous les autres, vous ne l'avez jamais vue.

Broome réfléchit.

— Et si je refuse ?

Se levant, Harry Sutton lui tendit la main.

— Ravi de vous avoir vu, lieutenant. Passez une bonne journée.

— OK, OK, pas la peine de recourir aux simagrées.

— Certes, répliqua Harry avec un grand sourire, mais pourquoi se priver de ce petit plaisir ?

— Donc, c'est confidentiel. Soit. Faites-la entrer.

— Encore quelques points.

Broome attendit.

— Cette entrevue est exceptionnelle. Cassie s'entretiendra avec vous dans mon bureau. Elle répondra à vos questions dans la mesure de ses possibilités et en ma présence. Ensuite elle disparaîtra à nouveau. Vous la laisserez partir. Sans chercher à découvrir son nouveau nom ou son identité... et, qui plus est, sans chercher à la localiser après cet entretien.

— Et vous croyez que je vais faire ce que vous me demandez ?

— Oui.

— Je vois.

Broome changea de position sur son siège.

— Imaginez que je la croie coupable d'un crime.

— J'en doute fort.

— Mais imaginez quand même.

— Difficile, je vous assure. Une fois qu'elle aura fini de vous parler, elle rentrera chez elle. Et vous ne la reverrez plus.

— Imaginez aussi qu'au cours de l'enquête je tombe sur de nouveaux éléments et que j'aie besoin de les lui soumettre.

— La réponse est la même : difficile.

— Je ne pourrai pas venir vous voir ?

— Vous pourrez. Et si je peux vous aider, je le ferai. Mais elle ne prendra aucun engagement de ce genre.

Broome aurait pu insister, mais il était à court d'arguments. Et il préférait tenir que courir. Hier, il ignorait totalement où était Cassie. Aujourd'hui, sauf à la contrarier ou à contrarier Harry, il avait l'occasion de lui parler.

— OK, déclara-t-il. J'accepte toutes vos conditions.

— Magnifique.

Harry Sutton prit son téléphone portable.

— Cassie ? C'est bon. Tu peux venir maintenant.

Le directeur adjoint de la police Goldberg n'en avait plus rien à battre.

D'ici un an, il toucherait sa retraite complète, et ce n'était pas assez. C'en était même loin. Atlantic City était peut-être un cloaque, mais un cloaque cher. Rien que les pensions alimentaires lui coûtaient la peau des fesses. Sa compagne actuelle, une star du porno de vingt-huit ans prénommée Melinda (elles étaient toutes des « stars » du porno, avait noté Goldberg, jamais de simples actrices ou, comme dans le cas de Melinda, « le faire-valoir dans une scène d'amour à trois »), le suçait jusqu'à la moelle (au propre comme au figuré, trop drôle), mais nom de nom, ce qu'elle était bonne.

Alors tournez-le dans le sens que vous voulez, trouvez la formule la plus politiquement correcte, au final, Goldberg était bel et bien un flic ripou.

En temps ordinaire, il l'aurait justifié facilement. Les criminels sont comme cette bête mythologique : on lui coupe une tête, il y en a deux qui repoussent. Ou bien, mieux vaut un diable qu'on connaît – qu'on a sous contrôle, qui ne s'en prend pas aux honnêtes citoyens et qui vous file des dessous-de-table – qu'un diable qu'on ne connaît pas. Ou bien, nettoyer cette ville de la pègre, c'est comme vouloir vider l'océan à la petite cuillère. Des comme ça, Goldberg en avait à la pelle.

Mais en l'occurrence, la justification était encore plus aisée. Le type qui l'arrosait semblait, en apparence du moins, être du côté des anges.

Alors pourquoi hésitait-il ?

Goldberg composa le numéro. On décrocha à la troisième sonnerie.

— Bonjour, monsieur Goldberg !

Raison première à son hésitation : la voix de ce gars-là lui donnait la chair de poule. Il avait l'air très jeune, était d'une politesse exquise et s'exprimait sur un mode déclamatoire, comme s'il auditionnait pour une vieille comédie musicale. Le son de cette voix tétanisait Goldberg. Mais ce n'était pas tout.

Il y avait des rumeurs qui circulaient à son sujet. Des histoires de violence et de perversion attribuées à ce gars et à sa partenaire, le genre d'histoires qui tiennent des hommes adultes – des coriaces comme Goldberg, qui ont tout vu, tout vécu – éveillés la nuit et leur font remonter la couverture sur le menton.

— Euh, dit Goldberg, bonjour.

Même si les rumeurs étaient exagérées, même si un quart seulement de ce qui se murmurait était fondé, il avait mis le pied dans quelque chose qui ne lui plaisait guère. Mais bon, la meilleure solution était de prendre le fric et de la boucler. En un sens, il n'avait pas le choix. Si jamais il faisait machine arrière ou essayait de rendre l'argent, il risquerait de s'attirer les foudres de l'homme qui lui parlait à l'autre bout de la ligne.

— Que puis-je pour vous, monsieur Goldberg ? s'enquit celui-ci.

À l'arrière-plan, Goldberg entendit un bruit qui lui glaça le sang.

— C'est quoi, ça ? demanda-t-il.

— Oh, ne vous inquiétez pas pour ça, monsieur Goldberg. Que vouliez-vous me dire ?

— J'ai peut-être une autre piste.

— Peut-être ?

— Je n'en suis pas sûr, c'est pour ça.

— Monsieur Goldberg ?

Mais enfin, quel était ce bruit en arrière-fond ?

— S'il vous plaît, dites-moi ce que vous avez appris.

Goldberg avait déjà fait fuiter toutes les infos sur la disparition de Carlton Flynn. Et pourquoi pas ? Lui et sa partenaire s'employaient à le rechercher eux aussi, et en échange il avait touché un petit pactole.

La dernière info qu'il leur avait transmise, il l'avait apprise de Broome : Flynn avait une petite amie strip-teaseuse qui travaillait au *Crème*.

On entendait des geignements à l'arrière-plan.

— Vous avez un chien ? fit Goldberg.

— Non, monsieur Goldberg, je n'ai pas de chien. Ah, mais j'en avais un quand j'étais gamin. La meilleure chienne du monde. Elle s'appelait Ginger Snaps. Mignon, non ?

Goldberg ne répondit pas.

— Vous n'avez pas l'air très motivé, monsieur Goldberg.

— Directeur adjoint.

— Voulez-vous qu'on se rencontre, monsieur le directeur adjoint ? On pourrait en discuter chez vous, si vous préférez.

Le cœur de Goldberg s'arrêta de battre.

— Non, ça ira.

— Alors, que voulez-vous me dire, monsieur le directeur adjoint ?

Le chien geignait toujours. Mais Goldberg crut entendre un autre bruit, une sorte de plainte ou pire… un gémissement de douleur tellement inhumain que, paradoxalement, il ne pouvait provenir que d'un être humain.

— Monsieur le directeur adjoint ?

Il déglutit et se jeta à l'eau.

— Il y a un avocat du nom de Harry Sutton…

10

LA PORTE DU BUREAU DE HARRY SUTTON s'ouvrit sur Cassie.

Elle n'avait pas beaucoup changé.

Ce fut la première réaction de Broome. Il l'avait connue un peu dans le temps, l'avait croisée au club, du coup il se souvenait d'elle. Elle avait changé de couleur de cheveux au fil du temps – elle était davantage blond platine s'il se rappelait correctement – mais c'était à peu près tout.

On peut se demander, puisqu'elle n'avait pas changé, pourquoi Broome n'avait pas réussi à la retrouver depuis dix-sept ans. Le fait est que disparaître n'est pas aussi difficile qu'on le croit. À l'époque, Rudy ne connaissait même pas son véritable nom. Broome avait fini par le découvrir. Maygin Reilly. Mais ça s'était arrêté là. Elle avait une nouvelle identité et, malgré l'intérêt qu'elle présentait à ses yeux, elle ne méritait pas vraiment un avis de recherche national ni un épisode entier de la série *Most Wanted*.

L'autre changement, c'était qu'elle paraissait financièrement à l'aise et, faute de meilleur terme, normale. Une effeuilleuse, on aura beau l'habiller, elle aura toujours l'air d'une effeuilleuse. Pareil pour le joueur, l'ivrogne... et le flic, tiens. Cassie ressemblait à une mère de famille. En plus rigolote, peut-être. Qui ne se laissait pas faire, qui flirtait à l'occasion, qui se penchait un peu trop près quand elle avait bu quelques verres à la fête des voisins. Mais une mère de famille quand même.

Elle s'assit à côté de lui, se tourna, le regarda dans les yeux.

— Ravie de vous revoir, lieutenant.

— Moi de même. Je vous ai cherchée, Cassie.

— Je m'en suis doutée.

— Dix-sept ans.

— Presque comme Jean Valjean et Javert, répondit-elle.

— Comme dans *Les Misérables.*

— Vous avez lu Hugo ?

— Nan, dit Broome. Mon ex m'a traîné à la comédie musicale.

— Je ne sais pas où est Stewart Green, déclara-t-elle de but en blanc.

Cool, se dit Broome. Zappons les préliminaires.

— Vous n'ignorez pas, j'imagine, que vous avez disparu en même temps que lui ?

— Non.

— Au moment de sa disparition, vous vous fréquentiez, n'est-ce pas ?

— Non.

Broome écarta les bras.

— C'est ce qu'on m'a dit.

Elle eut un sourire en coin, et il revit la fille sexy d'autrefois.

— Ça fait combien de temps que vous vivez à Atlantic City, lieutenant ?

Il hocha la tête, devinant où elle voulait en venir.

— Quarante ans.

— Vous connaissez la vie. Je n'étais pas une prostituée. Je travaillais dans les clubs, et je me payais du bon temps. Pendant un moment, Stewart Green en a fait partie. Un peu. Et pour finir, il a tout démoli.

— Le bon temps ?

— Tout.

Elle serra les lèvres.

— Stewart Green était un psychopathe. Il me harcelait. Il me frappait. Il menaçait de me tuer.

— Pourquoi ?

— Quelle partie du mot « psychopathe » vous a échappé ?

— Vous voilà psychiatre maintenant, Cassie ?

Elle le gratifia du même sourire en coin.

— Pas besoin d'être psychiatre pour reconnaître un psychopathe, rétorqua-t-elle. Pas plus qu'il n'est besoin d'être flic pour reconnaître un assassin.

— Touché, concéda Broome. Mais si Stewart Green était à ce point cinglé, ma foi, il cachait bien son jeu.

— On se montre tous sous un jour différent selon la personne qu'on a en face.

Il fronça les sourcils.

— C'est un peu cliché, ne pensez-vous pas ?

— Oui.

Elle réfléchit un instant.

— J'ai entendu une fois un gars donner un conseil à son pote à propos d'une fille avec qui il voulait sortir. Une fille qui avait l'air normale, mais dessous, c'était un vrai sac de nœuds. Vous voyez le genre ?

— Je vois.

— Le gars a mis son copain en garde : « Tu ne vas pas ouvrir cette bon Dieu de boîte à embrouilles. »

Broome apprécia.

— Et c'est ce que vous avez fait avec Green ?

— Comme je l'ai dit, au début il semblait plutôt cool. Puis il a fait une fixation sur moi. Il y a des hommes comme ça. J'ai toujours réussi à prendre ça à la rigolade. Mais pas avec lui. Écoutez, j'ai lu tous les papiers après sa disparition : père de famille exemplaire, épouse aimante qu'il a soignée pendant son cancer, enfants en bas âge. Tout ça, je l'ai vu sur mon lieu de travail. Je n'avais pas à juger les hommes mariés qui venaient là pour décompresser ou pour… enfin, bref. Les trois quarts des gars au club étaient mariés. Je ne pense même pas qu'ils étaient hypocrites : on peut aimer sa femme et vouloir se distraire un peu, non ?

Broome haussa les épaules.

— Sûrement.

— Mais Stewart Green n'était pas comme ça. Il était violent. Il était taré. Simplement, je ne savais pas à quel point.

Broome croisa les jambes. Les coups, la violence… cela ressemblait beaucoup à la description que Tawny avait faite de Carlton Flynn. Un autre lien, peut-être ?

— Qu'est-il arrivé, alors ? demanda-t-il.

Pour la première fois, Cassie parut mal à l'aise. Elle jeta un coup d'œil à Harry Sutton. Les doigts croisés sur le ventre, Harry hocha la tête. Elle contempla ses mains.

— Vous connaissez les ruines de l'ancienne fonderie du côté de Wharton ?

Broome connaissait. C'était à une quinzaine de kilomètres d'Atlantic City… à l'orée des Pine Barrens.

— J'y allais quelquefois. Après le boulot ou chaque fois que j'avais besoin de souffler.

Besoin de souffler, pensa Broome en s'efforçant de garder un visage impassible. Un mensonge. Son premier ? Il n'en était pas certain. Il allait poser la question inéluctable : qu'alliez-vous faire là-bas *réellement* ? Mais pour l'instant, il laissa tomber.

— Un soir, mon dernier soir dans cette ville, je me trouvais dans le parc à côté des ruines. J'étais dans tous mes états. Stewart poussait le bouchon trop loin, et je ne savais vraiment plus quoi faire. J'avais tout essayé pour qu'il me lâche.

Broome lui demanda la même chose qu'à Tawny :

— Vous n'aviez pas un petit ami, rien ?

Une lueur fugace traversa son regard.

— Non.

Nouveau mensonge ?

— Personne pour vous venir en aide ? Rudy ou quelqu'un du club ?

— Ce n'était pas notre façon de travailler. En tout cas, pas la mienne. Je me gérais toute seule. On aurait pu penser que je touchais le fond, mais j'étais une grande fille. J'étais capable de me débrouiller par moi-même.

Elle baissa les yeux.

— Qu'est-il arrivé, Cassie ?

— Ça fait bizarre. De m'entendre appeler comme ça. Cassie.

— Vous auriez préféré Maygin ?

Elle sourit.

— Vous êtes au courant ? Non. On garde Cassie.

— OK. Vous êtes en train de noyer le poisson, Cassie.

— Je sais.

Elle prit une grande inspiration.

— Je désespérais de trouver un moyen de me débarrasser de Stewart, alors, deux jours plus tôt, j'avais fait éclater une bombe atomique. Ou j'avais menacé de le faire. À vrai dire, jamais je ne serais allée jusque-là. Mais je croyais que la simple menace suffirait.

Broome se doutait bien de ce dont il s'agissait, mais il resta silencieux.

— Bref, j'ai averti Stewart que s'il ne me laissait pas tranquille, je dirais tout à sa femme. Je ne l'aurais pas fait. Cette bombe-là, une fois qu'on la lâche, on se prend l'onde de choc en pleine figure. Mais comme je l'ai dit, généralement la menace suffit.

— Sauf dans son cas à lui.

— C'est ça.

Elle sourit à nouveau, mais ce fut un sourire sans joie.

— Pour reprendre l'expression du gars dont je vous ai parlé, j'avais sous-estimé ce qui se passerait si j'ouvrais cette bon Dieu de boîte à embrouilles.

Broome regarda Harry Sutton. Penché en avant, l'avocat écoutait, l'air soucieux.

— Comment a-t-il réagi quand vous l'avez menacé ?

Les yeux de Cassie s'emplirent de larmes. Elle cilla pour les chasser. Sa voix, lorsqu'elle l'eut recouvrée, était douce.

— Très mal.

Il y eut un silence.

— Vous auriez pu vous adresser à moi, dit Broome.

Elle ne répondit pas.

— Vous auriez pu. Avant de lâcher la bombe.

— Et qu'auriez-vous fait, lieutenant ? Vous autres flics prenez toujours notre parti contre d'honnêtes citoyens.

— C'est injuste, Cassie. S'il vous maltraitait, vous auriez pu m'en parler.

Elle secoua la tête.

— Peut-être, et peut-être pas. Mais vous ne comprenez pas. Il était fou à lier. Il m'a dit que si je prononçais un mot de trop, il me passerait au fer à souder, m'obligerait à donner les adresses de mes amis et les tuerait tous. Je l'ai cru. Vu l'expression de son regard – vu ce qu'il m'a fait –, je l'ai cru sur parole.

Broome marqua une pause avant de questionner :

— Du coup, qu'avez-vous fait ?

— J'ai pensé partir un moment. Disparaître pendant un mois ou deux. Il se lasserait de moi, tournerait la page, retournerait chez sa femme, que sais-je. Mais même là, j'avais peur. J'ignorais comment il réagirait si je partais sans sa permission.

Elle se tut. Broome la laissa reprendre son souffle, puis l'encouragea à poursuivre.

— Vous dites que vous étiez dans le parc.

Elle hocha la tête.

— Où exactement, dans le parc ?

Il attendit. Lorsqu'elle avait franchi la porte – nom d'une pipe, lorsque Broome repensait à ce qu'elle avait été dans sa jeunesse –, elle respirait le calme, la confiance. Plus maintenant. Elle se tordait les mains.

— Sur le sentier. Il faisait nuit. J'étais seule. Puis j'ai entendu un bruit. Ça venait des buissons, un peu plus loin.

Elle baissa la tête. Il l'aiguillonna en douceur :

— Quel genre de bruit ?

— Un bruissement plutôt. On aurait dit un animal. Ça s'est accru. Et quelqu'un – une personne – a crié.

Elle s'interrompit à nouveau, regarda ailleurs.

— Qu'avez-vous fait ensuite ?

— J'étais seule. Je n'avais pas d'arme. Que vouliez-vous que je fasse ?

Elle le scruta comme en attente d'une réponse. Faute de réaction de sa part, elle reprit :

— Mon premier réflexe a été de prendre mes jambes à mon cou. Mais quelque chose m'a retenue.

— Quoi ?

— Tout est redevenu calme. Comme si on avait débranché la prise. Un silence de mort. J'ai attendu quelques secondes. La seule chose que j'entendais, c'était ma respiration. Je me suis plaquée contre le gros rocher et je l'ai contourné lentement. C'est là que je l'ai vu.

— Stewart Green ?

Elle hocha la tête.

Broome avait la bouche sèche.

— Quand vous dites « je l'ai vu »… ?

— Il était étendu sur le dos. Les yeux fermés. Je me suis penchée et je l'ai touché. Il était couvert de sang.

Broome eut un pincement au cœur.

— Il était mort ?

— Je crois.

Une note d'impatience se glissa dans sa voix.

— Comment ça, vous croyez ?

— Je ne suis ni psychiatre ni médecin, riposta-t-elle. Je vous parle de l'impression que j'ai eue, point. Je n'ai pas pris son pouls. J'avais déjà du sang partout, je paniquais. C'est très étrange. Tout à coup, le temps s'est arrêté, et je me suis sentie presque heureuse. Je sais ce que vous allez penser, seulement voilà, je le haïssais. Vous n'imaginez pas à quel point. Et soudain, mon problème était réglé. Stewart était mort. Mais je me suis vite calmée. J'ai réalisé ce qui allait arriver, et ne me dites pas, s'il vous plaît, que je suis injuste. Je voyais déjà le scénario. J'allais me précipiter dans une cabine téléphonique – je n'avais pas de portable à l'époque, personne n'en avait – pour appeler les flics. Qui mèneraient leur enquête et apprendraient qu'il me harcelait et pire. Tout le monde louerait le mari et père de famille exemplaire qu'il était, tombé dans les filets d'une strip-teaseuse croqueuse d'hommes… bref, je vous laisse deviner le reste. Alors je me suis enfuie. Sans me retourner.

— Où êtes-vous allée ?

Harry Sutton toussota dans son poing.

— C'est hors sujet, lieutenant. Pour vous, son témoignage s'arrête là.

Broome le regarda.

— Vous voulez rire ou quoi ?

— Nous avons conclu un accord.

— C'est la vérité, lieutenant, dit Cassie.

Il allait la prendre sur le fait, lui rétorquer que c'était au mieux une partie de la vérité, mais il ne voulait pas la faire fuir. Il essaya de connaître les détails dans l'espoir d'en apprendre davantage. Surtout sur l'état véritable de Stewart Green au moment de sa fuite, mais il n'en tira rien de plus.

Finalement, Harry Sutton déclara :

— Je pense que vous avez appris tout ce qu'il vous fallait savoir, lieutenant.

Oui, mais que savait-il au juste ? Il était aussi perdu qu'avant… voire plus peut-être. Broome repensa aux autres hommes, aux liens possibles, à toutes ces disparitions. Avaient-ils été assassinés ? Avaient-ils été attaqués et… pris la fuite ? Stewart Green avait été le premier. Cela au moins, Broome en était certain. S'était-il remis de son agression et… ?

Et quoi ?

Où diable était-il passé ? Et quel rapport avec Carlton Flynn et les autres ?

Cassie se leva. Il la suivit des yeux.

— Pourquoi ? demanda-t-il.

— Pourquoi quoi ?

— Vous auriez pu rester cachée, préserver votre nouvelle vie.

Son regard glissa sur Harry Sutton, puis vint se poser sur elle.

— Pourquoi êtes-vous revenue ?

— Vous êtes Javert, rappelez-vous, répondit-elle. Vous me poursuivez depuis des années. Javert et Jean Valjean finissent forcément par se retrouver.

— Vous avez donc préféré choisir le moment et l'endroit ?

— C'est mieux que de vous trouver sur le pas de ma porte, non ?

Broome secoua la tête.

— Je n'achète pas.

Elle haussa les épaules.

— Je ne cherche pas à vendre à tout prix.

— Alors c'est tout, Cassie ? Ça s'arrête là ?

— Je ne comprends pas très bien.

Oh que si, elle comprenait. Ça se voyait dans ses yeux.

— Vous allez reprendre votre train-train quotidien ? s'enquit Broome. Ça y est, vous vous sentez libérée maintenant ? Vous avez tout ce qu'il vous faut ?

— Je crois, oui. Mais puis-je vous poser une question ?

Elle cherchait à inverser les rôles, se dit Broome. Passant à l'offensive. La question était, pourquoi ? Il lui fit signe de continuer.

— Qu'allez-vous faire de cette information ?

— L'ajouter à toutes celles que je possède déjà et essayer de tirer des conclusions.

— Vous n'avez jamais dit à la femme de Stewart Green la vérité à son sujet ?

— Ça dépend de la vérité.

— Ne jouez pas sur les mots, lieutenant.

— D'accord. Jusqu'à présent, je n'ai entendu que des rumeurs concernant Stewart Green. Je n'étais sûr de rien.

— Allez-vous le dire à sa femme, maintenant que vous savez ?

Broome prit son temps pour répondre.

— Si j'estime que ça peut aider à découvrir ce qui lui est arrivé, oui, je lui en parlerai. Mais je ne suis pas un privé qu'on engage pour traîner quelqu'un dans la boue.

— Ça lui permettrait de tourner la page plus facilement.

— Ou plus difficilement. Mon souci est de résoudre les crimes. Point à la ligne.

— Logique, acquiesça-t-elle, la main sur la poignée de la porte. Bonne chance pour votre enquête.

— Avant que vous partiez...

Elle s'arrêta.

— Il y a un point crucial qu'on n'a pas évoqué, avec toutes ces fines allusions à Victor Hugo.

— Lequel ?

Broome sourit.

— Le timing de cette petite réunion.

— Eh bien ?

— Pourquoi maintenant ? Pourquoi, au bout de dix-sept ans, avez-vous choisi de vous manifester aujourd'hui ?

— Vous savez pourquoi.

Il fit non de la tête.

— Absolument pas.

Elle regarda Harry comme pour lui demander conseil. Il haussa les épaules.

— Je suis au courant pour cet autre homme qui a disparu.

— Je vois. Comment l'avez-vous appris ?

— Je l'ai vu aux infos.

Encore un mensonge.

— Et quoi, vous voyez un lien entre ce qui est arrivé à Stewart Green et ce qui est arrivé à Carlton Flynn ?

— En dehors de ce qui saute aux yeux ? dit-elle. Non, pas vraiment.

— Donc, vous en avez entendu parler et ça vous a rappelé le passé ? Un retour en arrière, en quelque sorte ?

— Ce n'est pas aussi simple.

À nouveau, elle contempla ses mains. Broome comprenait à présent. Il y avait eu une alliance à son annulaire gauche. On distinguait bien la marque de bronzage. Elle l'avait retirée, probablement pour leur rendez-vous, et ça la mettait mal à l'aise. Voilà qui expliquait sa manie de se triturer les mains.

— Ce qui s'est passé ce soir-là... ça ne m'a jamais quittée. J'ai pris la fuite. J'ai changé de nom. J'ai refait ma vie. Mais cette soirée m'a suivie partout. Elle me suit encore. J'ai dû me dire qu'il était temps d'arrêter de fuir. Et de faire face, une bonne fois pour toutes.

11

TOUT LE MONDE LES APPELAIT KEN ET BARBIE.

Alors, pour plus de sécurité – et parce qu'une identité secrète, c'est trop cool –, ils s'étaient approprié ces surnoms.

Le doigt cassé de Tawny avait rendu leur mission ridiculement facile. Du travail prémâché, quoi. Barbie était déçue. Elle qui excellait à extorquer les aveux. C'était une créative. Et elle avait hâte d'essayer son nouveau fer à souder à pointe fine, capable de chauffer à cinq cent trente-huit degrés centigrades.

Seulement, créativité signifiait improvisation. Ken avait vu tout de suite que Tawny avait un doigt cassé et qu'il la faisait souffrir. Comment ne pas en profiter ?

Après que Ken l'avait frappée au visage, Barbie avait verrouillé la porte. Couchée sur le dos, Tawny se tenait le nez. Ken posa une de ses baskets sur sa poitrine, pile entre ses énormes faux seins, la clouant au sol. Il tira sur sa main droite. Tawny se cabra de douleur.

— Ça va aller, fit-il, apaisant.

Utilisant son pied en guise de levier, Ken bloqua le bras de Tawny. Elle ne pouvait plus bouger. La main avec le doigt cassé était exposée et complètement vulnérable. Il fit signe à Barbie.

Barbie sourit et renoua sa queue-de-cheval. Il aimait la regarder rassembler ses cheveux, les tirer en arrière, dévoilant la courbe gracile de son cou. Elle s'approcha du doigt et l'examina.

Pour commencer, elle le poussa avec son propre majeur. Pas fort. Une simple pichenette. Mais Tawny hurla, et son regard s'illumina. Lentement, Barbie referma quatre doigts autour du doigt cassé. Tawny gémit. Barbie marqua une pause, un petit sourire aux lèvres. Le chien Ralphie, pressentant peut-être ce qui allait suivre, se blottit dans un coin en geignant. Barbie regarda Ken. Il lui sourit. Elle hocha la tête.

— S'il vous plaît, dit Tawny à travers ses larmes. S'il vous plaît, dites-moi ce que vous voulez savoir.

Toujours souriante, Barbie, sans crier gare, rabattit le doigt cassé en arrière jusqu'à ce qu'il touche le poignet. Ken, aux aguets, pressa son pied sur la bouche de Tawny, étouffant le long hurlement glaçant. Barbie saisit à nouveau le doigt et entreprit de le tirer d'avant en arrière, comme si c'était un joystick sur une de ces horribles consoles de jeux vidéo ou bien quelque chose qui était resté coincé dans la boue et qu'elle essayait de dégager.

Finalement, l'extrémité déchiquetée de l'os apparut, transperçant peau et bandage.

Alors – et alors seulement – ils demandèrent à Tawny où était Carlton Flynn.

À présent, quarante minutes plus tard, après l'avoir ranimée à deux reprises, ils étaient convaincus que Tawny n'en savait rien. À vrai dire, ils l'avaient compris depuis un moment déjà, mais si Ken et Barbie en étaient là aujourd'hui, c'était bien grâce à leur souci du travail bien fait.

Ils avaient cependant recueilli quelques informations potentiellement utiles. Une fois que la douleur était devenue insoutenable – et que sa raison l'avait momentanément désertée –, Tawny s'était mise à délirer. Tout y passa : son enfance, sa sœur Beth, l'idée que Ken et Barbie étaient des anges envoyés pour la sauver. Elle leur parla d'un flic nommé Broome, de son patron Rudy, d'autres gens du club.

Et de Carlton Flynn, celui-là même qui lui avait cassé le doigt et lui avait posé un lapin la veille.

Mais hélas, Tawny ignorait où il était.

Affalée par terre comme une poupée désarticulée, elle marmonnait des paroles incohérentes. Barbie était en train de caresser Ralphie pour le réconforter. Elle sourit à Ken, et ce sourire lui réchauffa le cœur.

— À quoi tu penses ? lui demanda-t-il.

— À la playlist.

Il n'était pas surpris. Barbie était une perfectionniste.

— Eh bien ?

— Pas d'*a priori*, d'accord ?

— D'accord.

Elle soupira et refit sa queue-de-cheval.

— Je pense qu'on devrait ouvrir avec *Let the River Flow*, puis enchaîner sur *What Color is God's Skin*.

Ken réfléchit à sa proposition.

— Et quand est-ce qu'on interprète *Freedom Isn't Free* ?

— En finale.

— C'est drôlement tard.

— Je crois que ça va le faire.

— Ça va le faire, répondit-il, à condition d'utiliser les mains jazzy dans la chorégraphie.

Barbie fronça les sourcils.

— Tu sais ce que je pense des mains jazzy.

Ken et Barbie étaient tous deux moniteurs au camp d'été SonLit. Le T de la fin était en forme de croix. C'est là qu'ils s'étaient rencontrés et… liés. Ah, mais pas comme ça. En tout bien tout honneur. Ils avaient tous deux fait vœu de chasteté, ce qui selon Ken était gage de discipline et les aidait à mieux canaliser leur énergie.

Comme Ken était une sorte de vedette dans le camp, Barbie s'était mise en devoir de faire sa connaissance. L'année précédente, il avait effectué une tournée mondiale en tant que chanteur avec l'organisation estudiantine ultra-exclusive Up with People. Ce ne fut pas le coup de foudre, mais il y avait eu une attirance, quelque chose d'indicible qui les poussait l'un vers l'autre. Ils l'avaient senti tous les deux. Ils ignoraient ce que c'était… jusqu'à ce qu'un autre moniteur nommé Doug Waites croise leur chemin.

Waites était moniteur-chef, responsable des garçons entre dix et douze ans. Un soir, une fois les gamins couchés et les prières récitées, Barbie vint voir Ken pour demander son aide. Waites ne la laissait pas tranquille, lui dit-elle. Il insistait pour qu'elle sorte avec lui. Il profitait de la moindre occasion pour lorgner son décolleté. Il tenait des propos inconvenants et la traitait d'une façon qu'elle trouvait irrespectueuse.

Ken l'écouta en serrant les poings.

Lorsqu'elle eut fini d'énumérer les méfaits de Waites, il fit une suggestion. La prochaine fois qu'il lui demanderait de sortir avec lui, elle devrait lui donner rendez-vous dans un lieu isolé au milieu des bois, à l'heure de leur choix. La flamme qui illumina les yeux de Barbie, Ken viendrait bientôt à l'aimer.

Deux jours plus tard, après les prières du soir et alors que tous les jeunes dormaient à poings fermés, Doug Waites s'enfonça dans les bois pour son prétendu rendez-vous avec Barbie. À partir de là, Ken prit les choses en main. Barbie assista à la scène, fascinée, hypnotisée. La souffrance l'attirait depuis toujours. Au cours d'un voyage scolaire en Italie, elle avait visité la célèbre cathédrale du Duomo en plein cœur de Florence. Le plafond du dôme était décoré de fresques représentant l'enfer sous son jour le plus terrifiant. Ici, dans un lieu sacré où l'on n'avait pas le droit de pénétrer en short ou en robe sans manches, on pouvait contempler des gens nus – des pécheurs – avec des tisonniers brûlants fichés dans l'anus ou dans les parties intimes. N'importe quel touriste pouvait voir ça. La plupart des ados avaient été écœurés. Mais certains, comme Barbie, n'arrivaient pas à détacher les yeux de ce spectacle. Les visages convulsés des pécheurs l'interpellaient, la captivaient, lui donnaient le frisson.

Quand Ken finit par détacher Doug Waites, il lui adressa un simple avertissement :

— Si tu parles, je te retrouverai et ce sera pire.

Pendant les deux jours qui suivirent, Doug ne parla pas du tout. Le troisième jour, on l'évacua. Ni Ken ni Barbie n'eurent de nouvelles de lui.

Ils continuèrent leur travail de moniteurs, remettant de l'ordre dans les affaires du camp quand c'était nécessaire. Il y avait eu ce garçon qui brutalisait sans pitié les autres. Ou le moniteur qui rapportait de l'alcool en cachette et en offrait aux jeunes. Tous deux furent conduits au même endroit dans les bois.

À un moment, Ken et Barbie commirent ce qu'on pourrait considérer comme une bévue. Ils avaient torturé un odieux jeune homme – il s'était glissé dans la case d'une fille et avait souillé le soutien-gorge d'une autre –, mais ils ignoraient que le père de l'odieux jeune homme était un parrain du crime organisé à New York. En apprenant ce qui s'était passé, qu'on avait malmené son fils jusqu'à ce qu'il demande grâce, le père avait dépêché ses deux meilleurs sbires pour « prendre soin » de Ken et Barbie. Sauf que Ken et Barbie n'étaient plus de gentils amateurs. Quand les deux sicaires débarquèrent, ils étaient prêts. Ils renversèrent la vapeur. Ken en tua un à mains nues. L'autre fut capturé et emmené dans les bois. Barbie prit son temps avec lui, plus méticuleuse que jamais. Pour finir, ils lui laissèrent la vie sauve, même si, en l'occurrence, il eût sans doute été plus charitable de l'achever.

Quand le papa gangster apprit la nouvelle, il fut dûment impressionné... voire intimidé. Au lieu d'envoyer ses troupes, il leur proposa la paix et du boulot. Ken et Barbie acceptèrent. Des méchants qui s'en prenaient à d'autres méchants. C'était providentiel. À la fin du camp, ils quittèrent leurs familles respectives, disant à leurs proches qu'ils partaient comme missionnaires itinérants, ce qui en un sens était vrai.

Le portable sonna. Ken répondit.

— Bonjour, monsieur Goldberg.

La conversation terminée, Barbie se rapprocha de lui.

— On a une autre piste ?

— Oui.

— Dis-moi.

— Un avocat nommé Harry Sutton. Qui défend les putes.

Barbie hocha la tête.

Tous deux s'agenouillèrent près de Tawny. Elle se mit à pleurer.

— Tu comprends maintenant, lui dit Ken. Ce n'est pas une vie pour toi.

Tawny pleurait toujours.

— On va te donner une chance, annonça Barbie avec un sourire béat.

Elle fouilla dans son sac, en sortit quelque chose.

— Voici un billet d'autocar pour partir d'ici.

— Tu vas l'utiliser ? demanda Ken.

Tawny opina vigoureusement du chef.

— En nous voyant, dit Barbie, tu as cru qu'on était des anges venus pour te sauver.

— Si ça se trouve, ajouta Ken, tu avais raison.

Megan avait prévu de rentrer directement.

C'eût été une sage décision. Elle avait rempli sa mission – dans la mesure de ses moyens –, et maintenant il était temps de regagner son cocon protecteur.

Au lieu de quoi, elle se rendit au *Crème*.

À présent, elle était assise au bar, celui du fond, dans le coin le plus sombre. C'était son amie Lorraine qui le tenait. En la voyant entrer, Lorraine l'avait saluée d'un :

— Faut-il que je sois surprise ?

— J'imagine que non.

— Qu'est-ce que je te sers ?

Megan désigna la bouteille derrière elle.

— Un Grey Goose avec des glaçons et quatre rondelles de citron vert.

Lorraine fronça les sourcils.

— Que dirais-tu plutôt de Brand X dilué et servi dans une bouteille de Grey Goose ?

— Encore mieux.

Alors que Megan, comme bon nombre d'adultes, récriminait contre mails et textos, il y avait des moments où la chose se révélait bien pratique. Elle avait donc envoyé un texto à Dave pour dire qu'elle rentrerait tard ; ainsi il ne serait pas en mesure de déceler le mensonge dans le ton de sa voix ni de l'accabler de questions.

Les mains autour de son verre, elle parla à Lorraine de son entrevue avec Broome.

— Tu te souviens de lui ?

— Broome ? Et comment ! Je le revois de temps à autre. C'est un brave type. Je me le suis fait il y a quoi... neuf ou dix ans.

— Tu rigoles ?

— Mon bon cœur me perdra.

Lorraine nettoya un verre avec un vieux chiffon et la gratifia d'un sourire éblouissant.

— En fait, je l'aimais bien.

— Tu aimes tout le monde.

— J'ai le cœur généreux.

— Sans parler du corps.

Lorraine ouvrit les bras.

— Ce serait dommage de gâcher.

— Absolument.

— Alors, fit Lorraine en étirant le mot, as-tu raconté à Broome que j'avais peut-être vu Stewart Green ?

— Non.

— Pourquoi ?

— Je ne savais pas si tu serais d'accord.

— Ça pourrait être important, dit Lorraine.

— Ça pourrait.

Lorraine continuait à essuyer le même verre. Puis :

— Ce n'était probablement pas Stewart.

Megan ne dit rien.

— Il devait y avoir une ressemblance, mais maintenant que je connais ton histoire... tu l'as bien vu mort, non ?

— Peut-être.

— Si tu l'as vu mort, je n'ai pas pu le voir vivant.

Lorraine secoua la tête.

— Bon sang, j'ai dit ça ? J'ai besoin de boire un coup. D'une manière ou d'une autre, j'ai dû me tromper.

— Pour se tromper sur un truc pareil, il faut se lever de bonne heure.

— Oui, bon.

Lorraine posa le verre.

— Mettons, histoire de causer, que j'aie bien vu Stewart Green.

— Soit.

— Où était-il pendant ces dix-sept années ? Qu'a-t-il pu fabriquer ?

— Et, ajouta Megan, pourquoi revenir maintenant ?

— Exactement.

— On devrait peut-être en parler à Broome.

Lorraine hésita.

— Peut-être.

— S'il est de retour...

— Allez, dis-lui, trancha Lorraine en frappant le comptoir avec son chiffon. Mais sans préciser de qui tu tiens l'info.

— Tu resteras en dehors du coup.

— Comme j'aime.

— Malgré ton cœur généreux.

Lorraine s'attaqua à un autre verre avec une énergie redoublée.

— Et maintenant, ma puce ?

Megan haussa les épaules.

— Je vais rentrer chez moi.

— Et c'est tout ?

— Si Stewart Green est réellement de retour...

Cette pensée la fit frissonner.

— Tu es dans un sacré pétrin, acheva Lorraine.

— Oui.

Lorraine se pencha par-dessus le bar. Son parfum sentait le jasmin.

— Broome ne t'a pas demandé pourquoi tu es revenue ?

— Si.

— Et tu lui as servi le couplet de la fille qui a besoin de connaître la vérité.

— Le couplet ?

— Ouais, fit Lorraine, le couplet. Tu as été absente pendant dix-sept ans. Et soudain tu as besoin de connaître la vérité.

— Mais qu'est-ce que tu racontes ? C'est toi qui es venue me trouver, rappelle-toi.

— Je ne parle pas de ça.

La voix de Lorraine se radoucit.

— Tu venais déjà ici, non ?

Megan se trémoussa sur le tabouret de bar.

— Une fois.

— Très bien, une fois. Pourquoi ?

Un client s'approcha pour passer une commande. Lorraine lui servit sa boisson accompagnée d'un sous-entendu. L'homme rit et retourna à sa table.

— Lorraine ?

— Oui, chérie ?

— C'est quoi, le secret du bonheur ?

— Les petites choses.

— Genre ?

— Changer les rideaux. Tu n'imagines pas l'effet que ça fait.

Megan avait l'air sceptique.

— Ma puce, je suis aussi paumée que n'importe qui. J'ai

juste appris à me prendre moins la tête. Regarde, on se bat pour la liberté, et, une fois qu'on l'a, on en fait quoi ? On se ligote tout seul avec des biens matériels, des dettes et, ma foi, d'autres gens. Si je semble heureuse, c'est parce que je fais ce que je veux quand je veux.

Megan finit son verre et fit signe qu'elle en voulait un autre.

— Je suis heureuse, dit-elle. Simplement, j'ai du mal à tenir en place.

— C'est normal. Tout le monde est comme ça. Tu as des mômes formidables, non ?

— Les meilleurs.

Megan s'anima malgré elle.

— Je les aime tant que ça me fait mal.

— Tu vois ? C'est super, mais très peu pour moi.

Megan contempla son breuvage, savourant sa chaleur.

— Tu sais ce qui craint le plus, quand on est mère ?

— Les couches ?

— Ça aussi. Mais je te parle de maintenant. Maintenant qu'ils sont plus grands et presque de véritables êtres humains.

— Eh bien ?

— Tu vis pour leur sourire.

Megan se tut. Lorraine attendit un peu, puis demanda :

— Tu veux bien expliciter ?

— Quand ils réussissent quelque chose – par exemple quand Kaylie marque un but pendant un match de foot –, je veux dire quand ton enfant sourit, ça te comble. Tu es heureuse à en pleurer, mais bon, quand ce n'est pas le cas...

— Tu es malheureuse, dit Lorraine.

— Oui, enfin... c'est un peu plus compliqué. Mais c'est ça qui me défrise, que mon bonheur dépende entièrement de leur sourire. Et je ne suis pas de ceux qui vivent par procuration à travers les succès de leurs gosses. Je veux juste qu'ils soient heureux. J'ai été une adulte responsable, avec mes propres émotions. Aujourd'hui, en tant que mère, mon bonheur est fonction de leur sourire. Et ils le savent.

— Intéressant, dit Lorraine. Tu sais ce que ça me rappelle ?

— Quoi ?

— Une relation abusive. Comme avec mon ex. Tu ne vis plus que pour leur faire plaisir. Ils te manipulent avec leurs humeurs.

— Tu es dure, là.

— Peut-être.

Lorraine ne semblait pas convaincue, cependant elle n'avait clairement pas envie d'insister.

— Mais tu ne m'as toujours pas dit pourquoi tu es revenue ici. Avant qu'on se revoie, j'entends.

La réponse était simple : parce que ça lui manquait. Megan ouvrit la bouche, mais le regard de Lorraine s'était égaré quelque part du côté droit. Megan se retourna, fronça les sourcils.

— La table de Ray, dit-elle.

— Eh oui.

La table était vide maintenant, mais ç'avait été *la sienne*… le coin où Ray avait coutume de s'asseoir. Megan avait fait une croix sur lui. Une croix définitive. Mais là, l'espace d'un instant, elle se prit à penser à lui. Au fil du temps, leur relation avait viré à la passion incandescente, le genre de passion romanesque qui ne survit pas au principe de réalité. Brièvement, Megan se rappela le regard intense de Ray, ses baisers qui l'électrisaient, les nuits passées à se cramponner à lui, à bout de souffle.

Lorraine souriait à présent.

— C'est fin, lui dit Megan.

— Mmm.

— Tu sais ce qu'il est devenu ?

Le sourire s'évanouit.

— Tu tiens vraiment à le savoir ?

— C'est toi qui as ouvert cette porte.

106

— Non, chérie, c'est toi. J'essaie juste de t'aider à la refermer.

Elle n'avait pas tort.

— Dans ce cas, aide-moi. Il va bien ?

Lorraine s'absorba à nouveau dans le nettoyage des verres.

— Lorraine ?

— Au début – après que tu as pris la poudre d'escampette –, il venait ici tous les soirs. Il s'asseyait à cette table et buvait. Dans la journée, il zonait chez toi. Ç'a duré quelques mois. Peut-être un an, je ne sais pas. Il attendait ton retour.

Megan ne disait rien.

— Ça a empiré. Il a cessé de venir. Il a quitté Atlantic City. Pour aller en Californie, je crois. Il picolait toujours. Puis il est revenu.

Elle haussa les épaules.

Megan écoutait, pensive. Ray n'avait pas mérité cela. Elle avait été jeune et stupide peut-être, mais, d'un autre côté, avait-elle eu le choix ? Lorraine la regardait. Sans rien dire, mais elle lut la question dans ses yeux : *Pourquoi ne pas l'avoir appelé, au moins ?* Elle évita son regard pour ne pas se trahir. *Parce que je n'étais pas sûre qu'il ne soit pas un assassin.*

Seulement aujourd'hui, la donne avait changé. Il se pouvait que Stewart Green ne soit pas mort du tout. Et si Stewart Green n'était pas mort…

Lorraine faisait une drôle de tête.

— Qu'est-ce qu'il y a ? fit Megan.

— Rien.

— Et où se trouve Ray maintenant ?

— Dans le coin, je suppose.

— Tu supposes ? Allez, Lorraine, dis-moi ce qu'il fait. Il bosse toujours comme photographe ?

Lorraine grimaça.

— En quelque sorte.

— Quoi ? Oh non, il ne fait pas du porno ?

— Non, chérie, le porno, c'est bien plus classe que son job actuel.

— Comment ça ? C'est quoi, son job ?

— Ma foi, répondit Lorraine, je ne suis pas là pour juger. Tu veux fiche ta petite vie en l'air, parfait… tiens.

Elle ouvrit le tiroir et en sortit une longue boîte métallique. Megan sourit presque au souvenir de sa collection magique de cartes de visite professionnelles.

— Tu l'as toujours ?

— Évidemment. Je les classe même par ordre de préférence. Voyons voir… Ah, la voici.

Elle prit une carte, la retourna, griffonna quelque chose au dos. Megan examina la carte. Le logo rappelait les étoiles du Hollywood Boulevard avec un appareil photo au centre. Ça s'appelait Star d'un Jour – Paparazzi à louer.

Aïe.

Au dos, Lorraine avait écrit : *Bar-restaurant Au Signal Faible*.

— C'est là que Ray a ses habitudes ? s'enquit Megan.

— Lui non, mais Fester, si.

— Qui ?

— Le type qui l'emploie. Fester. Il a été videur dans le vieux club en bas de la rue, tu ne te souviens pas de lui ?

— Je devrais ?

— Pas forcément. Enfin, je connais Fester depuis des lustres. Je l'ai classé dans la rubrique « Amateurs de filles bien en chair ». L'un des privilèges de l'âge… j'en ai pour tous les goûts maintenant. Je suis assez grosse pour les amateurs de filles bien en chair. Assez vieille pour les chasseurs de cougars. Bref, une sorte de tout-en-un.

Megan contemplait fixement la carte.

— Tu veux un conseil ? demanda Lorraine.

— Rentre chez toi et change les rideaux ?

— C'est à peu près ça, oui.

12

BROOME S'ENGAGEA DANS L'ALLÉE de la maison à étage, avec façade de brique et d'aluminium. Il s'arrêta devant le garage pour deux voitures sous la fenêtre de la chambre à coucher et gravit les marches en béton. Un tricycle gisant sur le flanc bloquait l'accès vers la porte. C'était là, dans ce décor banal, qu'Erin Anderson, de la police d'Atlantic City, la seule femme que Broome aimerait jamais, vivait avec son mari, un expert-comptable nommé Sean.

Chaque fois qu'il venait ici, Broome ne pouvait s'empêcher de penser : Ç'aurait pu être moi. À croire qu'il le regrettait amèrement. En fait, oui et non. Son premier réflexe, irrésistible, était le soulagement, une réaction du type je-l'ai-échappé-belle-même-pas-peur. Mais dès que son regard se posait sur le visage d'Erin, il oubliait tout.

Des années plus tôt, ils avaient travaillé en binôme. Très vite, ils étaient tombés fous amoureux et s'étaient mariés. Ce fut la fin de leur travail en équipe – pas de couples mariés dans la même voiture de patrouille – et le début de leurs ennuis. Le mariage, malgré leur amour, fut un désastre. Cela arrive quelquefois. Chez certains couples, le mariage renforce les liens. Chez d'autres, il démolit tout.

Broome frappa à la porte. Ce fut le fils d'Erin, Shamus, quatre ans, qui lui ouvrit. Il suçait un bâtonnet de glace qui lui avait coloré les dents et dessiné une moustache rouge.

Ce gosse était le portrait craché de son père, et ça énervait Broome, allez savoir pourquoi.

— Bonjour, tonton Broome.

Même les enfants l'appelaient Broome.

— Bonjour, mon grand. Maman est là ?

— Dans la cuisine, cria Erin.

Une fois divorcés, Erin et lui avaient demandé à retravailler en équipe. Cela prit du temps, mais on finit par leur accorder l'autorisation. L'équilibre fut rétabli... du moins, à leurs yeux. Ils étaient incapables de se quitter. Même lorsqu'ils s'étaient résolus à fréquenter d'autres personnes, Broome et Erin avaient continué à coucher ensemble. Cela dura longtemps. Trop longtemps. Ils avaient essayé d'arrêter, mais quand on passe des heures et des heures en compagnie de quelqu'un... bref, comme on dit, la chair est faible. Ils s'étaient retrouvés à plusieurs reprises alors même qu'elle sortait avec Sean et que ça devenait sérieux, et rompirent définitivement le jour où les nouveaux mariés se dirent oui.

Cependant, aujourd'hui encore, après tant d'années, les sentiments étaient toujours là, latents. L'an passé, avec deux gosses sur les bras et vingt-cinq ans de carrière, Erin avait pris une retraite anticipée. Enfin, une semi-retraite : un jour par semaine à des fins administratives. Broome continuait à faire partie de sa vie. Il venait lui demander conseil. Il venait lui demander son aide dans une enquête en cours. Il venait parce que, même si elle avait clairement tourné la page et était heureuse en ménage, et que lui avait gâché son unique chance de bonheur, Broome était toujours amoureux d'elle.

Le fond d'écran était une photo de famille : Erin, Sean, les deux gosses et le chien devant le sapin de Noël. Broome réprima une moue.

— Alors, cette entrevue avec Cassie ? s'enquit Erin.

— Bizarre.

— Raconte.

Elle portait un polo vert vif et une jupe rose qui mettait ses jambes en valeur. Erin avait des jambes magnifiques.

Son attitude à elle n'avait pas changé, et il faisait comme si ça ne l'affectait pas. Elle était épanouie à présent. Mère de famille et amoureuse de Sean. Broome avait été relégué dans le passé, quelqu'un à qui elle tenait et qu'elle aimait d'une certaine façon, mais plus au point de ne pas fermer l'œil de la nuit.

En un sens, il s'en réjouissait. À tous les autres égards, il était effondré.

Lorsqu'il eut terminé son récit, Erin demanda :

— Tu en penses quoi ?

— J'en sais rien.

— Même pas une petite idée ?

Broome réfléchit un instant.

— Elle ne mentait pas, mais, à mon avis, elle ne disait pas toute la vérité. Il faut que je voie ça de près.

Il désigna du menton l'ordinateur portable.

— Tu as trouvé quelque chose ?

À voir son sourire, elle avait décroché le jackpot.

— Les vidéos de surveillance du *Crème*.

— Eh bien ?

— J'étais en train de les étudier.

Elle appuya sur une touche, et la photo de la famille Anderson disparut, Dieu merci, remplacée par un plan fixe de la vidéo. Erin pressa une autre touche. L'image s'anima. Il y eut peut-être deux secondes de silence, puis une poignée d'hommes très nettement éméchés émergèrent en titubant du club.

— As-tu vu Carlton Flynn sur ces vidéos ? questionna Broome.

— Non.

— C'est quoi, alors ?

— Regarde, dit Erin avec un petit sourire. Que vois-tu sur l'écran ?

— Une bande d'ivrognes sortant d'une boîte de strip-tease.

— Regarde bien.

Il soupira et scruta l'écran en plissant les yeux. Elle appuya sur la touche. Un autre groupe d'ivrognes apparut. Puis un autre. Suivi d'un couple, imbibé lui aussi. La femme s'arrêta net, se tourna vers l'homme, l'empoigna par le collier qu'il portait autour du cou et l'embrassa à pleine bouche.

Broome fronça les sourcils. Il allait lui demander ce qu'il y avait à voir là-dedans, quand soudain, quelque chose le frappa.

— Attends, reviens en arrière.

Toujours souriante, Erin pressa la touche retour. Broome se pencha. Les ivrognes aussi arboraient des colliers de perles multicolores. Tous autant qu'ils étaient. Il repensa à son propre travail sur les vidéos. Tout cet alcool. Toutes ces soirées débridées.

Et toutes ces perles.

— Le Mardi gras[1], souffla-t-il.

— Gagné, dit Erin. Maintenant, devine quel jour Mardi gras tombait cette année.

— Le 18 février.

— Et à titre de bonus, devine quel jour Mardi gras est tombé il y a dix-sept ans.

— Le 18 février.

— Réponses correctes. Le Mardi gras a lieu à une date différente chaque année, la veille du mercredi des Cendres et quarante-sept jours avant Pâques. Du coup, j'ai vérifié pour les autres gars sur ta liste. Par exemple, quand Gregg Wagman a disparu il y a trois ans, un 4 mars…

— C'était le jour du Mardi gras ?

Erin hocha la tête.

— Ça colle pratiquement dans tous les cas. Je veux dire par là que certaines disparitions ont été signalées plus tard – avec un décalage de plusieurs jours ou de plusieurs semaines –, mais quand je regarde le dossier, personne n'a disparu *avant* le Mardi gras. On ne peut pas prouver qu'ils

---

1. Les colliers de pacotille sont une tradition qui vient de La Nouvelle-Orléans.

se sont tous volatilisés ce jour-là ni, éventuellement, après minuit ce soir-là, mais ça confirme ta jolie petite théorie.

— Ce n'est donc pas un mois ou un jour en particulier, dit Broome.

— Non.

— Quoi qu'il se passe, et nous ignorons ce que c'est... il pourrait s'agir de meurtres, de fugues ou que sais-je... mais quoi qu'il se passe...

— ... ça commence un Mardi gras, acquiesça Erin.

Le portable de Broome sonna. Il jeta un œil sur le numéro et vit que c'était le poste.

— Allô ?

— Lieutenant Broome ?

— Oui ?

— Il y a une photo qui vient juste d'arriver au poste. Je crois que ça va vous intéresser.

Le cabinet de Harry Sutton offrait une vue parfaite sur Atlantic City. À distance – il entendait par là trois rues plus à l'est –, on apercevait les hôtels vieillissants mais toujours imposants qui bordaient la promenade. Cependant, entre ces tours et son immeuble de bureaux miteux s'étendait un vaste terrain vague en friche. La beauté et l'opulence des hôtels et des casinos ne franchissaient pas les murs. Elles n'étaient pas contagieuses. Elles ne se propageaient pas. Si les hôtels sont des fleurs, ils restent plantés au milieu des mauvaises herbes.

Harry n'aimait pas seulement le sexe, le jeu et l'effervescence de cette ville, même si tout cela était indéniablement grisant. C'était parce que les gens d'ici – les indigènes, si vous préférez – étaient totalement sans recours. À l'époque des vaches grasses, Harry avait défendu les plus puissants, ceux dont la vie avait truqué les dés en leur faveur dès la naissance et qui, malgré ça, cherchaient à tricher encore plus. Ici, c'était tout l'inverse. Les gens n'avaient rien pour eux. Ils partaient avec un handicap. Et le seul répit qu'ils connaissaient, c'était six pieds sous terre.

Ils avaient besoin – et ils méritaient – au moins une fois dans leur vie que quelqu'un prenne leur parti. Qu'on les respecte. Une fois, une seule. Rien de plus. À tort ou à raison. Coupables ou innocents. Quoi qu'il arrive par ailleurs dans leur misérable existence, la mission de Harry Sutton consistait à leur permettre d'éprouver ce sentiment.

C'est pour ça qu'il restait à Atlantic City.

Ça et le sexe, le jeu et l'effervescence.

Le téléphone sonna. Il décrocha lui-même.

— Cabinet Harry Sutton.

— Il faut que je revoie votre cliente.

C'était Broome.

— Cessez donc votre numéro de charme et venez-en au fait, dit Harry.

— Il faut que je la voie tout de suite.

La voix paniquée du flic ne lui disait rien qui vaille.

— Je ne sais pas si ça va être possible.

— Arrangez-vous pour que ça le soit.

Sutton était habitué à l'impatience et à l'intimidation de la part de la police. Cela ne l'impressionnait guère, mais là, il sentit que quelque chose ne tournait pas rond.

— Que se passe-t-il ?

— Il y a du nouveau.

— Comme quoi, par exemple ?

— Il pourrait y avoir d'autres victimes.

Il y eut un silence.

— Je ne vois pas le rapport avec ma cliente.

— J'ai reçu une photo par courrier.

— De la part de qui ?

— Aucune idée. Un envoi anonyme. Écoutez, faites-moi confiance. Il faut que je sache si elle reconnaît quelque chose ou quelqu'un là-dessus.

Sutton hésita.

— Harry ?

— Quoi ?

— Vous aurez remarqué que je n'ai proféré aucune menace. Je ne vous ai pas dit que je pourrais la localiser, aller chez elle et parler à ses voisins. Ni que je vais faire diffuser son portrait-robot dans la presse, et autres choses de ce genre.

— Ma foi, ça me rassure que vous teniez parole.

— Je n'ai pas le temps de jouer à ce petit jeu, Harry. Il est possible qu'on ait affaire à un tueur en série. Je fais de mon mieux pour la tenir en dehors de ça. Si elle est revenue, c'est pour la bonne cause. Laissons-la finir le boulot.

— Je peux l'appeler pour le lui demander.

— Comme ça n'arrête pas de tomber, il faut que je reste près du commissariat. Vous pouvez l'amener ici ?

— Au commissariat ? Vous voulez rire ou quoi ?

— Ça ne posera pas de problème.

— C'est hors de question. On vous retrouve à l'*Héritage*.

C'était un bar-restaurant à deux pas du poste de police… pas idéal comme lieu de rendez-vous, mais tant pis.

— Je veux la voir fissa.

— Alors lâchez-moi pour que je puisse l'appeler, dit Harry. Sauf contrordre, on se rejoint là-bas, disons, d'ici une demi-heure.

Il raccrocha et composa le numéro du portable de Cassie. Elle répondit à la troisième sonnerie.

— Allô ?

À en juger par les bruits de fond, elle n'était pas en route pour rentrer chez elle.

— Où es-tu ?

— Au *Crème*.

Harry Sutton n'était pas surpris. Broome l'avait senti aussi. Ce n'était pas le devoir citoyen qui l'avait poussée à revenir ici.

— J'allais t'appeler, dit-elle.

— Ah bon ?

— J'ai quelque chose d'important à communiquer à Broome.

— Ça tombe bien.

— Pourquoi, que se passe-t-il ?

Harry lui parla du coup de fil de Broome et du rendez-vous qu'ils s'étaient donné à l'*Héritage*.

— Ça te va ?

— On va dire que oui, répondit Megan.

Il y eut une brève pause.

— Tu sais ce qu'il y a sur cette photo ?

— Non, mais visiblement Broome y attache de l'impor-tance. Il pense à un tueur en série.

Des rires d'hommes retentirent à l'arrière-plan. Le combiné à la main, Harry attendit.

— Cassie ?

— OK, dit-elle. On se retrouve là-bas dans un quart d'heure.

Harry Sutton raccrocha, fit pivoter son fauteuil et contem-pla par la fenêtre le panorama familier. On frappa à la porte. Il jeta un œil à sa montre. Il était tard. Sa journée était ter-minée, mais il n'était pas du genre à laisser une sollicitation sans réponse.

— Entrez ! s'écria-t-il avec son panache coutumier.

Un jeune couple dont l'allure ne cadrait pas du tout avec cet environnement pénétra dans son bureau.

La jolie blonde dit :

— Bonsoir, maître Sutton.

Ils étaient tous deux propres sur eux, souriants et bien habillés, et inexplicablement, pour une raison que Harry n'aurait su définir – une raison, comme il n'allait pas tar-der à le découvrir, primitive et parfaitement justifiée –, il eut peur comme jamais il n'avait eu peur de sa vie.

13

TOUJOURS AU *CRÈME*, MEGAN TRITURAIT la carte de Star d'un Jour. Elle la retourna, lut : *Bar-restaurant Au Signal Faible*. Son téléphone bourdonna, annonçant l'arrivée d'un texto. C'était Dave.

Où es-tu ???

Elle pouvait toujours l'ignorer, mais franchement, pendant combien de temps allait-elle faire l'autruche ? À la longue, ça risquait de lui attirer encore plus de problèmes. Elle hésita : que faire, que dire... et que serait-elle forcée de lui révéler dans les jours à venir ? La façade qu'elle avait érigée au fil des ans était devenue plus qu'une seconde nature. Mais cela ne signifiait pas que Dave comprendrait.

Megan regarda le message : *Où es-tu ???*

Façade, en réalité, était un terme politiquement correct pour mensonge. Elle avait menti à Dave le jour de leur rencontre, au bar d'un hôtel de Boston, quatre mois après qu'elle avait fui Atlantic City. Elle était seule, elle avait peur et, surtout, elle était fauchée. Sans perspectives et craignant même de se présenter dans un club du coin, Megan survivait en escroquant les hommes. Vêtue d'un jean pour se donner le look décontracté d'une étudiante (« Je suis en troisième année à Emerson », expliquait-elle), elle traînait dans les bars des hôtels, faisait boire des hommes (mariés de préférence) ou, parfois, glissait quelque chose dans leur boisson, les raccompagnait dans leur chambre, les dépouillait et disparaissait dans la nuit.

Ce soir-là, elle avait décidé d'essayer pour la première fois le *Loews* au centre-ville. Côté hommes mariés, le choix était maigre. Une bande d'étudiants de Harvard débarqua en criant et hululant. Elle réprima l'aversion que lui inspiraient leurs mines satisfaites et leurs mains molles.

Elle présumait que ce serait de l'argent facile, même si les petits jeunes de première année avaient rarement du liquide sur eux, quand soudain il s'était produit une chose étonnante. Appelez ça le destin ou la providence, mais elle avait engagé la conversation avec l'un d'entre eux, un garçon charmant et timide du nom de Dave Pierce. Quelque chose chez lui l'attirait. Avec lui elle se sentait bien. Rien à voir avec Ray. Il n'y avait pas eu de coup de foudre. Cela viendrait par la suite. C'était autre chose, de plus profond, plus fort, plus authentique.

Du coup, elle lui avait menti. Avait-elle eu le choix ?

Ils discutèrent toute la soirée, et ce fut merveilleux. Il finissait Harvard. Elle déclara qu'elle était en dernière année à Emerson. Pour leur premier véritable rendez-vous, une semaine plus tard, elle l'invita même à la retrouver à la bibliothèque de l'université d'Emerson. À l'époque, on n'avait pas besoin d'une carte d'étudiant pour pénétrer dans les bâtiments. Elle posa simplement une pile de bouquins sur la table et attendit.

Un mensonge en entraîna d'autres.

Megan connaissait bien le campus. Elle montra à Dave la résidence où elle habitait, mais prétendit qu'elle ne pouvait le recevoir à cause d'une coloc caractérielle qui détestait les intrus. Côté famille, elle lui dit la vérité… qu'elle était enfant unique et que ses parents étaient morts jeunes. Elle s'inventa une enfance banale, ennuyeuse, à Muncie, Indiana, et fit comme si le fait d'avoir perdu ses parents rendait le sujet pénible à évoquer. Dave écoutait et compatissait. S'il y avait des lacunes dans son histoire – et il y en avait –, il ne s'y attardait pas. C'était un garçon confiant et il était amoureux. Si elle voulait préserver son jardin secret, cela ajoutait encore au mystère, voire à la séduction. Dans son univers candide, ça ne pouvait être quelque chose de grave. Qu'importaient quelques menues contradictions, après tout ?

Qui plus est, Maygin-Cassie-Megan était une menteuse inspirée.

Sauf que, maintenant, la façade – autrement dit le mensonge – menaçait sérieusement de s'écrouler. Après tant d'années, tant d'efforts, elle avait voulu tout remettre en question. Et pourquoi ? Pour réparer les erreurs du passé ? Pour un frisson d'excitation ? Ou alors, inconsciemment, voulait-elle se faire prendre ? Le masque était-il trop lourd à porter pour le restant de ses jours ?

Comment Dave réagirait-il face à la vérité ?

Megan inspira profondément et tapa :

Aujourd'hui c'est les Presier qui ramènent Kaylie. Jordan a un contrôle de maths. Veille à ce qu'il révise.

Il y eut une brève pause, puis un autre texto de Dave :

Où es-tu ? ! ? ! ?

Megan contempla l'écran avant de répondre :

J'ai des choses à faire. Ne sais pas quand rentrerai. Je t'm.

Une nouvelle pause. Elle pensait que son portable allait sonner. Au lieu de quoi, elle reçut encore un texto de son mari :

Je ne comprends pas.

Et répondit :

Tout va bien. Fais-moi confiance.

Elle était sincère, et pourtant, quelle blague ! Fais-moi confiance, tiens. Elle n'attendit pas la réponse. Il était temps d'aller retrouver Broome.

Megan referma le téléphone et se laissa glisser du tabouret de bar. La salle était en train de se remplir, et Lorraine était occupée. Elle lui adressa un signe de la tête. Lorraine arqua un sourcil en retour. Elle se dirigea vers la sortie, louvoyant entre les hommes qui la dévisageaient ouvertement. Dehors, dans la société normale, ils auraient été obligés de se montrer discrets ; ici, le prix de la consommation leur donnait le droit de tomber le masque.

Elle se demanda une fraction de seconde si Dave avait déjà mis les pieds dans un établissement comme celui-ci. Si oui, il ne lui en avait pas parlé, comme la plupart des hommes mariés... elle était bien placée pour le savoir. Était-il déjà entré dans une boîte de strip-tease ? Avait-il pris plaisir à mater les filles ou à s'offrir un *lap dance* ? Était-ce important ?

Un quart d'heure plus tard, Megan poussait la porte de l'*Héritage*. Le cadre était délicieusement rétro ; chaque box était équipé d'un petit juke-box, même s'il ne marchait pas forcément. Un homme avec d'épaisses touffes de poils dans les oreilles trônait à la caisse enregistreuse. Les pâtisseries durcissaient doucement sous leurs cloches de verre. Le mur était orné de photos signées des présentateurs du journal télévisé local. Les serveuses en tenue prenaient des poses.

Broome se leva et vint à sa rencontre.

— Merci d'avoir accepté de me voir.

— Où est Harry ?

— Il n'est pas encore arrivé.

Ils s'installèrent dans le box.

— Vous désirez manger quelque chose ?

— Non, merci.

Broome désigna sa propre tasse.

— J'ai pris un café. Vous en voulez un ?

Megan secoua la tête, jeta un coup d'œil en direction de la porte.

— Harry ne devrait pas tarder.

— Ça vous ennuie si on commence sans lui ? demanda Broome. Je n'ai pas beaucoup de temps devant moi.

— Sans mon avocat ?

— Vous n'avez pas besoin d'avocat. Je ne vous soupçonne de rien et, sérieusement, l'heure tourne. Alors, on y va ?

Comme elle se taisait, il attaqua bille en tête :

— Le Mardi gras, ça vous dit quelque chose ?

— Je croyais que vous aviez une photo à me montrer.

— Dans un instant. Je voulais vous parler du Mardi gras d'abord.

— Si ça me dit quelque chose ?

— Oui.

— Vous savez bien que oui.

— Pourriez-vous me dire quoi ?

— Je pensais que vous étiez pressé.

— Un peu de patience, OK ?

Megan soupira.

— La soirée dont je vous ai parlé. Quand je me suis enfuie. C'était un Mardi gras.

Broome parut satisfait.

— Autre chose ?

— Comme quoi ?

— N'importe. Par exemple, il ne s'est rien produit de bizarre à l'occasion d'un autre Mardi gras ? Aucun individu louche traînant dans les parages un soir de Mardi gras ? Réfléchissez.

Megan réfléchit.

— Non.

Broome avait une chemise en carton posée devant lui. Il la tapota avec son index. Megan attendait qu'il l'ouvre. La serveuse s'approcha avec la cafetière.

— Un peu de chaud, mon grand ? demanda-t-elle en mastiquant un chewing-gum de la taille d'une éponge à vaisselle.

Broome la renvoya.

Après son départ, il cessa de tapoter la chemise et l'ouvrit. Il fit glisser la photo sur la table. Megan pensait qu'elle n'avait rien à cacher... du moins, c'est ce qu'elle s'était dit. Elle n'avait donc préparé aucune parade, aucune sorte de façade.

Lorsque ses yeux se posèrent sur la photo, elle eut un haut-le-corps.

121

Elle n'eut pas le temps de masquer sa réaction. Broome l'avait remarquée. C'était sûr et certain. Lentement, elle tendit la main vers la photo.

— Vous reconnaissez ceci ? demanda-t-il.

Tâche de gagner du temps, se dit-elle. Reprends-toi.

— Si c'est de la photo que vous parlez, la réponse est non.

— Mais vous reconnaissez le lieu, n'est-ce pas ?

Elle hocha la tête.

— Vous voulez bien me dire pourquoi ?

Elle déglutit.

— C'est la partie du parc que je vous ai décrite. Les ruines de l'ancienne fonderie.

— Là où vous avez découvert Stewart Green en sang ?

— Oui.

Il y eut un silence.

— Reconnaissez-vous l'homme sur la photo ?

Un homme aux pointes blondes et en T-shirt moulant dans le coin supérieur gauche. Broome avait dû attribuer sa réaction de surprise au fait qu'elle le connaissait.

— Je ne distingue pas bien son visage, répondit Megan.

— Vous ne voyez vraiment pas qui c'est ?

— Non.

— Mais c'est bien l'endroit où vous avez vu Stewart Green pour la dernière fois ?

Elle fit mine de regarder à nouveau, même s'il n'y avait aucun doute possible.

— Oui.

Broome posa les deux mains sur la table, les paumes à plat.

— Vous n'avez rien d'autre à me dire sur cette photo ?

Le fait qu'il ait la photo du sentier dans les Pine Barrens était étonnant, certes, mais n'avait rien de choquant en soi. Ce qui l'avait scotchée – et qui l'empêchait de réfléchir ou de parler clairement –, ce n'était ni le lieu ni l'homme aux pointes décolorées.

C'était la photo elle-même.

— Où l'avez-vous eue ? interrogea-t-elle.

— Pourquoi ?

Megan savait qu'elle marchait sur des œufs. Haussant les épaules avec une nonchalance étudiée, elle mentit à nouveau :

— Je me demandais comment vous avez eu la photo de l'endroit exact dont je vous ai parlé.

Il scruta son visage. Elle s'efforça de soutenir son regard sans ciller.

— C'est un envoi anonyme. Quelqu'un s'est donné un mal de chien pour que je ne sache pas d'où elle venait.

Megan sentit un frisson lui courir le long de l'échine.

— Pourquoi ?

— Je n'en sais rien. Vous avez une idée ?

Elle en avait une, oui. Quand Megan était tombée amoureuse de Ray Levine, elle ne connaissait rien à la photographie. Il lui avait tout appris. La lumière, les angles, l'ouverture, la composition, la mise au point. Il l'avait emmenée dans ses coins favoris pour faire des photos. Et il ne cessait de photographier celle qui était censée être l'amour de sa vie : elle.

Megan avait cherché le nom de Ray sur Google dans l'espoir de voir ses nouvelles photos, mais il n'y avait que celles d'avant leur rencontre, à l'époque où il était un photojournaliste reconnu. Depuis, rien. Néanmoins, elle se souvenait de son travail. Elle savait ce qu'il aimait faire avec un appareil, si bien que maintenant, malgré les années, il n'y avait guère de place pour le doute dans son esprit.

Cette photo avait été prise par Ray Levine.

— Non, répondit-elle à Broome. Je n'ai pas d'idée.

Elle l'entendit marmonner entre ses dents :

— Oh non, bordel, pas maintenant.

Megan se retourna, s'attendant à voir Harry Sutton, mais ce n'était pas lui. Deux hommes venaient d'entrer dans la salle. L'un d'eux avait tout du vieux flic : cheveux gris paille de fer, plaque pendant à la ceinture, pouces enfoncés dans le pantalon comme s'il s'agissait d'une mission de la plus haute importance. L'homme qui l'accompagnait portait une chemise hawaïenne aux couleurs criardes. Les trois premiers boutons étaient défaits, révélant une chaîne en or avec un assortiment de médaillons dans une toison abondante. Il devait avoir dans les cinquante-cinq ans, peut-être plus, et avait l'air hagard et désorienté. Le flic âgé s'installa à une table. Chemise hawaïenne le suivit en traînant les pieds et s'affala sur son siège comme une marionnette dont on aurait coupé les fils.

Broome baissait le nez sur son café, essayant de se rendre invisible. Peine perdue. Les yeux du vieux flic s'étrécirent. Il se leva, dit quelque chose à son compagnon. Si celui-ci l'avait entendu, il n'en laissa rien paraître. Il fixait la table devant lui comme si elle dissimulait quelque indicible et sinistre secret.

Le vieux flic se dirigea vers eux. Broome glissa précipitamment la photo dans la chemise.

— Broome, fit le flic avec un bref signe de la tête.

— Chef.

Il y avait de l'électricité dans l'air. Le regard de Goldberg se posa sur Megan.

— Et elle, qui est-ce ?

— Je vous présente Jane, dit Broome. Une vieille amie.

— Elle ne m'a pas l'air vieille.

Goldberg se pencha sur Megan et lui décocha une œillade.

— Quel enjôleur, fit-elle d'une voix atone.

Goldberg ne sembla pas apprécier.

— Vous êtes de la police ? lui demanda-t-il.

Ça alors, se dit Megan, les années l'avaient sacrément transformée.

— Non, juste une amie.

— Une amie, c'est ça.

Goldberg ricana et se tourna vers Broome.

— Que faites-vous ici ?

124

— Je prends un café avec une vieille amie.

— Vous voyez qui est là, avec moi ?

Broome hocha la tête.

— Que dois-je lui dire ?

— Qu'on avance.

— Rien de plus précis ?

— Pas pour le moment.

Goldberg fronça les sourcils et s'éloigna. Megan regarda Broome d'un air interrogateur.

— L'homme qui l'accompagne est Del Flynn, dit Broome. Le père de Carlton.

Megan pivota pour mieux le voir. La chaîne en or du père brillait sur son torse dénudé. Son abominable chemise hawaïenne était si orange, si tape-à-l'œil... presque comme pour conjurer ce qu'il était en train de vivre ; encore une façade, même si dans son cas elle ne cachait strictement rien. Il fallait être aveugle pour ne pas voir les dégâts. Tout semblait se consumer autour de Del Flynn. Ses épaules s'affaissaient. Son visage bouffi avait besoin d'un coup de rasoir. Et cet air hagard, ce regard perdu au loin...

Ce qui lui arrivait là, c'était le cauchemar de tous les parents. Megan songea à ses propres enfants, à sa remarque stupide selon laquelle elle en avait assez de subordonner son bonheur à leurs sourires.

— Ça fait peur, hein ? dit Broome.

Elle ne répondit pas.

— Vous comprenez ce que je suis en train de faire ?

Megan se taisait toujours.

— Stewart Green avait aussi des parents, poursuivit-il. Il avait une femme et des gosses. Regardez-moi ce bonhomme. Imaginez les nuits sans sommeil. Imaginez l'attente. Imaginez le supplice qui dure des jours. Des semaines. Des mois, voire des années. Imaginez l'horreur.

— J'ai compris, rétorqua Megan sèchement. Vous êtes la subtilité faite homme, Broome.

— J'essaie juste de vous expliquer.

Il fit un signe pour demander l'addition.

— Il n'y a rien d'autre que vous puissiez me dire à propos de cette photo ?

Ray, pensa-t-elle, mais il n'était absolument pas question de citer son nom. Elle secoua la tête.

— Rien du tout.

— Et à part ça ?

Il ne la quittait pas des yeux. Elle était venue spécialement pour lui transmettre une information importante. À présent, elle n'était plus sûre de rien. La tête lui tournait. Elle aurait voulu se poser, remettre de l'ordre dans ses idées.

— Quelqu'un qui doit rester anonyme, commença Megan, a peut-être – et j'insiste sur ce peut-être – vu Stewart Green récemment.

Ce fut au tour de Broome de rester sans voix.

— Vous êtes sérieuse ?

— Non, je viens de l'inventer. Bien sûr que je suis sérieuse. Mais ma source a des doutes. Ça peut être quelqu'un qui ressemblait à Stewart. Ça fait dix-sept ans, ne l'oubliez pas.

— Et vous ne voulez pas me donner le nom de cette source ?

— Non.

Broome esquissa une moue.

— Je vous montre encore une fois le père éploré ?

— Seulement si vous voulez que je me lève et que je parte sur-le-champ.

— OK, OK.

Il leva les mains en signe de reddition.

— Quand votre source a-t-elle vu Stewart ?

— Ces dernières semaines.

— Où ça ?

— En ville.

— Où en ville ?

— Au *Crème*. Et il fait sombre là-dedans. Juste une seconde, et elle n'est même pas sûre que c'était lui.

— Elle est fiable, votre source ?

— Oui.

— Et d'après vous, c'était bien Stewart Green ?

— Je n'en sais rien.

— Je vous repose la question : vous n'avez rien d'autre à me dire ?

Megan secoua la tête.

— Je vous ai tout dit.

— OK, je vous laisse alors.

Broome se leva.

— Il faut que je me dépêche, je dois aller sur la scène de crime.

— Attendez une minute.

Il la regarda.

— Quelle scène de crime ?

— Les ruines de la fonderie, tiens.

Elle fronça les sourcils.

— Vous croyez vraiment qu'il y aura encore du sang, des fibres ou je ne sais quoi après tout ce temps ?

— Du sang, des fibres ? Vous regardez trop *NCIS*.

— Quoi alors ?

— Quelquefois l'histoire se répète.

— Que voulez-vous dire ?

— L'homme sur la photo que je vous ai montrée.

Mais elle avait déjà compris. Son regard effleura la table dans le coin.

— C'est Carlton Flynn.

14

MEGAN RESTA UN MOMENT SANS BOUGER. Ses yeux reve-
naient se poser furtivement sur le père de Flynn, mais son
esprit était résolument ailleurs. Ray. Cette photo le prouvait
sans l'ombre d'un doute.

Ray était de retour.

Mais qu'est-ce que cela signifiait ? Pourquoi Ray aurait-il
envoyé cette photo à Broome... en admettant que ce soit
lui ? Et surtout, pourquoi l'aurait-il prise ?

Tant d'interrogations se bousculaient dans sa tête. À vrai
dire, Megan croyait Lorraine. Elle n'aurait pu se tromper
sur quelque chose d'aussi grave. La question était, comment
était-ce possible que Stewart Green soit revenu ? Où avait-il
passé ces dix-sept dernières années ? Qu'était-il réellement
arrivé ce fameux soir ? Quel rôle Ray avait-il joué... et quel
rapport avec un jeune homme nommé Carlton Flynn dix-
sept ans plus tard ?

Elle était dans le noir le plus total.

Si Megan n'avait jamais cherché à recontacter Ray, c'était
en partie pour le protéger... comme il avait tenté de la protéger, elle. Mais aujourd'hui, tant d'années après, et alors
qu'un autre homme avait été retrouvé dans ce coin reculé
du parc... franchement, ça n'avait ni queue ni tête.

Elle ressortit la carte de visite professionnelle. Fester, *Au
Signal Faible*.

Il était encore temps d'adopter une conduite raisonnable.

Bon, d'accord, Megan avait ouvert le placard, mais rien n'en était tombé. Elle pouvait toujours le refermer. Sans véritables dommages. Elle avait rempli son rôle. Il n'y avait plus qu'à remonter en voiture et rentrer à la maison, inventer un énième bobard pour Dave, peut-être passer prendre le nouveau barbecue Weber en chemin, s'en servir comme excuse, expliquer qu'elle voulait lui faire une surprise. Elle n'avait qu'à faire ça, et tout serait terminé.

Voilà dix-sept ans qu'elle avait coupé les ponts avec ce milieu. Elle appellerait Harry Sutton, bien qu'il leur ait posé un lapin, et lui dirait que c'était fini. Elle ne devait rien à cette ville.

Et Ray ?

Un ex, rien de plus.

Justement, tout le problème était là. Un ex, par définition, on rompt avec lui. On fait ça proprement ou non, mais quand on n'aime plus, on met un terme à la relation. Or Megan avait été folle amoureuse de Ray. Et lui, fou amoureux d'elle. Ç'avait été moins une rupture qu'un arrachement. Elle détestait ce mot-là, mais peut-être qu'ils avaient besoin, comme tous les couples séparés, de faire le deuil de leur passé commun.

Ray pouvait avoir de gros ennuis.

Ray pouvait être *source* de gros ennuis.

Elle risqua un nouveau coup d'œil sur le père de Carlton Flynn et sa chemise hawaïenne. Il regardait dans sa direction. Leurs regards se croisèrent. Pas longtemps. Une seconde ou deux, mais elle sentit sa douleur, son désarroi, sa rage. Pouvait-elle lui tourner le dos ? Pouvait-elle tourner le dos à Ray une fois de plus ?

D'un point de vue altruiste, la réponse était non. D'un point de vue égoïste, elle n'avait pas non plus envie de refermer cette porte-là tout de suite. Refermer la porte voulait dire reprendre le cours normal de sa vie. Elle devrait s'en réjouir, mais en cet instant, l'idée même de revenir à jamais à la routine quotidienne lui donnait la nausée.

En fait, elle n'avait pas vraiment le choix.

Il fallait qu'elle retrouve Ray. Qu'elle l'interroge sur cette photo. Qu'elle lui demande ce qui était arrivé à Stewart Green dix-sept ans plus tôt.

Évitant de regarder le père de Carlton Flynn, Megan se laissa glisser de la banquette et prit le chemin du *Signal Faible*.

Le grand pas fut franchi lorsque Broome débarqua dans les ruines de l'ancienne fonderie.

— C'est du sang, annonça Samantha Bajraktari.

L'endroit était isolé. Sans aucun véhicule à proximité. Tout en expliquant l'histoire de cette fonderie datant du XVIIIe siècle, un garde forestier les avait escortés le long du sentier étroit. Le groupe se composait de Broome, d'un vieux briscard nommé Cowens, de deux agents locaux que Broome ne connaissait pas et de deux techniciens de scène de crime... dont la susdite Samantha Bajraktari. Les agents et les techniciens ouvraient la marche. Cowens, un fumeur de cigares impénitent, soufflait comme un phoque jusqu'à ce qu'il se retrouve en queue du cortège.

Broome se pencha au-dessus de Bajraktari. Technicien-chef depuis cinq ans, elle était de loin la meilleure que Broome ait jamais rencontrée.

— Quelle quantité de sang ?

— Je ne sais pas encore.

— Suffisamment pour provoquer la mort ?

Bajraktari eut un vague mouvement de tête.

— Pas d'après ce que je vois ici, mais c'est difficile à dire. J'ai l'impression qu'une partie a été recouverte de terre.

— Avec une pelle ?

— Voire avec une chaussure. Je ne sais pas. C'est enseveli, voilà tout.

— Et qu'en est-il du groupe sanguin ou de la comparaison avec l'ADN de Carlton Flynn ?

Bajraktari fronça les sourcils.

— On est là depuis cinq minutes, Broome. Allez, du balai. Laisse-moi respirer.

Les deux agents délimitèrent la zone avec du ruban jaune, ce qui paraissait carrément absurde au milieu de nulle part. La nuit commençait à tomber. Ils ne pourraient pas travailler bien longtemps ce soir. Et l'endroit était trop éloigné pour y traîner de gros projecteurs. Broome contempla les restes de ce qui avait été un four deux siècles plus tôt. Il se mit à faire les cent pas, se rendit compte qu'il était trop près de la scène de crime et, donc, qu'il risquait d'abîmer quelque chose et regagna le sentier.

Cowens, le cigare coincé dans la bouche, finit par les rejoindre. Il se pencha en avant, les mains sur les genoux, cherchant à reprendre son souffle.

— On a trouvé un corps ? demanda-t-il.

— Pas encore.

— Ça me les briserait d'avoir fait tout ce chemin pour rien.

— Tu aimes trop la compagnie, Cowens.

— Et puis, s'ils trouvent un corps, ils feront venir un véhicule. Je ne me sens pas le courage de redescendre. J'ai les pieds en vrac.

— Tu n'étais pas forcé de venir. Je te l'ai dit sur le parking.

Cowens l'envoya promener d'un geste de la main et parvint à se redresser. Il rajusta son pantalon, se lissa les cheveux. Broome ne dit rien. Cowens s'approcha de Bajraktari, faisant tomber le ruban jaune au passage.

— Salut, Samantha, fit-il avec un grand sourire. Tu es en beauté ce soir.

Bajraktari le considéra d'un air impassible.

— Tu es en train de contaminer ma scène de crime, Cowens.

— C'était juste pour causer. Même avec ce coupe-vent, tu es jolie à croquer.

Son sourire disparut brusquement.

131

— Euh… ce n'est pas pour te harceler ni rien. C'était juste pour causer.

Broome secoua la tête. Il comprenait maintenant pourquoi Cowens avait tenu à les accompagner. Il en pinçait pour Samantha Bajraktari. Incroyable…

— Recule derrière le ruban jaune, rétorqua Bajraktari d'un ton coupant.

Mais Cowens n'écoutait plus. Lentement, il tourna la tête de gauche à droite. Une drôle d'expression se peignit sur son visage.

— Quoi ? fit Bajraktari.

Cowens plissa les yeux.

— J'ai comme une vieille impression de déjà-vu par ici.

— Ça ressemble à un lieu de rencontre pour travelos.

— Ah-ah.

Samantha Bajraktari se replongea dans son travail. L'air toujours légèrement perplexe, Cowens se rapprocha en titubant du ruban. Broome, entre-temps, eut une idée. La photo à la main, il se mit à décrire des cercles pour essayer de déterminer d'où elle avait été prise. Il gravit la pente, se retournant tous les trois ou quatre pas, ce qui l'obligea à quitter le sentier.

Il marchait tout doucement, les yeux par terre, quand soudain…

— Bajraktari !

— Quoi ?

— J'ai quelque chose ici qui ressemble à l'empreinte d'une chaussure. Crois-tu pouvoir m'en faire un moulage ? En fait, les gars, vous devriez examiner toute la zone pour voir ce qu'on peut trouver d'autre.

— Pas de problème, si tout le monde ne piétine pas le sol comme un troupeau de chevaux.

Bajraktari parla brièvement à l'autre technicien, un garçon qui avait l'air d'avoir treize ans à tout casser. Il se dirigea vers Broome qui lui montra l'empreinte de la chaussure et redescendit prudemment dans la clairière. Il s'arrêta à côté de Cowens et essaya de faire le point.

Dix-sept ans plus tôt, le soir du Mardi gras, Stewart Green était venu dans ce coin isolé et s'était fait poignarder avant de disparaître à jamais. Et maintenant Broome avait une photo, non datée malheureusement, représentant Carlton Flynn, un autre homme disparu le Mardi gras, au même endroit. Qui plus est, ils avaient trouvé du sang, qui n'était certainement pas vieux de dix-sept ans. Pour finir, dix-sept ans après la disparition de Stewart Green, il y avait eu deux nouveaux événements. Primo, la soudaine réapparition de l'insaisissable Cassie : pourquoi était-elle revenue et disait-elle la vérité ? Et secundo, la possible soudaine réapparition de Stewart Green.

Son retour avait-il un rapport avec Cassie ?

Autrement, c'était une sacrée coïncidence. À supposer qu'il soit de retour. Cassie aurait pu tout inventer ou sa « source » aurait pu se tromper.

Compte tenu de tous ces nouveaux éléments... Broome pataugeait toujours dans la mélasse.

Ce fut là, pendant qu'il cogitait dans les Pine Barrens, que le grand pas fut franchi, d'une manière tout à fait inattendue.

— Ça me revient maintenant, déclara Cowens.

— Quoi ?

— Cette impression de déjà-vu dont je parlais. Je sais d'où ça me vient.

Il sortit le cigare de sa bouche.

— La grosse affaire de meurtre.

Broome dressa l'oreille.

— Quelle affaire de meurtre ?

— Rappelle-toi. Comment s'appelait ce gars, déjà ? Gunner, Gunther, un truc comme ça.

Broome fouilla sa mémoire et sentit son pouls s'accélérer.

— Il a été poignardé, c'est ça ?

— Oui. Des randonneurs l'ont trouvé ici, ça fait bien une vingtaine d'années. Coups de couteau multiples.

— Tu es sûr que c'était ici ?

— Sûr et certain. Le rocher, le vieux four. Ouais, c'était à cet endroit.

— C'était quand, tu te souviens ?

— Je viens de le dire, il y a une vingtaine d'années.

— Je te parle de la date.

— Tu rigoles ou quoi ?

— Et l'époque de l'année ?

Cowens réfléchit.

— Il faisait froid.

— Comme aujourd'hui ?

— Je ne sais pas. Peut-être.

Broome pourrait vérifier, une fois au poste.

— C'était toi, le chef ?

— Nan, j'étais simple flic. C'est Morris qui a chopé le mec, mais moi j'ai assisté à l'interpellation. Enfin, pas en direct. J'étais en renfort du renfort. À peine eu le temps de descendre de voiture. L'assassin s'est rendu facilement.

— L'affaire a été classée, c'est ça ?

— Oui, c'était quasiment un cas d'école. Genre triangle amoureux. Je ne sais plus très bien. Je me souviens, l'assassin, il pleurait à chaudes larmes, disait qu'il ne connaissait même pas ce type, que jamais sa copine ne l'aurait trompé, le scénar habituel, quoi.

— On a ses aveux ?

— Non. Il a juré qu'il était innocent. Et il continue, je crois. N'empêche qu'il a pris perpète. Si mes souvenirs sont bons, il purge sa peine à Rahway.

15

RIEN QU'EN POUSSANT LA PORTE DU *Signal Faible*, on sentait ses artères se durcir et ses poumons noircir à vue d'œil. La foule des paumés faisait surgir toutes sortes d'évocations pittoresques dans l'esprit, mais « alimentation saine » et « allongement de la durée de vie » n'en faisaient pas partie. La télé derrière le bar diffusait un programme sportif. Il y avait une pub au néon pour les bières Michelob à la fenêtre. D'après le tableau noir, ce soir c'était la « Ladies Night » proposant « Une conso à un dollar pour les filles », opération marketing qui attirait, semblait-il, un certain type de clientèle féminine. Ainsi, une femme aux cheveux jaunes et au rire strident du genre « Remarquez-moi » arborait le T-shirt du restaurant avec l'inscription « Seconde main », ce qui hélas n'était que trop vrai.

Megan eut envie d'agiter la main pour chasser la fumée, même si personne ne fumait. C'était juste l'endroit qui voulait ça. La décoration se composait de jeux de fléchettes, de trèfles à quatre feuilles et de photos d'équipes de sport. Malgré sa propre tenue de mère de famille classieuse – manteau en poil de chameau et sac Coach – qui détonnait nettement dans ce cadre, personne ne faisait vraiment attention à elle. Beaucoup de gens venaient ici parce qu'on ne connaissait *pas* leur nom. Elle ne devait pas être la première épouse apparemment comblée à débarquer du centre des congrès en quête d'anonymat.

Lorraine avait décrit Fester dans les termes suivants :
« Chauve comme une boule de billard et légèrement plus
gros qu'une planète. » Curieusement, il y avait au moins
trois hommes là-dedans répondant à ce signalement, mais
le moment n'était pas à l'urbanité. Megan balaya la salle du
regard, au cas où Ray s'y trouverait lui aussi. Cela facilite-
rait les choses, non ? Elle n'aurait pas besoin de passer par
un intermédiaire. À cette pensée, son cœur manqua un battement.

Était-elle prête à revoir Ray ? Et si oui, pour lui dire
quoi ?

Peu importait. Ray n'était pas là. L'un des Fester potentiels était en train de la lorgner. Elle s'approcha de lui.

— C'est vous, Fester ?

— Je serai tout ce que vous voudrez, chérie.

— Si j'avais le temps, je vous tomberais direct dans les
bras. Mais je suis pressée. Lequel de vous s'appelle Fester ?

L'homme se renfrogna et désigna du pouce le plus
costaud des Fester en puissance. Megan le remercia et alla
le voir.

— Vous êtes Fester ?

Il avait des avant-bras comme les colonnes de marbre
de l'Acropole. La chope de bière ressemblait à un verre à
liqueur dans son énorme pogne.

— Qui le demande ?

— À votre avis ? Moi.

— Et vous êtes ?

— Mon nom n'a pas d'importance.

— Vous êtes huissière de justice ?

Megan fronça les sourcils.

— Ai-je l'air d'une huissière de justice ?

Il la toisa de haut en bas.

— Un peu, oui.

Ça alors, pensa Megan pour la seconde fois de la journée,
elle avait décidément beaucoup changé.

— Je recherche un de vos salariés.

— Pour l'assigner en justice ?

— Non. Je n'ai rien à voir avec la justice.

— Qui cherchez-vous ?

— Ray Levine.

Fester ne broncha pas. Levant sa chope, il avala une lampée.

— Et que lui voulez-vous, à Ray ?

Bonne question. Megan hésita et finit par opter pour la vérité.

— C'est un vieil ami à moi.

Fester l'examina de plus près.

— Pourquoi voulez-vous le voir ?

— Sauf votre respect, vous êtes son employeur ou sa mère ?

La repartie le fit sourire.

— Je vous offre un verre ?

— Vous plaisantez, j'espère ?

— C'est bon. Je suis inoffensif. C'est quoi, votre poison ?

Megan poussa un long soupir. Son téléphone n'arrêtait pas de bourdonner. Elle le sortit de son sac et le mit sur silencieux. *Lève le pied*, se dit-elle. *Vas-y mollo et peut-être que ça marchera.*

— OK, la même chose que vous.

Il lui commanda une sorte de bière douce aux fruits. Elle détestait la bière douce, surtout aux fruits, mais il était trop tard. Elle en but une gorgée.

— C'est quoi, votre petit nom ? demanda Fester.

— Cassie.

Il hocha lentement la tête.

— Alors, c'est vous ?

— C'est moi quoi ?

— C'est vous qui avez brisé le cœur de Ray. Qui l'avez réduit en charpie et fait de lui la loque humaine qu'il est aujourd'hui.

Megan sentit quelque chose s'effondrer dans sa poitrine.

— Il vous a dit ça ?

— Non, mais c'est évident. Pourquoi pensez-vous qu'il aurait envie de vous voir ?

— Je ne sais pas.

— Il est en train de bosser, là.

Les yeux de Fester s'étrécirent.

— Attendez, je vous connais, non ? Vous avez travaillé dans le coin.

Cela ne présageait rien de bon.

— J'ai été videur dans le temps. Vous êtes qui, déjà ? Je sais que j'ai vu votre visage.

— Je cherche Ray, c'est tout.

Il continuait à la scruter. Megan n'aimait pas ça. Elle allait partir quand, sans crier gare, Fester sortit son téléphone et la prit en photo.

— Ça va pas, non ?

— C'est pour ma collec porno.

Les gros doigts de Fester pianotaient sur les touches.

— En fait, je suis en train d'envoyer cette photo à Ray. S'il veut vous voir, il me le dira, et je vous transmettrai le message. Vous me donnez votre numéro de portable ?

— Non.

— Dans ce cas, je vous offre un autre verre ?

Ken et Barbie entreprirent de faire le ménage.

Barbie rangea avec amour son nouvel instrument de prédilection, le fer à souder à bout pointu. Il empestait encore la chair brûlée. À force d'essais et de tâtonnements, Barbie avait découvert les points les plus sensibles, les terminaisons nerveuses, lesquelles, à peine effleurées, sinon transpercées de chaleur incandescente, provoquaient une douleur insoutenable, et elle s'en était servie sur l'avocat nommé Harry Sutton.

Barbie ôta sa tenue chirurgicale, la charlotte, les gants de latex et rangea le tout. Ken allait faire de même, mais pas tout de suite. On avait beau être prudent, on laissait toujours de l'ADN derrière soi. Il était impossible de faire autrement. Les laboratoires accomplissaient des miracles aujourd'hui, et la meilleure façon de le gérer était de reconnaître et respecter leur travail.

Alors comment faire ?

Ken avait voulu brouiller les pistes. Il conservait des échantillons d'ADN recueillis au hasard – cheveux, mouchoirs en papier, salive et autres – dans des boîtes Tupperware. Parfois, il en trouvait dans des toilettes publiques, aussi dégoûtant que cela paraisse. Le camp d'été était l'endroit parfait. La plupart des moniteurs utilisaient des rasoirs jetables qu'on pouvait essuyer facilement. Les urinoirs fournissaient des poils pubiens. Les douches, encore plus.

Avec ses mains gantées, Ken ouvrit une boîte. À l'aide d'une pince à épiler, il prit quelques cheveux, un mouchoir en papier et plaça l'échantillon à côté de – et même sur – Harry Sutton. C'était suffisant. Il referma le Tupperware et le remit dans son sac. Il était en train de plier sa tenue quand le portable de Harry Sutton sonna.

Barbie regarda l'écran.

— C'est Cassie.

Cassie. Harry Sutton s'était révélé plus coriace qu'on aurait pu l'imaginer, ou plus endurant... ou alors il ne savait pas grand-chose sur elle. Il avait fallu faire preuve de beaucoup de persuasion, entre autres mettre en contact le fer à souder et l'urètre de l'avocat, pour que celui-ci avoue que le témoin dont le directeur adjoint Goldberg avait parlé à Ken était une ex-danseuse exotique nommée Cassie. Harry ne leur fournit aucune autre information à son sujet, mais ils trouvèrent son numéro sur le portable de l'avocat.

Barbie prit sa voix la plus suave pour répondre :

— Cabinet de Harry Sutton.

— Bonsoir, Harry est là ?

— Puis-je vous demander qui est à l'appareil ?

— Cassie.

— Oh, je suis désolée. Me Sutton n'est pas disponible actuellement.

Barbie regarda Ken. Il leva les deux pouces.

— Puis-je avoir votre nom complet et votre numéro de téléphone pour lui transmettre le message ?

— Attendez, je ne suis pas sur son portable ?

— Les appels de Me Sutton sont automatiquement transférés sur ma ligne quand il est occupé. Pardon, Cassie, je n'ai pas saisi votre nom de famille.

La communication fut coupée.

— Elle a raccroché, fit Barbie avec une moue.

Ken s'approcha, l'enlaça par les épaules.

— Ne t'inquiète pas pour ça.

— Je pensais vraiment être crédible en secrétaire.

— Tu as été parfaite.

— Mais elle n'a pas voulu me parler.

— Ça prouve une chose, dit Ken.

— Laquelle ?

— Elle est très prudente.

Barbie, qui se sentait déjà mieux, hocha la tête.

— Donc, c'est quelqu'un d'important pour notre mission.

— Tout à fait.

— Que fait-on ?

— On a son numéro de portable, répondit Ken. Ça ne va pas être bien compliqué de trouver où elle habite.

16

DANS LE FAISCEAU STROBOSCOPIQUE DU FLASH, la femme avait l'air du proverbial lapin pris dans les phares d'une voiture.

— Qui est l'heureuse élue, George ? proféra Ray.

George Queller, probablement le client le plus assidu de Fester, entoura les épaules de sa compagne d'un bras protecteur.

— Je vous présente Alexandra Saperstein.

Flash, clic, flash, clic.

— Comment vous êtes-vous connus, tous les deux ?

— Sur JDate.com. C'est un site de rencontre pour célibataires juifs.

— On dirait que c'était écrit.

Ray s'abstint de faire remarquer que George n'était pas juif. Ce n'était qu'un boulot. Il avait l'esprit ailleurs, très loin d'ici, et franchement, qui aurait envie de s'investir corps et âme dans un travail pareil ?

Alexandra Saperstein semblait se ratatiner à vue d'œil. Elle était mignonne à sa façon, une façon plutôt discrète, mais ce tic qu'elle avait de rentrer la tête dans les épaules et de cligner des paupières laissait à penser qu'elle avait subi de mauvais traitements dans le passé. Et les éclairs du flash n'arrangeaient rien. Ray l'éteignit tout en continuant à mitrailler, recula pour laisser respirer la jeune femme effarouchée. George s'en aperçut et lui jeta un drôle de regard.

À l'entrée du restaurant, Maurice, le maître d'hôtel doté d'un fort accent français – de son vrai nom Manny Schwartz – apparut à la porte, ouvrit grand les bras et s'écria :

— Monsieur George, soyez le bienvenu ! Votre table préférée est prête.

George décocha un coup d'œil à Ray dans l'attente de sa réplique. Le visage dissimulé derrière l'appareil pour cacher sa honte, Ray déclama :

— Comptez-vous communiquer le menu du dîner à la presse ?

Quelque chose mourut en lui.

— On verra, répondit George d'un ton hautain.

Le couple entra. Ray fit mine de vouloir les suivre, et Maurice fit mine de le pousser dehors. Un serveur s'approcha d'Alexandra pour lui remettre des roses rouges. Ray prit des photos par la vitre. George tira une chaise, et Alexandra s'assit : elle commençait à se détendre.

Cela n'allait pas durer.

Ray braquait l'objectif sur son visage. C'était plus fort que lui. D'un côté, il savait qu'il devrait regarder ailleurs – comme quand on ralentit pour mieux voir un accident de la circulation –, mais son côté artiste voulait capter l'horreur en train de poindre. Au moment où Alexandra baissait les yeux sur la carte, Ray sentit son portable vibrer. Il l'ignora, régla la mise au point et attendit. Tout d'abord, une expression déconcertée se peignit sur le visage d'Alexandra Saperstein. Elle plissa les yeux pour être sûre d'avoir bien lu. Ray savait que George, dans sa folie, avait placé la barre plus haut ; maintenant, sur la carte, on pouvait lire :

George et Alexandra – premier rendez-vous
Menu dégustation
À conserver pour montrer à nos petits-enfants !

Alexandra venait de comprendre. Ses yeux s'agrandirent, mais le reste de son visage s'allongea. Elle porta les mains à ses joues. Ray mitrailla. Cela pourrait bien être sa propre version du *Cri* de Munch.

On servit le champagne. Conformément au nouveau script, Ray devait faire irruption dans la salle et photographier la table au moment du toast. Il se dirigea vers la porte. Le téléphone se remit à vibrer. Il jeta un rapide coup d'œil et vit que c'était une photo de la part de Fester. Bizarre. Pourquoi diable Fester lui envoyait-il une photo ?

Tout en pénétrant dans le restaurant, Ray fit défiler le message pour ouvrir la pièce jointe. Il leva son appareil au moment où George levait son verre. George se tourna vers l'objectif. Alexandra regarda Ray comme pour implorer son aide. Il scruta la photo qui venait de lui parvenir, et son cœur s'arrêta de battre.

L'appareil lui tomba des mains.

George dit :

— Ray ?

Ray contempla fixement son téléphone portable. Ses yeux s'embuèrent. Il secoua la tête. Ce n'était pas possible. Mille émotions ricochaient à travers lui, au risque de le submerger.

Cassie.

C'était un coup monté, quelqu'un qui lui ressemblait, mais non, il n'y avait aucun doute dans son esprit. Elle avait changé en dix-sept ans, mais ce visage-là, Ray n'était toujours pas près de l'oublier.

Pourquoi ? Comment ? Après tout ce temps, comment...

Il caressa délicatement l'image du bout du doigt.

— Ray ?

Il gardait les yeux rivés sur la photo.

— Alexandra ? fit-il.

Il l'entendit remuer sur sa chaise.

— C'est bon. Vous pouvez partir.

Elle ne se le fit pas dire deux fois. En un éclair, elle était debout et filait vers la sortie. George la suivit. Ray lui barra le passage.

— Ne faites pas ça.

— Je ne comprends pas, Ray.

Alexandra s'éclipsa. George retomba sur sa chaise. Ray examina la photo. Il tenta de se calmer pour y voir plus clair. Ils étaient au comptoir d'un bar. Sûrement au *Signal Faible*. La réplique culte de Bogie sur tous les bars de toutes les villes du monde lui revint à l'esprit, mais, évidemment, elle n'était pas entrée dans le sien. Elle était entrée dans celui de Fester. Et c'était tout sauf une coïncidence.

— Pourquoi, Ray ?

— Une seconde, répondit-il à George.

Il appuya sur la touche de numérotation abrégée correspondant au numéro de Fester — c'était pathétique, songea-t-il, que son seul raccourci soit le numéro de Fester — et écouta la sonnerie.

— Je ne capte pas, Ray, dit George. Cette fille, Alexandra. Sur Internet, elle me raconte que son dernier mec la traitait comme de la merde, l'ignorait et ne sortait jamais avec elle. Moi, je me mets en quatre, et elle me laisse tomber. Pourquoi ?

Ray leva un doigt pour le prier de patienter. Il tomba sur la boîte vocale dont l'annonce se résumait à : « Fester. Bip. »

— C'est quoi cette photo ? fit-il. Rappelle-moi tout de suite.

Il raccrocha et se dirigea vers la sortie.

— Ray ?

George, toujours.

— Je ne comprends pas. J'essaie juste de leur offrir une soirée pas comme les autres. Elles ne le voient pas, ça ? Sur le Net, elles disent toutes vouloir quelqu'un de romantique.

— Tout d'abord, rétorqua Ray, il y a une frontière très mince entre romantisme et ordonnance restrictive. Vu ?

George hocha lentement la tête.

— Oui, d'accord. Mais elles disent toutes...

— Ensuite, ce que disent les femmes, c'est de la foutaise. Elles réclament du romantisme et qu'on les traite comme

144

des princesses, mais, en pratique, c'est tout le contraire. Elles choisissent toujours celui qui leur crache dessus.

— Mais alors, que dois-je faire ? demanda George, manifestement déboussolé. Dois-je leur cracher dessus moi aussi ?

Ray allait se lancer dans une longue tirade truffée de bons conseils, mais en voyant la tête de George, il dit :

— Surtout ne changez rien.

— Hein ?

— Je détesterais vivre dans un monde sans gars comme vous. Alors ne changez rien. Soyez romantique plutôt qu'un connard.

— Vous êtes sérieux ?

— Oui, enfin pas si vous voulez vous faire des filles. Si c'est ce que vous voulez, vous n'avez aucune chance.

George eut un pâle sourire.

— Je ne veux pas seulement coucher avec elles. Je veux une vraie compagne.

— Bonne réponse. Donc ne changez rien. Gardez le cap.

Ray fit un pas, s'arrêta, se retourna.

— Quoique, tout de même, mettez-y un bémol. Le menu personnalisé, c'est franchement trop.

— Ah bon ? Vous croyez ? C'est peut-être une question de police de caractères.

Le portable de Ray sonna. C'était Fester. Il répondit précipitamment :

— Fester ?

— Tu connais la fille sur la photo, je suppose, dit Fester.

— Oui, qu'est-ce qu'elle veut ?

— À ton avis ? Elle veut te parler.

Ray sentait son cœur cogner contre sa poitrine.

— Elle est toujours au *Signal Faible* ? J'arrive.

— Elle vient de partir.

— Zut.

— Mais elle a laissé un message.

— Lequel ?

— Elle te donne rendez-vous devant Lucy à onze heures.

17

BROOME APPELA SON EX, ERIN, de la scène de crime et l'informa de la découverte du sang et des renseignements fournis par Cowens.

— Je vais au poste et je lance la recherche, répondit-elle.

En arrivant, Broome la trouva installée à son bureau, plutôt qu'à celui qui avait été le sien, juste en face. Ce bureau, qu'elle avait occupé pendant plus de dix ans, était utilisé maintenant par un beau gosse aux cheveux gominés qui portait des costumes Armani. Broome, qui avait du mal à retenir son nom, avait fini par l'appeler Armani. Armani, donc, n'étant pas là, il s'assit dans son fauteuil. Son bureau, ordonné jusqu'à l'absurde, sentait l'eau de Cologne.

— Je ne comprends pas comment j'ai pu ne pas le voir, déclara Erin.

— On cherchait des disparus, pas des morts. Tu as quelque chose ?

— La victime était Ross Gunther, vingt-huit ans.

Elle lui tendit la photo, le corps gisant sur le dos. Il y avait du sang épais autour de son cou, comme s'il portait une écharpe écarlate.

— Né à Camden, il a laissé tomber le lycée, est venu vivre à Atlantic City. Un authentique bon à rien dont on ne pouvait rien attendre de bon. Célibataire, un lourd passif dans la *lose* : voies de fait, coups et blessures, vandalisme.

À l'occasion, il faisait du recouvrement de créances pour un usurier.

— Comment a-t-il été tué ?

— On lui a tranché la gorge... avec violence.

— Avec violence ?

Broome étudia la photo de plus près.

— Il a presque été décapité.

— D'où les termes « avec violence ». Comme tu le sais déjà, c'est Morris qui a géré l'affaire. Si tu veux lui parler, il habite en Floride.

— Quel âge peut-il avoir maintenant ?

— Morris ?

Elle haussa les épaules.

— Dans les quatre-vingts, quatre-vingt-cinq.

— Il était déjà gâteux quand je suis entré dans la police.

— De toute façon, je ne pense pas que tu aies besoin de lui.

— Il a coffré l'assassin, non ?

Erin hocha la tête.

— Depuis peu, Gunther fréquentait une fille nommée Stacy Paris. Le problème, c'est que Stacy était fiancée à une tête brûlée du nom de Ricky Mannion. Les deux hommes étaient du genre possessif, si tu vois ce que je veux dire.

Broome voyait très bien ce qu'elle voulait dire. Des gars possessifs, il en avait croisé des tas dans sa carrière : jaloux comme des teignes, pétant les plombs pour un rien, confondant aimer et régenter, tenant la main des filles en public tels des chiens marquant leur territoire, un abîme d'insécurité derrière le masque du macho. En général, ça se terminait mal.

— Morris a débarqué chez Mannion avec un mandat de perquisition. Là, ils ont recueilli suffisamment de preuves pour le mettre au frais.

— Quel genre de preuves ?

— Genre l'arme du crime.

Erin lui montra la photo d'un long couteau à lame dentée.

— Mannion l'avait essuyé, mais il restait encore des traces de sang qu'on a défini comme étant celui de la victime. C'était au tout début des tests ADN. Et comme si ça ne suffisait pas, ils ont trouvé le sang de Gunther dans la voiture de Mannion et sur une chemise à côté du lave-linge.

— Ben, mon cochon, fit Broome.

— Oui, un véritable cerveau, ce Mannion. Tu ne devineras jamais ce qu'il a affirmé.

— Attends, laisse-moi réfléchir. Hmm. C'était – ne me dis pas – un coup monté ?

— Waouh, tu es trop fort.

— Ne te laisse pas intimider. Je suis un pro de l'investigation.

— Tu dois donc savoir comment tout ça a fini. Le dossier a été ouvert et refermé. Mannion purge une peine à perpétuité à la prison de Rahway.

— Et qu'est devenue la fille ? Cette Stacy Paris ?

— Tu as découvert les traces de sang il y a une heure. J'y travaille encore.

— Et la grande question, dit Broome.

Erin sourit.

— Tu veux savoir quand ce meurtre a eu lieu ?

— Et moi qui me prenais pour un pro de l'investigation.

— Le 11 mars, il y a dix-huit ans. Et oui, c'était un Mardi gras. Ou plutôt le lendemain matin. Tu vois, il est là, le hic. Cette année-là, le Mardi gras tombait le 10 mars, mais notre garçon, Gunther, a été découvert après minuit.

— Donc, à proprement parler, ce n'était pas le Mardi gras.

— Exact. C'est aussi le cas de plusieurs autres de nos disparus. Du coup, il devient plus difficile d'établir un lien.

— Alors il faut chercher des meurtres ou des disparitions autour de cette date... dans le parc ou ses environs. L'endroit est carrément isolé. Un cadavre peut y rester des jours, voire des semaines.

— Je m'en occupe, acquiesça Erin.

Le regard fixe, Broome mâchonnait la cuticule d'un ongle.

— C'est dégoûtant, ça, dit Erin.

Il fit la sourde oreille.

— Ce type, Mannion.

— Oui, eh bien ?

— S'il y a un dénominateur commun – je ne sais pas, moi : un tueur du Mardi gras ou appelle-le comme tu veux…

Broome s'interrompit.

— Mannion purge depuis dix-huit ans un crime qu'il n'a pas commis.

— Ne nous emballons pas, Broome.

— Lieutenant ?

La voix le fit sursauter. Se retournant, il vit Del Flynn et sa tapageuse chemise hawaïenne. Il devait porter une bonne dizaine de médaillons accrochés à sa chaîne en or. Broome en repéra un de saint Antoine en or, une ancre de bateau en or et une voluptueuse silhouette féminine en or style pin-up. Il y en avait pour tous les goûts.

— Monsieur Flynn ?

Goldberg lui emboîtait le pas. Del Flynn, comme on le lui avait signifié à plusieurs reprises, était plein aux as. Ils avaient reçu des coups de fil du maire et de quelques autres huiles, comme si la police d'Atlantic City disposait d'une ligne spéciale VIP disparus. Et c'était peut-être le cas, qui sait ? Broome n'en voulait pas à l'homme. Quand on a un fils qui disparaît, tous les moyens sont bons. On ne fait pas de manières. Ça, Broome pouvait le comprendre.

Il présenta Flynn à Erin. Elle hocha la tête et baissa à nouveau le nez sur son clavier. Erin n'avait jamais su s'y prendre avec les familles des victimes.

— Ils sont cassés, lui avait-elle dit un jour.

En regardant Flynn dans les yeux, Broome songea que « fracassé » serait plus approprié. « Cassé » sous-entendait quelque chose de net, de franc, de réparable. Or ce qui leur arrivait était plus confus, plus abstrait, plein d'éclats et sans espoir de guérison.

— Vous avez trouvé quelque chose ? demanda Del Flynn.

— Il est trop tôt pour se prononcer, monsieur Flynn.

— Quelque chose, n'importe quoi.

La détresse dans sa voix était plus que palpable. C'était une chose horrible qui vivait, qui respirait. Elle envahit toute la pièce. Elle asphyxia tout ce qui l'entourait. Broome décocha un coup d'œil à Goldberg pour qu'il intervienne. Goldberg le regarda comme s'il était transparent.

Flynn empoigna Broome par le bras un peu trop fort.

— Vous avez des enfants, lieutenant ?

Cette question, il l'avait entendue maintes fois depuis qu'il était dans la police. Il la trouvait limite condescendante – franchement, ça changerait quoi ? – mais face à ce gouffre de désespoir, il ne s'en offusqua pas.

— Moi non, monsieur. Mais le lieutenant Anderson, si.

Eh oui, Broome avait jeté sa charmante ex dans la gueule du loup. Les yeux de Flynn se posèrent sur Erin. Elle gardait la tête baissée. Au bout de quelques secondes interminables, Broome vint à sa rescousse.

— Je vous assure, monsieur Flynn, que nous faisons notre possible pour retrouver votre fils. Mais si on doit s'interrompre pour vous tenir au courant de l'avancement de l'enquête, ça va nous faire perdre du temps. Vous voyez ce que je veux dire ?

— J'aimerais vous aider.

— Dans ce cas, laissez-nous faire, OK ?

Le regard éteint de Flynn flamba brièvement, un éclair de colère avant que la douleur reprenne le dessus. Là, Goldberg intervint.

— Je pense, lieutenant Broome, que ce que demande M. Flynn...

Del Flynn posa la main sur son bras.

— Plus tard, dit-il.

Il tourna les talons. Goldberg fusilla Broome du regard et le suivit.

— J'ai cru que Goldberg allait se mettre à genoux pour

lui lécher les pompes, fit Erin. Flynn doit avoir le bras drôlement long.

— M'en fous, répondit Broome. Tu peux me sortir le numéro de la prison de Rahway ?

Elle pianota sur le clavier. Il était tard, mais les pénitenciers fédéraux ne fonctionnaient pas avec des horaires de bureau. Broome composa le numéro, expliqua au standard qu'il appelait au sujet d'un détenu nommé Ricky Mannion. On lui demanda de rester en ligne.

— Surveillant Dean Vanech, j'écoute.

— Mon nom est Broome. Je suis lieutenant dans la police criminelle d'Atlantic City.

— OK.

— J'appelle à propos d'un de vos détenus, un type nommé Ricky Mannion.

— Oui ?

— Vous le connaissez ?

— Je le connais, oui.

— Il continue à clamer son innocence ?

— Tous les jours. Mais vous savez quoi ? Ils sont presque tous innocents ici. C'est incroyable, je vous jure. Soit nous sommes des incompétents, soit – mince alors ! – nos pensionnaires nous racontent des salades.

— Et lui, qu'en pensez-vous ?

— Comment ça ?

— Mannion est-il plus crédible que les autres ?

— À propos de son éventuelle innocence ? Allez savoir. J'ai vu des gars chez nous qui auraient facilement damé le pion à De Niro.

Broome se rendit compte qu'il perdait son temps à parler avec ce Vanech.

— J'aimerais voir Mannion demain à la première heure. C'est possible ?

— Attendez, je consulte son agenda. Ben vous avez de la chance dites donc, la première dame a dû se décommander, donc Mannion est libre. Je vous marque pour sept heures ?

Encore un qui se croyait drôle.

Broome accepta le rendez-vous. Il venait de raccrocher quand un mouvement attira son attention. Se retournant, il vit Cassie faire irruption au poste. Elle le repéra, se précipita vers lui.

— On a un problème, déclara-t-elle.

— Ça y est.

Comme Ken l'avait promis, le numéro du téléphone portable leur fournit tous les renseignements dont ils avaient besoin.

Ne sachant combien de temps cette mission allait durer, Ken et Barbie avaient loué une suite avec deux chambres dans un élégant hôtel logé dans un gratte-ciel et appelé le *Borgata*. C'était censé être le plus bel hôtel d'Atlantic City, avec l'avantage supplémentaire d'être situé à l'écart de la promenade envahie de joueurs, de drogués, de pécheurs, de bonimenteurs de foire et d'ordures en tout genre.

Mais Barbie trouvait que même le *Borgata* n'échappait pas à l'ordure. On ne pouvait tout simplement pas l'éviter à Atlantic City, et à dire vrai elle n'en avait pas envie. Barbie était partagée entre le dégoût et l'exultation. Elle aurait voulu se vautrer dans l'ordure et prendre un bain en même temps.

Malgré son enfance protégée, Barbie n'était pas naïve. Elle savait que les êtres humains étaient complexes. Il existait un attrait pour le péché, sinon on n'aurait pas eu besoin d'ériger des barrières pour s'en préserver. La solution était d'avoir un exutoire sain. Aujourd'hui, elle avait l'impression que Ken et elle avaient trouvé le leur. Leurs victimes – si tel était le mot approprié – étaient toutes de mauvaises personnes. Ken et elle les faisaient souffrir parce qu'elles l'avaient mérité. Quelquefois même, la souffrance leur ouvrait les yeux, apportant avec elle une forme de rédemption. Comme Tawny, par exemple. Barbie s'en félicitait. L'expérience de la douleur lui avait peut-être sauvé la vie.

Loger au *Borgata* – dans l'antre du démon, au cœur de

la tentation – lui faisait du bien. C'était édifiant. Un peu comme s'introduire dans le camp de l'ennemi pour découvrir ses secrets. Quand Barbie traversait le casino, elle sentait peser sur elle les regards concupiscents des hommes ; en même temps, elle s'attendait presque à ce que quelqu'un la montre du doigt en criant : « Elle n'a rien à faire ici ! »

— Comment as-tu fait pour trouver ses coordonnées ?

Elle était assise sur la causeuse face à la fenêtre. Au loin, on voyait briller les lumières de la promenade.

— Sur Internet, répondit Ken.

— Tu as réussi à localiser le propriétaire d'un numéro de portable sur l'ordinateur ?

— Oui.

— Comment ?

— J'ai tapé « propriétaire de numéro de portable » sur Google.

Elle secoua la tête.

— C'est tout ?

— Ben, ça m'a coûté dix dollars.

Ken leva les yeux du clavier et lui sourit. Barbie le ressentit jusque dans ses orteils. Le col rose de sa chemise dépassait de son pull couleur citron vert. Son pantalon kaki avait un pli au milieu. Elle le trouvait très beau. Ils se tenaient toujours par la main en traversant le hall de l'hôtel. Elle aimait ça, le contact de sa main dans la sienne, mais parfois, quand un homme laissait traîner son regard un peu trop longtemps, elle sentait les doigts de Ken se crisper. Et à son tour, elle éprouvait une sensation de chaleur, le frisson, la bouffée d'adrénaline.

— Alors il est à qui, ce téléphone ? demanda-t-elle.

— À un certain David Pierce.

— Et qui est-ce ?

— Je ne sais pas très bien. Il est avocat en droit du travail à Jersey City. Aucun rapport avec l'affaire qui nous intéresse. Il a l'air d'un honnête citoyen. Marié, deux enfants.

— C'est une femme qui a appelé sur le portable de Harry Sutton, dit Barbie.

Ken hocha la tête.

— Il y a quatre forfaits mobiles sur son compte. Un pour lui, j'imagine, un pour sa femme, un pour chacun des enfants. Le numéro qu'on a ici n'est pas le numéro principal... celui qui sert pour la facturation.

— Quel âge a sa fille ?

— Quinze ans. Elle s'appelle Kaylie.

— La femme à qui j'ai parlé était... enfin, c'était une femme.

— La sienne, sûrement. Son prénom, c'est Megan.

— Et que vient-elle faire là-dedans ?

Ken haussa les épaules.

— Je ne sais pas encore. J'ai entré leur adresse à Kasselton dans MapQuest. On en a pour deux heures maxi.

Il se tourna vers elle, et elle vit la lueur dans son regard.

— On pourrait y aller tout de suite pour en avoir le cœur net. Les enfants ne sont peut-être même pas couchés.

Barbie se mordilla un ongle.

— Une mère de famille ?

Ken ne dit rien.

— Normalement, on s'attaque aux méchants, poursuivit-elle.

Ken se frotta le menton.

— Si cette Megan Pierce entretient des rapports avec Harry Sutton, ce n'est certainement pas une blanche colombe.

— Tu en es sûr ?

Il brandit les clés de la voiture, les fit tinter brièvement.

— Il n'y a qu'un seul moyen de le savoir.

Barbie secoua la tête.

— C'est vraiment du lourd, cette fois. On devrait en référer à notre employeur.

— Et s'il nous donne son feu vert ?

— Tu l'as dit toi-même, fit Barbie avec un haussement d'épaules. On en a pour deux heures de trajet maxi.

18

UNE DEMI-HEURE PLUS TÔT, MEGAN AVAIT ENTENDU la voix sirupeuse lui répondre sur le portable de Harry Sutton :

— Les appels de Me Sutton sont automatiquement transférés sur ma ligne quand il est occupé. Pardon, Cassie, je n'ai pas saisi votre nom de famille.

Elle avait coupé la communication.

Fester se tenait au bar à côté d'elle.

— Un souci ?

Megan contempla le téléphone, essayant de se remémorer la configuration du bureau de Harry. La table de travail, la fenêtre, le fichier, le canapé élimé…

Il n'y avait pas de place pour une secrétaire.

Alors qui avait répondu au téléphone ?

Une boule d'angoisse se forma au creux de son estomac.

— Allô ? dit Fester. Vous êtes toujours là ?

— Il faut que j'y aille.

— Eh, je croyais que vous cherchiez Ray. Attendons au moins qu'il réponde.

— Dites-lui de me retrouver devant Lucy.

— Hein ?

— Lucy à onze heures. Si j'ai un empêchement, je vous appellerai ici, au bar.

— Minute, fit Fester.

Mais elle se frayait déjà un passage vers la sortie, louvoyant dans la foule qui formait un amas compact de mal-être. Une fois dehors, elle dut s'arrêter un instant pour remplir ses poumons d'oxygène. Elle retourna ensuite au cabinet de Harry Sutton, croisant un jeune couple dans le couloir, mais la porte était fermée, et les lumières éteintes.

Ce fut là qu'elle décida d'aller trouver Broome.

Au poste de police, après que la collègue de Broome, une femme qui s'était présentée comme étant le lieutenant Erin Anderson, se fut excusée, Megan lui rapporta l'incident. Il l'écouta sans l'interrompre.

— Je m'inquiète pour Harry, déclara-t-elle en guise de conclusion.

— On peut le rappeler, si vous voulez.

— J'ai essayé. Ça ne répond pas.

— J'aurais bien envoyé une patrouille, mais à quoi bon ? Il sort tous les soirs. Vous avez dit à quelqu'un que vous alliez le voir ?

— Non.

— Dans ce cas, je ne comprends pas très bien. Qu'est-ce qui vous fait croire qu'il est en danger ?

— Rien. La voix de cette femme. Une voix sirupeuse.

— Ah, fit Broome. Pourquoi ne pas l'avoir dit plus tôt ? Megan grimaça.

— Vous ne me prendriez pas pour une quiche, des fois ?

— Sirupeuse ?

— C'est bon, j'ai compris.

— Non, Cassie, ou quel que soit votre nom, à mon avis vous n'avez rien compris.

Broome se rapprocha.

— Puis-je vous parler franchement ?

— Parce que jusqu'ici vous avez pris des gants ? Allez-y.

— Vous avez l'air bien. Vraiment bien.

— Euh, merci.

— Ce n'est pas ce que j'ai voulu dire. On a l'impression que les années vous ont épargnée. Vous semblez en forme, heureuse et, par-dessus tout, vous avez quelque part où aller. Vous voyez de quoi je parle ?

Elle ne répondit pas.

— C'est la définition du bonheur, vous savez. La plupart des filles d'ici ne connaîtront jamais ça. Un endroit où aller.

— Lieutenant Broome ?

— Oui ?

— Je vous trouve profond.

Ça le fit sourire.

— Ouais, le flic philosophe. Bref, faites-le pour vous. Retournez là-bas.

— Là-bas... à l'endroit où aller ?

— Oui, votre foyer ou peu importe comment vous appelez ça. Là où on vous attend.

— Vous ne m'écoutez pas, lieutenant.

— Si. Mais c'est à votre tour de m'écouter maintenant. Comment se fait-il que vous soyez encore ici ?

Megan resta un moment silencieuse. Il l'observait. À vrai dire, malgré ses sarcasmes, Broome avait vu juste.

Comment se faisait-il qu'elle soit encore là ?

Elle songea à son foyer, son « endroit où aller »... à Kaylie et Jordan, au pauvre Dave qui devait faire les cent pas et se passer la main dans les cheveux comme chaque fois qu'il était anxieux, se demandant ce qui arrivait à la femme qui partageait son lit depuis seize ans.

— Je pensais que vous auriez besoin de moi, au cas où il y aurait du nouveau, dit-elle faiblement.

— J'ai tout ce qu'il me faut pour le moment. En cas de nécessité, j'appellerai Harry. Je vous ai promis l'anonymat et je tiens à respecter ma promesse.

— Merci.

— Je vous en prie. Maintenant partez d'ici avant que mon chef vous voie et se mette à vous cuisiner.

Megan voulut protester, mais, d'une manière ou d'une autre, il ne servait à rien de rester. Sans un mot, elle quitta le poste et regagna sa voiture garée derrière le tournant. Elle se glissa sur le siège et réfléchit à ce qu'elle allait faire. La réponse était évidente.

Broome avait raison. Mais, inexplicablement, tandis qu'elle était assise dans sa voiture, des larmes lui montèrent aux yeux. Que diable lui arrivait-il ? Elle mit le moteur en marche et se prépara à rentrer chez elle. Laisse tomber tout ça. Laisse tomber le *Crème,* Lorraine, Rudy, Stewart Green, Harry Sutton. Elle n'avait fait que les entrapercevoir dans son rétroviseur, c'est tout.

Et Ray ?

Elle jeta un œil sur l'horloge du tableau de bord. Qu'est-ce qui lui avait pris de suggérer Lucy comme lieu de rendez-vous ? Ses clés se balançaient sur le contact. Depuis tout ce temps qu'elle le connaissait, Dave ne l'avait jamais interrogée sur la clé en bronze légèrement oxydée. Cette clé, Megan la gardait toujours sur elle. Elle n'ouvrait probablement plus la porte – ça faisait presque vingt ans –, mais cette clé était le seul souvenir, la seule relique qu'elle s'était autorisée à garder de sa vie passée.

Une simple clé.

Elle la toucha, pensant à la dernière fois où elle l'avait utilisée. Elle avait envie de voir Ray. Elle n'avait pas envie de le voir.

Une chose était de jouer avec le feu... mais sauter à pieds joints dans les flammes en était une autre.

Rentre chez toi, Cassie ou Megan, ou ce que je suis réellement. Nous avons apprécié ton aide pour résoudre une vieille affaire de disparition, mais maintenant il est temps de reprendre le cours bien ordonné de la vie de tous les jours.

D'un côté, elle n'avait toujours pas l'impression que cette folle journée allait lui laisser des séquelles. Elle pouvait repartir d'ici comme elle était venue. D'un autre côté, elle ne cessait de regarder par-dessus son épaule, comme si elle était suivie. Comme si le piège était en train de se refermer sur elle, comme si Stewart Green était toujours là, avec son abominable sourire, prêt à bondir. Oui, la meilleure solution, la plus intelligente, serait de rentrer à la maison, mais à

158

présent elle se demandait si ça allait servir à quelque chose, s'il n'était pas trop tard.

Lucy. À onze heures.

Lucy se trouvait à Margate, à huit kilomètres d'ici. Megan avait beau se raisonner, elle avait beau songer à ce que sa démarche avait de dangereux et d'explosif, elle savait qu'elle ne connaîtrait pas la paix tant qu'elle n'aurait pas vu Ray. Et puis, toute autre considération mise à part, comment pouvait-on faire tout ce chemin sans revoir Lucy ?

Elle prit Atlantic Avenue en direction du sud jusqu'à ce que la silhouette de Lucy se dresse au loin, dans l'obscurité, redessinée par la lune. Et même si elle la connaissait bien, comme chaque fois Megan la contempla avec une admiration enfantine.

Lucy était un éléphant géant... « géant » signifiant haut de six étages.

Érigée en 1882, Lucy l'éléphant était l'une des plus grandes et plus anciennes attractions de bord de mer du pays, une merveille d'architecture : une structure haute d'une vingtaine de mètres en forme d'éléphant qui, à l'origine, avait abrité une agence immobilière. Durant ses cent trente années de règne sur le littoral du New Jersey, Lucy avait aussi été un restaurant, une taverne (fermée du temps de la Prohibition), un cottage privé, et maintenant elle était ouverte au public pour quatre dollars la visite. Le pachyderme de quatre-vingt-dix tonnes se composait d'un million de pièces de bois recouvertes de feuilles d'étain. On y entrait par l'une des massives pattes arrière, on grimpait par un escalier en colimaçon dans la salle voûtée couleur Pepto-Bismol ou, paraît-il, d'estomac d'éléphant. Par les yeux de Lucy, on pouvait admirer l'océan. Il y avait une autre fenêtre dans son postérieur, que les gardiens entre eux appelaient le « trou du cul ». Il y avait des photos, un film en vidéo et même une baignoire. Une autre volée de marches, et on débouchait sur le dos de Lucy, face à l'un des plus beaux panoramas de l'océan Atlantique. Par temps

159

clair, les bateaux pouvaient voir Lucy à douze kilomètres de distance.

Megan aimait Lucy. Elle n'aurait su dire pourquoi. Vingt ans plus tôt, elle avait pris l'habitude de lui rendre visite pendant ses jours de congé ; elle achetait un hamburger-frites au café d'en bas et s'installait sur le banc non loin de la trompe de l'animal. Ce fut ainsi qu'elle rencontra l'un des gardiens et guides touristiques de Lucy, un brave garçon, quoique très pressant, nommé Bob Malins. Leur relation fut de courte durée, mais, avant de rompre, Megan avait subtilisé sa clé de Lucy pour en faire faire un double à la quincaillerie du coin.

C'était la clé qu'elle gardait aujourd'hui encore dans son trousseau.

Bob l'ignorait, bien sûr, mais tard le soir, quand elle avait besoin de s'éloigner du club et de l'appartement qu'elle partageait avec quatre autres filles, Megan se glissait à l'intérieur de Lucy et déroulait une couverture. Quand elle était tombée amoureuse de Ray, c'était devenu leur lieu de rendez-vous. Jamais elle n'avait amené un autre homme ici. Ray était le seul. Ils ouvraient la porte avec la clé, grimpaient l'escalier et faisaient l'amour avec une infinie douceur.

Megan se gara, descendit de voiture et, fermant les yeux, respira l'air salé. Tout lui revenait maintenant. Ses yeux s'ouvrirent. Elle regarda Lucy et frissonna, submergée par les souvenirs.

Derrière elle, une voix – *la* voix – hasarda :

— Cassie ?

Elle était comme pétrifiée.

— Oh, mon Dieu, exhala-t-il douloureusement.

Elle crut que son cœur allait exploser.

— Cassie...

Dave Pierce avait l'impression qu'une main géante avait empoigné sa vie et s'était mise à la secouer comme une boule à neige de pacotille.

Assis devant l'ordinateur dans la chambre d'amis que Megan avait transformée l'année dernière en bureau, Dave avait mal au ventre. Il détestait les bouleversements. Il ne savait pas bien gérer le stress. Quand ça lui arrivait, quand il commençait à étouffer, Megan était toujours là. Elle lui frictionnait les tempes, lui massait les épaules, lui murmurait des mots tendres, apaisants.

Sans elle, il se sentait angoissé, à la dérive. Jamais encore elle n'avait fait une chose pareille. Jamais elle n'était restée injoignable plus d'une heure ou deux. Sa conduite soudain fantasque aurait dû le surprendre, le choquer, mais même pas. C'était peut-être ce qui le troublait le plus, la facilité avec laquelle ses certitudes, tout ce qu'il tenait pour acquis, pouvaient basculer du jour au lendemain.

Son doigt s'attardait sur la souris. Dave regarda l'écran. Il n'avait pas envie de cliquer, mais avait-il réellement le choix ?

Jordan ouvrit la porte à la volée, le prenant au dépourvu.

— Papa ?

— Bon sang, on ne t'a jamais appris à frapper ?

— Pardon...

— Cent fois je te l'ai répété, déclara Dave, plus fort qu'il ne l'aurait voulu. Frappe d'abord. Est-ce si difficile à retenir ?

— Je ne l'ai pas fait exprès.

Les yeux de Jordan s'emplirent de larmes. C'était un gamin sensible. Comme Dave à peu près au même âge. Il s'empressa de faire machine arrière.

— Désolé, mon grand. C'est que je suis débordé, tu comprends.

Jordan hocha la tête, luttant pour retenir les larmes.

— Qu'est-ce que tu veux, mon pote ?

— Elle est où, maman ?

Bonne question. Dave fixa l'écran. Un dernier clic, et il aurait la réponse. À son fils, il répondit :

— Elle est avec mamie. Tu ne devrais pas être au lit ?

— Maman a dit qu'elle m'aiderait pour mon devoir de maths.

— Pourquoi tu ne m'as pas demandé de le faire à sa place ?

Jordan fronça les sourcils.

— Pour les maths ?

Que Dave soit nul en mathématiques n'était un secret pour personne.

— Tu as raison. Allez, va te coucher maintenant. Il est tard.

— J'ai pas fini mon devoir.

— Je ferai un mot à ton professeur. Il faut que tu dormes, OK ?

Jordan s'approcha de son père. Il en était encore à vouloir faire la bise avant d'aller au lit. Sa sœur avait abandonné ce rituel depuis belle lurette. Lorsque l'enfant l'étreignit, Dave sentit ses yeux s'embuer. Il serra son fils dans ses bras un peu plus longuement que d'ordinaire. Quand ils se séparèrent, le regard de Jordan pivota tout naturellement vers l'écran de l'ordinateur. Dave le réduisit précipitamment à la taille d'une minuscule icône.

— Bonne nuit, mon grand.

— Bonne nuit, papa.

— Ferme la porte, OK ?

Il hocha la tête et fit ce qu'on lui demandait. Dave s'essuya les yeux, cliqua sur l'icône. L'écran réapparut. Il replaça le curseur sur le lien. Encore un clic, et il saurait précisément où était sa femme.

Lorsqu'il avait choisi les téléphones portables et signé un contrat qui aurait donné des sueurs froides à son courtier en prêts hypothécaires, le vendeur lui avait proposé une kyrielle d'options tarabiscotées pour smartphones que Dave avait refusées en bloc. Mais quand le vendeur avait suggéré d'activer les GPS sur les téléphones pour seulement cinq dollars par mois, Dave avait accepté. Sur le moment, il s'était convaincu que c'était pour avoir l'esprit tranquille, juste au cas où. Au cas où Jordan disparaîtrait. Au cas où Kaylie ne donnerait pas signe de vie pendant des heures. Au cas où Megan tomberait sur des pirates de la route.

Mais la vérité, une vérité que Dave n'osait pas s'avouer, était qu'il n'avait jamais fait entièrement confiance à la femme qu'il aimait et à qui il faisait entièrement confiance. Oui, cela n'avait pas de sens. Elle avait un passé. Lui aussi. Comme tout le monde. Quand on entame une nouvelle relation, on se défait de la mue des anciennes. C'est normal et sain.

Mais avec Megan, c'était autre chose. Dans ce qu'elle lui avait raconté de sa vie passée, il y avait plein de détails qui ne collaient pas. Non pas qu'il ne l'ait pas remarqué, mais il avait laissé courir. Quelque part, il ne voulait pas mettre leur bon karma en péril. Aujourd'hui encore, après tant d'années, il avait du mal à croire que Megan l'ait choisi, lui. Elle était si belle, si pétillante… quand elle le regardait, qu'elle lui souriait, il se sentait vibrer comme au premier jour. Lorsqu'on a cette chance-là, cette étincelle qui fait partie de votre quotidien, on ne cherche pas trop à savoir le pourquoi du comment.

Dave avait été trop heureux de faire la planche, anesthésié par ce qu'il considérait comme sa bonne fortune, mais aujourd'hui la paix volait en éclats. La main géante secouait impitoyablement son petit monde et, une fois qu'elle l'aurait reposé sur l'étagère, plus rien ne serait comme avant. On l'entend souvent sans trop y croire… à quel point tout cela est fragile.

La nuit était tombée depuis longtemps. La maison était silencieuse. Il se demanda s'il s'était jamais senti seul et décida que non. Sans plus tergiverser, Dave cliqua sur l'icône.

Une carte s'afficha. Dave Pierce zooma une fois, deux fois, trois fois, faisant apparaître lentement l'endroit exact où sa femme se trouvait à cet instant précis.

19

MEGAN ET RAY SE FAISAIENT FACE à une dizaine de mètres l'un de l'autre.

Pour la première fois depuis cette nuit de cauchemar, Megan posait les yeux sur l'homme qu'elle avait aimé et abandonné. Ray était comme statufié ; son visage, toujours aussi beau, s'était figé en un masque d'angoisse et de confusion.

En proie à un vertige d'émotions, Megan ne bougeait pas, ne pensait pas, ne cherchait pas à se ressaisir. De crête en creux, elle se laissait porter par les vagues qui déferlaient sur elle. Un amour perdu est toujours une source de spéculations, de réflexions sur ce qui aurait pu être. Les couples se séparent pour tout un tas de raisons : on évolue différemment, on se désintéresse de l'autre, on n'a plus de sentiments pour lui, on n'a plus les mêmes objectifs, on a rencontré quelqu'un d'autre.

Mais ce ne fut pas le cas avec Ray. Ils avaient été arrachés l'un à l'autre comme par un cataclysme naturel, à l'apogée de leur amour. Il n'y avait eu ni éloignement en douceur, ni règlement de comptes, ni durcissement de ton. Ils étaient là tous les deux, ensemble, amoureux. Et, en un éclair, tout avait disparu dans une mare de sang.

Ray s'élança soudain. Elle fit de même, comme si un portail invisible venait de s'ouvrir pour la libérer. Ils entrèrent en collision, violemment, vacillant sous l'impact, et se cramponnèrent l'un à l'autre, la joue de Megan contre la poitrine de Ray. Elle sentait ses muscles à travers sa chemise. On ne sait peut-être pas remonter le temps, mais c'est surprenant, la rapidité avec laquelle les années s'effacent et on retrouve son ancien moi, son véritable moi, le moi qui ne nous quitte jamais totalement.

Une amie avait un jour dit à Megan qu'on a toujours dix-sept ans et qu'on attend de commencer à vivre. Accrochée à cet homme, elle le comprenait mieux que jamais à présent.

Pendant près d'une minute, ils restèrent ainsi, serrés l'un contre l'autre, sous l'œil vigilant de Lucy. Finalement, Ray dit :

— J'ai tant de choses à te demander.

— Je sais.

— Où étais-tu pendant tout ce temps ?

— C'est important ?

— Pas forcément.

L'étreinte se desserra légèrement. Elle s'écarta pour scruter son visage. Il avait une barbe de deux ou trois jours. Ses cheveux étaient toujours emmêlés, avec une touche de gris aux tempes. Elle contempla le bleu sombre de ses yeux et se sentit tomber en chute libre. Ses genoux flageolèrent.

— Je ne comprends pas, dit Ray. Pourquoi es-tu revenue ?

Elle s'éclaircit la voix.

— Un autre homme a disparu.

Megan guettait sa réaction, mais elle ne vit que tristesse et désarroi.

— C'est arrivé le 18 février. Le jour même de la disparition de Stewart Green.

— La disparition ? répéta-t-il.

— Oui.

Ray ouvrit la bouche, la referma. Derrière lui, le *Ventura's Greenhouse,* un restaurant populaire et ce qu'on nommait son « jardin à bière », étaient pleins à craquer. Des gens les observaient. Megan prit Ray par la main et l'entraîna

165

à l'autre bout de Lucy, du côté de l'ancienne boutique de souvenirs, où ils seraient à l'abri des regards.

— Donc, reprit Ray avec une drôle d'inflexion dans la voix, au bout de dix-sept ans tu reviens parce qu'un autre homme a disparu.

Megan se tourna vers lui.

— Non, je suis arrivée après.

— Pourquoi ?

— Pour aider.

— Aider à quoi faire ?

— Aider à comprendre ce qui s'est passé. J'ai voulu fuir, mais maintenant il est de retour.

Ray secoua la tête, l'air plus désemparé que jamais.

— Qui est de retour ?

— Stewart Green.

— Comment peux-tu dire ça ? rétorqua-t-il d'un ton cinglant.

— Quelqu'un l'a vu.

— Qui ?

Elle fit non de la tête.

— Peu importe.

Ray la fixait, hagard.

— Je n'y comprends rien.

— Ça m'étonnerait, Ray.

— De quoi parles-tu ?

— J'ai vu la photo que tu as envoyée aux flics.

À nouveau, il ouvrit la bouche. À nouveau, aucun son n'en sortit. Megan se tourna vers la clôture qui entourait Lucy et se hissa sur le muret de la boutique de souvenirs. Elle tira la vieille clé de sa poche et la lui montra.

— Allez, viens.

— Tu crois que ça marche encore ?

— J'en doute.

Ray n'hésita pas. Il sauta par-dessus le muret, et ils se glissèrent sous le ventre de Lucy qui abritait la salle principale.

En introduisant la clé dans la serrure, Megan sentit Ray juste derrière elle.

Il s'efforça de masquer sa peine, sans succès.

— Pourquoi t'es-tu enfuie ce soir-là ?

— Tu sais pourquoi, Ray.

— C'est toi qui l'as tué ?

Megan s'immobilisa.

— Quoi ?

— C'est toi qui as tué Stewart Green ?

— Non.

Elle se rapprocha de lui, le regarda dans les yeux.

— Je ne t'ai jamais raconté à quel point il était violent. Et tout le mal qu'il m'a fait.

Il fronça les sourcils.

— Tu crois que je l'ignorais ?

— Je pense que tu le savais.

La clé ne tournait pas.

— Dis-moi simplement pourquoi tu t'es enfuie. Dis-moi ce qui s'est passé ce soir-là.

— J'avais pris le sentier des ruines. J'ai entendu du bruit et je me suis cachée derrière le gros rocher, sur la droite. Tu vois où c'est ?

Il n'eut pas besoin d'acquiescer.

— Là, j'ai vu Stewart baignant dans une mare de sang.

Elle s'interrompit.

— Alors tu t'es sauvée ?

— Oui.

— Tu craignais que la police ne t'accuse ?

Une larme roula le long de sa joue.

— Entre autres.

Megan espérait qu'elle n'aurait pas besoin de se montrer plus précise, qu'il comprendrait de lui-même. Il lui fallut une seconde ou deux, puis ses yeux s'agrandirent.

— Oh, mon Dieu… Tu as cru que c'était moi.

Elle ne répondit pas.

— Tu es partie, fit-il lentement, parce que tu pensais que j'avais tué Stewart Green.

— Oui.

— Tu avais peur de moi ? Ou c'était pour me protéger ?

Elle hésita un instant.

— Jamais je ne pourrais avoir peur de toi, Ray. Avec toi, je me sens en sécurité.

Il secoua la tête.

— Voilà qui explique tout. Le fait que tu ne sois jamais revenue. Que tu n'aies pas cherché à me contacter.

— On allait croire que c'était toi ou moi. Il n'y avait pas d'autre issue.

Il lui prit la clé des mains, essaya à nouveau. Le pêne ne bougea pas. Ray avait l'air perdu, anéanti.

— J'ai dû arriver juste après que tu t'es enfuie.

— Stewart était toujours là-bas ?

Il hocha la tête.

— En train de se vider de son sang. J'ai pensé qu'il était mort.

Ray ferma les yeux.

— Je suis redescendu en courant. Je suis allé chez toi. J'avais peur, je ne sais pas de quoi. Mais tu étais partie. Je suis venu ici, croyant que tu te cachais peut-être à l'intérieur de Lucy. J'ai attendu. Mais tu n'as pas reparu, bien sûr. Je t'ai cherchée. Pendant des années. Je ne savais pas si tu étais morte ou vivante. Je voyais ton visage à chaque coin de rue, dans chaque bar.

Il s'interrompit, cilla, rouvrit les yeux pour la regarder.

— Pour finir, j'ai déménagé à l'autre bout du pays. À Los Angeles, le plus loin possible d'ici.

— Mais tu es revenu, pourquoi ?

Il haussa les épaules.

— Tu sais que j'ai horreur des élucubrations mystiques, hein ?

Megan hocha la tête.

— Mais quelque chose m'appelait. Quoi, je n'en sais trop rien. C'était plus fort que moi.

Elle déglutit. Le tableau s'éclaircissait alors même qu'elle parlait.

— Et une fois rentré à Atlantic City, tu es retourné dans le parc.

— Oui. Tous les 18 février.

— Tu as pris des photos, poursuivit-elle. Parce que c'est ton truc, Ray. Tu vois le monde à travers l'objectif. C'est ta façon d'intégrer les choses. Et tu as pris cette photo... la photo de Carlton Flynn le soir de sa disparition.

— Comment as-tu su que c'était moi ?

— Allons, Ray, je connais ton style.

— Et tu as pensé quoi en la voyant ? demanda-t-il avec une pointe d'aigreur dans la voix. Que c'était moi, hein ? J'ai tué Stewart et, dix-sept ans après, le jour anniversaire du carnage, j'ai flingué ce type, Flynn ?

— Non.

— Quoi alors ?

— Tu as envoyé la photo à la police. Tu n'étais pas obligé de prendre ce risque. Tu es en train de faire la même chose que moi. Tu cherches à les aider. Tu veux comprendre ce qui s'est réellement passé ce fameux soir.

Ray détourna les yeux, et elle sentit son cœur se serrer de plus belle.

— J'ai eu tort, dit-elle à travers les larmes. Pendant tout ce temps, j'ai cru... Pardonne-moi, Ray.

Il était incapable de la regarder.

— Ray, s'il te plaît.

— S'il te plaît quoi ?

— Parle-moi.

Il inspira profondément, à plusieurs reprises, pour recouvrer son calme.

— J'y vais toujours, dans ces ruines, à la date anniversaire. Je m'assieds et je pense à toi. Je pense à tout ce que nous avons perdu ce jour-là.

Elle se rapprocha de lui.

— Et tu prends des photos ?

— Oui. Ça aide. Ça n'aide pas. Enfin, tu vois ce que je veux dire.

— Donc, cette photo que tu as envoyée à la police...

— Elle a été volée. Ou du moins, quelqu'un a tenté de la voler.

— Quoi ?

— Je faisais ce boulot de con pour Fester, paparazzi à une bar-mitsvah de nantis, quand je me suis fait agresser dans la rue, et on m'a volé mon appareil. Au début, j'ai cru à un banal vol à la tire. Mais quand j'ai vu Carlton Flynn à la télévision, je me suis rappelé la photo que j'avais prise. J'en avais une copie sur mon ordinateur.

— D'après toi, celui qui t'a agressé...

— ... a tué Stewart Green et Carlton Flynn, oui.

— Tu dis « tué ». Mais on n'en sait rien. Il s'agit de disparitions.

— Nous avons tous les deux vu Stewart Green ce soir-là. Tu crois qu'il a survécu ?

— Je pense que c'est possible. Pas toi ?

Baissant les yeux, Ray secoua la tête. Elle leva la main, repoussa les cheveux de son front. Dieu qu'il était beau. Elle posa la main sur sa joue. Ses yeux se fermèrent.

— Toutes ces années, dit-il, je continue à chercher ton visage. Jour après jour. Ce moment, je l'ai imaginé des milliers de fois.

— Et c'était comme ça ? demanda-t-elle doucement.

Il pointa le doigt sur la main qui reposait sur sa joue.

— Tu ne portais pas d'alliance.

Elle retira lentement sa main.

— Qu'est-ce que tu fais dans cette ville, Ray, pourquoi travailles-tu pour Fester ? Pourquoi n'exerces-tu pas ton véritable métier ?

— Ce n'est pas ton problème, Cassie.

— Mais peut-être que ça m'intéresse toujours.

— Tu as des enfants ? s'enquit-il.

— Deux.

— Filles, garçons ?

— Un garçon et une fille.

— Sympa.

Ray rit dans sa barbe en secouant la tête.

— Donc tu croyais que j'avais tué Stewart ?

— Oui.

— Ç'a dû aider, je parie.

— À quoi ?

— À tourner la page. Le fait de prendre l'homme de ta vie pour un assassin.

Megan n'aurait su quoi lui répondre.

Ray examina son alliance.

— Tu l'aimes ?

— Oui.

— Mais tu as toujours des sentiments pour moi.

— Bien sûr.

Il hocha la tête.

— Et tu ne tiens pas à franchir cette ligne-là.

— Pas maintenant, non.

— Alors le fait que tu as des sentiments pour moi, dit-il, je vais devoir m'en contenter.

— C'est déjà beaucoup.

— Exact.

Ray prit son visage dans ses mains. Il avait de grandes mains, des mains magnifiques, et, encore une fois, elle sentit ses jambes se dérober sous elle. Il hasarda un sourire canaille.

— Si un jour tu te décides à franchir la ligne...

— Je te ferai signe.

Sa main retomba. Il recula d'un pas. Megan aussi. Elle sauta par-dessus la clôture et retourna à sa voiture.

Pendant un moment, elle put encore voir Lucy dans son rétroviseur, mais cela ne dura pas. Elle prit la voie express et roula sans s'arrêter pour rentrer directement chez elle... là où on l'attendait.

20

SI LA RÉSIDENCE DE DEL FLYNN n'était pas estampillée du label « mauvais goût », c'était pour éviter la redondance. La tendance générale était au blanc. Un blanc immaculé. Intérieur et extérieur. Colonnes de faux marbre blanc, statues nues et blanches, brique blanche, piscine blanche, canapés blancs sur des tapis blancs et murs blancs. La seule tache de couleur était l'orange de la chemise de Del.

— Del chéri, tu viens te coucher ?

Sa femme Darya – Mme Del Flynn, la troisième du nom – était de vingt ans sa cadette. Elle ne portait que du blanc ultramoulant et avait la plus grosse poitrine, le plus gros cul et les plus grosses lèvres que l'argent pouvait offrir. D'accord, elle n'avait pas l'air vraie, mais c'était comme ça que Del aimait ses femmes à présent, des personnages de bandes dessinées aux formes et aux traits exagérés. D'aucuns trouvaient ça monstrueux. Pour Del, c'était tout simplement sexy.

— Pas tout de suite.

— Tu es sûr ?

Darya portait un peignoir de soie blanche, et rien dessous. La tenue préférée de Del. Il aurait souhaité que le frémissement familier – compagnon de toute une vie, sa malédiction si on veut, qui lui avait coûté sa chère Maria, la mère de Carlton, la seule femme qu'il ait jamais aimée – revienne sans l'aide d'une certaine pilule bleue. Mais, pour la première fois de son existence, il n'en éprouvait ni le besoin ni le désir.

— Va te coucher, Darya.

Elle s'éclipsa… probablement soulagée, pensait-il, de pouvoir juste regarder la télé avant de sombrer grâce au cocktail de vin et de médicaments qui l'aidait à passer la nuit. Finalement, toutes les femmes étaient pareilles. Sauf Maria. Del se cala dans le fauteuil de cuir blanc. Le décor blanc était l'œuvre de Darya. Elle prétendait que cela représentait la pureté, l'harmonie, l'aura de la jeunesse et autres foutaises new age du même genre. Quand il l'avait rencontrée, Darya portait un bikini blanc, et il n'avait eu de cesse que de le souiller, mais maintenant, toute cette blancheur commençait à lui taper sur les nerfs. Il avait envie de couleur. Il avait envie de ne pas se déchausser en entrant dans la maison. Le vieux canapé vert foncé lui manquait. Une maison entièrement blanche est impossible à entretenir. Une maison entièrement blanche vous prépare à l'échec.

Del regarda par la fenêtre. Il n'était pas un gros buveur. Son père, un immigré irlandais, avait tenu un petit pub à Ventnor Heights. Del y avait passé toute son enfance. Quand on voit ça de près, les ravages causés par l'alcool, on n'est pas près de suivre cette route-là.

Ce soir pourtant, il avait sorti une bouteille de son breuvage favori, le Macallan single malt, car il avait besoin de s'étourdir. Del avait fait fortune. Il avait débuté dans la restauration pour se rendre compte très vite que ce n'était pas le bon moyen de se faire de la thune. Il s'était donc recyclé dans les fournitures pour restaurants : nappes, assiettes, couverts, verres et tout le toutim. Il avait commencé petit pour finalement devenir le plus gros fournisseur de tout le sud du New Jersey. L'argent ainsi gagné, il l'avait investi dans l'immobilier, principalement des garde-meubles à la périphérie de la ville, et, du coup, il avait touché le jackpot.

Tout cela n'avait aucune espèce d'importance.

C'était peut-être trivial, mais la seule chose qui comptait

en ce moment était Carlton. Son garçon. Sa disparition pesait sur Del, le consumait, l'empêchait de respirer. Il regardait par la fenêtre. La piscine avait été recouverte pour l'hiver, mais il revoyait son fils nager là-dedans avec ses copains, jurer avec un peu trop de désinvolture, draguer la première petite mignonne qui posait les yeux sur lui. Certes, son fils – son unique fils – n'était pas un parangon de virilité. Il passait trop de temps à se pomponner, trop de temps au club de fitness, à se faire épiler le corps et les sourcils, comme si un homme, un vrai, se souciait de ces choses-là. Mais quand son fils lui souriait, qu'il le prenait dans ses bras et l'embrassait sur la joue, comme il le faisait toujours avant de sortir en boîte de nuit, la poitrine de Del se gonflait d'un sentiment tellement réel, tellement merveilleux et vivant qu'il y voyait la véritable raison de sa présence sur cette terre.

Or voilà que, pfuitt, son fils, la seule chose qui comptait vraiment dans sa vie, la seule chose vraiment irremplaçable, avait disparu.

Qu'était-il censé faire ? Attendre, les bras croisés ? Remettre le sort de son unique enfant entre les mains de la police ? Respecter les règles dans ce royaume de la triche qu'était Atlantic City ?

Quel genre de père fallait-il être pour se conduire de la sorte ?

Le rôle d'un père était de protéger son enfant coûte que coûte.

Il était minuit. Del tripota la chaîne en or autour de son cou, le médaillon de saint Antoine que Maria lui avait offert pour leurs dix ans de mariage. Saint Antoine, avait-elle expliqué, était le saint patron des choses perdues.

— Ne nous perds jamais, OK ? avait-elle dit en le nouant autour de son cou.

Puis elle en avait mis un autour du cou de Carlton.

— Ne nous perds jamais, Carlton et moi.

Comme si elle avait lu dans l'avenir.

Depuis la chambre, on entendait la télévision. Darya était en train de regarder leur nouvel écran plat de cinquante-trois pouces en 3D, avec l'effet Dolby surround. Seul dans son luxueux cocon de blancheur, Del se sentait impuissant. Impuissant, bien nourri, bien au chaud pendant que son garçon était quelque part dans le noir et le froid. Pris au piège, en train de pleurer ou de souffrir atrocement. Peut-être qu'il saignait ou appelait son père au secours.

Quand Carlton avait quatre ans, il avait peur de monter sur le toboggan des « grands » dans l'aire de jeu. Del l'avait chambré, allant même jusqu'à le traiter de bébé. Sympa, non ? Carlton s'était mis à pleurer. Ce qui l'avait énervé encore plus. Finalement, pour faire plaisir à son père (ou pour le faire taire), Carlton avait commencé à grimper sur l'échelle. Il y avait trop de monde là-dessus ; les gamins se bousculaient pour monter. Carlton, le plus petit sur ce toboggan, avait perdu l'équilibre. Del revoyait encore cet instant où, les bras croisés, il avait vu son fils tomber en arrière, sachant, alors même qu'il se précipitait vers lui, qu'il n'arriverait pas à temps, que lui, son père, avait non seulement humilié l'enfant et provoqué la chute, mais qu'il était incapable de le sauver.

Le petit Carlton s'était mal reçu, le bras rabattu en arrière comme une aile d'oiseau. Il avait hurlé de douleur. Del n'avait jamais pu oublier ce sentiment d'impuissance ni cet horrible hurlement. Aujourd'hui, il résonnait en lui, obsédant, lui déchirant les entrailles tel un éclat d'obus.

Il but une gorgée de whisky. Derrière lui, quelqu'un s'éclaircit la voix. Normalement, Del était du genre à sur-sauter au moindre bruit. Maria ne manquait pas de le souli-gner. Il avait le sommeil léger, et ses nuits étaient peuplées de cauchemars. Maria comprenait. Elle l'enlaçait, lui mur-murait à l'oreille, l'apaisait. Il n'avait plus personne pour le réconforter, à présent. Darya était capable de dormir pen-dant un concert de rock. Aujourd'hui, Del devait affronter ses terreurs tout seul.

Dieu, qu'il avait aimé Maria !

Il avait été si heureux en ce temps-là, dans leur maison décrépite de Drexel Avenue, mais les démons s'étaient emparés de lui, et Maria n'avait pas accepté. Avec le recul, cela n'avait aucun sens. On pouvait être accro à l'alcool, à la drogue, au jeu. On pouvait perdre sa maison, sa santé, son argent. On pouvait être agressif, voire violent... mais si la cause en était, mettons, l'alcool, les médocs ou les canassons, votre entourage comprenait votre douleur. La femme de votre vie restait à vos côtés et vous aidait à vous en sortir. Mais si votre addiction, c'était le sexe, si vous aviez les mêmes besoins que Del, que n'importe quel homme, bon sang, depuis l'aube de l'humanité, des besoins inscrits dans l'ADN masculin, qui ne faisaient de mal à personne contrairement à la drogue ou la boisson, sauf si on était jaloux... ça, personne ne voulait le comprendre et on perdait tout.

C'était sa faute au fond, la faute de Maria. Elle avait élevé leur gamin sans la présence du père sous le toit familial. Elle avait été incapable de comprendre ou de pardonner ce qui était l'essence même de l'homme. Il l'avait aimée. Comment avait-elle pu jeter leur amour aux orties ?

— Bonsoir, monsieur Flynn.

Le son de cette voix refroidit l'atmosphère de la maison. Del Flynn se retourna lentement. Ken et Barbie lui sourirent, et la température chuta de dix degrés de plus.

— Vous avez retrouvé mon fils ?

— Pas encore, monsieur Flynn.

Ils restaient là, sans bouger, comme s'ils venaient de terminer une chanson... c'était quoi déjà, cette émission débile que ses parents regardaient toujours au moment des fêtes ? *La Famille King*. Qu'étaient-ils devenus, au fait ? Et pourquoi la vue de ces deux-là lui faisait penser aux choses les plus foutraques ?

— Alors, vous voulez quoi ?

— Nous avons un dilemme, monsieur Flynn, dit Ken.

— Un dilemme moral, ajouta Barbie.

Del connaissait du monde. On ne travaille pas dans la restauration et les transports routiers à Atlantic City sans rencontrer des gens. Un de ses amis d'enfance, Rolly Lember, était aujourd'hui à la tête du crime organisé dans la région de Camden. Del s'était adressé à lui pour qu'il l'aide à retrouver son fils. Il savait qu'il signait un contrat avec le diable mais ça lui était égal. Lember lui avait dit qu'il mettrait des hommes à lui sur l'affaire et lui conseilla d'embaucher deux experts free-lance, les meilleurs dans leur domaine. Il l'avait averti de ne pas être trop choqué par leur apparence. Del avait aussi contacté Goldberg, bien connu pour fournir des tuyaux moyennant finances.

Il était hors de question qu'il se croise les bras pendant que les flics cherchaient son fils.

Del savait que, plus tôt dans la journée, Ken et Barbie avaient localisé une effeuilleuse qui se faisait sauter par Carlton. Tonya ou Tawny, quelque chose comme ça. La police avait déjà interrogé cette fille, mais sans en tirer grand-chose. Ken et Barbie avaient eu plus de succès.

— Vous connaissez une ville qui s'appelle Kasselton ? demanda Ken.

Del réfléchit.

— C'est dans le Nord, hein ?

— C'est ça.

— Je ne crois pas y être déjà allé.

— Et quelqu'un du nom de Pierce ? David ou Megan Pierce ?

— Non. Ils ont quelque chose à voir avec mon fils ?

Ken et Barbie lui firent le rapport sur leurs activités du jour. Ils n'expliquèrent pas comment ils avaient obtenu ces informations, et Del ne posa pas de questions. Il se borna à écouter tandis que son cœur saignait et durcissait tout à la fois.

Durcissait surtout.

— Vous pensez qu'il risque d'y avoir un retour de manivelle ? s'enquit-il.

Ken regarda Barbie, puis Del.

— Du côté de Tawny ? Non. Du côté de Harry Sutton ? Oui. Mais ils ne remonteront jamais jusqu'à nous.

— Ni vous, ajouta Barbie.

Là encore, Del n'insista pas.

— Et maintenant ?

— Normalement, nous suivons la piste, répondit Barbie comme si elle récitait un rôle, le rôle de quelqu'un de beaucoup plus âgé. Dans le cas présent, cela voudrait dire interroger M. et Mme Pierce.

Del ne dit rien.

— Et, reprit Ken, quitter Atlantic City pour Kasselton, ce qui revient à élargir le périmètre.

— Et à ajouter aux dommages collatéraux, dit Barbie.

Del gardait les yeux rivés sur la fenêtre.

— Vous êtes venus demander mon autorisation ?

— Oui.

— Vous croyez que les Pierce savent quelque chose ?

— À mon avis, la femme, oui, dit Ken. Elle a rencontré le lieutenant Broome aujourd'hui. Et ce, en présence d'un avocat... cet avocat étant Harry Sutton.

— Donc, elle a des choses à cacher, renchérit Barbie.

Del repensa à sa visite au poste de police.

— Quoi que cette Megan Pierce ait pu leur raconter, Broome s'en est servi. Il est allé au parc avec une équipe technique. Ils ont trouvé du sang.

Il y eut un silence.

— Les Pierce ont-ils des enfants ? demanda Del.

— Oui, deux.

— Tâchez de les maintenir en dehors de ça.

C'était, il le savait par expérience, le geste le plus charitable qu'il puisse consentir.

Megan mit deux heures pour rentrer chez elle.

Dave avait récemment équipé la voiture d'une radio satellite, si bien qu'elle essaya pendant un moment d'écouter

Howard Stern. Un jour, alors qu'ils se trouvaient tous deux dans la voiture, Howard avait baratiné une strip-teaseuse nommée Triple Es, et Megan avait failli sauter au plafond car elle avait reconnu la voix de Susan Schwartz, une fille qui avait travaillé au *Crème.* Elles avaient même partagé un appartement.

Howard était certes un excellent compagnon de route, surtout durant les longs trajets en solo, mais, au bout de quelques minutes, Megan coupa la radio et s'absorba dans ses pensées.

Il était presque une heure du matin lorsqu'elle arriva devant la maison. Celle-ci était plongée dans le noir, à l'exception d'une lampe sur minuterie dans le séjour. Elle n'avait pas prévenu Dave qu'elle rentrait. Elle ne savait pas quoi lui dire, comment répondre aux questions qu'il ne manquerait pas de lui poser. Elle avait espéré que ces deux heures de route l'aideraient à s'éclaircir les idées. Mais elle en était toujours au même point. Elle avait tout envisagé, depuis l'invention pure et simple (« Une amie – je ne peux pas te dire qui – a un problème personnel ») jusqu'à la vérité nue (« Tu ferais mieux de t'asseoir »), en passant par : « J'étais à Atlantic City, mais il n'y a pas de quoi en faire tout un plat. »

Alors même qu'elle se garait dans l'allée, qu'elle laissait tomber la clé dans son sac, qu'elle refermait doucement la portière pour ne réveiller personne, elle n'avait toujours pas la moindre idée de ce qu'elle dirait à l'homme dont elle partageait la vie depuis seize ans.

La maison était silencieuse – presque trop silencieuse, selon l'expression consacrée –, comme si les briques et les pierres flambant neuves retenaient leur souffle. Ce calme la surprit. Malgré l'heure tardive, Megan pensait que Dave serait debout, attendant son retour, assis dans le noir ou alors en train de faire les cent pas. Mais il n'y avait aucun signe de vie. Elle monta sur la pointe des pieds. La porte de Jordan était ouverte. On l'entendait respirer. Comme la plupart des gamins de son âge, Jordan, quand il s'endormait enfin, sombrait dans un sommeil de plomb, et seul un miracle pouvait le réveiller.

Il gardait toujours sa porte ouverte et, à onze ans, laissait encore sa veilleuse allumée. Megan distingua le requin naturalisé au-dessus de sa tête. Allez savoir pourquoi, Jordan vouait une véritable passion pour la pêche. Ni elle ni Dave ne s'y étaient jamais intéressés de près ou de loin, mais le beau-frère de Dave avait emmené Jordan avec lui quand il avait quatre ans, et le gamin avait attrapé le virus. Pendant un temps, le beau-frère l'avait entraîné dans ses parties de pêche, puis il avait divorcé de la sœur de Dave, et ce fut la fin. Du coup, au moins deux fois par an, Dave organisait un week-end de pêche entre hommes (qu'on aurait pu taxer de sexiste, vu que les femmes n'étaient pas invitées, mais Megan et Kaylie préféraient le mot « gratitude »). Tantôt c'était la pêche à la mouche dans le Wyoming, tantôt la pêche à la perche en Alabama, et l'an dernier, la pêche au requin au large de la Géorgie. D'où le trophée en question.

Comme d'habitude, la porte de Kaylie était fermée. Elle n'avait pas peur du noir, mais de l'intrusion dans son intimité. Depuis peu de temps, elle bataillait – il n'y avait pas d'autre mot – pour convertir le sous-sol récemment achevé en chambre pour elle, histoire de mettre le plus de distance possible entre sa personne et le reste de la famille. Et, tandis que Megan lui opposait un non ferme et définitif, Dave commençait à faiblir. Son excuse habituelle sonnait comme une plaidoirie : « Elle va bientôt partir de la maison. Il faut savoir céder sur les petites choses ; avec le peu de temps qu'il nous reste, à quoi bon alimenter les conflits ? »

Megan se risqua à tourner la poignée et pousser la porte de sa fille. Kaylie dormait dans sa position favorite, sur le côté, avec son pingouin en peluche judicieusement appelé « Pingouin ». Kaylie dormait avec Pingouin depuis qu'elle avait huit ans. Ça faisait sourire sa mère. On avait beau jouer les adultes, revendiquer son indépendance vis-à-vis de papa et maman, ce bon vieux Pingouin était là pour rappeler que les parents avaient encore du pain sur la planche.

C'était bon d'être à la maison.

Au bout du compte, Megan n'avait rien fait de mal. Elle avait fourni des informations importantes à Broome et regagné son foyer sans encombre. Pendant qu'elle traversait la maison à pas de loup, Atlantic City reculait de plus en plus dans le rétroviseur. La seule chose qui l'avait légèrement ébranlée, ce fut d'avoir revu Ray, avec Lucy en toile de fond. Cette brûlure familière, elle l'avait ressentie pendant tout le trajet du retour, mais il y a des choses qui se font et des choses qui ne se font pas. À quoi bon nier le désir qui l'électrisait, lui donnait l'impression d'être branchée sur une prise de courant de cent mille volts ? Était-il déloyal d'admettre qu'elle n'éprouvait rien de tel avec Dave... ou était-ce normal au bout de tant d'années de vie commune ?

Était-il déloyal d'avoir ce genre de pensées ?

Elle aimait Dave. Elle donnerait sa vie pour lui et les enfants sans une seconde d'hésitation. N'était-ce pas au fond la définition du véritable amour ? Et, réflexion faite, n'était-elle pas en train d'idéaliser ses souvenirs d'Atlantic City ? Le passé, on a tous tendance à l'embellir, ou alors au contraire à le repeindre en noir.

Elle arriva à leur chambre à coucher. La lumière était éteinte. Dave était-il là... ou peut-être était-il sorti ? Cette idée ne l'avait même pas effleurée. Son mari devait être perturbé. Il y avait de quoi. Si ça se trouve, il était parti. Ou il était allé noyer son chagrin dans un bar.

Mais en pénétrant dans la chambre, elle sut que c'était impossible. Dave n'aurait pas abandonné ses enfants, surtout en temps de crise. Une nouvelle vague de culpabilité la submergea. Elle distinguait à présent sa silhouette dans le lit. Il lui tournait le dos. Megan redoutait sa réaction, et en même temps elle était soulagée. Elle sentit soudain que la page était définitivement tournée.

Dix-sept ans plus tôt, Stewart Green avait menacé de

la tuer. Autant que la nostalgie, c'était ce qui l'avait poussée à revenir sur les lieux de son ancienne vie, la peur que Stewart soit toujours en vie, qu'il soit de retour… mais Lorraine avait dû se tromper. De toute façon, elle avait fait de son mieux. Elle avait pris la bonne décision. Et elle était à la maison maintenant. Saine et sauve.

C'était terminé. Ou presque.

La question qui l'avait hantée sur le chemin du retour – qui la hantait depuis seize ans – lui apparut soudain d'une clarté limpide. Elle ne pouvait plus continuer à se taire. Elle allait tout dire à Dave. En espérant que, après toutes ces années, l'amour finirait par triompher.

Ou bien était-ce un leurre, un de plus ?

D'une manière ou d'une autre, Dave avait droit à la vérité.

— Dave ?

— Ça va ?

Il ne dormait pas. Elle déglutit, luttant contre les larmes.

— Oui, ça va.

Toujours le dos tourné, il dit :

— Sûr ?

— Oui.

Megan s'assit au bord du lit. Elle n'osait pas se rapprocher davantage. Sans se retourner, Dave rajusta son oreiller, se recoucha.

— Dave ?

Pas de réponse.

Elle toucha son épaule, et il eut un mouvement de recul.

— Tu veux savoir où j'étais, fit-elle.

Il ne disait rien, ne la regardait pas.

— Ne te ferme pas. S'il te plaît.

— Megan ?

— Oui ?

— Tu n'as pas à me dire ce que je dois faire.

Il finit par se tourner vers elle, et la douleur qu'elle lut dans ses yeux lui fit l'effet d'un électrochoc. Les mensonges ne seraient pas de mise. Les paroles non plus. Alors elle fit la seule chose possible. Elle l'embrassa. Il s'écarta, puis l'empoigna par la nuque et l'embrassa à son tour. Avec force. Avant de l'attirer à lui.

Ils firent l'amour. Ils firent l'amour longuement, sans un mot. Lorsqu'ils eurent terminé, complètement épuisés l'un et l'autre, Megan s'endormit. Dave aussi, mais elle n'en fut pas certaine. C'était comme s'ils habitaient deux mondes différents.

21

EN 1998, LA PRISON D'ÉTAT DE RAHWAY fut officiellement rebaptisée prison d'État d'East Jersey à la demande des habitants de Rahway. Leur requête était légitime. Ils avaient l'impression qu'on les identifiait à la fameuse prison, ce qui stigmatisait leur ville et, pire, jouait sur les prix de l'immobilier. C'était probablement vrai. Sauf que personne, absolument personne, hormis les habitants de Rahway, ne l'appelait prison d'État d'East Jersey. C'était un peu comme l'État du New Jersey lui-même. Il était peut-être connu sous le nom officiel de Garden State, l'État Jardin, mais enfin... qui l'appelait comme ça ?

Depuis la route 1-9, Broome aperçut le dôme géant de la prison, qui lui faisait penser invariablement à quelque grande basilique en Italie. L'établissement de haute sécurité (quel que soit son nom) hébergeait près de deux mille détenus, rien que des hommes. Il avait vu passer des boxeurs comme James Scott et surtout Rubin « Hurricane » Carter, l'homme à qui Bob Dylan avait dédié une chanson et Denzel Washington, un film. C'était là aussi qu'on avait tourné la série documentaire dans laquelle des délinquants juvéniles se faisaient remonter les bretelles par des prisonniers condamnés à perpétuité.

Après avoir franchi les contrôles de routine, Broome se retrouva assis face à Ricky Mannion. On dit que la prison, ça vous rétrécit un homme. Si c'était vrai, Broome n'aurait pas aimé croiser Mannion avant son arrestation. Ce dernier devait faire dans les un mètre quatre-vingt-quinze et cent cinquante kilos. Il était noir, avec un crâne rasé et des bras gros comme des troncs de chêne.

Broome s'attendait à tomber sur un cador, mais ce fut tout l'inverse. Mannion regarda sa plaque, et ses yeux débordèrent.

— Vous êtes là pour m'aider ?

— Je suis là pour vous poser des questions.

— Mais ça concerne mon affaire, hein ?

Ils n'étaient pas séparés par une cloison vitrée, et cependant, malgré la table, et des chaînes aux pieds et aux poignets, Mannion avait l'air d'un gamin qui presse son nez contre la vitre.

— C'est à propos du meurtre de Ross Gunther, dit Broome.

— Qu'avez-vous trouvé ? S'il vous plaît, dites-moi.

— Monsieur Mannion…

— J'avais trente et un ans quand on m'a arrêté. J'en ai presque cinquante maintenant. Vous imaginez un peu ? Tout ce temps pour un crime que je n'ai pas commis. Vous savez que je suis innocent, pas vrai ?

— Je n'ai pas dit ça.

Mannion sourit alors.

— Pensez à toutes ces années perdues, lieutenant. La trentaine, la quarantaine, à moisir dans ce trou d'égout et répéter à qui veut l'entendre que vous n'avez rien fait.

— Dur, répondit Broome, roi de la litote.

— Voilà où j'en suis. Tous les jours. Je crie mon innocence. Mais ça fait longtemps qu'on ne m'écoute plus. Personne ne m'a cru à l'époque. Même pas ma propre mère. Et personne ne me croit aujourd'hui. Je hurle, je proteste, et ils réagissent tous pareil. C'est tout juste s'ils ne lèvent pas les yeux au ciel, quoi.

— Je ne vois pas bien où vous voulez en venir.

Mannion baissa la voix jusqu'au chuchotement.

— Vous, lieutenant, vous ne levez pas les yeux au ciel.

Broome ne dit rien.

— Pour la première fois en dix-huit ans, j'ai en face de moi quelqu'un qui sait que je ne mens pas. Vous ne pouvez pas me le cacher.

— Nom d'un chien.

Se laissant aller en arrière, Broome fronça les sourcils.

— Cet argument foireux, vous l'avez servi à combien de personnes ?

Mannion se contenta de sourire.

— Ah, c'est comme ça ? Parfait. Demandez-moi ce que vous voulez. Je vous dirai la vérité.

Broome alla droit au but.

— La première fois que la police vous a interrogé, vous avez déclaré n'avoir jamais rencontré Ross Gunther. Est-ce vrai ?

— Non.

— Vous avez donc menti d'entrée de jeu ?

— Oui.

— Pourquoi ?

— Vous rigolez ou quoi ? Je n'allais pas leur fournir un mobile.

— Vous avez donc préféré le mensonge ?

— Oui.

— Vous avez dit à la police ne pas connaître Gunther, même si cinq personnes au moins vous avaient vu l'agresser dans un bar trois jours avant son assassinat ?

Les chaînes cliquetèrent quand Mannion haussa ses épaules massives.

— J'étais jeune. Et bête. Mais je ne l'ai pas tué. Il faut me croire.

— Monsieur Mannion, ça ira plus vite – et ce sera mieux pour vous – si vous m'épargnez vos protestations d'innocence et vous bornez à répondre à mes questions, OK ?

— Oui, pardon. C'est devenu un réflexe.

— Vous avez eu tout le loisir de repenser à ce crime, n'est-ce pas ? Admettons que je vous croie. Comment le sang de la victime s'est-il retrouvé chez vous et dans votre voiture ?

— Facile. C'est un coup monté.

— Quelqu'un a donc pénétré par effraction dans votre voiture ?

— Je ne la ferme pas à clé devant chez moi.

— Et la maison ?

— Le sang n'a pas été trouvé dans la maison, mais à côté du lave-linge dans le garage. J'avais laissé la porte du garage ouverte. Il y a plein de gens qui le font.

— Avez-vous une preuve qui pourrait étayer la thèse du coup monté ?

Mannion sourit.

— Je n'en avais pas au procès.

— Et maintenant ?

— C'est ce que je me tue à répéter. Que j'ai une preuve. Mais on me répond que c'est trop tard. Que ça ne suffit pas.

— Quelle est cette preuve, monsieur Mannion ?

— Mon pantalon.

— Oui, eh bien ?

— La police a trouvé le sang de Gunther dans ma voiture, hein ?

— C'est ça.

— Et un paquet de sang sur mon T-shirt. J'ai vu les photos de la scène de crime. On me les a montrées au procès. L'assassin a quasiment décapité Gunther. Ça baignait dans le sang.

— Oui, et alors ?

Mannion écarta les bras.

— Alors comment se fait-il qu'il n'y avait pas une goutte de sang sur mon pantalon ?

Broome examina la question.

— Peut-être que vous l'avez caché.

— Donc, pour que les choses soient claires, j'ai caché mon pantalon – mon slip, mes chaussettes et bon, vu qu'il faisait froid ce soir-là, ma parka –, mais j'ai laissé mon T-shirt bien en vue ? D'ailleurs, comme il faisait pas plus d'un degré dehors, pourquoi aurais-je porté un simple

T-shirt à manches courtes, hein ? Pourquoi il y aurait du sang là-dessus et pas sur un manteau, un pull ou un sweat ?

Bien vu ! Ce n'était pas assez pour obtenir la révision du procès, mais Broome, pour sa part, jugea ces informations fort utiles. Mannion le regardait avec espoir maintenant. Broome, aussi cruel que ça puisse sembler, ne laissa rien transparaître.

— Autre chose ?

Mannion cilla.

— Comment ça, autre chose ?

— C'est tout ce que vous avez comme preuve ?

Le colosse cilla de plus belle. On aurait dit un petit garçon se retenant de pleurer.

— Et la présomption d'innocence ?

— Vous avez été reconnu coupable, non ?

— Ce n'est pas moi. Je suis prêt à passer au détecteur de mensonges, tout ce que vous voudrez.

— Admettons, encore une fois, que vous disiez la vérité. Qui en aurait eu après vous comme ça ?

— Hein ?

— Vous prétendez avoir été victime d'un coup monté. Qui aimerait vous voir derrière les barreaux ?

— Je n'en sais rien.

— Stacy Paris ?

— Stacy ?

Mannion esquissa une moue.

— Elle m'aimait. C'était ma copine.

— Et elle vous trompait avec Ross Gunther.

— C'est ce qu'il disait.

Il croisa les bras.

— Ce n'était pas vrai.

Broome soupira, fit mine de se lever.

— Attendez. OK, ce n'était pas comme ça.

— C'était comment ?

— Stacy et moi, on avait passé un accord.

— Quel genre d'accord ?

— C'était lié au boulot, vous comprenez.

188

— Non, monsieur Mannion, je ne comprends pas. Expliquez-vous.

Il essaya de lever les mains, mais les entraves l'en empêchèrent.

— On était fidèles dans notre vie privée. Mais professionnellement parlant, c'était différent.

— Vous êtes en train de me dire que Stacy Paris était une prostituée et vous, son mac ?

— Non, ce n'est pas ça. Je tenais à elle. Beaucoup.

— Mais vous la louiez à d'autres.

— Pas moi. C'est elle... enfin, ça lui arrivait quelquefois. Pour arrondir ses fins de mois. Ça faisait partie de son boulot, quoi.

— Et quelle était l'autre partie ?

— Elle était danseuse.

— Danseuse, répéta Broome. Dans la troupe de ballet de Lincoln Center ?

Mannion fronça les sourcils.

— *Pole dance.*

— Où ça ?

— Dans une boîte qui s'appelait *Brise-ménage.*

Broome avait connu ce club de strip-tease. À l'entrée, on lisait : « *Brise-ménage* : ceci n'est pas un club privé. » Ils proposaient aussi une formule buffet « vous-êtes-pas-là-pour-manger ». Le club avait fermé il y a dix ou quinze ans.

— Et elle dansait ailleurs ?

— Non.

— Même pas au *Crème* ?

— Non.

Fausse piste. Ou pas.

— Ça ne devait pas vous plaire.

— Quoi ?

— La façon dont elle arrondissait ses fins de mois.

Mannion haussa les épaules.

— Oui et non. Après tout, on était dans le même bateau tous les deux.

— Ça ne vous posait pas de problèmes ?

— Pas vraiment.

— Donc, Ross Gunther n'était qu'un moyen, euh… d'arrondir ses fins de mois ?

— C'est ça. Tout à fait.

— Et ça ne vous gênait pas. Vous n'étiez pas jaloux.

— Vous avez tout compris.

Broome écarta les mains.

— Alors pourquoi l'avez-vous agressé ?

— Parce que, dit Mannion, Gunther malmenait Stacy.

Broome sentit son pouls s'accélérer. Il repensa à Cassie, maltraitée par Stewart Green. À Tawny, maltraitée par Carlton Flynn. Et maintenant, il y avait Stacy et Ross Gunther.

Le voilà, le dénominateur commun.

Sauf que Ross Gunther était mort. Bien entendu, Stewart Green et Carlton Flynn pouvaient avoir été tués eux aussi. C'était même très probable. Et puis, il y avait ces autres disparus. Où diable étaient-ils tous passés ?

— Et vous, Mannion ? Ça ne vous est jamais arrivé de la malmener ?

— Que voulez-vous dire ?

— Vous n'avez jamais frappé Stacy ? Si vous me mentez, je m'en vais.

Mannion grimaça, évitant son regard.

— Une fois ou deux. Rien de bien méchant.

— Ben voyons.

Encore un Prince charmant, pensa Broome.

— Qu'est devenue Stacy Paris après votre procès ?

— Qu'est-ce que j'en sais ? Vous croyez qu'elle m'écrit en prison ?

— C'est son vrai nom ? Stacy Paris ?

— Ça m'étonnerait. Pourquoi ?

— J'aimerais remettre la main sur elle. Une idée de l'endroit où je pourrais la trouver ?

— Non. Elle venait de Géorgie. Pas Atlanta, une autre

ville. Ça commence par un S. Plus au nord. Elle avait un accent trop sexy.

— Savannah ?

— C'est ça, ouais.

— OK. Merci de votre aide.

Broome se leva. Mannion le regardait avec les yeux d'un chien condamné à être euthanasié dans un chenil. Il marqua une pause. Cet homme était enfermé depuis dix-huit ans pour un crime qu'il n'avait probablement pas commis. D'accord, Mannion n'était pas un saint. Il avait un casier bien rempli, y compris pour violences domestiques, et s'il n'était pas tombé dans cette chausse-trape, il aurait sans doute plongé pour autre chose.

— Monsieur Mannion ?

Mannion se taisait.

— Ça vaut ce que ça vaut, mais je pense que vous êtes innocent. Je n'ai pas encore assez d'éléments pour le prouver. Je n'ai pas encore de quoi demander la révision de votre procès. Mais j'y travaille, OK ?

Les larmes coulaient maintenant sans retenue sur le visage de Mannion. Il ne fit rien pour les essuyer. Il ne proféra aucun son.

— Je reviendrai, dit Broome, se dirigeant vers la sortie.

Le chemin du retour lui parut plus long qu'à l'aller, le couloir plus étroit. Le gardien qui l'escortait demanda :

— Il vous a donné du fil à retordre ?

— Pas du tout. Il a été très coopératif.

Au poste de contrôle, Broome récupéra ses clés et son téléphone portable. Lorsqu'il le ralluma, l'appareil se mit à vibrer comme un fou. Il y avait au moins une dizaine de messages, dont un d'Erin.

Tout cela ne lui disait rien qui vaille.

Il rappela Erin en premier. Elle décrocha aussi sec.

— Broome ?

— C'est grave ? fit-il.

— Très.

22

— PRENDS LA PROCHAINE SORTIE, dit Barbie.

Ils se rendaient chez Dave et Megan Pierce à Kasselton. Lorsqu'ils avaient loué la voiture, la fille derrière le comptoir avait ouvertement flirté avec Ken, au grand dam de Barbie. Ken avait feint d'être contrarié, mais en réalité il aimait la voir jalouse. Pour la consoler, il l'avait laissée choisir la voiture, une Mazda Miata blanche.

— La première sortie ou la deuxième ? demanda-t-il.

— La deuxième. Puis ce sera la troisième à droite.

Il fronça les sourcils.

— Je ne comprends pas pourquoi on ne se sert pas d'un GPS.

— J'ai lu une étude, répondit-elle.

— Ah bon ?

— Cette étude a établi qu'un *global positioning system...* c'est ce que GPS veut dire...

— Je suis au courant, fit Ken.

— Eh bien, que le GPS endommage notre sens de l'orientation et donc notre cerveau.

— Comment ?

— À trop se fier à la technologie, nous utilisons de moins en moins nos facultés spatiales situées dans l'hippocampe... c'est une zone du cerveau...

— Je connais aussi.

— Quand on se fie au GPS, on utilise moins l'hippocampe,

et il rétrécit. Or on en a besoin pour des choses comme la mémoire et la navigation. L'atrophie peut provoquer la démence ou un Alzheimer précoce.

— Et tu y crois, à tout ça ?

— Oui. Pour ce qui est du cerveau, je crois au vieil adage : « Ce qui ne sert pas se perd. »

— Intéressant, dit Ken, bien que je ne voie pas en quoi le fait que tu lises les panneaux endommage moins mon hippocampe que quand je regarde un GPS.

— Si, si, je t'assure. Je te montrerai l'article.

— Très bien. Tu m'as convaincu. Et maintenant, c'est par où ?

— On y est.

Barbie pointa le doigt.

— C'est leur maison, là-bas.

La première réaction de Megan à son réveil fut : *J'ai mal.* Un marteau-piqueur était en train de lui vriller le crâne. Elle avait la bouche sèche. Elle avait dormi comme une masse et s'était réveillée avec ce qui ressemblait fort à une gueule de bois. Pourtant, une vraie gueule de bois, elle n'avait pas connu ça depuis… bref, depuis longtemps. Ça devait être le stress et la pression.

La veille, Dave et elle s'étaient endormis – avaient sombré, plus exactement – encastrés l'un dans l'autre, le bras de Dave sous sa taille. Ils dormaient souvent dans cette position. À un moment donné, le bras de Dave avait fini par s'ankyloser et il l'avait extirpé tout doucement. Elle chercha son mari à tâtons, en proie au besoin primitif de le sentir, mais il n'était pas dans le lit. Elle regarda de son côté à lui la nouvelle horloge digitale avec la double station iPod.

Il était 8 h 17.

Megan écarquilla les yeux et bascula ses jambes hors du lit. Ses pieds heurtèrent le plancher. Cela ne lui était pas arrivé depuis des lustres, de dormir jusqu'à huit heures passées un jour d'école. Décidément, elle les accumulait. Elle se débarbouilla, enfila un peignoir. Lorsqu'elle descendit, Kaylie l'accueillit d'un sourire entendu.

— Une soirée entre filles, maman ?

Megan jeta un coup d'œil en direction de la cuisine. Dave s'affairait à préparer des pancakes. Dans un sens, c'était normal. Les enfants voulaient savoir où était leur mère. Dave avait dû leur dire que, exceptionnellement, elle était sortie pour passer une soirée « entre filles ».

— Oui, c'est un peu ça, acquiesça-t-elle.

— Tss-tss. Il faudrait savoir surveiller l'heure, les gamines.

Megan sourit faiblement.

— Ne fais pas ta maligne.

Vêtu de son costume bleu marine tout neuf avec une cravate orange, Dave déposa une pile de pancakes sur l'assiette de Jordan. Jordan se frotta les mains et versa suffisamment de sirop pour recouvrir une Toyota.

— Holà, doucement, lui dit-elle beaucoup trop tard.

Megan sourit à Dave qui lui rendit brièvement son sourire avant de se détourner. Soudain, les bonnes résolutions de la veille semblaient très loin. C'est étrange comme, après un événement dramatique, la vie reprend vite son cours. Elle avait été à deux doigts de tout révéler à Dave : les mensonges, les tromperies, le passé de Cassie… tout. Parce que, la veille, elle avait cru du fond du cœur que ça ne changerait rien. Elle l'aimait toujours. Il l'aimait toujours.

Elle se trouvait tellement naïve à la lumière du jour.

Maintenant qu'elle était dans leur cuisine avec Dave, Kaylie et Jordan, Megan avait peine à croire qu'elle avait failli tout détruire. Jamais Dave ne pourrait accepter la vérité. Et à quoi bon la lui dire ? Cela lui ferait du mal, voilà tout. La crise était passée. Oui, bon, il finirait par lui demander des explications, et elle inventerait quelque chose de vague. Mais la confession, la catharsis qui lui avait semblé tellement nécessaire la veille au soir frôlait à présent la folie suicidaire.

Dave s'éclaircit la voix, consulta ostensiblement sa montre.

— Il faut que j'y aille.

— Tu seras rentré pour le dîner ? demanda Megan.

— Pas sûr.

Il évitait son regard, et elle n'aimait pas ça.

— On a une montagne de boulot pour le dossier en cours.

— OK.

Il attrapa son sac à dos, le modèle luxueux qu'elle lui avait offert pour son anniversaire, avec un compartiment séparé pour l'ordinateur portable et une poche zippée pour son mobile. Megan l'accompagna à la porte, laissant les enfants dans la cuisine. Lorsqu'il ouvrit la porte et sortit sur le perron sans l'embrasser, elle posa la main sur son bras.

— Je suis désolée, dit-elle.

Il la dévisagea, l'air d'attendre. Le soleil brillait sur leur petite enclave résidentielle. Plus loin dans la rue, elle vit les petits Reale s'engouffrer dans le SUV flambant neuf de leur maman. À l'entrée de chaque allée ou presque, il y avait un journal : plastique bleu pour le *New York Times,* plastique vert pour le journal local. Une Mazda Miata blanche stationnait devant chez les Crowley, sans doute un copain venu chercher leur fils Bradley. Un peu plus loin, Sondra Rinsky promenait au pas de course ses deux petits chiens nains. Sondra et Mike Rinsky avaient été les premiers à emménager dans ce lotissement. Ils avaient cinq gosses ; le plus jeune était entré à l'université l'année dernière.

Dave attendait toujours.

— Il n'y a rien de grave, dit Megan, le mensonge à portée de main. Je suis partie aider une amie qui a un problème personnel. Il fallait que je sois là, c'est tout.

— Quelle amie ?

La voix de Dave s'était faite cassante.

— Je préfère ne pas en parler, si ça ne t'ennuie pas. Elle m'a demandé de garder le secret.

— Même vis-à-vis de moi ?

Elle hasarda un sourire, un haussement d'épaules.

— Cette amie, elle habite dans le coin ?

Drôle de question, pensa Megan.

— Plus ou moins, oui.

— Quelqu'un d'ici ?

— Oui.

— Alors que faisais-tu à Atlantic City ?

Ken et Barbie surveillaient la maison des Pierce.

— Je ne suis pas encore fixée sur le programme du concert, déclara Barbie. D'accord, j'adore la version rap de *Ô Jérusalem,* mais ça, au moment des rappels ?

— C'est trop de la balle, dit Ken.

Elle sourit.

— J'aime quand tu parles djeuns.

— Non, mais ça déchire sa race.

— N'empêche. Au moment des rappels ? Je trouve que ce serait mieux au milieu, pas toi ?

— On a quatre mois devant nous avant l'ouverture du camp, et tu veux décider maintenant ?

— J'aime bien m'organiser. Une place pour chaque chose et chaque chose à sa place.

Ken eut un grand sourire.

— Ça doit être ton hippocampe surdéveloppé.

— Ah-ah. Non, sérieusement, si on commence par…

En voyant la porte des Pierce s'ouvrir, Barbie s'interrompit. Un homme sortit. Il portait un costume bleu marine et tenait un sac à dos à la main. Sa chevelure était clairsemée. Le dos voûté, il avait l'air fatigué. Il y avait quelqu'un – une femme – à la porte derrière lui. Son épouse certainement… difficile de dire, vu d'ici.

— Il est furieux contre elle, dit Ken.

— À quoi tu vois ça ?

— Le langage du corps.

— Tu exagères.

Juste à ce moment-là, la femme voulut poser la main sur le bras de l'homme. Il se dégagea, pivota et s'éloigna dans l'allée.

— Attends ! cria la femme. Attends une minute.

Il l'ignora. La femme sortit, de sorte qu'ils purent la voir clairement. Barbie pressa la main de Ken et s'entendit s'exclamer tout haut.

— Ce n'est pas...

Ken hocha la tête.

— Si.

— Celle d'hier soir ?

— Je sais.

Il y eut un silence. L'homme monta dans sa voiture et démarra en trombe. La femme disparut dans la maison.

— Elle nous a vus, dit Barbie. Elle pourrait nous identifier.

— Je sais.

— On est censés y aller doucement.

— On n'a plus le choix maintenant, répondit Ken.

— Comment on procède ?

Il réfléchit un instant.

— Le mari.

— Quoi, le mari ?

— Ils viennent de se disputer. Il y a sûrement eu des témoins parmi les voisins. On pourrait faire porter le chapeau au mari.

Barbie acquiesça. Ce n'était pas bête.

Quelques minutes plus tard, une adolescente émergea de la maison et monta dans le bus scolaire. Peu après, une femme avec deux gamins s'arrêta au bord du trottoir. La porte des Pierce s'ouvrit à nouveau. Un garçon âgé d'une dizaine d'années embrassa sa mère et partit avec eux.

Ken et Barbie attendirent que la voie soit libre.

— Elle est toute seule maintenant, dit Barbie.

Ken ouvrit la portière.

— Viens, on va se mettre en position.

Alors que faisais-tu à Atlantic City ?

Les paroles de Dave lui firent l'effet d'une gifle. Megan

se figea, pétrifiée. Sans attendre la réponse, Dave tourna les talons. Elle sortit de sa stupeur et voulut le retenir par le bras.

— Dave ?

Il se dégagea et accéléra le pas.

— Attends ! Attends une minute.

Il fit la sourde oreille. Elle était prête à piquer un sprint pour le rattraper quand, derrière elle, Kaylie cria :

— Maman ? Tu peux me filer de l'argent pour mon déjeuner ?

Dave était déjà au bout de l'allée. Lorsqu'il monta dans sa voiture, Megan sentit son cœur se serrer.

— Maman ?

— Prends dix dollars dans mon portefeuille. Et rapporte-moi la monnaie.

La voiture démarra sur les chapeaux de roues. Le bruit surprit les petits Reale. Barbara et Anthony Reale se retournèrent comme un seul homme et la suivirent d'un regard réprobateur. Sondra Rinsky et ses chiens firent pareil.

— Je ne vois qu'un billet de vingt, annonça Kaylie. Maman ? Je peux le prendre ?

Toujours sous le choc, Megan rentra dans la maison et ferma la porte.

— Maman ?

— Oui, répondit-elle d'une voix qui lui sembla venir de très loin. Prends vingt dollars. Ça devrait te suffire jusqu'à la fin de la semaine.

Elle retourna dans la cuisine. Kaylie se précipita dehors pour ne pas rater le bus, laissant sa vaisselle dans l'évier… comme d'habitude. Megan se demanda combien d'heures les parents dépensaient à sommer leurs enfants de ne pas laisser leur vaisselle dans l'évier, mais de la ranger dans le lave-vaisselle, et quel genre de nation on aurait pu construire avec lesdites heures.

Jordan allait tous les matins à l'école avec deux copains, les parents se relayant pour les accompagner. Cette semaine, c'était au tour des Collins. Dave, ça le rendait fou. De son temps, se plaignait-il, on se rendait à l'école avec ses copains, point. Sans le papa poule ou la maman poule en guise d'escorte.

— C'est à trois rues d'ici ! fulminait-il. Il faut leur laisser un minimum d'indépendance.

Sauf que cela ne se faisait plus. Les enfants étaient sous surveillance constante. C'était facile de râler et de critiquer, mais l'autre solution était trop horrible à envisager.

Comment Dave avait-il su pour Atlantic City ?

Elle n'avait pas utilisé l'E-Z Pass. Elle n'avait même pas utilisé sa carte de crédit. Alors comment le savait-il ? Et que savait-il d'autre ?

Rongée par l'angoisse, une fois Jordan parti, elle appela le portable de Dave. Pas de réponse. Elle rappela. Toujours rien. Il la snobait délibérément. Sa voiture était équipée d'un Bluetooth, et elle l'avait appelé assez souvent pour savoir que la couverture réseau fonctionnait sans problème sur tout le trajet. Elle composa son numéro encore une fois. Et attendit d'avoir sa boîte vocale.

— Appelle-moi. Ne sois pas comme ça.

D'un côté, Megan était consciente qu'elle devait lui laisser le temps de se calmer, de reprendre ses esprits. Mais d'un autre côté, elle n'aimait pas ça du tout. Dave savait que sa femme détestait se heurter à un mur de silence. Elle essaya à nouveau. Sans résultat. Super, la réaction. La moutarde lui monta au nez. Le coup de la compréhension, la nuit dernière. Il voulait juste la sauter, voilà tout. Les hommes. Dans un tripot sordide ou le cocon d'une demeure résidentielle… ils étaient tous les mêmes. Peut-être que Dave était gentil avec elle parce qu'il…

Non, elle était injuste.

C'était elle qui avait disparu. C'était elle, la menteuse.

Et maintenant ?

Megan entreprit de ranger la cuisine. Dave cuisinait à l'occasion, mais, au final, c'était toujours elle qui se coltinait le ménage. Elle avait son cours de tennis dans une heure, entraînement en double au club de tennis de Kasselton. Elle n'avait aucune envie d'y aller, mais on ne peut pas jouer en double à trois, et il était trop tard pour chercher une remplaçante. Entre le *Crème* et le club de tennis de Kasselton, vous parlez d'un grand écart.

Elle s'engagea dans l'escalier pour aller se changer. Le club était très vieille école, avec un code vestimentaire très strict : la tenue blanche de rigueur. Franchement, c'était ridicule. Megan pensa à sa belle-mère. Peut-être qu'elle devrait aller la voir après. le tennis. Elle l'avait trouvée très agitée hier. Bon sang, était-ce hier seulement ? Elle avait l'impression de ne pas avoir vu Agnes depuis un mois.

Elle se prit soudain à penser à Ray. La chaleur familière commençait à l'envahir, et elle la contra avec une importante question logistique : si Ray n'avait pas tué Stewart Green, qu'était-il arrivé réellement ce soir-là ?

Laisse tomber. Ce n'est plus ton problème. Elle gravit une autre marche comme pour marquer la distance qu'elle voulait mettre entre elle et le soir fatidique, lorsqu'on sonna à la porte.

Megan se figea sur place. Plus personne ne venait sonner à votre porte aujourd'hui. Les gens envoyaient un texto ou un mail. Personne ne passait, excepté peut-être les livreurs de FedEx ou d'UPS, mais il était trop tôt pour une livraison.

On sonna à nouveau, et Megan sentit que cette sonnerie ne présageait rien de bon, que toutes ses tentatives pour se rassurer étaient du pipeau, que son passé l'avait rattrapée et ne la lâcherait plus aussi facilement.

La sonnerie résonna pour la troisième fois. Décidément, son visiteur s'impatientait.

Megan redescendit et alla ouvrir.

23

QUATRIÈME COUP DE SONNETTE. Megan jeta un œil par la vitre, fronça les sourcils et ouvrit la porte.

— Comment m'avez-vous retrouvée ?

Il prit son temps pour répondre.

— Le fichier de Harry Sutton. Je peux entrer ?

— Vous aviez promis.

— Je sais.

— Vous auriez dû passer par Harry.

— J'aurais bien voulu, dit Broome, mais Harry est mort.

Une nouvelle gifle. Megan recula en titubant. Sans attendre d'y être invité, Broome pénétra dans la maison et referma la porte.

— Comment ? bredouilla-t-elle.

— On n'a pas encore la cause officielle, mais ça ressemble à un arrêt cardiaque.

— Il n'a pas été… ?

— Assassiné ? Si. En théorie, il peut s'agir d'un homicide, il y a quelqu'un derrière ça, c'est sûr et certain.

— Je ne comprends pas.

— Harry a été torturé.

L'estomac de Megan plongea dans ses talons.

— Comment ?

— Mieux vaut pour vous que vous ne le sachiez pas. Il n'y avait pas intention de tuer, mais…

Broome secoua la tête.

— C'était trop pour lui. Le cœur a lâché.

L'esprit fonctionne bizarrement. Pendant des années, elle avait cru que Ray avait tué Stewart Green afin de la protéger. Maintenant elle savait – ou était fortement convaincue car ne restait-il pas un petit doute ? – que ce n'était pas vrai. Néanmoins, la première pensée qui lui vint à l'annonce de la mort de Harry Sutton fut simple et effrayante :

Dave savait qu'elle était allée à Atlantic City.

Elle la chassa immédiatement. C'était une de ces pensées aberrantes qui vous traversent la tête et qui ne méritent pas qu'on s'y attarde une seconde de plus.

Sa deuxième pensée fut... eh bien, pour Harry. Elle songea à son gentil sourire, tellement rassurant, à sa simplicité, sa sincérité... puis au fait qu'il avait été torturé à mort.

Sa troisième pensée – dont elle ne parvint pas à se défaire – fut la plus limpide : c'était sa faute.

Elle s'éclaircit la voix.

— Où l'avez-vous trouvé ?

Broome marqua une pause avant de répondre.

— Dans son bureau. On l'a découvert ce matin à la première heure.

— Attendez, alors quand je suis passée à son cabinet et que la porte était fermée à clé...

— On ne peut pas l'affirmer avec certitude, mais il était probablement déjà mort.

Megan le regarda dans les yeux. Il se détourna. Sa faute à elle, oui, mais elle voyait bien que Broome se sentait également coupable. Megan était venue le trouver la veille. Elle l'avait averti que Harry Sutton pouvait avoir des ennuis, et il ne l'avait pas crue.

— Intéressant, dit Broome.

— Quoi ?

— La manière dont vous avez senti qu'il y avait un problème.

Tant pis pour la théorie de la culpabilité. Megan fit un pas en arrière.

— Minute, vous ne croyez pas…

— Non, protesta-t-il rapidement.

Elle n'était pas convaincue.

— Ce n'est pas ce que j'ai voulu dire. Je me demandais seulement ce qui a pu éveiller vos soupçons.

— Il n'est pas venu à notre rendez-vous, déjà.

— OK, mais il n'y a pas que ça. Vous avez parlé d'une secrétaire qui aurait répondu au téléphone.

— Oui, dit Megan. Vous connaissez les conditions de travail de Harry.

— Minimalistes.

— Il n'avait pas de secrétaire, et encore moins une secrétaire qui répondait sur son téléphone portable. Et sa voix, ce ton enjoué… ça m'a fait froid dans le dos.

— Il y a donc une femme dans le coup.

— Sûrement.

— OK, dit Broome, procédons pas à pas. Nous savons que Harry vous a parlé au téléphone.

— Oui. Il a dit que vous vouliez me montrer la photo.

— Bien. C'est là qu'on était censés le retrouver. Il n'est pas venu et n'a pas appelé pour se décommander. Donc, entre le moment de votre coup de fil et l'heure du rendez-vous, on peut supposer que quelqu'un lui est tombé dessus.

— Dans son bureau, puisque vous dites que c'est là qu'on l'a trouvé.

Broome hocha la tête.

— Ça paraît logique. Mais revenons un peu en arrière. Où étiez-vous quand Harry vous a appelée ?

— Ça change quoi ?

— Soyez gentille, répondez-moi.

Megan n'aimait pas ça, mais elle était prête à tout pour aider à retrouver l'assassin de Harry.

— Au *Crème*.

— Pour quoi faire ?

— J'étais passée dire bonjour à de vieilles connaissances.

Broome plissa le front.

— Qui ça ?

— Peu importe.

— Bien sûr que ça importe !

Elle n'allait pas lui parler de Ray, de toute façon il n'était pas au *Crème*.

— Vous connaissez Lorraine ?

— Oui. Qui d'autre ?

— C'est tout.

Il avait l'air sceptique.

— OK, vous êtes passée au *Crème*. Avez-vous appris quelque chose ?

— Non.

— Et après notre rendez-vous ? Où êtes-vous allée ?

— Dans un bar appelé *Au Signal Faible*.

— Pourquoi ?

Elle n'avait pas envie de mentir, mais il n'y avait pas d'autre issue.

— C'est un ancien repaire à moi, OK ? Je faisais la tournée de mon passé. En quoi ça vous intéresse ?

— Et vous étiez là-bas quand vous avez appelé Harry et que vous êtes tombée sur la secrétaire ?

— Oui.

Broome se frotta le menton.

— Parlez-moi encore d'elle. Sans rien omettre.

Megan lui répéta leur conversation téléphonique. La femme avait l'air jeune, elle avait insisté pour avoir son nom complet et son adresse. En entendant cela, Broome haussa les sourcils.

— Quoi ?

— Je ne voudrais pas vous faire peur, dit-il.

— Les mensonges, voilà ce qui me fait peur, rétorqua-t-elle, ce qui était à la fois vrai et ironique. Qu'est-ce que c'est ?

— Eh bien, réfléchissez un peu. Harry a été torturé. Peut-être que quelqu'un l'a fait pour le plaisir, mais plus vraisemblablement, il avait un but.

— Lequel ?

— Lui extorquer des informations, par exemple. Et peut-être qu'il y est parvenu. On lui a pris son téléphone, non ?

— Apparemment.

— Là-dessus, vous appelez, et que fait la femme qui vous répond ? Elle se fait passer pour une secrétaire afin d'avoir des renseignements sur vous. Elle veut savoir votre nom et où vous habitez.

Megan ressentit une nouvelle bouffée d'angoisse.

— Quoi, vous croyez qu'ils en ont après moi ?

— Possible.

— Pourquoi ?

— Je ne sais pas, mais quand on y pense… Vous refaites surface au bout de dix-sept ans. Le jour même, Harry se fait torturer, et la femme qui lui a pris son téléphone essaie d'avoir votre nom.

Broome haussa les épaules.

— À mon avis, ça vaut le coup de se poser la question.

— Et si ses tortionnaires ont son téléphone, ils ont mon numéro dans le journal des appels.

— Oui.

— Ils peuvent me retrouver facilement à partir de là ?

— Ce n'est même pas la peine que je vous réponde.

Pas la peine, en effet. La réponse, tout le monde la connaissait. Ce serait un jeu d'enfant. Megan secoua la tête. Elle qui avait cru faire une petite escapade sans lendemain à Atlantic City…

— Mon Dieu, dit-elle. Qu'est-ce que j'ai fait ?

— Tâchez de vous concentrer encore quelques minutes, OK ?

Hagarde, elle hocha la tête.

— Après le coup de fil, vous êtes passée au cabinet de Harry, n'est-ce pas ? Juste avant de venir me voir.

— Oui.

— Je ne veux pas vous affoler encore plus, mais songez un peu au timing.

— Autrement dit, ils étaient peut-être en train de torturer Harry au moment où j'ai frappé à la porte ?

— Il y a des chances.

Megan frémit de plus belle.

— J'ai besoin que vous me racontiez par le menu cette visite au cabinet de Harry. Tout. Il était déjà tard. La plupart des bureaux étaient fermés. La question fondamentale est : qui avez-vous rencontré ?

Elle ferma les yeux, essaya de se souvenir.

— Il y avait un gardien au pied de l'escalier.

— Il était comment ?

— Grand, maigre, cheveux longs.

— OK, acquiesça Broome. C'est le gardien de l'immeuble. Qui d'autre ?

Megan réfléchit.

— Un jeune couple.

— Dans le couloir ? Devant la porte de Harry ? Où ?

— Non, ils sortaient au moment où je suis entrée. L'homme m'a tenu la porte.

— Comment étaient-ils ?

— Jeunes, beaux, bien propres sur eux. Elle était blonde. Lui avait l'air de sortir d'un court de squash.

— Sérieux ?

— Oui, dit-elle. Ils ne ressemblaient pas à des tortionnaires.

— À quoi ça ressemble, un tortionnaire ?

— Très juste.

Broome rumina pendant quelques instants.

— La jeune femme que vous avez eue au téléphone, pourrait-elle avoir l'âge de cette blonde ?

— Je pense que oui.

Megan plissa légèrement le front.

— Quoi ? fit Broome.

— Maintenant qu'on en parle, je trouve qu'ils détonnaient dans le décor. Parce que... enfin, vous connaissez le cabinet de Harry.

— Un taudis, oui.

— C'est ça.

— Alors que faisait là un jeune couple si propre sur lui ?

— On pourrait se poser la même question à mon sujet.

— Vous non plus n'êtes pas ce que vous semblez être, dit-il.

— Donc, peut-être qu'ils ont des secrets aussi.

— Peut-être.

Broome contempla ses pieds, prit quelques profondes inspirations.

— Lieutenant ?

Il leva les yeux.

— On a déjà interrogé tout le monde dans l'immeuble de Harry.

Il marqua une pause.

— Et alors ?

— Les seuls bureaux qui restaient ouverts à cette heure-ci étaient un cabinet de garants de cautions judiciaires et un expert-comptable.

Broome croisa son regard.

— Ni l'un ni l'autre n'a de clients correspondant à ce signalement.

— Vous en êtes sûr ?

— Certain. Ce qui nous amène à l'inévitable question : que faisait ce couple dans l'immeuble à une heure aussi tardive ?

Ils se turent tous les deux. Pour la première fois, Broome jeta un coup d'œil autour de lui, nota les plafonds voûtés, les tapis d'Orient, les peintures à l'huile.

— Jolie maison, dit-il.

Elle garda le silence.

— Comment avez-vous fait, Megan ?

Elle comprit tout de suite : il voulait savoir comment elle avait réussi à échapper à sa condition.

— Vous croyez qu'il y a un si gros fossé que ça entre ces deux mondes ?

— Je crois, oui.

Megan pensait le contraire, mais elle n'avait pas envie de polémiquer. Elle connaissait la principale différence entre les pauvres et les nantis. La chance et la naissance. Plus vous avez de chance, plus votre naissance vous ouvre de portes, et plus vous vous échinez à convaincre votre entourage que vous avez réussi grâce à votre intelligence et à un dur labeur. La vie, au final, est une question de bonne ou de mauvaise image de soi.

— On fait quoi maintenant ? demanda-t-elle.

— Déjà, je vous emmène avec moi pour que vous puissiez parler au dessinateur de portraits-robots. Il faut qu'on identifie le jeune couple que vous avez croisé. D'autre part, vous devez être honnête avec moi.

— Mais je suis honnête avec vous.

— Non. Tout cela nous renvoie à une seule et même personne. Vous le savez aussi bien que moi.

Megan ne dit rien.

— Tout tourne autour de Stewart Green. Vous m'avez dit que quelqu'un l'avait revu récemment.

— J'ai dit *peut-être*.

— Peu importe. Je veux savoir qui c'est.

— Je lui ai promis de ne rien dire.

— Et moi j'ai promis de ne pas vous importuner. Sauf que Harry est mort. Et Carlton Flynn a disparu. Vous revenez à Atlantic City. Quelqu'un reconnaît Stewart Green. Quoi qu'il se passe, les événements s'accélèrent. Vous ne pouvez plus faire l'autruche. Vous ne pouvez plus vous cacher dans cette belle maison. Vous l'avez dit vous-même, Megan, le fossé n'est pas si grand que ça entre ces deux mondes.

Elle s'efforça de se calmer, de réfléchir posément. Elle ne voulait pas commettre d'erreur, mais une chose était claire : Stewart Green était le suspect, et la priorité de Broome était de le retrouver.

— Megan ?

Elle le regarda.

— Il y en a d'autres, fit-il.

Une main glacée lui enserra le cœur.

— C'est-à-dire ?

— Chaque année, à Mardi gras, quelqu'un disparaît. Ou meurt.

— Je ne comprends pas.

— On peut en parler dans la voiture. Et vous me direz qui a vu Stewart Green.

24

ASSIS AU *SIGNAL FAIBLE*, Ray Levine passait et repassait dans sa tête les heures qu'il venait de vivre. Sous les cieux noirs au-dessus de Lucy, il avait vu la femme de sa vie monter dans sa voiture et repartir comme elle était venue. Il n'avait pas bougé. Ne l'avait pas rappelée. Il l'avait laissée sortir de sa vie sans un mot de protestation. Comme la première fois.

Sa voiture avait disparu, mais il avait continué à scruter la rue pendant une longue minute. Quelque part, il espérait que Cassie se ressaisirait, ferait demi-tour, ouvrirait la portière à la volée et se précipiterait dans ses bras. Alors, sous l'œil bienveillant de Lucy l'éléphant, Ray la serrerait fort contre lui, verserait des larmes et ne la laisserait plus jamais s'en aller.

Suivrait un air de violon.

Il n'en fut rien, bien sûr. L'amour de sa vie était parti – encore – et quand ça arrive, quand l'homme qui a déjà touché le fond parvient à s'enfoncer davantage, il ne lui reste qu'une chose à faire.

Prendre une bonne cuite.

Fester le regarda avec circonspection lorsqu'il pénétra au *Signal Faible*. Le colosse qui n'avait peur de rien hésitait à l'aborder.

— Ça va ? hasarda-t-il.

— Est-ce que j'ai un verre à la main ?

— Non.

— Alors tant que je n'en aurai pas un, la réponse sera non.

Fester prit un air ahuri.

— Hein ?

— Non, ça ne va pas. Mais ça ira mieux quand tu auras bougé ton gros cul pour que je puisse aller commander à boire.

— Ah, dit Fester en s'effaçant, pigé.

Ray empoigna un tabouret de bar, ne cachant pas son impatience au barman. Fester se percha à côté. Il ne disait rien, histoire de lui laisser le temps de reprendre son souffle. Curieusement, à un moment donné, Fester semblait être devenu son meilleur ami – son seul ami peut-être –, mais là, tout de suite, ça ne comptait pas. Ce qui comptait, c'était l'image d'une jolie femme, les traits de son visage, la chaleur de son corps, l'odeur de lilas et de l'amour, son cœur qui faisait des bonds quand elle le regardait dans les yeux... et le seul moyen de se débarrasser de cette image était de la noyer dans l'alcool.

Ray avait hâte de glisser dans l'inconscience.

Le barman le servit une fois, deux fois, puis haussa les épaules et laissa la bouteille sur le comptoir. Ray lampa le contenu de son verre, sentant la brûlure dans sa gorge. Fester se joignit à lui. Il fallut du temps, mais peu à peu l'engourdissement l'envahit. Ray l'accueillit avec gratitude... tout pour se faciliter le chemin vers l'oubli.

— Je me souviens d'elle, dit Fester.

Ray tourna un œil indolent vers son ami.

— Quand je l'ai vue débarquer ici, j'ai eu l'impression de la connaître. Elle dansait au *Crème,* non ?

Ray ne répondit pas. À l'époque, Fester avait travaillé comme videur dans plusieurs boîtes. Ils se connaissaient alors, sans plus, mais Fester jouissait d'une excellente réputation. Il savait intervenir au bon moment, et surtout, il

211

savait se retenir. Les filles se sentaient en sécurité avec lui. Ray aussi.

— Ça craint, je sais, dit Fester.

Ray avala une gorgée.

— Ouais.

— Alors, elle voulait quoi ?

— On ne va pas en parler, hein, Fester ?

— Ça te ferait du bien.

Aujourd'hui, tout le monde se prend pour un psy.

— Mais oui, c'est ça. Ferme-la et bois.

Ray se resservit un verre. Fester ne dit rien. Ou, s'il avait dit quelque chose, Ray ne l'avait pas entendu. Le reste de la soirée se déroula dans une sorte de brume irréelle. Il pensait au visage de Cassie. À son corps. À sa façon de le regarder. Il pensait à tout ce qu'il avait perdu et, plus douloureux encore, à tout ce qu'il aurait pu obtenir de la vie. Et, naturellement, il pensait au sang. Il en revenait toujours à ce maudit sang.

Puis, par chance, il sombra.

Lorsqu'il rouvrit les yeux, Ray vit qu'il était chez lui, au lit, et qu'il faisait jour. Il avait l'impression de tourner dans une bétonnière. La sensation était familière. Il se demanda s'il avait été malade, s'il avait prié Pou-sa, le dieu de la porcelaine, pendant le black-out. Son estomac gargouillait, donc la réponse était probablement oui.

Fester dormait – ou plutôt comatait – sur le canapé. Ray se leva et le secoua un bon coup. Réveillé en sursaut, Fester gémit et pressa les mains contre son énorme crâne comme pour l'empêcher d'éclater. Les deux hommes portaient toujours leurs vêtements de la veille. Les deux empestaient pire qu'une benne à ordures, mais ça leur était égal.

Ils sortirent en chancelant pour aller au café du coin. La plupart des clients semblaient souffrir d'une gueule de bois encore plus carabinée que la leur. La serveuse, qui sous sa crinière avait l'air d'en avoir vu de toutes les couleurs, leur apporta un pot de café sans même qu'ils l'aient demandé.

Elle était bien en chair, comme Fester les aimait. Il la grati-fia d'un sourire.

— Bonjour, mon petit chat.

Elle posa le café, leva les yeux au ciel et s'éloigna.

— Rude soirée, dit Fester à Ray.

— On a connu pire.

— Ben, pas vraiment. Tu te souviens de quoi, au juste ?

Ray ne répondit pas.

— Encore un trou noir ? s'enquit Fester.

Toujours sans répondre, Ray servit le café. Ils le buvaient noir... aujourd'hui, du moins.

— Je sais ce que tu ressens, fit Fester.

Certainement pas, pensa Ray, mais il ne prit pas la peine de le contredire.

— Tu crois que tu es le seul à t'être ramassé une veste ?

— Fester ?

— Ouais ?

Ray posa son index sur ses lèvres.

— Chut.

Fester sourit.

— Tu n'as pas besoin de vider ton sac ?

— Je n'ai pas besoin de vider mon sac.

— Mais peut-être que moi, si. Ce qui s'est passé hier soir. Ç'a ravivé des choses.

— Un chagrin d'amour ?

— Oui. Tu te souviens de Jennifer ?

— Non.

— Jennifer Goodman Linn. C'est son nom maintenant. C'était la femme de ma vie. Tu comprends ?

— Oui.

— Il y a des filles, on a juste envie d'elles. Il y en a, on les veut à tout prix, on les aime bien, on pense qu'on va passer un bon moment. Et il y en a... enfin, une seule généralement, où on se dit que c'est pour la vie.

Fester se pencha.

— C'était comme ça avec Cassie ?

— Si je dis oui, tu vas me lâcher ?

— Donc, tu vois de quoi je parle.

— Évidemment.

Malgré sa carrure, dès qu'il était question de peines de cœur, Fester, comme tous les hommes, devenait plus petit, plus pathétique. Ray prit une inspiration :

— Alors, qu'est-il arrivé entre toi et Jennifer ?

La serveuse à la crinière revint prendre leur commande. Ray voulait des pancakes et rien d'autre. Fester commanda un petit déjeuner composé de tous les groupes d'aliments qu'on trouve dans n'importe quel tableau nutritionnel. Il lui fallut presque deux minutes pour tout énumérer. Ray se demanda si un anticholestérol faisait partie du menu.

La serveuse repartie, il replongea le nez dans son café. Fester l'imita. Ray se dit qu'il allait enfin être tranquille et pouvoir ruminer en paix, mais le répit fut de courte durée.

— Un connard me l'a piquée, dit Fester.

— Désolé.

— Elle est mariée maintenant… à un type qui a une entreprise de plomberie à Cincinnati. Ils ont deux fils. J'ai vu les photos sur Facebook. Ils ont fait une croisière l'an passé. Ils vont voir jouer les Reds. Elle a l'air heureuse.

— Tout le monde a l'air heureux sur Facebook.

— Je sais bien. Où est le problème, hein ?

Fester essaya de sourire, mais manifestement il avait trop mal.

— De toute façon, je n'étais pas assez bien pour elle. Un simple videur, un rien du tout. Aujourd'hui peut-être, avec mon nouveau business, je dois gagner autant de thunes que le plombier. Voire plus. Mais c'est trop tard, non ?

— Oui.

— Tu ne vas pas m'encourager à la relancer ?

Ray ne dit rien.

— Si seulement tu voyais ses photos sur Facebook. Elle est aussi belle que le jour où elle m'a largué. Peut-être plus belle encore.

Ray examina son café.

— Lunettes alcoolo-déformantes, tu connais ?

— Bien sûr : plus tu bois, plus la fille te paraît canon.

— Tu regardes ces photos sur Facebook avec des lunettes chagrin-d'amour-déformantes.

— Peut-être. Ou peut-être grand-amour-déformantes.

Ils se turent momentanément. Le café était un nectar des dieux. Le mal de tête s'était mué en un martèlement sourd et régulier.

— Le plombier doit la rendre heureuse, reprit Fester. Je ferais mieux de laisser tomber.

— Bonne idée.

— Mais, déclara-t-il, le doigt en l'air, si elle entrait par cette porte, là, ou par exemple...

Il haussa les épaules d'un geste théâtral.

— ... si elle venait me chercher au *Signal Faible* après toutes ces années, je ne sais pas comment je réagirais.

— Très subtil, Fester.

Il écarta les bras.

— Qu'est-ce que j'ai de subtil ?

Pas faux.

— Elle n'est pas revenue pour renouer avec moi.

— Elle voulait juste une aventure ? S'encanailler pour une heure ou deux ? Ça craint.

Fester réfléchit et conclut :

— N'empêche, j'aurais été preneur.

— Elle n'est pas revenue pour ça non plus.

— Elle **est** revenue pour quoi, alors ?

Ray secoua la tête.

— Aucune importance. Elle est partie. Je ne la reverrai plus.

— C'était **seulement** pour te mettre la tête à l'envers ?

Ray jouait avec sa serviette.

— On peut dire ça comme ça.

— La vache.

Ray ne répondit pas.

— Tu sais le plus marquant, Ray ?

— Non, Fester. Dis-moi.

— Jennifer m'a brisé le cœur, mais elle ne m'a pas brisé moi. Tu vois ce que je veux dire ? Je fonctionne toujours. J'ai une affaire. J'ai ma vie. J'ai tourné la page. Ça m'arrive de boire, mais je ne me suis pas laissé couler.

— Toujours dans la subtilité, fit Ray.

— Je sais, il y a pire qu'un chagrin d'amour, mais rien qui soit irrémédiable. Tu comprends ce que je te dis ?

Ray eut envie de rire. Il comprenait. Et ne comprenait pas. Fester le croyait terrassé par un chagrin d'amour. C'était vrai, mais un chagrin d'amour, on s'en remet. S'il n'y avait eu que cela, Ray s'en serait remis. Mais, comme Fester l'avait fait remarquer, il y avait pire, plus douloureux, plus difficile à dépasser qu'un chagrin d'amour.

Le sang, par exemple.

Broome n'était pas ravi de se confier à Megan.

Il doutait toujours de sa franchise et, du coup, tenait à frapper d'autant plus fort, lui assener les faits dans toute leur brutale réalité. Sur la route d'Atlantic City, il lui en dit donc assez pour lui flanquer la trouille de sa vie… comment, d'après lui, beaucoup d'hommes, pas seulement Stewart Green et Carlton Flynn, avaient disparu sans laisser de traces un Mardi gras.

Lorsqu'il eut terminé, Megan demanda :

— Ces hommes, ils sont morts, ils ont pris la clé des champs, on les a kidnappés ou quoi ?

— Je ne sais pas. On connaît le sort d'un seul d'entre eux, Ross Gunther.

— Et il est mort.

— Oui. Un homme est en train de purger une peine de prison pour ce meurtre.

— Et cet homme-là, vous pensez qu'il est innocent ?

— Oui.

Elle réfléchit brièvement.

— Vous en avez trouvé combien qui correspondent à ce cas de figure ?

— L'enquête est en cours, mais pour l'instant on en a quatorze.

— Pas plus d'un par an ?

— Non.

— Et toujours aux environs du Mardi gras.

— C'est ça.

— Sauf que maintenant vous avez Harry Sutton. Qui n'entre pas dans cette catégorie.

— Je ne crois pas qu'il fasse partie de la tribu du Mardi gras.

— Mais il y a sûrement un lien, fit-elle.

— Sûrement. À propos, ça vous dit quelque chose, cette fête, le Mardi gras ?

Megan secoua la tête.

— On faisait la nouba ce soir-là, mais à part ça, je ne vois pas.

— Et pour ce qui est de Stewart Green ?

— Non. Enfin, pas à ma connaissance.

— Stewart Green est le seul qu'on ait revu. Peut-être. Vous comprenez maintenant pourquoi il faut que je parle à la personne qui dit l'avoir vu ?

— Oui.

— Alors ?

Megan ne voyait pas d'autre solution que de dire la vérité.

— C'est Lorraine qui l'a vu.

— Je vous remercie.

Broome lui demanda de ne pas alerter Lorraine, étant donné qu'il passerait la voir rapidement.

— Je la connais depuis longtemps.

Megan eut un petit sourire, repensant à ce que Lorraine lui avait raconté, son aventure d'un soir avec Broome.

— Oui, je sais.

Broome gara la voiture et l'accompagna au poste par la porte latérale. Il ne voulait pas qu'elle tombe sur Goldberg ou qui que ce soit d'autre. Il la conduisit dans la réserve au rez-de-chaussée. Rick Mason, le dessinateur et expert en informatique maison, s'y trouvait déjà.

— C'est quoi, ces cachotteries ? s'enquit-il.

— On va dire que c'est de la protection de témoin.

— Vis-à-vis des collègues ?

— Surtout vis-à-vis d'eux. Fais-moi confiance, d'accord ?

Mason haussa les épaules. Une fois Megan installée, Broome retourna à la voiture d'où il appela Erin. Il lui avait demandé de contrôler les caméras de surveillance autour du cabinet de Harry Sutton pour voir si elles n'avaient pas capté l'image du jeune couple. Elle répondit qu'elle y travaillait encore. Il l'avait également chargée de retrouver la trace de Stacy Paris, la fille à l'origine de la bagarre entre Mannion et Gunther.

— Stacy Paris s'appelle de son vrai nom Jaime Hemsley. Elle habite du côté d'Atlanta.

— Mariée ?

— Non.

Atlanta. Il n'aurait pas le temps d'aller jusque là-bas.

— Tu pourrais peut-être la joindre par téléphone, qu'elle nous dise ce qu'elle sait du soir où Gunther est mort.

— J'ai déjà appelé. Ça ne répond pas, mais je réessaie-rai. Broome ?

— Oui ?

— Si Mannion est innocent, dit Erin, s'il a fait dix-huit ans de taule pour le crime d'un tueur en série... nom d'un chien, ça va barder.

— Quelle perspicacité, Erin.

— Ben quoi, tu ne m'avais pas choisie uniquement pour mon physique de rêve.

— Parlons-en, rétorqua-t-il. Appelle Stacy. Interroge-la.

Il ne lui fallut pas longtemps pour se rendre au *Crème*. C'était l'heure du déjeuner, et les hommes faisaient la queue au buffet avant d'aller mater les filles. Jusqu'à quel point avaient-ils faim ?

Lorraine n'était pas à son poste habituel derrière le bar. Des années plus tôt, ils avaient vécu tous deux la classique aventure d'un soir, le genre de chose qui vous emballe et qu'on regrette après. Mais quand on couche avec quelqu'un, même si on a bu, qu'on est à côté de ses pompes et qu'on n'a pas envie de récidiver, ça crée un lien, forcément. Et ce lien, il comptait bien l'exploiter.

Broome se dirigea vers le fond du club. La porte de Rudy était fermée. Il entra sans frapper. Rudy était en train d'enfiler une chemise trop moulante par-dessus sa grosse tête pour la faire descendre sur sa panse proéminente. Une fille était là, qui l'aidait. Une fille très jeune. Probablement trop. Rudy la congédia d'un geste de la main.

— Elle est en règle, dit-il.

— Je n'en doute pas.

Il invita Broome à s'asseoir. Ce dernier déclina l'invitation.

— Ça fait deux jours de suite qu'on te voit ici.

— Eh oui.

— Aurais-tu un faible pour l'une de mes filles ?

— Non, Rudy, c'est pour toi que je viens. Les épaules velues, je trouve ça bandant.

Rudy sourit.

— J'ai un corps qui se prête à toutes sortes de fantasmes.

— Oui, c'est ça. Où est Lorraine ?

— Elle devrait revenir d'une minute à l'autre. Qu'est-ce que tu lui veux, à ma meilleure employée ?

Broome pointa son pouce.

— J'attendrai dans la salle.

— Moi, je préfère que tu partes.

— Ou je pourrais commencer à ficher toutes les filles.

— Vas-y, répliqua Rudy. Je gère un établissement qui a pignon sur rue. Tu crois que je cherche les ennuis ou quoi ?

— C'est toi qui sais. Donc, j'attendrai dans la salle.

— Tu ne m'as pas entendu. Je ne veux pas d'ennuis.

— Tu n'en auras pas si tu coopères.

219

— C'est ce que tu m'as dit hier. Tu te souviens d'hier, hein ?

— Oui, eh bien ?

— Tu as menacé une de mes filles, Tanya.

— Tawny.

— Peu importe.

— Je ne l'ai pas menacée. Je lui ai parlé.

— D'accord. Et tu n'en aurais pas rajouté une couche, par hasard ?

— Qu'est-ce que tu me chantes là ?

Rudy avait un gros bol plein de M&M's sur son bureau. Il y plongea son énorme paluche.

— Tawny m'a appelé hier soir. Pour m'annoncer qu'elle démissionnait.

— Et tu crois que j'y suis pour quelque chose ?

— Pas toi ?

— Peut-être que notre entretien lui a ouvert les yeux. Ça plus les raclées que ton client, Carlton Flynn, lui administrait, le fait de travailler dans ce cloaque, tout.

— Ça m'étonnerait.

— Et pourquoi donc ?

— Elle habite avec une autre de mes filles. D'après elle, Tawny a jeté ses affaires dans une valise et est partie en courant. Et elle avait la tête de quelqu'un qui vient de se faire tabasser.

— Par qui ?

Rudy versa les M&M's dans sa bouche.

— Je pensais que c'était toi.

Broome fronça les sourcils.

— Où est Tawny maintenant ?

— Partie. Elle a pris un car.

— Déjà ?

— Hier soir, oui. Elle m'a appelé de la gare routière.

Broome réfléchit à ce qu'il venait d'apprendre. Il avait peut-être vu juste. Ces filles-là n'étaient pas du genre stable. Tawny avait été maltraitée. Elle s'était fait casser le doigt. Sa brute de petit ami avait disparu. Un flic était venu l'interroger. La coupe était pleine… elle avait décidé de sauver les meubles et de rentrer chez elle.

— La fille qui habitait avec Tawny, dit-il.

— Elle n'est pas là. Et elle ne sait rien.

— Rudy, ce n'est pas le moment de faire le malin.

Rudy poussa un soupir.

— Du calme, tu me connais, je suis un citoyen modèle. Je vais la faire venir, mais en attendant…

Il pointa le doigt par-dessus l'épaule de Broome, en direction de la porte.

— Ma meilleure employée vient juste d'arriver. À l'heure, comme toujours. Elle n'est jamais en retard.

Se retournant, Broome vit Lorraine se diriger vers le bar.

— Salut, Broome.

Il se tourna vers Rudy. Son expression avait changé. Le masque qu'il portait normalement à l'usage des flics avait disparu.

— J'y tiens, à Lorraine. Tu peux comprendre ça, hein ?

— Où veux-tu en venir, Rudy ?

— Si jamais ton affaire retombe sur elle…

À nouveau, Rudy désigna Lorraine qui était en train de nettoyer le comptoir.

— Je me fous de ton grade dans la police. Il ne restera même pas de quoi faire des analyses d'ADN de toi.

25

KEN S'ÉTAIT FAUFILÉ jusqu'à la porte vitrée coulissante qui donnait sur la terrasse en bois. Barbie était passée par le garage, au cas où la porte serait verrouillée. Précaution inutile : elle ne l'était pas. Ken l'ouvrit sans bruit. Il allait pénétrer à l'intérieur quand la sonnerie retentit.

Il se glissa dehors, s'accroupit. Le flic, Broome, entra dans la maison.

Ken eut envie de pester, sauf qu'il ne pestait jamais. Il eut donc recours à son mot favori dans ce genre de situation : « Contretemps. » C'était un contretemps, rien de plus. La qualité d'un homme ne se mesure pas au nombre de fois où il tombe, mais au nombre de fois où il se relève.

Il envoya un texto à Barbie pour la prévenir. Il essaya d'écouter, mais c'était trop risqué. Tant pis. Il resta tapi dans sa cachette. Le luxueux mobilier de jardin des Pierce était griffé Brown Jordan. Il y avait aussi un barbecue Weber, un tuyau d'arrosage, des statuettes de lapins et de grues. Plus une fontaine d'angle, une cage de foot grandeur nature et une balançoire en cèdre qui avait connu des jours meilleurs. C'était vraiment une belle maison. Ken se demandait en quoi cette femme apparemment ordinaire, mère de famille, pouvait être liée à la disparition de Carlton Flynn, mais justement, c'était ça, son boulot : trouver la réponse.

Il attendit. Il pensait aux gamins de Megan Pierce. Il les imaginait tapant dans le ballon de foot, se prélassant sur les

chaises longues, faisant griller un hamburger sur le barbecue.

Il pensait à ce que devait être la vie du maître de maison.
Les enfants. Les dîners en famille. Les barbecues. L'église
le dimanche. Sa jolie femme lui souriant à travers la baie
vitrée pendant qu'il jouait au ballon avec son fils. Cette
vie-là, Ken la voulait. Pour lui-même et, se rendit-il compte,
pour Barbie. Il la voyait presque en train de lui sourire derrière la vitre, débordant d'amour. Il les voyait coucher leurs
enfants, s'assurer qu'ils s'étaient bien brossé les dents et
avaient dit leurs prières, et il se voyait se retirer dans leur
chambre à coucher, main dans la main avec Barbie. Elle fer-
mait la porte et se tournait vers lui.

Pouvait-on rêver mieux ?

Il savait, bien sûr, que ce ne serait pas aussi simple. Il
avait des contraintes, mais même ça, il pouvait le partager
avec sa bien-aimée.

Qu'attendait-il ?

Il se tourna vers la maison. Priver ces enfants de leur
mère ne l'emballait pas, mais il ne voyait pas d'autre solution. Quinze minutes passèrent. Megan Pierce accompagna
le lieutenant Broome à sa voiture. Après leur départ, Ken et
Barbie se retrouvèrent devant leur Mazda de location.

— À ton avis, il est venu pour quoi ? demanda Barbie.

— Je n'en sais rien.

— On aurait dû intervenir hier soir.

— C'était trop risqué.

— Alors, que fait-on ?

Ils se remirent en route. Ken n'était pas inquiet outre
mesure. Il y avait de fortes chances pour que Broome et la
femme se rendent à Atlantic City. Une fois sur l'autoroute,
il appuya sur l'accélérateur. Au bout de cinq kilomètres, il
repéra la voiture de Broome. Il resta derrière, sans vraiment
chercher à les suivre. Il n'y avait plus de doute maintenant :
ils retournaient à Atlantic City.

Deux heures plus tard, Broome se garait sur le parking

du poste de police et escortait Megan à l'intérieur par une entrée latérale.

— Et maintenant ? fit Barbie.

— Je t'aime.

— Quoi ?

Ken se tourna vers elle.

— Je ne te l'ai jamais dit. Mais tu le sais.

Elle hocha la tête.

— Je t'aime aussi.

Il sourit, lui prit la main.

— Pourquoi tu me dis ça maintenant ? questionna Barbie.

— Je ferais n'importe quoi pour te protéger. Je veux que tu le saches.

— Je le sais.

Il sortit son portable et composa le numéro. On lui répondit à la troisième sonnerie.

— Goldberg.

— Bonjour, monsieur le directeur adjoint.

Il y eut un silence à l'autre bout.

— Si je me souviens bien, poursuivit Ken, vous ne souhaitez pas que je vous appelle monsieur Goldberg. Vous préférez monsieur le directeur adjoint.

— Oui, répondit celui-ci d'une voix chargée de méfiance. Que voulez-vous ? Je suis occupé, là.

— Je ne voudrais pas vous déranger, monsieur le directeur adjoint, mais il s'agit d'une question relativement urgente.

— Je vous écoute.

— Votre collègue, le lieutenant Broome, vient d'arriver au poste.

— Oui, eh bien ?

— Il est avec une femme qui s'appelle Megan Pierce.

Il y eut une nouvelle pause.

— Il faut qu'on lui parle.

— Comme vous avez parlé à Harry Sutton ?

— Ce n'est pas votre problème.

— Mais bien sûr que si, c'est mon problème ! Pourquoi je suis débordé, à votre avis ?

— Monsieur le directeur adjoint, aidez-nous, s'il vous plaît, à entrer en contact avec elle.

— Entrer en contact ?

— Faites-nous savoir comment et à quelle heure elle va partir. Il serait préférable qu'elle parte seule.

Nouveau silence.

— Monsieur Goldberg ?

Pas de directeur adjoint cette fois. L'omission était volontaire.

— Compris, fit Goldberg avant de raccrocher.

Ken prit la main de Barbie.

— Si on se mariait ?

— C'est un peu incongru comme demande en mariage.

Mais elle souriait tout en prononçant cette phrase, et son cœur bondit dans sa poitrine. Cette femme qui comptait tant pour lui, sa partenaire, son âme sœur, était assise à côté de lui, et il laissa libre cours à son exultation.

— Tu as raison. Je vais préparer une demande convenable.

— Et moi, je préparerai une façon convenable de dire oui.

Main dans la main, ils surveillaient la porte en savourant l'instant. Quelques minutes plus tard, le lieutenant Broome ressortit sans la femme. Barbie lâcha sa main.

— Il faut qu'on se sépare.

— Mais on vient juste de se fiancer, répondit-il avec un petit rire.

— Pas officiellement, cher monsieur. Tu sais que j'ai raison. Prends la voiture et suis le lieutenant. Moi, je garde un œil sur le poste.

— Ne l'entreprends pas toute seule.

Elle secoua la tête et le gratifia d'un sourire éblouissant.

— Quoi ?

— Nous ne sommes pas encore mariés, et déjà tu veux tout régenter. Allez, va.

Lorraine était en train de tirer de la bière à la pression quand Broome s'approcha. Levant les yeux, elle lui décocha un sourire oblique.

— Tiens, tiens, mais qui vois-je ?

— Salut, Lorraine.

— Je te sers un verre ou tu vas me faire le coup du « Je suis en service » ?

Broome s'assit.

— Je suis en service. Et je veux bien que tu me verses deux doigts.

Elle finit avec la bière et se dirigea nonchalamment – Lorraine se mouvait toujours nonchalamment – vers le coin du bar où ils stockaient les marchandises de valeur. Broome pivota sur son tabouret. Il y avait une file d'attente au buffet. Une vraie file d'attente pour manger. Sur scène, une fille dansait avec l'entrain d'un malade comateux sur le vieux standard de Neil Diamond, *Girl, You'll Be a Woman Soon*.

Lorraine lui tendit un verre.

— Que puis-je pour vous, lieutenant ?

— À ton avis ?

— Je suppose que tu n'es pas revenu pour un second tour ?

— J'aurais bien aimé.

— Menteur.

Ne sachant comment il devait prendre ça, Broome enchaîna :

— J'ai parlé à ta vieille copine Cassie, ou Megan, appelle-la comme tu veux.

— Mmm.

— La situation est grave. Tu as su pour Harry Sutton ?

Lorraine acquiesça, et son visage s'assombrit.

— Tu l'as connu, Broome ?

— De loin.

— C'était un type génial. Tout le monde l'aimait, même vous, les flics. Tu sais pourquoi ? Parce qu'il était authentique. Et qu'il donnait sans compter. Un cœur gros comme ça. Il croyait dans les gens. Il y a eu des filles ici que je ne pouvais pas sacquer. De vraies teignes, et d'autres, carrément mauvaises. Mais Harry, il essayait toujours de voir le bon côté. Il voulait les aider et pas seulement leur mettre la main dans la culotte, même si ça arrivait parfois. Comment résister à un gars qui te regarde de cette façon-là… comme si tu étais quelqu'un d'important ?

Lorraine secoua la tête.

— Qui aurait pu vouloir du mal à Harry ?

— C'est ce que je cherche à découvrir, répondit Broome.

— C'est tarte, dit-elle en frottant le comptoir avec un torchon, mais sans lui, le monde est encore plus merdique qu'avant. Ça se sent.

— Alors aide-moi, Lorraine. Pour Harry.

— Parce que tu crois que je sais quelque chose à propos de cette histoire ?

— Tout est lié, fit Broome. La mort de Harry n'est qu'un maillon de la chaîne. J'ai un gars en taule depuis dix-huit ans qui est peut-être innocent. Carlton Flynn a disparu, et il y a des tas d'autres hommes qui manquent à l'appel.

Il se tut.

— Y compris, dit Lorraine qui soudain y voyait clair, Stewart Green.

— Oui.

Lorraine continua à polir le comptoir.

— Donc, Cassie t'a dit que c'est moi qui l'ai vu.

— Je lui ai un peu forcé la main.

Nouveau sourire en coin.

— Tu es un vrai caïd, Broome.

— Elle voulait t'appeler d'abord, mais je préférais t'en parler moi-même.

— À cause de notre passé ?

Broome haussa les épaules, but une grande gorgée.

— Tu as vu Stewart Green ?

— Je ne suis pas cent pour cent sûre.

Il se borna à la regarder.

— OK, d'accord. Je l'ai vu.

Deux hommes grisonnants s'approchèrent du bar. Le plus grand des deux se pencha en avant et lui adressa un clin d'œil.

— Salut, Lorraine, comme d'habitude.

— Allez à l'autre bar, dit Broome.

— Hein ?

— Celui-ci est fermé.

— Vous êtes bien assis là, non ?

Pour toute réponse, Broome sortit sa plaque. Les deux hommes hésitèrent, histoire de ne pas passer pour des lavettes, mais pour finir ils battirent en retraite.

— Mes deux plus gros pourboires, fit Lorraine.

— Tu te rattraperas. Bien, tu as donc vu Stewart Green.

Lorraine repoussa les cheveux de son visage.

— Oui. Mais il avait l'air différent.

— À quel point de vue ?

— À tous les points de vue. Il avait le crâne rasé et un bouc. Il portait des anneaux aux oreilles et il s'est fait tatouer l'avant-bras. Il était habillé d'un jean et d'un T-shirt moulant, et visiblement il fait de la muscu.

Broome fronça les sourcils.

— Stewart Green ?

Elle ne se donna pas la peine de répondre.

Broome songea aux photos sur la cheminée de Sarah Green. Sur ces photos, Stewart portait soit un polo avec un pantalon kaki, soit un costume. Il coiffait ses cheveux clairsemés en avant pour cacher un début de calvitie. Et il paraissait mou et bouffi.

— Quand l'as-tu vu ?

Lorraine se mit à astiquer un verre avec un peu trop d'entrain.

— Lorraine ?

— Je l'ai revu plus d'une fois.

Cela le surprit.

— Combien de fois ?

— Un certain nombre.

— C'est quoi, un certain nombre ? Plus de deux, plus de cinq ?

— Je ne sais pas.

Oublié, le ton badin. On aurait dit qu'elle avait peur.

— Peut-être une fois l'an, ou tous les deux ans. Je n'ai pas compté.

— Une fois par an ou une fois tous les deux ans ?

— Oui.

Broome commençait à avoir le tournis.

— Attends, quand l'as-tu vu pour la première fois ?

— Je ne sais plus. Ça fait un moment. Il y a dix, quinze ans.

— Et il ne t'est jamais venu à l'idée d'alerter la police ?

— Hein ?

— Tu as revu un type qui avait disparu. Tu n'as jamais pensé à nous le dire ?

— Vous dire quoi, exactement ?

Les mains sur les hanches, Lorraine haussa la voix.

— Serait-ce un criminel recherché ?

— Non, mais…

— Tu t'imagines que je vais jouer les indics ? J'ai vingt ans de métier, moi. Et la première chose qu'on apprend là-dedans, c'est à fermer les yeux, tu comprends ?

Il comprenait.

— Je ne t'aurais pas parlé, sauf que…

Elle paraissait découragée, abattue.

— Harry. Comment a-t-on pu faire ça à Harry ? Écoute, peu importe, je ne veux pas qu'il y ait d'autres morts. Ici, les clients font ce qu'ils veulent. Je m'en fiche, qu'on enfreigne tel ou tel commandement. Mais s'il commence à y avoir des morts…

Elle se détourna.

— Quand as-tu revu Stewart Green pour la dernière fois ?

Lorraine ne répondit pas.

— Je t'ai demandé...

— Il y a quelques semaines.

— Tu ne pourrais pas être un peu plus précise ?

— C'était à peu près au moment de la disparition de cet autre type, Flynn.

Broome se figea.

— Lorraine, réfléchis bien : était-il là le Mardi gras ?

— Mardi gras ?

— Oui.

Elle parut fouiller sa mémoire.

— Je ne sais pas, c'est possible. Pourquoi ?

Broome sentit son pouls s'accélérer.

— En fait, quand tu l'as revu au fil des années, ce n'était pas autour de la période du Mardi gras ?

Elle fit la moue.

— Je n'en sais rien.

— C'est important.

— Comment diable pourrais-je me souvenir d'une chose pareille ?

— Réfléchis. Vous distribuez bien des colliers à Mardi gras, non ?

— Et alors ?

— Concentre-toi. Tu te rappelles que Stewart portait des anneaux aux oreilles. Ferme les yeux. Imagine-le ici. Avait-il un collier autour du cou ?

— Je ne crois pas. Je veux dire, je ne sais pas.

— Ferme les yeux et essaie encore.

— Tu te fiches de moi, là ?

— Allez, Lorraine, c'est important.

— OK, OK.

Il remarqua alors qu'elle avait des larmes aux yeux. Elle s'empressa de les fermer.

— Eh bien ?

— Rien.

Sa voix s'était radoucie.

— Je suis désolée.

— Ça ne va pas ?

Elle cilla, rouvrit les yeux.

— Si, si, ça va.

— Tu as autre chose à me dire au sujet de Stewart Green ?

Elle répondit toujours aussi doucement :

— Non. Il faut que je retourne bosser, là.

— Pas encore.

Broome s'efforça de rassembler ses idées, puis ça lui revint : Erin avait les vidéos de surveillance. C'était de cette manière qu'ils avaient établi le lien avec Mardi gras. Erin pourrait les visionner à nouveau à la recherche de l'homme que Lorraine lui avait décrit. Il pensa d'abord la traîner jusque devant Rick Mason, mais il se trouvait que leur dessinateur était également spécialiste du logiciel de vieillissement. Il pourrait travailler à partir de ces nouveaux éléments – bouc, crâne rasé –, et Broome reviendrait soumettre le résultat à Lorraine.

— Je ne vois pas bien, dit-elle. C'est quoi, cette histoire de Mardi gras ?

— On leur a trouvé un dénominateur commun.

— Lequel ?

Il hésita brièvement, mais après tout, pourquoi pas ? Peut-être que ça lui évoquerait quelque chose.

— Stewart Green a disparu le jour de Mardi gras. *Idem* pour Carlton Flynn. Un dénommé Ross Gunther a été assassiné un Mardi gras. Et il y en a eu d'autres.

— Je ne comprends pas.

— Nous non plus. J'ai des photos que j'aimerais te montrer… les photos des disparus. Peut-être que tu en reconnaîtras un dans le tas.

Il avait apporté la chemise en carton. Plus personne ne s'approchait du bar. Ils étaient tous massés devant la scène

231

principale où une effeuilleuse habillée en Jasmine d'*Aladin* de Disney s'était mise à danser sur *Ce rêve bleu.*

Broome sortit les photos et entreprit de les étaler sur le comptoir. Il observait le visage de Lorraine. Elle examina longuement la photo la plus récente, celle qu'on leur avait envoyée anonymement au poste.

— Lui, c'est Carlton Flynn.

— Ça, on le sait.

Elle la reposa, scruta les autres photos. Ses yeux débordèrent à nouveau de larmes.

— Lorraine ?

— Je n'en reconnais aucun.

Elle cilla, détourna la tête.

— Il vaudrait mieux que tu partes.

— Qu'est-ce qui t'arrive ?

— C'est rien.

Broome attendit. Il l'avait toujours connue pêchue, avec son sourire oblique, sa voix éraillée, son rire de gorge. Cette femme-là était le type même de l'incorrigible fêtarde.

— Je vais mourir, dit-elle.

Broome sentit sa poitrine se contracter.

— Je reviens à l'instant de chez le toubib.

Il finit par recouvrer sa voix.

— Qu'est-ce que tu as ?

— Un cancer. Déjà pas mal avancé. Il me reste un an, peut-être deux, à vivre.

Une grosse boule se forma dans la gorge de Broome.

— Je ne sais pas quoi dire.

— N'en parle à personne, hein ?

— OK.

Lorraine se força à sourire.

— Crois-le ou non, tu es le seul à être au courant. Pathétique, non ?

Broome tendit la main par-dessus le comptoir. Elle ne bougea pas.

— Je suis content que tu me l'aies dit.

Elle posa sa main sur la sienne.

— J'ai fait des choix que les gens ne comprennent pas, mais je n'ai pas de regrets. J'ai été mariée autrefois. D'accord, c'était une sale brute, mais même s'il avait été différent, cette vie-là n'était pas pour moi. Ma vie est ici. Je me suis bien éclatée. Qu'est-ce qu'on a pu rigoler, pas vrai ?

Broome acquiesça, chercha son regard.

À nouveau, ses yeux s'emplirent de larmes.

— Mais ce qui craint le plus, quand on n'a personne… J'aurais voulu… oh, nom d'un chien, ce que j'ai l'air nunuche… je voudrais quelqu'un qui m'aime. Quelqu'un qui sera effondré quand je ne serai plus là. Je voudrais que quelqu'un me tienne la main quand je serai en train de mourir.

Une fois de plus, il ne sut que dire. Il avait peur qu'elle n'interprète son attitude comme de la pitié. Mais il fallait qu'il fasse quelque chose, n'importe quoi. Broome cultivait le détachement – les émotions, ça faisait trop désordre –, mais il détestait se sentir impuissant.

— Je serai là, si tu veux. Je te tiendrai la main.

— Tu es gentil, mais non.

— Je suis sérieux.

— Je sais, mais je ne parlais pas de ça. Je peux toujours trouver des gens qui me plaignent suffisamment pour m'accompagner jusqu'au bout. Ce dont je parle, c'est une relation dans le temps, de bons ou de mauvais moments qu'on traverse ensemble au fil des ans. Ce n'est pas quelque chose qu'on réclame à la fin, tu vois ce que je veux dire ?

— Je crois.

— C'est bon. Je te l'ai dit, je ne voudrais rien changer. C'est la vie. On peut trouver l'équilibre et être heureux… mais on ne peut pas tout avoir.

Paroles simples, paroles de sagesse. Elle lui sourit. Il lui rendit son sourire.

— Lorraine ?

— Oui.

— Tu es belle, tu sais.

— Tu ne serais pas en train de me faire du gringue ?

— Peut-être bien.

Elle haussa un sourcil.

— Une baise de consolation ?

— Pour toi ou pour moi ?

Elle rit.

— Les deux probablement.

— Encore mieux, dit Broome. Dès que j'aurai bouclé ce dossier...

— Tu sais où me trouver.

Sa main glissa hors de la sienne. Lorraine se dirigea vers l'autre bout du comptoir. Il allait partir quand elle fit remarquer :

— J'imagine que Cassie est de la partie ?

— Oui. Peut-être même qu'elle a croisé les assassins de Harry.

— Comment ?

— Elle est retournée chez lui hier soir.

— Seule ou avec Ray ?

Broome s'arrêta.

— Ray ?

Les yeux de Lorraine s'agrandirent. Visiblement, elle aurait voulu ravaler ses paroles, mais Broome ne l'entendait pas de cette oreille.

— Qui diable est Ray ?

26

LA PREMIÈRE PENSÉE DE MEGAN fut naturellement pour les siens.

Avant que Broome lui en dise davantage, elle appela quelques mères au foyer. Pour ne pas éveiller de soupçons, elle échangea les potins habituels : les activités sportives des enfants, le père entraîneur qui favorisait son propre gamin, les profs qui donnaient trop/trop peu de devoirs à la maison, le nouveau système d'inscription à la cantine scolaire en ligne. Broome se borna à secouer la tête. Au final, Megan s'arrangea pour demander à la maman d'accueillir aussi bien Kaylie que Jordan après les cours, quitte à ce qu'ils dorment sur place, de sorte à les éloigner de la maison. En retour, elle promit de faire le chauffeur pendant tout le week-end.

Ensuite, elle essaya de joindre Dave. Toujours pas de réponse. Elle envoya un texto : *Reste au bureau tant que tu ne m'auras pas rappelée.* Pas de réaction, mais même au pire des cas, il n'était pas près de rentrer à la maison.

Puis Broome se remit à parler, et son univers déjà vacillant en prit un nouveau coup.

À présent, assise dans une pièce sans fenêtres au poste de police, elle s'efforçait de décrire deux individus qu'elle avait tout juste entraperçus à un dessinateur de portraits-robots. De son côté, Rick Mason lui soufflait des suggestions qui l'aidaient à revoir plus clairement le jeune couple dans sa tête.

Megan avait beau tourner et retourner la situation dans tous les sens, cela ne tenait pas debout. Broome cherchait un lien entre trois événements distincts. Un meurtre vieux de dix-huit ans. Un groupe d'hommes disparus, comme Stewart Green ou Carlton Flynn, autour du ou le Mardi gras. Et enfin, la mort sous la torture du pauvre Harry Sutton. S'il avait raison, si tout était lié, Megan ne voyait pas quel rôle le jeune couple pouvait jouer là-dedans. Ils étaient tout petits au moment du premier crime et de la disparition de Stewart.

— Il avait le nez plus fin, dit-elle à Mason.

Il hocha la tête et se remit au travail.

Les « si » continuaient à dresser leurs têtes hideuses. Si Megan n'avait pas pris la fuite à l'époque. Si elle était restée pour voir ce qui était arrivé à Stewart Green, tous ces « hommes du Mardi gras » — ces hommes disparus sans laisser de traces, depuis Stewart jusqu'à Carlton Flynn — seraient-ils encore en vie ?

Si elle était restée avec Ray.

Il n'y avait pas de regrets, seulement des « si ». On ne pouvait avoir de regrets quand on avait des enfants. Que sa vie actuelle soit excitante ou non, vécue à cent à l'heure ou non, joyeuse ou non, le seul scénario qu'elle se refusait à envisager était celui qui excluait Kaylie et Jordan.

La porte s'ouvrit à la volée, et un gros homme aux cheveux poivre et sel fit irruption dans la pièce. Il était rouge pivoine, et sa chemise blanche semblait sur le point d'exploser.

— C'est quoi, ce cirque ? hurla-t-il.

Rick Mason sursauta.

— Chef...

— C'est quoi, ce cirque, j'ai dit ?

— J'essaie de dresser le portrait de deux suspects potentiels.

— Et pourquoi ici ?

Mason ne répondit pas.

— Vous avez bien un bureau, non ?

— Oui.

— Alors que faites-vous ici ?

— C'est le lieutenant Broome qui m'a suggéré de descendre.

Goldberg posa les mains sur ses hanches.

— Vous m'en direz tant.

— Il ne voulait pas compromettre le témoin.

Goldberg reporta son attention sur Megan.

— Tiens, tiens, mais c'est la Jane du restaurant. Une autre petite visite amicale ?

— Je préfère ne pas en parler, dit Megan.

— Pardon ? Vous êtes qui, au juste ?

— Suis-je obligée de vous donner mon nom ?

Sa question le prit de court.

— Légalement, rien ne vous y oblige...

— Alors j'aime mieux pas. Je suis ici de mon plein gré, à la demande du lieutenant Broome.

— Ah oui ?

Goldberg rapprocha son visage du sien.

— Il se trouve que je suis le supérieur immédiat du lieutenant Broome.

— Ça ne change rien.

— Vous croyez, madame Pierce ?

Megan referma la bouche. Goldberg connaissait déjà son nom. Cela ne présageait rien de bon. Il se pencha sur le carnet de croquis. Rick Mason tenta de masquer la page, comme un écolier qui ne veut pas qu'on copie sur lui. Goldberg le repoussa et chaussa une paire de lunettes. Son regard tomba sur le dessin du jeune couple. Tout son corps se convulsa, comme s'il avait reçu une décharge électrique.

— C'est qui, ces deux-là ?

Personne ne répondit.

Il se tourna vers Mason.

— Vous avez entendu ma question ?

— Je ne sais pas. On m'a juste chargé d'établir leurs portraits-robots.

— Pour quelle affaire ?

Il haussa les épaules.

Goldberg toisa Megan.

— Où avez-vous vu ces personnes ?

— Je préfère attendre le lieutenant Broome.

Goldberg examina à nouveau les dessins.

— Non.

— Pardon ?

— Vous me dites ça tout de suite. Ou vous dégagez.

— Vous êtes sérieux ?

— Parfaitement sérieux.

Ce type lui flanquait la frousse. Le mieux serait de partir, en effet. Elle irait faire un tour, ou alors au café, et elle appellerait Broome pour qu'ils se retrouvent quelque part. Il devait avoir ses raisons pour la cacher... d'autres que celle consistant à protéger son identité. Pas étonnant, avec le rhinocéros enragé qu'il avait pour chef !

Elle recula sa chaise.

— Très bien, je m'en vais.

— Faites gaffe de ne pas vous prendre la porte dans la tronche en sortant.

Goldberg lui tourna le dos, troublé. Sa grossièreté la surprit. On aurait dit qu'il avait hâte de la voir partir. Il devait y avoir une sorte de bras de fer entre lui et Broome, et elle n'aimait pas ça. Mais bon, autant ne pas traîner, sinon elle risquait d'en dire trop.

Megan se leva. Elle venait d'attraper son sac quand, à nouveau, la porte s'ouvrit brusquement.

Cette fois, c'était Broome.

Il avait l'air en colère et, curieusement, cette colère semblait être dirigée contre elle. Il n'avait pas encore vu son chef et elle se demandait ce qui avait bien pu se passer avec Lorraine, quand il aperçut Goldberg, et sa mine s'allongea.

Les deux hommes se firent face en serrant les poings.

L'espace d'une seconde, Megan crut qu'ils allaient en venir aux mains. Broome fit un pas en arrière et, haussant les épaules, lâcha :

— Oh, et puis zut !

— C'est quoi, ce bordel, Broome ? gronda Goldberg.

— Cette femme, qui restera anonyme, a probablement croisé les assassins de Harry Sutton.

Goldberg en resta bouche bée.

— Elle était sur la scène de crime ?

— Ils sortaient quand elle est arrivée sur les lieux. À cette heure-ci, ils n'avaient aucune raison de se trouver dans l'immeuble. Je ne dis pas que c'est eux, mais ça vaut le coup qu'on se penche sur la question.

Goldberg parut réfléchir. Son regard pivota vers Mason.

— C'est terminé ?

— Presque.

— Alors finissez. Vous…

Il pointa le doigt sur Broome.

— … je veux vous voir dans mon bureau d'ici cinq minutes. Mais d'abord, j'ai un coup de fil à passer.

— OK.

Une fois Goldberg parti, Broome fusilla Megan du regard.

— Quoi ? dit-elle.

Toujours sans la quitter des yeux :

— Mason ?

— Oui ?

— Tu peux nous laisser cinq minutes ?

— Euh… bien sûr.

Rick Mason se leva, mais Broome l'arrêta d'un geste de la main.

— Avant, j'ai quelque chose à te demander.

Mason marqua une pause.

— On a procédé au vieillissement sur photo pour Stewart Green, n'est-ce pas ?

— En effet.

— Tu peux me rajouter un crâne rasé, un bouc et un anneau à l'oreille ?

— Pas de problème. Il vous faut ça pour quand ?

Broome se borna à froncer les sourcils.

— Pigé, dit Rick Mason. Pour hier.

— Merci.

Broome continuait à fixer Megan, le regard noir. Sitôt Mason parti, elle prit les devants.

— Stewart Green s'est rasé la tête et s'est fait pousser un bouc ? C'est Lorraine qui vous a dit ça ?

Broome la dévisageait sans répondre.

— Vous avez un problème ? s'enquit-elle.

Se penchant légèrement, il attendit qu'elle le regarde droit dans les yeux.

— Allez-vous continuer à me mentir ou êtes-vous prête à me parler de votre ancien amoureux, Ray Levine ?

Del Flynn apporta un bouquet de roses roses, les préférées de Maria, dans sa chambre. Comme tous les jours. Il le montra à son ex-femme et déposa un baiser sur son front glacé.

— Alors, Maria, comment ça va aujourd'hui ?

L'infirmière – il n'arrivait pas à retenir son prénom – le regarda avec des yeux de merlan frit et quitta la pièce. Au début, quand Maria avait été transportée ici, le personnel soignant avait considéré Del Flynn avec respect et admiration. L'ex-époux de la femme comateuse ne reculait devant aucun sacrifice. Quelle abnégation, quel amour, quel héroïsme !

On lui avait laissé un vase vide déjà rempli d'eau. À force, ils connaissaient ses habitudes. Del glissa le bouquet dans l'eau et s'assit à côté du lit. Il jeta un coup d'œil sur la porte pour s'assurer que personne n'écoutait.

— Maria ?

Comme toujours, inexplicablement, il attendait qu'elle lui réponde.

— J'aurais dû t'en parler plus tôt. J'ai une mauvaise nouvelle.

Il scrutait son visage, guettant la moindre réaction. Mais elle ne réagissait plus depuis belle lurette. Le regard de Del fit le tour de la chambre. Jamais on ne se serait cru dans un hôpital. En dehors du matériel médical avec ses bips incessants. Del avait transformé la pièce. Il avait apporté tous les objets fétiches de Maria : l'ours en peluche qu'il avait gagné dans un parc à thème quand Carlton avait six ans, le tapis navajo chamarré acheté pendant leurs vacances à Santa Fe, le jeu de fléchettes qu'ils avaient accroché au sous-sol de la vieille maison de Drexel Avenue.

Il l'avait également entourée de photos. La photo de leur mariage, leur premier Noël avec Carlton, son dernier jour à la maternelle. Sa préférée, c'était la photo prise au mini-golf d'Atlantic City. Ils y allaient souvent, Maria et lui. Il y avait des statues d'enfants en bronze en train de jouer tout au long du parcours, et ça plaisait à Maria. C'était comme visiter un musée en plein air. Le dernier trou, elle l'avait réussi du premier coup, et le type du guichet était venu les prendre en photo. À les voir sourire, on aurait dit qu'ils avaient gagné un voyage à Hawaï.

Del contempla la photo, puis se tourna lentement vers Maria.

— C'est au sujet de Carlton.

Pas de réponse.

Dix-huit mois plus tôt, un chauffard ivre avait grillé un feu rouge et percuté la voiture de Maria. Il était tard. Elle était sortie chercher un médicament pour Carlton dans une pharmacie ouverte la nuit. Voilà ce qui arrive aux femmes seules, se disait Del. Si elle était restée avec lui, si elle n'avait pas fait sa mauvaise tête, si elle lui avait pardonné, elle n'aurait pas pris la voiture à une heure aussi tardive, ils seraient toujours ensemble, ils iraient au minigolf, au casino, ils auraient mangé une grillade au *Gallagher's* ou partagé une gaufre sur la promenade. Mais tout cela, il l'avait balancé aux orties il y a une éternité.

— Il a disparu, dit Del, les larmes aux yeux. Personne ne

sait ce qu'il est devenu. Les flics sont dessus, mais tu imagines bien que ça ne suffit pas. Alors j'ai engagé des gens. Le genre que tu connais. Tu ne serais sans doute pas d'accord, sauf que quand il s'agit du petit, tu serais prête à tuer, non ?

Toujours zéro réaction. Les médecins avaient expliqué qu'il n'y avait aucun espoir. Elle était en état de mort cérébrale. Ils l'avaient incité à la laisser partir. D'autres l'avaient fait aussi, avec douceur ou insistance. La sœur de Maria avait même entamé une procédure pour obtenir la tutelle médicale, mais comme Maria l'avait désigné lui, elle avait perdu. Tout le monde voulait la débrancher. La maintenir en vie jour après jour, mois après mois, voire année après année, était inhumain, lui répétait-on.

Mais Del ne se résolvait pas à la lâcher.

Pas tant qu'elle ne lui avait pas pardonné. Tous les jours, il implorait son pardon. Tous les jours, il la suppliait de revenir, de reprendre la vie commune, la place qui était la sienne, qui aurait dû l'être depuis toujours. Bref, il lui disait tout ce qu'il aurait fallu dire avant l'accident.

Quelquefois, Del croyait à la rédemption. Maria ouvrirait les yeux et verrait tout ce qu'il faisait pour elle, les sacrifices, le dévouement. Elle aurait entendu tout ce qu'il lui avait dit durant ses visites et lui pardonnerait. Mais la plupart du temps, comme aujourd'hui, il savait que c'était impossible. Que son attitude était effectivement cruelle, qu'il devait la laisser partir et reprendre le cours normal de sa vie. Maria et lui étaient divorcés depuis plus d'années maintenant qu'ils n'avaient été mariés. Entre-temps, Del s'était remarié deux fois. La dernière en date était Darya.

Parfois aussi – rarement, mais ça lui arrivait –, Del se demandait s'il ne se raccrochait pas à elle par dépit. En refusant de passer l'éponge, Maria avait tout gâché. Peut-être qu'inconsciemment il lui en voulait. Et le fait de la garder en vie était une façon de se venger. Il espérait que non, mais certains jours, il avait l'impression d'agir par pur égoïsme.

Del ne lâchait rien facilement. Alors comment pourrait-il abandonner la seule femme qu'il ait jamais aimée ?

Et surtout, il n'était pas question de lâcher son unique fils.

— Je le retrouverai, Maria. Je le retrouverai et le ramènerai ici. Et, quand tu le verras, je veux dire quand notre garçon sera revenu à la maison, sain et sauf...

Il n'y avait pas grand-chose d'autre à ajouter. Assis à son chevet, Del triturait le médaillon de saint Antoine. Il adorait ce médaillon. Il ne l'enlevait jamais. Quelques semaines plus tôt, il s'était rendu compte que Carlton avait retiré le sien pour le remplacer par des plaques d'identification à deux balles, comme s'il avait fait l'armée ou quoi. En voyant ça, Del avait piqué une crise. Comment osait-il ? Troquer le médaillon offert par la sainte femme qu'était sa mère contre ces plaques de frimeur, cette idée le mettait en fureur. Quand Carlton avait haussé les épaules et répondu qu'il aimait ça, que tous ses copains en portaient, que c'était « cool », Del avait failli le taper.

— Ton grand-père portait une plaque d'identification quand il a débarqué en Normandie, et crois-moi, il n'a jamais pensé que c'était cool !

Le vrai prénom de Del était Delano, en hommage à Franklin Delano Roosevelt, l'idole de ses parents. Carlton avait tourné les talons, mais, le soir même, Del avait remarqué non sans fierté que le médaillon de saint Antoine était à nouveau autour de son cou... au milieu des plaques.

Le petit était en train d'apprendre l'art du compromis.

Lorsque son portable sonna – Darya lui avait récemment mis *I Gotta Feeling* des Black Eyed Peas comme sonnerie –, il l'ouvrit précipitamment. Entendre cette chanson ici lui semblait limite obscène. Il colla le téléphone à son oreille.

— Flynn.

— Goldberg à l'appareil.

Le flic avait une drôle de voix. Lui qui d'ordinaire jouait les blasés avait l'air étrangement agité.

— Vous avez du nouveau ?

— Vous savez ce qu'ils ont fait, vos deux cinglés ?

— Ce n'est pas votre problème.

— Bien sûr que si. Une chose est de malmener une pute, mais ce gars-là était…

— Dites, l'interrompit Flynn, vous tenez vraiment à me confier vos soucis par téléphone ?

Il y eut un silence.

— C'est le bordel, dit Goldberg.

Flynn s'en fichait. Sa seule préoccupation était de retrouver Carlton.

— Ne vous inquiétez pas pour ça. Je nettoierai.

— C'est bien ce qui me fait peur. Ce couple que vous avez engagé… c'est des tarés, Del. Ils sont incontrôlables.

— Ça aussi, je gère.

Del Flynn prit la main de sa femme. Elle était froide comme de la pierre.

— Aidez-nous simplement à retrouver notre fils.

Goldberg marqua une brève pause.

— À ce propos…

Son agitation était retombée. Et le ton de sa voix glaça le cœur de Del.

— Quoi ?

— Le sang que nous avons découvert dans le parc. Vous vous souvenez ?

— Je m'en souviens.

— On n'a pas encore les résultats des analyses ADN. Ça peut prendre des semaines. Et ça ne veut peut-être rien dire. Alors ne nous emballons pas.

Le nœud logé dans l'estomac de Del depuis la disparition de Carlton se resserra.

— Mais ?

— Compte tenu des premières investigations, répondit Goldberg, je pense que le sang dans le parc est celui de votre fils.

27

BROOME SE PENCHA PLUS PRÈS.

— On a perdu sa langue, Megan ? Je vous parle de votre ancien amoureux, Ray Levine.

En entendant le nom de Ray, Megan avait senti son cœur dégringoler dans son estomac.

— Ouh-ouh, vous êtes là ?

— Ce n'est pas ce que vous croyez.

— Tiens, je ne m'attendais pas à celle-là. À mon tour de vous surprendre : qu'est-ce qui n'est pas ce que je crois ?

Megan ne savait pas par où commencer ses explications. Elle se revit la veille au soir, dans les bras de Ray, dans l'ombre tutélaire de Lucy.

— Comment avez-vous pu me mentir de la sorte ?

— Je n'ai pas menti.

Broome jeta quelque chose sur la table.

— Est-ce Ray Levine qui a pris cette photo ?

C'était la photo anonyme de Carlton Flynn dans le parc.

— Je sais que votre ancien béguin était un photojournaliste de renom... et j'ai vu votre tête quand je vous ai montré ceci. Alors arrêtons de mentir, OK ? C'est Ray Levine qui a pris cette photo, n'est-ce pas ?

Megan se taisait.

— Répondez-moi, bon sang ! S'il est innocent, il n'a rien à craindre.

— Mais oui, bien sûr. Comme ce Ricky Mannion dont

vous m'avez parlé. Ça fait combien de temps qu'il est en prison ?

Broome s'assit à côté d'elle.

— Dix-huit ans pour un crime qu'il n'a pas commis. Vous voulez aider à le faire libérer ?

— Pour enfermer un autre innocent à sa place ?

— Allons, Megan, je sais qu'il a été votre petit ami, tout ça est très touchant, mais cette affaire dépasse de loin votre relation avec lui ou le jeu que vous jouiez tous les deux avec Stewart Green.

— Le jeu ?

— Oui, Megan, le jeu. Le soir de la disparition de Stewart Green, Ray Levine était présent, n'est-ce pas ?

Elle hésita juste le temps qu'il fallait.

— Nom d'un chien, dit Broome. Je savais que vous me cachiez quelque chose... Bon, reprenons depuis le début, OK ? Ray Levine se trouvait dans le parc le soir où Stewart Green a disparu et – oyez, oyez – dix-sept ans après, il était au même endroit au moment de la disparition de Carlton Flynn. Ça résume la situation ?

Elle ne pouvait pas protéger Ray, du moins pas en mentant.

— Ce n'est pas ce que vous croyez.

— Ça, vous l'avez déjà dit. Ray était-il présent, oui ou non, le soir où Stewart Green a disparu ?

Megan réfléchit à la meilleure façon de formuler ce qu'elle allait dire.

— On s'était donné rendez-vous, mais Ray est arrivé en retard.

— En retard de combien ?

— Après que je me suis enfuie.

Broome fit la moue.

— Après que vous vous êtes enfuie ?

— Oui.

— Je ne comprends pas. Comment savez-vous ce qui est arrivé après votre départ ?

— Il me l'a dit.

— Ray ?

— Oui.

— Quand ça ?

— Hier soir.

— Vous plaisantez ?

Broome ne cachait pas son incrédulité.

— Mettons les choses au clair : Ray Levine vous a dit qu'il était venu au parc après que vous étiez tombée sur Stewart Green baignant dans son sang ?

— Oui.

Il haussa les épaules.

— Ma parole, que me faut-il de plus ? Autant le rayer de la liste tout de suite. À l'évidence, il est innocent.

— Très drôle.

— Il vous a raconté ça hier soir.

— Oui.

— Et vous l'avez cru ?

— Oui, mais...

Megan se demanda une fois de plus comment elle allait lui présenter les choses pour que Broome les comprenne.

— Vous voulez la vérité ?

— Non, pas du tout, maintenant que Harry est mort et que le sang de Carlton Flynn a coulé dans ce parc, ce que je veux, Megan, ce sont de nouveaux mensonges.

Elle s'efforça de se calmer. Son cœur battait la chamade, son esprit partait dans tous les sens.

— Je vous ai dit la vérité à propos de ce soir-là dans le parc. J'ai vu Stewart étendu près du gros rocher. J'ai cru qu'il était mort.

Broome hocha la tête.

— Et vous étiez censée retrouver Ray ?

— Oui.

— Mais vous ne l'avez pas vu ?

— C'est ça.

— Poursuivez.

Megan prit une grande inspiration.

— Eh bien, comme je vous l'ai dit, j'avais subi toutes sortes de violences de la part de Stewart.

— Ray était au courant ?

— Je pense que oui. Mais le problème n'est pas là.

— Il est où, le problème ?

— Stewart Green, c'était la pire des combinaisons : brute sadique et citoyen modèle. Voyons, s'il était juste un psychopathe lambda, seriez-vous encore en train de le rechercher après toutes ces années ? Rendriez-vous encore visite à sa femme le jour anniversaire de sa disparition ? Si un simple, je ne sais pas moi, ouvrier sans femme ni enfants avait disparu à sa place, la police s'en inquiéterait-elle tant que ça ?

Broome ne pouvait que lui donner raison. Cela expliquait pourquoi personne n'avait fait le lien avec le Mardi gras. L'ex-femme de Berman le haïssait. Wagman était toujours sur la route. Son objection était fondée, mais concernant le rôle possible de Ray Levine dans ces disparitions, elle était hors sujet.

— Nous autres flics, on sélectionne nos clients, dit Broome en croisant les bras. Tout le monde le sait. Et alors ?

— Il ne s'agit pas de ça.

— De quoi s'agit-il alors ?

— Quand j'ai vu Stewart Green gisant dans le parc, quand je l'ai cru mort, naturellement j'ai pensé que Ray pouvait y être pour quelque chose.

— Vous étiez amoureuse de Ray ?

— Peut-être.

— Pas de ça avec moi.

— OK, admettons que je l'ai été.

Broome se mit à arpenter la pièce.

— Vous n'avez donc pas pris la tangente seulement pour sauver votre peau, mais pour protéger l'homme que vous aimiez.

— Ça allait nous retomber dessus, c'était sûr et certain. Si j'étais restée, l'un de nous deux – ou les deux peut-être – aurait fini en prison. Comme Ricky Mannion.

Broome esquissa un sourire.

— Quoi ?

— Tout cela est très joli, Megan, à l'exception d'une chose. Vous avez cru que c'était Ray, pas vrai ? Il avait fait ça pour vous protéger, et quelque part vous étiez soulagée d'être débarrassée de ce salopard. Et puis, quand on y réfléchit deux minutes, Stewart Green l'avait bien cherché, non ?

Megan garda le silence.

— Ce soir-là donc, vous tombez sur Stewart Green. Vous pensez qu'il est mort. Vous êtes soulagée, mais, en même temps, vous soupçonnez votre petit ami, Ray Levine. Vous vous enfuyez pour éviter qu'il ne se fasse prendre.

Ne sachant que répondre, elle opta pour :

— Je ne dis pas le contraire.

— Et...

Broome leva la main.

— ... vous vous enfuyez pour ne pas rester avec Ray, car, à tort ou à raison, vous le considérez à ce moment-là comme un assassin. C'est ça aussi qui vous a poussée à fuir, non ?

Broome recula. Il avait clairement mis dans le mille. Pendant quelques instants, ils se turent tous les deux. Son portable bourdonna. C'était Goldberg qui le convoquait dans son bureau.

— Toutes ces années, reprit-il, vous avez cru que Ray avait tué Stewart Green.

— Je l'ai envisagé.

Il écarta les bras.

— Alors la grande question est : qu'est-ce qui vous a fait changer d'avis ?

— Deux choses.

— Je vous écoute.

— Tout d'abord...

Elle désigna la table.

— ... Ray vous a envoyé cette photo.

Broome balaya l'argument d'un geste.

— Pour jouer avec moi. Les tueurs en série aiment bien ce genre de blague.

— Non. S'il avait tué tous ces hommes, il aurait joué avec vous depuis des années. Vous ignoriez totalement que Carlton Flynn était allé dans le parc. Sans cette photo, vous n'en auriez rien su. Il l'a envoyée pour vous mettre sur la piste du véritable tueur.

— Façon de remplir son devoir de citoyen ?

— En partie, oui. Et aussi parce que, comme moi, il éprouve le besoin de savoir la vérité sur ce fameux soir. Pensez-y. Sans lui, vous en seriez encore à la case départ.

— Et dites-moi, je vous prie, comment se fait-il qu'il a pris cette photo ?

— Réfléchissez, encore une fois. Pourquoi cette année ? Pourquoi pas l'année dernière ou l'année d'avant ? Si Ray avait été le tueur, il vous aurait envoyé une nouvelle photo tous les ans, non ? À Mardi gras. Seulement, voyez-vous, la date mémorable, pour Ray, c'était le 18 février. La dernière fois où nous nous sommes vus. Avant de plonger dans ce cauchemar. Du coup, il retourne là-bas… à la date anniversaire, pas le Mardi gras. Il prend des photos. C'est sa manière de fonctionner. Il n'a pas les photos de vos autres victimes car il n'allait pas dans le parc le Mardi gras… sauf quand ce jour coïncidait avec le 18 février. Il ne peut avoir que les photos de Carlton Flynn.

Broome faillit s'esclaffer.

— C'est tiré par les cheveux, votre affaire !

Pourtant, malgré l'exagération, malgré les lacunes, il avait appris au fil du temps que la vérité a une odeur plus spécifique que le mensonge. Et il n'était pas obligé de se fonder sur l'intuition. Ray Levine aurait-il les photos de chaque 18 février ? Voilà qui pourrait corroborer cette histoire à dormir debout.

Mieux encore, si Ray avait photographié la victime, il y

avait une toute petite chance qu'il ait aussi photographié l'assassin.

— Vous avez dit qu'il y avait deux choses, observa-t-il.

— Comment ?

— Deux raisons qui vous ont fait changer d'avis concernant Ray Levine. Vous m'en avez fourni une. Quelle est la seconde ?

— C'est tout simple, répliqua Megan. Stewart Green n'est pas mort.

Le directeur adjoint de la police Samuel Goldberg avait envie de pleurer.

Il ne se souvenait même pas de la dernière fois où il avait pleuré, mais l'envie était là. Il était seul dans son bureau. Un bureau vitré où tout le monde pouvait le voir, à moins de baisser les stores, auquel cas tous les autres flics, une population déjà suspicieuse par nature, devenaient carrément paranos.

Fermant les yeux, Goldberg se frotta le visage. Il avait l'impression que le monde se refermait sur lui, prêt à le broyer comme dans la scène du compresseur de déchets dans *La Guerre des étoiles* ou ce vieil épisode de *Batman* où le mur hérissé de piques de Catwoman manque d'embrocher le Duo dynamique. Son divorce lui avait coûté bonbon. Les remboursements des prêts de sa maison et de celle de son ex frisaient l'absurde. Son aînée, Carrie, le genre de gamine que chacun rêve d'avoir pour fille, voulait devenir championne de tennis, et ça non plus n'était pas donné. Elle s'entraînait en Floride avec un coach mondialement connu, moyennant soixante mille dollars par an, pratiquement le salaire de Goldberg une fois qu'on avait retiré les impôts. Plus ses goûts de luxe en matière de femmes, ce qui n'était jamais bon pour le compte en banque.

Il devait donc faire preuve de créativité pour, au bout du compte, ne pas arriver à joindre les deux bouts. Comment ? Il vendait de l'information qui, la plupart du temps, ne changeait rien à rien. Du reste, le maintien de l'ordre non plus. On vire les Ritals, les Blacks prennent le relais. On vire les Blacks, on tombe sur les Mexicains, les Russes et ainsi de suite. Du coup, Goldberg jouait dans les deux camps. Ça ne faisait de mal à personne, hormis à ceux qui le méritaient. Crime contre crime, pour ainsi dire.

Quant à cette nouvelle situation – fournir des infos dans l'affaire Carlton Flynn –, cela semblait encore plus basique. Le père voulait retrouver son fils. C'était logique, non ? Il pensait que les flics disposaient de moyens limités et qu'il pouvait les aider. Goldberg en doutait, mais bon, pourquoi pas ? Au pire, le père aurait l'impression d'avoir fait tout ce qui était en son pouvoir. C'était compréhensible. Et au mieux, ma foi, les flics avaient leurs limites. Ils se devaient de respecter certaines règles, même les plus débiles. Quelqu'un d'extérieur n'était pas soumis aux mêmes contraintes. Alors, allez savoir, chacun y trouverait peut-être son compte.

Pendant ce temps, Goldberg, lui, palpait.

Gagnant-gagnant.

À l'époque de son mariage, sa femme, une de ces belles femmes qui veulent qu'on les prenne au sérieux, mais la seule raison qu'on a de les prendre au sérieux, c'est qu'elles sont belles, lui avait rebattu les oreilles avec tout un charabia yoga-zen-bouddhiste, le mettant en garde contre le danger de ses activités extraprofessionnelles. Elle parlait de mauvaises actions qui vous rongent l'âme, de pente savonneuse, de ses chakras qui allaient se colorer en rouge et tout le bazar. Jusqu'au jour où il avait rétorqué que, s'il l'écoutait, ils devraient déménager dans une maison plus petite, renoncer aux vacances d'été et dire adieu aux leçons de tennis de Carrie.

Mais il y avait peut-être un vieux fond de vérité dans ces histoires de pente savonneuse. Une strip-teaseuse se fait tabasser, la belle affaire. Ou pas. Car, à partir de là, il y a un effet boule de neige.

Et ça mène où ?

À Megan Pierce, épouse et mère de deux enfants, capable d'identifier en ce moment même les deux psychopathes de Del Flynn, voilà où ça mène. Il fallait la faire taire. C'est tout le problème quand on franchit la ligne jaune. On l'enjambe une seconde, la ligne se brouille, on ne sait plus où on en est, et tout de suite après on est censé aider deux dingues sortis d'un catalogue de prêt-à-porter à éliminer une femme.

Son téléphone portable sonna. C'était la cinglée de service.

— Elle est toujours dans vos locaux, monsieur le directeur adjoint ?

Sa voix pleine d'entrain lui fit penser à la capitaine sexy des pom-pom girls du temps où il était au lycée.

— Oui.

La jeune femme soupira.

— Je peux attendre.

Et là, Goldberg dit quelque chose qui le surprit lui-même :

— Ce ne sera pas nécessaire.

— Pardon ?

— Je suis en train de recueillir des renseignements sur elle, après quoi je passerai la main. Vous n'avez pas besoin de… euh, de discuter avec elle. Vous pouvez la laisser tranquille.

Il y eut un silence.

— Allô ? fit Goldberg.

— Ne vous inquiétez pas, je suis là, répondit-elle d'une voix chantante.

Où diable Flynn était-il allé chercher ces deux-là ? Il décida d'enfoncer le clou.

— D'autre part, ça chauffe pas mal ici.

— Ça chauffe ?

— On la surveille. Des collègues à moi. Vous n'avez aucune chance de la voir seule, ou alors pas plus d'une minute. Franchement, vous devriez me laisser faire.

Nouveau silence.

Goldberg se racla la gorge et essaya de lui faire changer de sujet.

— Pour votre gouverne, le sang du côté des ruines appartient à Carlton Flynn. Alors dans quelle autre direction travaillez-vous ? Je peux vous être utile ?

— Monsieur le directeur adjoint ?

— Oui ?

— Quand Megan Pierce va-t-elle sortir du poste ?

— Je ne sais pas. Je viens de vous dire…

— Elle a vu des choses, monsieur le directeur adjoint.

Il revit le cadavre de Harry Sutton, le pantalon du pauvre diable autour de ses chevilles, les traces de brûlures, les incisions, toutes les horreurs qu'on lui avait fait subir. Des gouttes de sueur perlèrent sur le front de Goldberg. Il n'avait pas signé pour cela. Une chose était de filer des tuyaux à un père angoissé. Mais ça ?

— Absolument pas.

La jeune femme répéta :

— Pardon ?

— Je viens de la quitter à l'instant.

Goldberg se rendit compte que son débit était trop précipité.

— Elle déclare avoir croisé un Noir sur la scène de crime, c'est tout.

Re-silence.

— Si vous le dites, monsieur le directeur adjoint.

— Ça veut dire quoi, ça ?

Mais elle avait déjà coupé la communication.

28

TOUT EN SE DIRIGEANT VERS LE BUREAU DU CHEF, Broome
pesa le pour et le contre et décida qu'il n'avait pas le choix.
Goldberg, qui était au téléphone, lui fit signe de s'asseoir.

Broome jeta un œil sur son visage, marqua une pause,
regarda de plus près. Déjà que Goldberg ne respirait pas la
santé, mais là, assis derrière son bureau encombré, il avait
l'air de quelque chose qui sortait d'une essoreuse. Quelque
chose qui avait préalablement séjourné dans les égouts.
Quelque chose de blême, de tremblant et qui avait peut-
être besoin d'une angioplastie.

Broome se posa sur une chaise. Il s'attendait à une
bonne engueulade, mais Goldberg semblait trop épuisé.
Il raccrocha et, le contemplant par-dessus les valises sous
ses yeux, valises qui, dans son cas, tenaient davantage
de malles-cabines, dit avec une douceur qui déconcerta
Broome :

— Expliquez-moi ce qui se passe.

Le ton de sa voix le prit au dépourvu. Broome ne l'avait
jamais entendu s'exprimer autrement qu'avec hargne et
acrimonie. Mais peu importait, de toute façon sa décision
était prise. Il ne pourrait pas avancer dans l'enquête sans
l'accord de son supérieur. Ils avaient maintenant assez d'éléments pour transmettre le dossier au FBI – depuis la veille,
en fait –, mais Broome ne tenait pas à précipiter les choses.
Il ne voulait pas passer pour un imbécile, si jamais il s'était

trompé. Et il ne voulait pas être dessaisi de l'enquête, au cas où il aurait vu juste.

Il commença par le meurtre de Ross Gunther, puis enchaîna sur les disparus du Mardi gras – Erin avait exhumé quatorze cas de disparition en dix-sept ans –, avant d'en arriver à Carlton Flynn. Il conclut en disant que la mort de Harry Sutton était certainement liée à l'affaire, même s'il ne voyait pas encore de quelle manière.

— Toutefois, notre témoin nous a fourni un bon signalement des deux personnes rencontrées dans l'immeuble de Harry au moment de sa mort. On aura bientôt les portraits-robots.

Émergeant de sa prostration, Goldberg demanda :

— Votre témoin, c'est la femme que j'ai vue en bas ?

— Oui.

— Et pour quelle raison la cachez-vous… ?

— C'est la Cassie dont je vous ai parlé. Celle qui s'est manifestée hier.

— L'ex de Stewart Green ?

— Plutôt la fille qu'il persécutait à l'époque. Enfin. Aujourd'hui, elle a une nouvelle identité, un mari, des enfants et tout le bataclan, et elle m'a demandé de la protéger. Je lui ai donné ma parole.

Goldberg n'insista pas. S'emparant d'un trombone, il entreprit de le tordre dans tous les sens.

— Il y a un truc qui n'est pas clair, fit-il. Chaque Mardi gras, un type disparaîtrait ?

— C'est exact.

— Et on n'a pas retrouvé les corps ?

— Pas un seul, répondit Broome. Sauf si on compte Ross Gunther.

Goldberg tritura le trombone jusqu'à ce qu'il se casse. Puis il en prit un autre.

— Ce Gunther, donc, se fait trucider dans le parc il y a dix-huit ans le jour de Mardi gras. Et l'autre… c'est quoi, son nom ?

256

— Ricky Mannion.

— Mannion, exact. Il tombe pour le meurtre. Ce ne sont pas les preuves qui manquent. Mais il continue à clamer son innocence. L'année d'après, Stewart Green disparaît le soir du Mardi gras. On l'ignore à l'époque, mais il se trouvait dans le même coin isolé du parc et il était en sang ?

— C'est juste.

— Mais quelqu'un l'a revu récemment ?

— C'est une possibilité, oui.

Goldberg secoua la tête.

— Faisons un saut dans le temps. Dix-sept ans après, un autre homme, Carlton Flynn, disparaît le Mardi gras… et les analyses préliminaires nous apprennent que lui aussi a perdu du sang au même endroit ?

— Oui.

— Alors pourquoi ça ne m'arrive aux oreilles que maintenant ?

Goldberg leva la main avant même que Broome n'ouvre la bouche.

— Laissez tomber, on n'a pas le temps.

Il tambourina sur le bureau.

— Trois hommes en sang au même endroit. Il faudrait y envoyer à nouveau les gars du labo. Qu'ils passent toute la zone au peigne fin, des fois qu'on découvre d'autres échantillons de sang. Si… je ne sais pas, c'est tellement fou, cette histoire… si jamais d'autres disparus du Mardi gras ont été dépecés là-bas, on retrouvera peut-être d'anciennes traces de sang.

Bonne idée, approuva Broome en lui-même.

— Qu'est-ce qu'il vous faut d'autre ? demanda Goldberg.

— Un mandat de perquisition pour l'appartement de Ray Levine.

— Je m'en occupe. Vous voulez qu'on lance un avis de recherche ?

— Je préfère pas. On n'a pas encore assez d'éléments pour l'arrêter, et je ne veux pas lui faire peur.

— C'est quoi, votre plan ?

— Je vais essayer de lui mettre la main dessus. Je veux lui parler seul à seul avant qu'il envisage de prendre un avocat.

On frappa à la porte. Mason entra.

— J'ai le portrait vieilli de Stewart Green.

Il en remit un exemplaire à Goldberg, un autre à Broome. Comme convenu, c'était Stewart Green dix-sept ans après sa disparition, le crâne rasé et le bouc en plus.

— Vous avez terminé les portraits-robots pour l'affaire Harry Sutton ? demanda Goldberg.

— Presque.

— Parfait. Apportez-les-moi.

Il se tourna vers Broome.

— Tâchez de retrouver Ray Levine. Moi, je me charge de faire diffuser ces portraits.

Ken trouva une table tranquille tout au fond du *Crème* ; d'ici, on voyait mal les danseuses, mais parfaitement bien la barmaid, une femme entre deux âges qui avait attiré le lieutenant Broome dans cet antre du vice.

Ken avait réussi à surprendre des bribes de conversation entre Broome et la barmaid qu'il appelait Lorraine. Visiblement, elle savait beaucoup de choses. Visiblement, ça la mettait dans tous ses états. Et, toujours aussi visiblement, elle n'avait pas tout dit.

Ken était heureux, ivre de joie presque, à la perspective de son prochain mariage. Il cherchait la meilleure façon de formuler sa demande. Cette mission était bien payée ; avec l'argent, il lui achèterait le plus gros diamant qu'il pourrait dénicher. Mais la grande question était : comment formuler sa demande ? Il ne voulait pas que ça soit ringard, comme ces demandes en mariage sur les gradins d'un stade. Il voulait quelque chose de grandiose et de simple en même temps, de profond et d'original.

Elle était si merveilleuse, si extraordinaire, surtout comparée à ce qu'il voyait dans ce prétendu club privé. Ici, les femmes étaient toutes grotesques. Il ne comprenait même pas qu'on puisse les désirer. Elles lui semblaient malpropres, souffreteuses et artificielles. Et si les hommes venaient là pour d'autres motifs que le sexe, un peu comme on vient voir les monstres de foire ?

Ken se demandait à quelle heure la barmaid finissait son travail. Peut-être qu'il pourrait la choper pendant sa pause, ou alors il attendrait la fin de son service. S'il y parvenait, il la ligoterait et appellerait son amoureuse pour qu'elle le rejoigne. Elle adorait prendre les choses en main quand ils avaient affaire à une femme.

Son portable se mit à vibrer. C'était l'amour de sa vie. Il songea à son visage, son corps, sa fraîcheur et se dit qu'il avait une chance inouïe.

Il prit la communication et dit :

— Je t'aime.

— Moi aussi je t'aime. Mais je me fais du souci.

— Ah bon ?

Elle lui rapporta sa conversation avec Goldberg.

— Qu'en penses-tu ? demanda-t-il.

— Je pense que notre ami le directeur adjoint nous ment.

— Je suis de ton avis.

— Tu crois que je devrais m'en occuper ?

— Je ne vois pas d'autre solution.

Megan en avait fini avec les portraits-robots. Elle avait hâte de rentrer chez elle et de parler à Dave pour dissiper tout malentendu. Quand Broome revint dans la pièce, il proposa :

— Voulez-vous que je vous fasse raccompagner ?

— Je préfère louer une voiture et rentrer seule.

— On peut vous prêter une voiture de service et venir la récupérer demain matin.

— Volontiers, merci.

Broome traversa la pièce.

— Vous vous doutez bien que je dois interroger Ray Levine.

— Oui. Seulement gardez l'esprit ouvert, OK ?

— Plus ouvert que moi tu meurs. Vous savez où je peux le trouver ?

— Vous êtes allé chez lui ?

— J'ai demandé à une voiture de patrouille d'y passer. Il n'est pas là-bas.

Megan haussa les épaules.

— Je ne vois pas.

— Comment l'avez-vous retrouvé hier soir ? demanda Broome.

— C'est une longue histoire.

Broome fronça les sourcils.

— Par l'intermédiaire de son patron. Un dénommé Fester.

— Attendez, je le connais. Un grand costaud avec la boule à zéro ?

— Oui.

— Il dirige une pseudo-agence de paparazzi, un truc comme ça.

Broome s'assit devant l'ordinateur et se mit à taper. Il trouva le numéro de téléphone de Star d'un Jour dans Arctic Avenue, parla à la réceptionniste et on lui passa Fester. Il se présenta en tant qu'officier de police et dit qu'il avait besoin de s'entretenir avec Ray Levine.

— Je ne sais pas exactement où il est, répondit Fester.

— Il n'a rien à craindre.

— Hmm. Ne dites rien. Il a gagné une grosse somme d'argent et vous êtes chargé de veiller à ce qu'elle lui parvienne en mains propres.

— Je voudrais juste lui parler. Il a peut-être été témoin d'un crime.

Il y avait du bruit autour de Fester qui intima le silence à quelqu'un.

— Vous savez quoi, je vais l'appeler sur son portable.

— Vous savez quoi, repartit Broome, vous allez me donner son numéro et je l'appellerai directement.

Il y eut un silence à l'autre bout.

— Écoutez, Fester ou quel que soit votre petit nom, je vous déconseille de vous mêler de ça. Donnez-moi son numéro. Ne le prévenez pas. Croyez-moi, ça va mal finir si vous y mettez votre grain de sel.

— Je n'aime pas les menaces.

— Tant pis, il faudra faire avec. C'est quoi, le numéro de Ray ?

Fester plastronna encore pendant une minute ou deux avant de capituler. Broome nota le numéro, lui recommanda fortement de ne pas faire l'idiot et raccrocha.

Dave n'arrivait pas à réfléchir clairement.

Il quitta la table de négociation et regagna son bureau.

— Vous n'avez besoin de rien, monsieur Pierce ? s'enquit sa jeune associée.

Fraîche émoulue de la fac de droit de Stanford, elle était ravissante, vive et enjouée… restait à savoir au bout de combien de temps la vie aurait raison d'elle. Car ce genre d'enthousiasme ne pouvait pas durer.

— Non, merci, Sharon. Vous finirez de boucler le dossier, OK ?

C'est étonnant jusqu'où peut aller la capacité de dissimulation. Personne – ni ses clients ni l'avocat de la partie adverse – ne se doutait que cet homme qui recueillait les dépositions, prenait des notes et dispensait des conseils était complètement anéanti par les mensonges de sa femme. Pas la moindre fissure dans la façade. Dave se demandait maintenant si tout le monde faisait pareil, si les autres négociateurs portaient tous un masque et cachaient leur souffrance avec autant de brio que lui.

Il relut le texto paniqué de sa femme. Elle voulait s'expliquer. La veille, il était prêt à passer l'éponge. Il l'aimait. Il avait confiance en elle. Personne n'est parfait. Mais le matin venu, et malgré les instants de fusion nocturne, il avait senti sa résolution vaciller.

À présent, il ne savait plus où il en était.

Momentanément tenté de rappeler Megan pour entendre ses explications, Dave décida de la laisser mariner encore un peu. Car, quelles qu'en soient ses raisons, elle lui avait menti.

Il jeta un coup d'œil sur l'écran de l'ordinateur. Megan voudrait forcément savoir comment il avait su qu'elle s'était rendue à Atlantic City. Il n'avait pas très envie de le lui dire. Si, la veille, il n'avait pas été très fier de la pister *via* le GPS de son portable, soudain l'idée de pouvoir la localiser à tout moment lui parut séduisante. Voilà ce qui arrivait quand on franchissait la ligne. Et quand on perdait confiance.

Il cliqua sur le lien d'accès à son GPS et attendit que la carte se télécharge. Il n'en croyait pas ses yeux. Megan n'était pas à la maison en train de pleurer ou de ruminer.

Elle était retournée à Atlantic City.

Mais que diable… ?

Il sortit son smartphone pour s'assurer qu'il pouvait afficher la carte du GPS. Parfait. Si Megan se déplaçait, il serait en mesure de la suivre à la trace.

Il serait temps qu'il aille voir par lui-même ce qu'elle manigançait.

Dave attrapa ses clés, se leva, appuya sur la touche du téléphone interne.

— Sharon ?

— Oui, monsieur Pierce ?

— Je ne me sens pas bien. Soyez gentille d'annuler tous mes rendez-vous de la journée.

Pendant que Broome notait le numéro du portable de Ray, Megan faisait les cent pas dans la pièce. Elle n'avait pas demandé son numéro à Ray – volontairement –, mais, en passant, elle jeta un œil par-dessus l'épaule de Broome et le mémorisa. Elle hésitait à appeler Ray pour le prévenir, mais une petite voix lui souffla de ne pas s'en mêler.

L'enquête devait suivre son cours.

Elle ne croyait pas un instant que Ray soit coupable de... de quoi, d'ailleurs ? Agression ? Enlèvement ? Disparition ? Homicide ? Elle l'avait défendu de son mieux auprès de Broome, mais quelque chose la troublait. Toute cette histoire – Stewart Green, Carlton Flynn, les disparus du Mardi gras – lui semblait très improbable, mais elle n'arrivait pas à se défaire de l'impression que Ray ne lui avait pas tout dit.

Il s'était passé autre chose, et cette autre chose l'avait broyé. D'accord, ils avaient été amoureux, d'accord, elle s'était enfuie. Mais Ray était surtout et avant tout photojournaliste. Quelqu'un d'indépendant, de sarcastique, d'intelligent. Une rupture sentimentale n'aurait pas suffi à le mettre dans cet état.

Son portable sonna. C'était sa belle-mère qui appelait depuis sa maison de retraite.

— Agnes ?

Elle entendit la vieille femme pleurer.

— Agnes ?

— Il est revenu la nuit dernière, Megan, balbutia sa belle-mère à travers ses larmes.

Megan ferma les yeux.

— Il a essayé de me tuer.

— Vous vous sentez bien ?

— Non.

On aurait dit une enfant effrayée. Il est évident qu'on ne vieillit pas en ligne droite. On vieillit en spirale, une spirale qui nous ramène à l'enfance, mais pas dans le bon sens du terme.

— Il faut que tu me sortes de là, Megan.

— Je n'ai pas trop le temps...

— S'il te plaît. Il avait un couteau. Un énorme couteau. Comme celui que tu as dans ta cuisine, tu sais, celui que je t'ai offert pour Noël. Le même genre. Regarde dans ta cuisine, si le couteau y est toujours. Oh, mon Dieu, je ne resterai pas ici une nuit de plus...

Megan ne savait que dire. Une autre voix résonna dans l'appareil :

— Bonjour, madame Pierce, ici Missy Malek.

La directrice de la maison de retraite.

— Je vous en prie, appelez-moi Megan.

— Oui, vous me l'avez déjà dit, pardon.

— Que se passe-t-il ?

— Vous n'ignorez pas, Megan, que ce comportement n'est pas nouveau pour votre belle-mère.

— Ça a l'air d'empirer.

— Cette maladie ne s'arrange pas avec le temps. Agnes deviendra de plus en plus agitée, mais on a les moyens d'y remédier. Nous en avons déjà parlé, n'est-ce pas ?

— Tout à fait.

Malek voulait transférer Agnes au troisième étage, de l'« habitat autonome » à la « section réminiscence » réservée aux patients atteints d'Alzheimer aggravé. Elle voulait aussi l'autorisation de recourir à des doses plus fortes de tranquillisants.

— J'ai déjà vu ce genre de choses, déclara-t-elle, mais pas à ce degré-là.

— N'y aurait-il pas un fond de réalité là-dessous ?

— Pardon ?

— Dans ce que prétend Agnes. Elle a encore de nombreux moments de lucidité. Il y a peut-être un fond de réalité là-dessous, non ?

— Un homme qui fait irruption dans sa chambre avec votre couteau de cuisine et menace de la tuer ? C'est bien à ça que vous me demandez de croire ?

Megan hésita.

— Si ça se trouve, quelqu'un parmi le personnel lui fait des blagues, ou elle a mal interprété un geste...

— Megan ?

— Oui ?

— Personne ne lui fait de blagues. C'est le drame de cette maladie. On comprend mieux quand c'est un problème physique : perte d'un membre, besoin d'une greffe, n'importe. Là, c'est pareil. Ce n'est pas sa faute. C'est une question de déséquilibre chimique dans son cerveau. Et malheureusement, comme je l'ai souligné à plusieurs reprises, ça n'ira pas en s'améliorant. C'est pourquoi vous et votre mari devez réexaminer sérieusement le mode d'hébergement d'Agnes.

Le téléphone pesa soudain très lourd dans la main de Megan.

— Laissez-moi lui parler, s'il vous plaît.

— Bien sûr.

Quelques secondes plus tard, elle entendit de nouveau la voix affolée de sa belle-mère.

— Megan ?

— J'arrive, Agnes… et je vous ramène à la maison. Ne bougez pas, OK ?

29

QUAND ON DÉBARQUE POUR LA PREMIÈRE FOIS sur la promenade d'Atlantic City, on est frappé par la banalité criante, quoique animée, du lieu. Jeux d'arcade, vendeurs de hot-dogs, de pizzas, agents immobiliers, minigolf, boutiques de T-shirts suggestifs, de souvenirs, le tout niché parmi les hôtels-casinos géants, le musée de curiosités Ripley (avec un étui pénien de la Nouvelle-Guinée utilisé, d'après l'écriteau, comme « décoration et protection contre les piqûres d'insectes », et surtout comme un formidable sujet de conversation) et les nouveaux centres commerciaux branchés. Bref, la promenade d'Atlantic City est exactement ce qu'on attend et probablement ce qu'on recherche : cent pour cent carton-pâte.

Mais ici ou là, la promenade réserve des surprises. Si vous avez joué au Monopoly, vous connaissez la topographie. Dans un recoin, à l'intersection avec Park Place, et la façade tape-à-l'œil du Bally's façon Far West en toile de fond, se dresse le mémorial de la guerre de Corée qui fait oublier le kitsch et incite à la réflexion.

Broome repéra Ray Levine à côté de la figure dominante du monument, la statue haute de plus de trois mètres du *Soldat en deuil,* œuvre de Thomas Jay Warren et J. Tom Carrillo. Le soldat a les manches retroussées et tient son casque à la main, mais ce qui impressionne le plus, c'est le visage en bronze, un visage empreint de tristesse, les yeux rivés sur les nombreuses plaques d'identité militaires dans sa main gauche. Derrière lui, un groupe de soldats harassés semble surgir d'une muraille d'eau, l'un d'eux portant un camarade blessé ou peut-être mort. À côté, sous une flamme éternelle, sont gravés les noms des huit cent vingt-deux habitants du New Jersey tués ou portés disparus.

Normalement, la regarder devrait inciter au recueillement et à la méditation, mais ici, dans le vacarme et la cohue d'Atlantic City, elle provoque carrément un choc.

Pendant quelques instants, les deux hommes – Broome et Ray Levine – contemplèrent en silence les plaques d'identité serrées dans la main du soldat.

Broome se rapprocha légèrement de Ray. Ce dernier sentit sa présence, mais ne se retourna pas.

— Vous venez souvent ici ? demanda Broome.

— Ça m'arrive, répondit Ray.

— Moi aussi. Quelque part, ça vous remet les idées en place.

Les touristes déambulaient tout près, scrutant les enseignes des casinos en quête d'un jackpot et d'un buffet bon marché. La plupart ne voyaient même pas le mémorial, ou alors ils s'empressaient de regarder ailleurs, comme s'il s'agissait d'un sans-abri en train de faire la manche. Broome comprenait. Ils étaient venus pour autre chose. Les gars sur le mur, qui avaient combattu ou donné leur vie pour cette liberté-là, auraient sans doute compris aussi.

— Il paraît que vous étiez en Irak au moment de la première guerre, fit Broome.

Ray fronça les sourcils.

— Pas en tant que soldat.

— Comme photojournaliste, hein ? Un métier dangereux. J'ai entendu dire que vous vous êtes pris un éclat d'obus dans la jambe.

— Ce n'est pas bien grave.

— C'est ce que disent tous les braves.

267

Broome remarqua le sac à dos et l'appareil dans la main de Ray.

— Vous prenez des photos ici ?

— Je l'ai fait avant.

— Et plus maintenant ?

— Non. Plus maintenant.

— Pourquoi ?

Ray haussa les épaules.

— La pierre et le bronze, ça ne change pas beaucoup.

— Contrairement, dit Broome, à la nature, par exemple. Ou à la végétation qui pousse dans les ruines. C'est mieux pour faire des photos, pas vrai ?

Ray pivota et lui fit face. Broome nota qu'il ne s'était pas rasé. Ses yeux vitreux étaient injectés de sang. Megan lui avait raconté leurs retrouvailles, après dix-sept ans de séparation. Manifestement, Ray Levine avait arrosé l'événement, chose qui, d'après ceux qui le connaissaient, lui arrivait assez régulièrement.

— Je suppose, lieutenant Broome, que vous ne m'avez pas appelé pour avoir mon avis sur l'art de la photographie.

— Peut-être bien que si.

Broome lui tendit la photo anonyme de Carlton Flynn prise dans le parc.

— Que pouvez-vous me dire à propos de ceci ?

Ray jeta à peine un regard.

— Un travail d'amateur.

Il rendit la photo à Broome.

— Ah, Ray, on a tous tendance à se juger sévèrement.

Ray ne dit rien.

— Nous savons tous deux que c'est vous qui avez pris cette photo. Ne vous fatiguez pas à nier. Je sais que c'est vous. Je sais que vous étiez là-bas, du côté des ruines, le jour où Carlton Flynn a disparu. Et je sais aussi que vous y étiez, il y a dix-sept ans, au moment de la disparition de Stewart Green.

Ray secoua la tête.

— Ce n'était pas moi.

— Mais si, Ray, c'était vous. Megan m'a tout dit.

Il fronça les sourcils.

— Megan ?

— Oui, c'est comme ça qu'elle s'appelle aujourd'hui. Vous l'avez connue en tant que Cassie. Elle est mariée, vous êtes au courant ? Et elle a deux gosses.

Ray ne répondit pas.

— Elle ne voulait pas vous balancer, si vous tenez à le savoir. Elle jure que vous êtes innocent. Que vous auriez envoyé cette photo pour nous aider.

Broome inclina la tête.

— C'est vrai, Ray ? Vous souhaitez nous aider à découvrir la vérité ?

Ray s'éloigna de la statue et se dirigea vers l'eau qui dansait dans la fontaine de lumière. Par moments, la fontaine quasi centenaire jaillissait très haut, mais, en cet instant, l'eau était à peine visible, bouillonnant à cinq centimètres au-dessus du sol.

— Il y a deux solutions, dit-il. La première, je prends un avocat et je ne moufte pas.

— C'est votre droit.

— La seconde, je coopère avec vous en espérant que ça marche.

— J'avoue que je préfère celle-ci, acquiesça Broome.

— La seconde option convient bien à des types comme moi qui trouvent toujours un moyen pour se fourrer dans le pétrin, mais comme nous sommes à Atlantic City, je vais jouer mon va-tout. Oui, c'est moi qui ai pris cette photo. Je me rends dans le parc une fois par an et je prends des photos. C'est comme ça.

— Sacrée coïncidence.

— Quoi donc ?

— Que vous soyez là le jour où Carlton Flynn se fait enlever.

— J'y étais le 18 février. J'y vais tous les 18 février, sauf quand j'ai séjourné quelque temps dans l'Ouest.

— Qu'y a-t-il de particulier le 18 février ?

Ray fronça les sourcils.

— Qui est-ce qui joue la comédie, maintenant ? Vous avez parlé à Cassie, donc vous êtes au courant.

Il n'avait pas tort.

— C'est comme une sorte de pèlerinage ?

— Oui, un peu. Je m'assieds, je prends des photos, je médite.

— Vous méditez ?

— Ouaip.

— Tout ça parce que votre copine vous a planté là-bas ?

Ray garda le silence.

— Pardonnez-moi, Ray, mais vous parlez comme quelqu'un qui n'a rien dans son froc. Votre petite amie vous a quitté, et alors ? Prenez-vous en main et allez de l'avant. Au lieu de ça, vous retournez là où elle vous a jeté comme un malpropre pour prendre des photos ?

— Elle ne m'a pas jeté.

— Non ? Megan attendait donc simplement, sous un faux nom, avec un riche mari et deux gosses, que votre carrière de paparazzi bidon décolle ?

Cela le fit sourire.

— C'est assez pathétique, comme tableau.

— Et ?

— Eh bien, je suis pathétique, répondit Ray avec un haussement d'épaules. J'ai entendu pire. Que puis-je faire d'autre pour vous, lieutenant ?

— Revenons dix-sept ans en arrière, à cette soirée près des ruines.

— OK.

— Racontez-moi ce qui s'est passé.

— J'avais rendez-vous avec Cassie, récita Ray d'une voix monocorde. Et je suis tombé sur Stewart, allongé par terre. J'ai cru qu'il était mort, du coup j'ai filé.

— C'est tout ?

— Ben oui.

— Vous n'avez pas appelé une ambulance, vous ne lui avez même pas porté secours ?

— Ben non.

— Vous êtes un altruiste, Ray !

— Cassie ne vous a pas expliqué comment il était, Stewart Green ?

— Si.

— Alors c'est clair, non ? En le voyant, j'ai failli exécuter la danse des Sioux.

Ray leva la main.

— Oui, je sais que ça me fait un mobile d'enfer, mais je ne l'ai pas tué.

— Vous êtes sûr qu'il était mort ?

Ray se tourna vers lui.

— Je ne suis pas allé tâter son pouls, si c'est ce que vous me demandez.

— Donc, vous n'en êtes pas sûr.

Ray parut réfléchir.

— Il y a autre chose qui pourrait vous intéresser. À propos du 18 février de cette année.

— Je vous écoute.

— J'ai travaillé ce soir-là. Après avoir pris des photos dans le parc.

— Travaillé ?

— Oui, à une bar-mitsvah, comme soi-disant paparazzi.

Broome secoua la tête.

— Prestigieux métier.

— Vous n'avez pas idée. Bref, en sortant de cette bar-mitsvah, je me suis fait agresser. On m'a volé mon appareil.

— Vous êtes allé porter plainte ?

— Mais oui, bien sûr, comme si j'avais une soirée à perdre. Il ne s'agit pas de ça. Au début, j'ai cru à une simple agression, puis je me suis demandé pourquoi le type

271

avait pris mon appareil, mais ne s'était pas intéressé à mon portefeuille.

— Peut-être qu'il n'a pas eu le temps.

— Peut-être. Mais en rentrant chez moi, j'ai vu Carlton Flynn à la télé. C'est là que je me suis rendu compte que j'avais une photo de lui. En fait, les photos étaient toujours dans mon appareil, mais j'ai une connexion wi-fi qui les télécharge automatiquement sur mon ordinateur personnel toutes les dix minutes. Ça, l'agresseur ne le savait pas.

Broome commençait à comprendre.

— D'après vous, il voulait cette photo ?

— C'est possible.

— Donc, vous me l'avez expédiée anonymement.

— Je voulais vous aider, mais sans donner mon nom pour des raisons évidentes. Comme vous dites, ma présence sur les lieux au moment des deux disparitions était déjà suspecte en soi. Je vois bien à votre tête qu'elle l'est toujours. C'est pour ça.

— Vous avez pu voir le type qui vous a attaqué ?

— Non.

— Taille, poids, blanc, noir, tatouages… rien ?

— Rien. J'ai pris un coup de batte de base-ball. Je suis tombé. Enfin, j'ai essayé de me cramponner à mon appareil, mais je n'en sais pas plus, désolé.

Ray lui raconta leur lutte, puis la fuite de l'agresseur.

— Vous aviez bu ?

— Quoi ? Non.

— Car vous buvez pas mal ?

— Je suis majeur. C'est quoi, le problème ?

— Il paraît que vous êtes sujet à des pertes de connaissance. C'est vrai ?

Ray ne se donna pas la peine de répondre. Broome fouilla dans sa poche et sortit la photo vieillie de Stewart Green avec bouc et crâne rasé.

— Ça ne pourrait pas être lui ?

Les yeux injectés de sang s'agrandirent. On avait

l'impression que Ray venait de recevoir un nouveau coup de batte.

— Qui c'est, celui-là ?

— Vous le reconnaissez, oui ou non ?

— Je... Non. Enfin, je veux dire... ce n'est pas le type qui m'a agressé.

— Je croyais que vous n'aviez pas vu votre agresseur.

— Ne faites pas l'idiot, Broome. Vous m'avez compris.

Broome brandit la photo, la fourrant presque sous le nez de Ray.

— Vous l'avez déjà vu, ce gars-là ?

— Non.

— Alors pourquoi vous faites cette tête ?

— Je ne sais pas. Qui est-ce ?

— Ce n'est pas votre problème.

— Arrêtez vos conneries, Broome. Qui est-ce ?

— Un suspect. Ou vous le connaissez, ou vous ne le connaissez pas.

— Je ne le connais pas.

— Sûr ?

— Oui.

— Cool.

Broome rangea la photo, ne sachant que penser de la réaction de Ray. Avait-il vu Stewart Green ? Broome y reviendrait plus tard. Pour le moment, il valait mieux changer de cap, histoire de bousculer un peu Ray.

— Tout à l'heure, vous avez déclaré que vous vous rendiez dans les ruines de l'ancienne fonderie tous les 18 février.

— Non, j'ai dit presque tous.

— OK, oublions les années où vous habitiez ailleurs. Vous avez des preuves ?

— Que je me trouvais là-bas le 18 février de chaque année ?

— Oui.

— Pour quoi faire ?

— Soyez gentil, répondez.

— Vous enquêtez sur des meurtres et des disparitions. Je n'ai pas spécialement envie d'être gentil avec vous.

— Qui a parlé de meurtres ?

Ray soupira.

— Dites donc, vous vous êtes fait offrir un coffret collector de *Columbo* ? Vous croyez que je ne sais pas que Cassie… ou comment l'avez-vous appelée ? Megan ? Vous croyez que je ne sais pas qu'elle est allée voir Harry Sutton ? Il a bien été assassiné, non ? C'est dans tous les journaux.

— D'accord. On va jouer cartes sur table. Pouvez-vous prouver que vous avez pris des photos dans le parc…

Broome esquissa des guillemets avec ses doigts.

— … « presque » tous les 18 février ?

Ray réfléchit.

— En fait, oui.

— Comment ?

— Mes photos sont datées.

— Et on ne peut pas trafiquer les dates ?

— Franchement, je ne sais pas. Demandez à vos experts. Vous pouvez aussi consulter la météo pour voir s'il pleuvait ou neigeait ou quoi ce jour-là. Mais je ne comprends toujours pas. Qu'importe le jour où j'y étais ?

Facile, même si Broome n'avait pas l'intention de lui répondre. Si Ray Levine pouvait prouver qu'il se rendait dans le parc les 18 février – et pas les Mardis gras –, cela confirmerait sa version des faits.

Le dénouement était proche. Il le sentait. Après dix-sept ans de traque, de recherches, d'obstination, il était à deux doigts de clore l'enquête. Chose étrange, tous les 18 février – enfin, « presque » tous –, Ray Levine allait méditer dans le parc sur un certain incident. Le même jour, Broome allait rendre visite à Sarah Green pour méditer lui aussi sur l'incident en question. Sauf que « méditer » n'était pas le mot juste. Depuis le départ, Broome était littéralement hanté par l'affaire Stewart Green. Alors que tous ses collègues l'avaient classée comme une banale histoire de fesses, un type minable qui met les voiles avec une strip-teaseuse, Broome s'était acharné avec une hargne qui l'étonnait lui-même. Bien sûr, le fait de connaître la famille de Stewart y était pour quelque chose, mais même à cette époque-là, il reconnaissait que Sarah vivait dans l'illusion, que tout n'irait pas pour le mieux dans cette maison triste et solitaire le jour où son cher époux lui serait rendu sain et sauf.

À dire vrai, dès le début, Broome pensait que la disparition de Stewart Green n'était pas ce qu'elle semblait être, mais quelque chose de beaucoup plus sombre, d'indicible, dépassant l'entendement. Aujourd'hui, il en était sûr.

— On a fini, lieutenant ?

Broome consulta son téléphone portable. Goldberg allait l'avertir par texto dès qu'il aurait le mandat. D'ici là, il ne voulait pas que Ray rentre chez lui, de peur qu'il ne dissimule ou ne détruise des pièces à conviction.

— La photo que vous m'avez envoyée, ce n'est pas la seule que vous ayez prise ce jour-là, hein ?

— Bien sûr que non.

— Où sont les autres ?

— Sur mon disque dur à la maison, mais je les stocke sur un nuage.

— Un nuage ?

— Ça s'appelle comme ça. C'est un moyen de sauvegarde. Comme un disque dans le ciel. On s'envoie des mails à soi-même, en quelque sorte. Je peux y accéder depuis n'importe quel ordinateur, il suffit d'avoir les codes.

Étonnant, songeait Broome.

— J'ai un portable dans la voiture, répondit-il tout haut. Ça ne vous ennuie pas ?

— Quoi, maintenant ?

— Ça nous rendrait bien service. Je suis garé juste là, au coin.

Broome avait laissé sa voiture dans South Michigan Avenue, à côté du *Caesars*. Le temps que l'ordinateur se mette en route, Ray expliqua :

— Je vous ai envoyé la dernière photo que j'avais prise. Juste après, j'ai entendu venir quelqu'un, du coup je suis parti.

— C'est donc la seule photo de Carlton Flynn ?

— Oui.

— Il n'y a personne d'autre sur les autres photos ?

— Non. J'avais le parc pour moi tout seul.

L'ordinateur s'alluma. Broome le tendit à Ray. Le soleil éclatant se reflétant sur l'écran, ils se réfugièrent dans la voiture. Broome observait les gens qui sortaient des casinos. Ils avaient tous la même réaction : ils trébuchaient, se protégeaient les yeux de la main, cillaient à qui mieux mieux.

— Avez-vous croisé quelqu'un en redescendant ? demanda-t-il.

— Non, désolé.

Ray se connecta à Internet, alla sur un site Mac, tapa l'identifiant et le mot de passe, cliqua sur quelques fichiers, puis rendit l'ordinateur à Broome. Les photos étaient au nombre de quatre-vingt-sept. Il commença par la dernière. D'entrée de jeu, Broome fut frappé par l'impression de mélancolie qui se dégageait du paysage. Normalement, ce genre de vue vous inspire l'envie d'aller respirer un grand bol d'air. Mais ces images-là étaient dépouillées, déprimantes... clairement au diapason de l'humeur de leur auteur.

Broome continua à faire défiler les photos. Curieusement, une phrase stupide de la chanson *A Horse With No Name* lui revint à l'esprit : « Il y avait des plantes, des oiseaux, des rochers et des choses. » Voilà qui résumait bien la situation. Qu'espérait-il découvrir, au juste ? Des indices. Mais il ne vit que les photos muettes, artistiques et émouvantes à la fois, du lieu où un homme avait laissé son cœur, et d'autres... toujours la même question, qu'y avaient-ils laissé, eux ?

— Vous êtes doué, dit Broome.

Ray ne répondit pas.

C'était comme un mauvais pressentiment. L'impact

cumulé du travail de Ray commençait à lui peser. Il avait presque terminé quand quelque chose accrocha son regard.

— On peut zoomer ?

— Bien sûr. Touches commande et plus.

C'était l'une des premières photos que Ray avait prises ce jour-là. Le cadrage était différent, et ceci expliquait peut-être cela. Il y avait les arbres, bien sûr, le gros rocher et la cheminée de l'ancien four, mais Broome crut entrevoir autre chose derrière les ruines de la cheminée. Il cliqua, zoomant de plus en plus. Par chance, la résolution était excellente.

Il sentit son cœur lui monter à la gorge.

Ray regarda par-dessus son épaule.

— Qu'est-ce que c'est ?

Broome agrandit encore l'image. Quelque chose dépassait de la cheminée. C'était vert, métallique, avec une poignée en caoutchouc. On n'en distinguait qu'une douzaine de centimètres, mais c'était suffisant. Il avait passé l'été après le lycée à travailler dans une boîte de déménageurs, si bien que, en voyant la poignée, il avait tout de suite compris ce que c'était.

— C'est un diable, dit-il. Quelqu'un a caché un diable près du lieu où ces gars ont disparu.

30

MEGAN PRIT LA ROUTE POUR SE RENDRE chez sa belle-mère.

Elle n'arrêtait pas de penser au pauvre Harry Sutton. Bien sûr, il était toujours possible que le moment de sa mort soit une simple coïncidence. Les événements qui l'avaient conduite à Atlantic City remontaient à dix-sept ans. À l'époque, les deux jeunes gens recherchés par la police avaient dix ans tout au plus. Alors, si c'étaient eux, les coupables, Megan et son passé n'avaient peut-être rien à voir avec ce qui était arrivé à Harry.

Mais elle avait beau se voiler la face, la vérité sautait aux yeux : elle avait rapporté dans son sillage le danger et la mort jusqu'à la porte de Harry Sutton. Elle ignorait comment. Sauf qu'en son for intérieur, Megan savait que, une fois de plus, elle avait causé un désastre.

Lorsque, quinze jours plus tôt, elle était allée à Atlantic City pour le Salon de l'immobilier, elle avait presque réussi à se convaincre qu'il s'agissait d'un voyage purement professionnel. Quelle blague. Pendant que les autres allaient dîner tous ensemble au *Rainforest Café,* Megan, elle, s'était offert une escapade au *Crème.*

Mais, quelque part, n'est-ce pas naturel de vouloir revoir des lieux qui ont autant compté dans votre existence ?

Elle décida de rappeler Dave. Et tomba encore sur sa boîte vocale. Une vague de colère la submergea. Après le bip, elle dit :

— Ça suffit maintenant. Il faut qu'on parle. Ta mère a de gros problèmes. Conduis-toi en adulte et rappelle-moi.

Megan jeta presque le téléphone par-dessus le siège passager. Elle pouvait comprendre sa réaction. Après tout, c'est elle qui était en tort. L'ennui, c'est que tous les torts étaient toujours de son côté. Elle se sentait coupable de lui avoir menti, et leur relation s'en ressentait. C'était sa faute, d'accord. Mais Dave n'en avait-il pas profité tout au long de leurs années de vie commune ?

Pourquoi ne rappelait-il pas ?

Il travaillait dur, oui, pour nourrir sa famille et tout le blabla habituel... sauf que Dave aimait son boulot. Il restait tard au bureau, il voyageait, il jouait au golf le dimanche matin avant de rentrer retrouver sa femme si aimante, si disponible. Car Megan était tout cela, même quand elle n'en avait pas envie. Non pas que Dave ait jamais été mesquin ou désagréable avec elle. Pourquoi le serait-il, du reste ? Il avait une épouse parfaite. Elle avait renoncé à une carrière personnelle. Elle s'occupait des factures, gérait les courses, véhiculait les enfants, veillait à la bonne marche de la maisonnée. Elle prenait soin de sa mère, bien plus que lui, et c'est comme ça qu'il la traitait pour la remercier ?

Non seulement il ne répondait pas au téléphone, mais en plus il avait trouvé le moyen de l'espionner.

Sa femme était en danger, et il se comportait comme un enfant capricieux !

Megan attrapa son portable. Elle avait déjà composé le numéro de Ray, mais au moment d'appuyer sur la touche, elle aperçut le panneau de la maison médicalisée du Soleil couchant.

Ne sois pas idiote, se dit-elle.

Elle raccrocha, se gara et, sans cesser de fulminer, se dirigea vers l'entrée.

Barbie laissait constamment deux voitures entre la sienne et celle de cette femme.

Elle ne craignait pas vraiment de se faire repérer – Megan Pierce n'avait pas l'air de s'y connaître en filature –, mais on ne savait jamais. Le simple fait que cette mère de famille soit mêlée à l'affaire prouvait qu'il ne fallait pas se fier aux apparences. La même chose était valable pour Barbie, bien sûr.

Tout en conduisant, elle repensait à la soudaine demande en mariage de Ken. C'était adorable et tout, mais surtout déstabilisant. Elle avait toujours cru que Ken ne s'en laissait pas conter, que leur relation lui avait ouvert les yeux sur une tout autre réalité. Mais non. Même lui ne voyait pas qu'on nous trompait sur la marchandise dès le premier jour de notre vie sur cette terre.

Nos parents, malheureux et perdus, nous bassinent par exemple en nous disant que le seul moyen de trouver le bonheur est de vivre exactement comme ils ont vécu. Barbie ne comprenait pas cette logique. Comment définit-on la folie ? C'est le fait de répéter le même acte encore et encore en s'attendant à des résultats différents. Du point de vue générationnel, le monde semblait obéir précisément à ce schéma-là. Ainsi, le père de Barbie avait détesté se traîner au boulot chaque matin dans son costume-cravate fatigué et rentrer à six heures découragé et en colère pour chercher le réconfort dans l'alcool. Sa mère avait détesté être femme au foyer – forcée de jouer le rôle que sa mère et la mère de sa mère avaient joué avant elle –, et pourtant, aveuglement suprême, que souhaitait-elle pour sa fille ?

Qu'elle se trouve un homme et fonde une famille... comme si le ressentiment et la frustration étaient un héritage qu'elle espérait transmettre.

Quelle sorte de logique subversive était-ce donc ?

Et voilà maintenant que Ken voulait l'épouser. Il voulait la maison, la palissade et des enfants, bien sûr, même si Barbie avait depuis longtemps accepté le fait d'être totalement dépourvue d'instinct maternel. Les yeux sur le pare-brise, elle secoua la tête. Ne comprenait-il pas ? Elle aimait cette vie – l'adrénaline, l'excitation, le danger – et croyait fermement que c'était la volonté de Dieu. Il l'avait créée comme ça. Pourquoi aurait-Il fait ça si son destin était de finir en ménagère décérébrée à essuyer la morve et nettoyer le caca ?

À elle de faire comprendre à Ken que leur rencontre était tout sauf fortuite. Elle l'aimait. Ils étaient faits l'un pour l'autre. Son rôle consistait à lui ôter les œillères des yeux pour l'aider à voir clair. À l'arrivée, il serait même content de sortir des sentiers battus.

Megan mit le clignotant à droite et emprunta la bretelle de sortie. Barbie suivit. Oubliant la demande en mariage, elle se concentra sur le sort qu'elle allait réserver à cette femme. D'un côté, elle n'avait pas très envie de la tuer. Si elle avait cru Goldberg – si elle avait cru que cette femme ne représentait aucun danger pour eux –, elle l'aurait volontiers laissée repartir dans sa pitoyable maison rejoindre son mari et ses enfants. Sauf qu'elle ne l'avait pas cru. Et dans ce métier, on ne fait pas de vieux os si on néglige le moindre petit détail.

Un peu plus loin, Barbie vit Megan se garer et pénétrer dans un bâtiment appelé « résidence médicalisée du Soleil couchant ». Hmm. Elle trouva une place sur le parking, puis se pencha sous le siège et sortit la lame.

Encore hébété, Ray resta cinq minutes sans bouger, s'efforçant vainement de comprendre ce qui se passait.

Broome avait appelé l'équipe technique et était reparti en trombe sur la scène de crime.

Tandis qu'il longeait d'un pas incertain Danny Thomas Boulevard, passant devant le Trump Taj Mahal, tellement kitsch qu'il en devenait presque classe, Ray sentit son téléphone vibrer. Il fouilla maladroitement dans sa poche. Les vibrations avaient cessé. Il consulta le journal d'appels et, à la vue du nom « Megan Pierce », son cœur manqua un battement.

Cassie.

Devait-il la rappeler ? Ray hésita. Elle avait cherché à le joindre, ce qui déjà était un signe en soi, mais d'un autre côté, elle avait raccroché. Ou ils avaient été coupés. Auquel cas elle rappellerait dès qu'elle aurait à nouveau la couverture réseau. Alors autant attendre son coup de fil. Bon sang, que lui arrivait-il ? On aurait dit un ado empoté qui cherche à interpréter les signaux de sa première amourette.

Il gardait le téléphone à la main, le conjurant de vibrer. Il vérifia la batterie pour s'assurer qu'elle n'était pas déchargée, le nombre de barres pour s'assurer qu'il y avait du réseau. Pitoyable. Arrête ça. Cassie rappellerait ou pas.

Et si elle ne rappelait pas ?

Allait-il retomber dans... dans quoi ? Les cuites et les trous noirs ?

Il tourna dans la rue où se trouvait son appartement en sous-sol – un adulte qui louait un sous-sol, Dieu de miséricorde –, quand il s'arrêta net. Devant la maison, il y avait quatre voitures de police.

Ah bon.

Il se cacha derrière un poteau télégraphique. Encore plus pitoyable. Il envisagea de prendre ses jambes à son cou, mais à quoi bon ? De toute façon, s'ils avaient voulu l'arrêter, Broome l'aurait fait tout à l'heure. Il jeta un autre coup d'œil. Son propriétaire pakistanais, Amir Baloch, était planté sur le trottoir, bras croisés. Ray s'approcha, hésitant, s'attendant à se faire alpaguer par les flics. Mais ils se bornaient à aller et venir en transportant des cartons.

Amir secoua la tête.

— On se croirait au pays.

— Que se passe-t-il ? demanda Ray.

L'un des flics l'avait repéré. Il s'approcha de lui. Sur son badge on lisait « Howards Dodds ».

— Raymond Levine ?

— Oui.

— Agent Dodds.

Il lui tendit une feuille de papier.

— Nous avons un mandat de perquisition pour procéder à la fouille de votre logement.

— Il habite au sous-sol, dit Amir d'un ton plaintif.

— Le mandat porte sur l'ensemble de la propriété, rétorqua Dodds.

Ray ne prit pas la peine de consulter la feuille.

— Je peux vous être utile ?

— Non.

— Si vous voulez, je vous donne les mots de passe de mon ordinateur.

Dodds sourit.

— Bien tenté.

— Pardon ?

— Certains mots de passe sont conçus pour détruire ou effacer les fichiers.

— Je n'étais pas au courant.

— C'était juste pour nous rendre service, hein ?

— Ma foi, oui.

— Alors laissez-nous faire notre travail.

Et il retourna dans la maison.

Ray regarda son propriétaire qui avait changé de couleur.

— Je suis désolé, Amir.

— Vous avez une idée de ce qu'ils cherchent ?

— C'est une longue histoire.

Amir pivota vers lui.

— Je vais avoir des ennuis ?

— Non.

— Vous êtes sûr ?

— Sûr et certain.

— J'ai eu des problèmes à Karachi. Ça m'a rapporté six mois de prison. C'est pour ça qu'on est venus ici.

— Désolé, Amir.

— Qu'est-ce qu'il va trouver ?

— Rien, répondit Ray sincèrement.

Ils ne tireraient rien de ses photos. Ray songea au fameux

soir, à tout ce sang. La seule image qu'il n'avait jamais réussi à dissoudre dans l'alcool… la seule qui persistait à le hanter.

Enfin pas tout à fait. Car l'image de Cassie continuait à le hanter aussi.

Il repensa à l'étrange photo que Broome lui avait montrée, celle de l'homme au crâne rasé. Sans bien savoir pourquoi, il eut l'impression de suffoquer. Sa poitrine se convulsa. Il s'éloigna, laissant Amir seul sur le pas de sa porte. L'espace d'un instant, Ray crut qu'il allait pleurer. Il n'avait pleuré que deux fois dans sa vie d'adulte. La première à la mort de son père. Et la seconde, il y avait dix-sept ans, dans le parc.

Il longea la rue. Son pub favori était là, mais il n'y entra pas. Il n'en avait pas envie. C'était rare. Ce qu'il aurait voulu – depuis toujours, en fait –, c'était pouvoir se confier à quelqu'un. Ç'avait l'air tarte, thérapie new age et tout le bazar, mais au fond, avouer la vérité à propos de ce soir-là pourrait, à défaut de le délivrer, mettre fin à ce processus d'autodestruction.

C'était peut-être bien pour cette raison qu'il avait envoyé la photo à Broome.

La question était, à qui en parler ? La réponse, pendant qu'il contemplait le téléphone dans sa main, lui parut évidente.

Celui-ci n'avait plus vibré, mais tant pis. Elle avait fait le pas. C'était à son tour maintenant.

Ray pressa la touche d'appel, vit le nom de Megan Pierce s'afficher à l'écran et porta le téléphone à son oreille.

31

MEGAN ÉTAIT DANS LE COULOIR, et se dirigeait vers la chambre d'Agnes, quand son portable sonna.

La résidence médicalisée du Soleil couchant se mettait en grands frais pour se donner des airs de ce qu'elle n'était pas. La façade qui se voulait de style pension victorienne rappelait davantage un motel en préfabriqué avec son revêtement en alu, ses fausses fougères et ses rampes d'accès aux terrasses à balustres. L'intérieur était tapissé d'une épaisse moquette verte et orné de reproductions trop colorées de Renoir et Monet qui semblaient provenir d'une brocante ou d'un magasin de déstockage.

En arrivant, Megan était passée devant Missy Malek qui se composa une mine de circonstance :

— Il faudrait qu'on ait un entretien bientôt, vous ne croyez pas ?

— Après que j'aurai vu Agnes.

— Mais bien sûr, répondit Malek en s'inclinant presque.

Megan venait donc de s'engager dans le couloir lorsque le numéro qu'elle reconnut comme étant celui de Ray s'afficha sur l'écran de son téléphone mobile. Elle s'immobilisa, hésita, puis décida qu'elle n'avait pas vraiment le choix.

— Allô ?

— Il paraît qu'on t'appelle Megan maintenant, dit Ray.

— C'est mon véritable prénom.

— Je devrais en conclure que rien dans notre relation n'était authentique...

— Mais nous savons tous les deux que ce n'est pas vrai, répliqua-t-elle.

Il y eut un silence.

— Tu as vu Broome ? s'enquit-elle.

— Oui.

— Désolée pour ça.

— Non, tu as bien fait de lui dire.

— Tu lui as raconté quoi ?

— La même chose qu'à toi.

— Et il t'a cru ?

— J'en doute. La police est en train de fouiller mon appartement.

— Mais toi, ça va ?

— Oui, ça va.

— Si ça peut t'aider, dit Megan, moi, je te crois.

Il ne répondit pas.

— Ray ?

Lorsqu'il parla, sa voix était différente, plus douce, avec une drôle d'inflexion.

— Tu es toujours à Atlantic City ?

— Non.

— Tu peux revenir ?

— Pour quoi faire ?

Nouveau silence.

— Ray ?

— Je ne t'ai pas dit la vérité.

Megan sentit son sang se glacer.

— Je ne comprends pas.

— Il faut que tu reviennes.

— Je ne peux pas. Pas maintenant, en tout cas.

— J'attendrai à l'intérieur de Lucy. Le temps qu'il faudra. S'il te plaît, viens.

— Je ne sais pas.

Mais il avait déjà raccroché. Megan regardait fixement

son téléphone quand un bruit attira son attention. Levant les yeux, elle vit Agnes émerger de sa chambre, le visage hagard. Ses cheveux gris étaient en désordre. Son teint était si pâle qu'il en devenait presque translucide, faisant ressortir le bleu des veines.

Une infirmière l'intercepta, mais Agnes se débattit :

— Ne me faites pas mal !

— Il n'est pas question de vous faire mal, Agnes. Je voulais juste...

— Arrêtez !

Agnes rentra la tête dans les épaules comme si l'infirmière allait la frapper. Megan se précipita, repoussa l'infirmière et posa les mains sur les épaules de sa belle-mère. Puis, les yeux dans les yeux :

— Tout va bien, Agnes. C'est moi. C'est Megan.

Elle plissa les paupières.

— Megan ?

— Oui. Tout va bien.

Agnes pencha la tête de côté.

— Qu'est-ce que tu fais ici ? Pourquoi tu n'es pas à la maison, avec les petits ?

— Ils sont grands maintenant. Je suis ici parce que vous m'avez appelée.

— Moi ?

Agnes prit un air affolé.

— Quand ça ?

— Peu importe. Tout va bien. Je suis là. Vous n'avez rien à craindre.

L'infirmière observait la scène d'un œil compatissant. Megan entoura Agnes de ses bras et la reconduisit dans sa chambre. Derrière elles, Missy Malek parut dans le couloir, mais Megan secoua la tête et ferma la porte. Il lui fallut du temps, mais sa belle-mère finit par se calmer, elle cessa de trembler et de geindre et, comme les fois précédentes, son regard s'éclaircit.

— Ça va ? demanda Megan.

Agnes acquiesça.

— Megan ?

— Oui.

— Avec qui tu étais au téléphone ?

— Quand ?

— Là, tout à l'heure. Quand je suis sortie de la chambre. Tu étais dans le couloir, en train de parler au téléphone.

Megan hésita.

— C'était un vieil ami.

— Je ne veux pas me mêler de tes affaires.

— C'est bon, simplement je…

Megan ravala ses larmes. Agnes la scrutait d'un œil si inquiet qu'elle eut l'impression de se liquéfier.

— Ma vie tout entière a été un mensonge.

Agnes sourit, lui tapota la main.

— Oh, je ne dirais pas ça.

— Vous ne comprenez pas.

— Tu l'aimes, mon Davey ?

— Oui.

— Megan ?

— Oui ?

— Je suis au courant, chuchota Agnes d'une voix qui lui fit froid dans le dos.

— De quoi ?

— La semaine dernière.

— Quoi, la semaine dernière ?

— Quand Davey t'a ramenée à la maison. Le lendemain, j'ai appelé Emerson. Tu nous as dit que tu avais fait tes études là-bas. Mais il y avait quelque chose qui me titillait. Du coup, j'ai téléphoné. Ils n'ont jamais entendu parler de toi.

Megan demeurait sans voix.

— Je ne dirai rien.

Agnes s'était remise à chuchoter.

— Ce n'est pas grave, je t'assure. Moi, je mens sur mon âge à Roland. J'ai trois ans de plus que lui, mais il ne le sait pas. Le principal, c'est que tu aimes mon Davey. Ça se voit. Tu lui fais du bien. Pas comme ces petites pimbêches de la ville. Ton secret est en sécurité avec moi, mon lapin. Je te demande juste une chose.

Une larme coula sur la joue de Megan.

— Laquelle ?

— Donne-moi des petits-enfants. Tu feras une excellente mère.

Agnes savait. Depuis tout ce temps, toutes ces années, elle était au courant du mensonge. Le coup était dur à encaisser.

— Megan ?

— Je vous le promets.

— Non, pas ça.

Les yeux d'Agnes pivotèrent vers la porte.

— Ils veulent me déménager au troisième, n'est-ce pas ?

— Oui, mais vous n'êtes pas obligée d'accepter.

— Ça ne servira à rien.

Elle baissa la voix.

— Il me retrouvera. Même là-haut. Il me retrouvera et me tuera.

— Qui ?

Agnes regarda à droite, à gauche. Se penchant, elle fixa Megan dans les yeux.

— Le méchant homme qui vient ici la nuit.

Ce fut alors que Megan se souvint de la caméra espion dans l'horloge digitale.

— Agnes ?

— Oui ?

— Le méchant homme, il était là la nuit dernière ?

— Mais oui. C'est pour ça que je t'ai appelée.

Par moments, c'était comme être en face d'un téléviseur humain qui changeait constamment de chaîne. Megan désigna l'horloge.

— Vous savez, quand je suis venue hier…

Agnes se mit à sourire.

— La caméra espion !

— Voilà.

— On peut donc le voir ? On peut voir le méchant homme ?

— On va regarder ça.

Megan avait réglé la caméra de façon qu'elle marche de neuf heures du soir à six heures du matin. Comme elle ne fonctionnait qu'avec le détecteur de mouvement, elles n'auraient pas à visionner neuf heures d'enregistrement. Megan jeta un œil sur l'arrière de l'horloge et vit que le voyant clignotait. Il y avait quelque chose sur le disque dur intégré.

— Je reviens, Agnes.

Elle courut à l'accueil emprunter un ordinateur portable. À son retour, Agnes n'avait pas bougé du lit. L'horloge-caméra était équipée d'un port USB. Megan la brancha sur l'ordinateur. Agnes se rapprocha. L'icône de la caméra espion apparut à l'écran.

— S'il était dans la chambre, dit Megan, on devrait le voir.

— Qu'est-ce qui se passe ici ?

Les deux femmes tournèrent la tête. C'était Missy Malek, les mains sur les hanches, les lèvres pincées. Voyant le tableau – Megan et Agnes sur le lit, l'horloge branchée sur l'ordinateur portable –, elle écarquilla les yeux.

— Qu'est-ce que c'est ?

— Une caméra de surveillance, répondit Megan.

— Je vous demande pardon ?

— Une caméra cachée. Intégrée à une horloge digitale.

Le visage de Malek s'empourpra.

— Vous n'avez pas le droit d'installer ça ici.

— Trop tard.

— Nous avons des règles concernant le respect de la vie privée. Quand Agnes est arrivée chez nous, votre mari, en sa qualité de tuteur, a signé un protocole. Où il était spécifié…

— Moi, je n'ai rien signé, dit Megan.

— Parce que vous n'avez pas de statut légal.

— Justement. Ici, c'est la chambre d'Agnes. Et elle voulait une caméra, n'est-ce pas, Agnes ?

Sa belle-mère hocha la tête.

— Je ne comprends pas, fit Missy Malek. Vous nous avez filmés ?

— C'est ça.

— C'est de l'abus de confiance.

Megan haussa les épaules.

— Si vous n'avez rien à cacher…

— Évidemment que non !

— Formidable, dit Megan. Vous voulez regarder avec nous ?

Les images étaient granuleuses, pas tant à cause de la piètre résolution, qu'au fait que la caméra avait fonctionné la nuit. La première chose qui apparut fut la forme immobile d'Agnes assise dans le lit. La vision nocturne éclairait la chambre d'une lueur verdâtre, fantomatique.

Malgré l'objectif grand angle destiné à balayer toute la pièce, on lisait clairement la peur sur le visage d'Agnes. L'éclairage rendait ses yeux blancs et brillants.

Il y avait une flèche play sur le plan fixe. Megan se retourna vers Missy Malek. Cette dernière avait pris un air résigné. Megan cliqua sur la flèche.

La vidéo démarra… et effectivement résolut le mystère, mais pas comme Megan l'aurait cru.

Il n'y avait pas de son, et c'était tant mieux. À l'écran, Agnes était assise. En train de hurler, de pleurer. Manifestement terrifiée. Elle saisit l'oreiller en guise de bouclier et se blottit dans l'angle du lit pour échapper au danger, les genoux sous le menton. Se protégeant le visage de la main droite, elle ne quittait pas son agresseur des yeux.

Sauf qu'il n'y avait personne.

Megan, un pincement au cœur, risqua un coup d'œil en direction de Missy Malek. Qui ne s'était pas départie de son air résigné, mais ce n'était ni la culpabilité ni la peur. Elle n'était pas surprise. Megan regarda sa belle-mère. Agnes

291

contemplait l'écran, bouche bée. Dans ses yeux se lisait la confusion, mais à travers le brouillard brillaient des éclairs de lucidité. Elle était consciente de ce qui se passait. Simplement son esprit ne pouvait l'accepter. C'était comme s'entendre dire que le haut est en bas, et la droite à gauche.

— Il s'est rendu invisible, dit-elle.

Mais le cœur n'y était pas.

Après un long moment – en réalité, pas plus de deux minutes –, une infirmière accourut à l'écran et tenta de la calmer. Megan vit qu'elle avait un gobelet dans une main et des comprimés dans l'autre. Agnes les avala et se laissa aller en arrière. L'infirmière la borda avec douceur, attendit un peu, puis quitta la chambre sur la pointe des pieds.

La minute d'après, l'enregistrement s'arrêta.

Malek, c'était tout à son honneur, ne disait rien. Agnes avait les yeux rivés sur l'écran. Il s'anima une dernière fois. D'après la petite horloge dans le coin, c'était une heure plus tard. Agnes et Megan se penchèrent pour mieux voir, mais ce n'était que l'infirmière venue s'assurer que tout allait bien.

À l'image, Agnes dormait toujours.

Et c'était tout.

— Tu l'as vu, hein ? fit Agnes en montrant l'écran. Avec le couteau ? Une fois il est venu avec un coyote et une bouteille de poison.

Sans un mot, Malek sortit de la chambre.

— Megan ? souffla Agnes dans un filet de voix.

— Tout va bien.

Megan se sentait anéantie. Quelle idiote elle avait été ! Comme si le résultat de l'enregistrement n'était pas prévisible. Avait-elle vraiment cru qu'un homme avec un couteau (sans parler du coyote et de la bouteille de poison) venait terroriser une vieille femme en pleine nuit ? Vous parlez d'un vœu pieux. Agnes avait été ce qu'une femme comme Megan – une femme ayant vécu dans le mensonge pendant presque toute sa vie d'adulte – pouvait espérer de mieux comme confidente et amie. Aujourd'hui même, elle venait d'en avoir une nouvelle preuve. Toutes ces années, Agnes avait su sinon la vérité, du moins ce qui s'en rapprochait le plus. Mais ça lui était égal. Elle avait aimé Megan telle qu'elle était.

— Tu devrais rentrer maintenant, dit Agnes d'une voix lointaine. Il faut que tu ailles t'occuper du bébé.

Du bébé. Au singulier. La télé humaine avait à nouveau changé de chaîne ou de fuseau horaire. Mais d'une manière ou d'une autre, Agnes avait raison. Megan en avait assez. Assez de courir après le passé. Assez de vivre avec ses mensonges. Son feu beau-père disait : « La jeunesse dure le temps d'un soupir. » Soit, mais c'était applicable à toutes les étapes de la vie. C'était à peu près la seule garantie dans notre existence.

À quel moment Agnes avait-elle commencé à dérailler ? À quel moment Megan connaîtrait-elle le même sort ?

Elle ne voulait pas vivre un jour de plus avec les mensonges.

Megan embrassa sa belle-mère sur le front. Les yeux clos, elle resta un moment sans bouger, les lèvres contre sa peau.

— Je vous aime tellement, fit-elle tout bas. Il ne vous arrivera rien de mal. Je vous le promets.

Missy Malek, qui attendait dans le couloir, lui adressa un regard interrogateur. Megan hocha la tête.

— Je parlerai à mon mari, mais on peut déjà commencer à préparer le déménagement.

— Elle sera plus heureuse là-haut. J'en suis certaine.

Megan retraversa le hall d'entrée clinquant, passa devant la cafétéria. L'air frais lui fit du bien, surtout après la chaleur étouffante qui régnait à l'intérieur. Elle ferma les yeux et inspira profondément.

Il n'y avait toujours pas de message de Dave sur son téléphone portable. Elle se sentait triste, furieuse, fatiguée, désemparée. Ray l'attendait dans les entrailles de Lucy. Elle n'avait pas envie d'y aller. Il faisait partie du passé. Ouvrir cette porte-là ne pouvait que la rendre malheureuse. Il était temps de tourner la page.

Je ne t'ai pas dit la vérité…

Les paroles de Ray lui revinrent en mémoire. Pouvait-elle les ignorer ? Et son ton, le désespoir dans sa voix… pouvait-elle faire comme si elle n'avait rien entendu ? N'avait-elle pas une dette envers lui ? Finalement, c'était peut-être ça qui l'avait poussée à revisiter son passé. Plutôt que le besoin de revivre sa jeunesse envolée, l'occasion d'aider quelqu'un à reprendre pied.

Elle était arrivée à sa voiture. Au moment où elle posait la main sur la poignée de la portière, Megan perçut un mouvement derrière elle.

Elle fit volte-face et vit la lame du couteau.

32

BROOME NE CACHAIT PAS SON DÉSAPPOINTEMENT.

— Il a disparu.

Il était retourné dans les ruines accompagné de Samantha Bajraktari et d'un jeune technicien. Cette fois, Cowens n'avait pas cherché à se joindre à eux, et Broome en conclut qu'il avait fait une croix sur Samantha.

— Qu'as-tu cru voir sur cette photo ? demanda-t-elle.

— Un diable.

— Un diable ? Comme pour transporter des cartons ?

— Ou des cadavres, répondit Broome.

Il posa la main sur les vieilles briques. Ces ruines de l'ancienne fonderie étaient tout compte fait un bel endroit. Il repensa à sa lune de miel avec Erin, en Italie. Quinze jours à Naples, Rome, Florence et Venise. Ce qui les avait fascinés, Erin et lui – deux flics de la vieille école –, ç'avait été les ruines. L'empreinte de la mort, traces des choses disparues. À Pompéi surtout, une scène de crime totalement escamotée, ensevelie sous la cendre, jusqu'à ce que sa découverte accidentelle révèle lentement, laborieusement ses secrets. Broome se revit flânant dans ses rues parfaitement conservées, main dans la main avec sa jolie jeune épouse... Le grand benêt qu'il était n'avait pas songé à l'époque que c'était là le plus beau moment de sa vie.

— Ça va ? s'enquit Bajraktari.

Il hocha la tête. Les Pine Barrens étaient truffés de ruines du XVIIIe et du XIXe siècle. Ce n'étaient pas des sites touristiques, à l'exception des villages de Batsto et d'Atsion. La plupart, comme celui-ci, étaient difficiles à localiser et n'étaient accessibles qu'à pied. Ces reliques délabrées d'un temps révolu avaient jadis été, ici dans les forêts du New Jersey, des bourgades prospères bâties autour de papeteries, de verreries ou de fonderies de fer. Mais les ressources naturelles avaient fini par s'épuiser, et les villages avaient périclité avec elles. Dans certains cas, on ne savait pas très bien ce qui s'était passé. Du jour au lendemain, semblait-il, les habitants les avaient désertés, ou alors ils attendaient qu'on les exhume, comme à Pompéi.

Bajraktari examina les briques du four construit en 1780.

— Un diable, tu dis ?

— Oui.

Elle frotta une brique.

— Il y a des rayures là-dessus. Peut-être même un peu de rouille. Je ne peux rien dire tant que je ne les aurai pas analysées.

— Comme si on avait appuyé un diable contre la paroi ?

— Possible.

Samantha se pencha, gratta le sol.

— C'est quoi, ta théorie à propos de ce diable ?

— Là, tout de suite ? La première chose qui vient à l'esprit.

— C'est-à-dire ?

— Il a servi à transporter quelque chose.

— Un cadavre ?

Broome acquiesça.

— Mettons qu'une fois par an, le Mardi gras, tu tues ou, je ne sais pas, tu neutralises un homme à cet endroit. En l'assommant. Mettons que tu aies besoin de le déplacer.

Elle hocha la tête.

— À l'aide d'un diable, OK. Mais dans ce cas, il y aurait des traces. Des empreintes à la surface du sol. Celles des années précédentes se sont depuis longtemps effacées, bien sûr, mais si Carlton Flynn a été transporté récemment ici, on pourrait peut-être trouver quelque chose.

Elle se dirigea vers l'énorme rocher où elle avait découvert le sang. Broome suivit. Bajraktari se mit à quatre pattes, le nez dans la poussière comme un pisteur dans un vieux western. Et elle rampa tout autour, de plus en plus vite.

— Qu'est-ce que c'est ? fit Broome.

— Tu vois ceci ?

Elle désigna le sol.

— À peine.

— C'est une empreinte. Il y en a quatre, formant un rectangle. De soixante centimètres sur cent vingt, dirais-je.

— Ce qui signifie ?

— Si on veut charger un corps sur un diable, on couche le diable d'abord. Et une fois qu'on a hissé le corps dessus, le plus gros du poids se situerait ici.

Elle releva la tête.

— En clair, ça laisserait ce genre de traces.

— Nom d'un chien !

— Comme tu dis.

— Et tu pourrais les suivre, ces traces ?

— Je ne crois pas, répondit-elle. Le sol est assez dur, mais...

Sa voix devint inaudible. Elle se tourna et, tel un chien renifleur, s'engagea sur le sentier. Puis elle s'arrêta, se baissa.

— Il est passé par là ? demanda Broome.

— Rien de concluant, mais regarde ce buisson, la façon dont il est cassé.

Broome s'accroupit à son tour. On aurait dit en effet que quelque chose de lourd, comme un diable lesté d'un corps humain, avait traversé la zone. Il chercha une piste dans les broussailles, mais il n'y en avait pas.

— Où a-t-il pu aller ?

— Pas très loin, à mon avis. Peut-être pour enterrer le cadavre.

Broome secoua la tête.

— Il a fait trop froid ces dernières semaines.

— Il y a des branches cassées par là. On n'a qu'à les suivre.

Ils s'enfoncèrent dans les bois, à l'écart du sentier, le long de la pente descendante. Dans ce lieu où personne n'avait de raisons de s'aventurer, ils trouvèrent d'autres branches cassées, d'autres signes que quelque chose de volumineux avait été sinon traîné, du moins transporté.

Le soleil se couchait, la morsure du froid devenait plus vive. Broome remonta la fermeture Éclair de son coupe-vent et continua à avancer.

La végétation plus touffue avait conservé les traces d'un passage. Broome savait qu'il devrait ralentir, prendre garde à ne pas piétiner l'éventuelle scène de crime, mais ses jambes l'entraînaient toujours plus loin. Il marchait en tête à présent. Son pouls s'accéléra. Les petits cheveux de sa nuque se hérissèrent.

Il le sentait. Il le sentait, tout simplement.

— Pas si vite, Broome.

Mais il pressa le pas, repoussant les branches, trébuchant sur les grosses racines. Moins d'une minute plus tard, il émergea dans une petite clairière et s'arrêta.

Samantha Bajraktari surgit derrière lui.

— Broome ?

Il contemplait fixement les vestiges d'un ouvrage de maçonnerie en face de lui. Un mur de moins d'un mètre de haut recouvert de plantes grimpantes. L'homme parti, la nature avait repris ses droits.

— C'est quoi ? fit Bajraktari.

Broome déglutit.

— Un puits.

Il se rapprocha, regarda dans le trou. Il faisait tout noir là-dedans.

— Tu as une lampe de poche ?

L'écho de sa voix lui fit comprendre que le puits était profond. Une boule se forma dans son estomac.

— Tiens, dit-elle.

Broome alluma la lampe et éclaira l'intérieur de l'ouvrage. Dès la première seconde, son cœur s'arrêta de battre. Il avait dû émettre un son, un gémissement peut-être, il n'en était pas sûr. Samantha le rejoignit, se pencha et poussa un cri étouffé.

Perché sur un tabouret au bout du bar, Ken observait la barmaid.

Elle s'appelait Lorraine, et ce boulot lui allait comme un gant. Elle riait beaucoup. Elle posait la main sur le bras des hommes. Elle était souriante, et si c'était de la comédie, si en vérité elle détestait son travail, cela ne se voyait guère. Les autres filles, oui, elles faisaient de leur mieux. Mais seules leurs lèvres souriaient, et souvent, trop souvent, on remarquait leur air hagard et la haine dans leurs yeux.

Les habitués appelaient la barmaid d'âge mûr par son prénom. Les habitués d'une boîte de strip-tease… Ken n'imaginait rien de plus sordide. En même temps, il comprenait. Le secret pour vaincre ses pulsions, avait-il appris, était de reconnaître qu'on ne pouvait rien contre elles. Lui-même se considérait comme quelqu'un de discipliné, mais, dans l'ensemble, les êtres humains se vautraient dans le déni. C'est pourquoi un régime, ça fonctionnait rarement dans la durée. Pareil pour l'abstinence.

Le seul moyen de s'en sortir était d'accepter l'existence de ces pulsions et de les canaliser. Il regarda Lorraine. Elle finirait bien par partir. Il la suivrait, attendrait qu'elle soit seule et ensuite… Eh bien, ensuite, il canaliserait.

Il pivota sur son tabouret, s'adossant au comptoir. Les filles étaient laides. On sentait presque les maladies suinter par les pores de leur peau. Aucune d'elles, évidemment, n'arrivait à la cheville de Barbie. Il songea à la maison au fond d'un cul-de-sac, aux enfants, aux barbecues dans le jardin. Il enseignerait à son gamin à rattraper une balle de baseball, étalerait la couverture pour le feu d'artifice du 4 Juillet.

Il connaissait la réticence de Barbie à ce sujet et ne comprenait que trop bien sa vision pessimiste. Pourquoi, pensait-il, si la vie de famille rend malheureux, continue-t-on à y aspirer ? Il y avait réfléchi et en avait déduit que ce n'était pas le rêve qui avait tourné au vinaigre, mais les rêveurs. Barbie affirmait qu'ils étaient différents, qu'ils n'étaient pas faits pour cette vie-là. Mais elle n'avait qu'à moitié raison. Ils étaient différents, certes, et c'était bien pour ça qu'ils réussiraient là où tous les autres avaient échoué.

— Qu'est-ce que je vous sers, mon mignon ?

Il se retourna. Lorraine se tenait devant lui, un torchon à bière sur l'épaule. Elle portait des pendants d'oreilles, et ses cheveux avaient la couleur et la texture du foin. Sa bouche était de celles qu'on imagine avec une cigarette au coin des lèvres. Les premiers boutons de son chemisier blanc étaient volontairement défaits.

— Oh, je crois que j'ai tout ce qu'il me faut, répondit Ken.

Elle lui adressa le même sourire en coin qu'aux habitués qui venaient la voir.

— Vous êtes dans un bar, mon mignon. Bien obligé de boire quelque chose. Prenez un Coca au moins.

— Bien sûr, avec plaisir.

Sans le quitter des yeux, Lorraine jeta des glaçons dans un verre, prit un siphon à soda et pressa le bouton.

— Alors, vous êtes là pour quoi, mon mignon ?

— La même chose que les autres.

— Ah oui ?

Elle lui tendit son Coca. Il but une gorgée.

— Pourquoi ? Je n'en ai pas l'air ?

— Vous ressemblez à mon ex... beaucoup trop beau pour être honnête.

Lorraine se pencha comme pour lui confier un secret.

— Vous savez quoi ? Les gars qui n'en ont pas l'air sont nos meilleurs clients.

L'œil de Ken était attiré par son décolleté. Il se redressa, rencontra son regard. Il eut la désagréable impression que cette vieille barmaid lisait en lui. Il l'imagina ligotée, en train de se tordre de douleur, et un frisson familier le parcourut.

— Je crois que vous avez raison, fit-il.

— Redites-moi ça.

— À mon sujet, j'entends. Je suis venu ici pour réfléchir. Et peut-être pour faire mon deuil.

— Ah bon ? dit Lorraine.

— J'ai un ami qui fréquentait ce club. Vous avez dû voir son nom dans les journaux. Il s'appelle Carlton Flynn.

Une lueur dans les yeux de Lorraine lui apprit qu'elle savait. Ma parole, elle savait. Ce fut au tour de Ken de la scruter comme s'il pouvait lire dans ses pensées.

Elle savait quelque chose de précieux.

33

LE COUTEAU DÉCRIVIT UN ARC DE CERCLE.

Megan n'était pas experte en arts martiaux, mais quand bien même elle l'aurait été cela n'aurait servi probablement à rien. Elle n'avait le temps ni de se baisser, ni de bloquer le poignet... rien de ce qu'il convient de faire dans une situation pareille.

L'espace d'un éclair, alors que la pointe du couteau se rapprochait du creux de sa gorge, elle devint autre chose qu'un être humain évolué. Elle devint son cerveau reptilien. Même une fourmi, quand on marche trop près d'elle, change de direction. À la base, tout est question de survie.

Instinctivement, sans réfléchir, Megan leva le bras pour empêcher la lame de la toucher à la gorge. Celle-ci s'enfonça profondément dans son avant-bras, entamant les chairs jusqu'à frôler l'os.

Megan laissa échapper un cri.

Quelque part, au fin fond de son cerveau conscient, elle entendit le métal racler l'os, mais cela n'avait pas d'importance. Pas en cet instant précis.

Avant tout, il s'agissait de survivre.

Tout le reste, y compris la raison, s'effaçait au profit de l'instinct le plus primaire. Elle luttait pour sa vie, au sens propre du terme, et son calcul était simple : si son assaillant récupérait le couteau, elle mourrait.

Bien que focalisée sur l'arme, Megan entrevit du coin de

l'œil des mèches blondes et sut que c'était la femme qui avait tué Harry Sutton. Elle ne chercha pas à savoir pourquoi cette femme s'en prenait à elle – elle aurait bien l'occasion d'y penser, si elle survivait –, mais à la peur panique se mêla maintenant une bouffée de colère.

Empêche-la de récupérer le couteau.

Toujours d'instinct, elle eut un geste inconcevable en temps normal : elle plaqua sa main libre sur la lame, pour essayer de *garder* le couteau dans son bras.

La blonde tira sur le manche. La lame glissa le long de l'os, et la douleur brûlante faillit lui couper les jambes.

Faillit seulement.

Car Megan ne se souciait plus de la douleur.

La survie et la rage, c'était tout ce qui comptait à présent. La survie, c'était compréhensible, mais en même temps elle était furieuse... furieuse contre les tueurs qui s'étaient acharnés sur le pauvre Harry, furieuse contre Dave qui l'avait abandonnée, contre Ray qui s'était laissé couler. Elle en voulait à la divinité qui infligeait à de vieilles gens comme Agnes le calvaire et l'humiliation de perdre la tête à la fin de leur vie. Elle s'en voulait de n'avoir pas su profiter du présent, d'avoir tenu à exhumer le passé, de n'avoir pas compris que toute existence humaine comporte sa part d'insatisfaction. Et surtout, elle était folle de rage contre cette saleté de blondasse qui essayait de la tuer.

Eh bien, elle pouvait toujours se brosser.

Megan poussa un cri... un hurlement primitif, strident, déconcertant. La lame toujours fichée dans la chair de son avant-bras, elle fit pivoter brusquement son bassin. La blonde commit l'erreur de vouloir s'agripper au couteau, mais le mouvement inattendu lui fit perdre l'équilibre. Juste un peu.

Ce qu'il fallait pour qu'elle trébuche et se penche en avant.

Megan replia le coude. L'os pointu s'écrasa en plein sur le nez de la blonde. Il y eut un craquement. Le sang jaillit.

Mais ce n'était pas fini.

Blessée à son tour, la blonde parut trouver un second souffle. Se reprenant, elle tira sur le couteau de toutes ses forces. La lame gratta l'os comme pour le tailler. Malgré tout, Megan tenta de résister, mais la blonde avait le dessus, et la lame s'arracha du muscle avec un bruit mouillé.

Le sang gicla de la blessure, bouillonnant façon geyser.

Megan était quelqu'un de sensible. À l'âge de huit ans, un de ses « pères adoptifs » avait voulu voir le dernier volet de *Vendredi 13* et, ne trouvant pas de baby-sitter, avait traîné Megan avec lui. Cette expérience l'avait traumatisée. Depuis – aujourd'hui encore –, elle supportait mal les scènes de violence à l'écran.

Mais rien de tout cela n'avait plus d'importance. La vue du sang – le sien et celui de la blonde – ne l'impressionna guère. Au contraire même, elle sembla la galvaniser.

Au début, Megan ne sentit pas la douleur dans son bras… puis celle-ci explosa, comme si les terminaisons nerveuses avaient été endormies et ranimées d'un seul coup.

La douleur l'aveugla, furieuse, incandescente.

Avec un grognement animal, la blonde brandit le couteau et revint à l'assaut.

Protège tes organes vitaux, se dit Megan. La gorge, le cœur, les tissus fragiles. Elle baissa le menton, barrant l'accès à son cou et sa poitrine. Et elle avança l'épaule. La pointe de la lame glissa à la surface de la peau, lui arrachant un nouveau cri.

La douleur s'accrut, mais ce n'était qu'une simple éraflure.

Megan envoya son pied dans le genou fléchi de la blonde. La jambe céda. La blonde tomba, mais entreprit de se relever aussitôt.

Megan pensa se sauver en courant… impossible, la blonde était déjà presque debout. Elle était plus jeune et probablement plus forte et plus rapide, mais peu importait l'issue – peu importait comment cela allait finir –, Megan n'avait pas envie de mourir avec un couteau dans le dos pendant qu'elle prenait la fuite.

Mais alors, pas envie du tout.

Elle bondit sur son assaillante, une seule idée en tête.

Attrape... le... couteau.

Les deux femmes roulèrent sur le bitume. Megan saisit le poignet de la blonde à deux mains. Il y avait du sang partout, elles furent barbouillées d'écarlate. Vaguement, elle se dit qu'il fallait faire vite. Elle saignait trop. Si ça continuait, elle se viderait purement et simplement de son sang.

Elle poussa sur le poignet, mais la blonde ne lâcha pas le couteau. Megan planta ses ongles à l'intérieur du poignet. La blonde cria, mais ne desserra pas les doigts. Megan enfonça les ongles de plus belle, cherchant l'artère à l'endroit où battait le pouls.

La blonde cria à nouveau, puis pencha la tête et planta ses dents dans le bras blessé de Megan.

Megan hurla de douleur.

La blonde lui arracha presque un morceau de chair. Ses dents nacrées étaient maculées de sang.

Megan enfonça l'ongle de toutes ses forces.

Le couteau tomba à terre.

Ce fut là que Megan commit une erreur.

Obnubilée par le couteau et par son envie de hacher la blonde en menus morceaux, elle en oublia toutes les autres armes de l'arsenal humain.

Mais, pour s'emparer du couteau, elle devait d'abord lâcher le poignet. La blonde, qui avait anticipé sa réaction, resserra les dents et recracha le morceau de chair qu'elle venait de lui arracher.

Sous le coup de la douleur, les yeux de Megan se révulsèrent.

Alors qu'elle tendait la main vers le couteau, la blonde déplaça son poids, et Megan bascula la tête en avant, sans avoir eu le temps de se rattraper pour amortir sa chute.

Sa tempe heurta violemment le pare-chocs de la voiture.

Elle vit trente-six chandelles.

Attrape... le... couteau...

La blonde lui assena un coup de pied. Sa tête cogna à nouveau contre le pare-chocs. Megan se sentit partir. Pendant un bref instant, elle ne sut plus où elle était ni ce qui lui arrivait. Elle encaissa un autre coup sans même s'en rendre compte. Il ne lui restait qu'une seule pensée consciente.

Attrape... le... couteau.

Se redressant, la blonde la frappa dans les côtes. Megan bascula, étourdie. Sa joue toucha le bitume. Ses yeux se fermèrent. Elle avait les bras en croix, comme si elle venait de tomber d'une grande hauteur.

C'en était fini d'elle.

Un faisceau lumineux balaya son corps immobile, peut-être les phares d'une voiture qui arrivait. La blonde hésita, juste le temps qu'il fallait. Sans rouvrir les yeux, Megan fit glisser sa main le long de l'asphalte.

Elle savait où était le couteau.

Avec un cri perçant, la blonde bondit sur elle pour l'achever.

Sauf que c'était Megan qui avait le couteau maintenant. Elle roula sur le dos, le manche du couteau contre le sternum, la pointe en l'air.

La blonde atterrit dessus.

La lame s'enfonça profondément dans son ventre. Mais Megan n'en resta pas là. Elle poussa vers le haut, et le couteau traversa l'estomac avant de s'arrêter à la cage thoracique. Elle sentit une chaleur gluante se répandre sur elle.

La blonde ouvrit la bouche dans un cri silencieux. Ses yeux écarquillés rencontrèrent ceux de Megan. Quelque chose passa entre les deux femmes, quelque chose de primitif, d'essentiel, au-delà de toute description rationnelle. Ce regard, Megan ne l'oublierait pas de sitôt. Elle le reverrait encore et encore, en chercherait la signification, mais elle serait incapable d'en parler à quiconque.

Les yeux de la blonde s'agrandirent davantage, puis se voilèrent, et Megan comprit que c'était la fin.

Elle fit un effort violent pour se redresser mais sa tête bascula en arrière et allait retomber sur le bitume quand des mains la rattrapèrent, la soutinrent, l'allongèrent tout doucement.

Elle leva les yeux et vit son visage affolé.

— Megan ? Oh, mon Dieu, Megan !

Elle sourit presque. Elle aurait voulu rassurer Dave, lui dire qu'elle l'aimait, que tout irait bien, mais aucun son ne sortit de sa bouche.

Ses yeux se fermèrent. Dave s'estompa, et ce fut le néant.

34

BROOME GRELOTTAIT DE FROID.

Il y avait maintenant six autres flics autour du puits. L'un d'eux lui proposa une couverture. Broome fronça les sourcils et l'envoya sur les roses.

Il y avait des corps dans le puits.

Des tas de corps. Empilés les uns sur les autres.

Le premier qu'ils remontèrent fut celui de Carlton Flynn.

Son cadavre était le plus récent et donc le plus répugnant. Il empestait la pourriture. De petits animaux – rats ou écureuils – avaient grignoté la chair putréfiée. L'un des agents détourna les yeux. Pas Broome.

Le médecin légiste chercherait à établir le moment et la cause du décès, mais contrairement à ce qu'on voit à la télévision, ce n'était pas sûr qu'il trouve. Compte tenu des températures extérieures et des animaux qui avaient festoyé sur le cadavre, la marge d'incertitude était extralarge.

Broome n'avait pas vraiment besoin de preuves scientifiques pour savoir que Carlton Flynn était mort le Mardi gras.

Pendant quelques instants, une fois le corps remonté à l'extérieur du puits, personne ne bougea, observant un silence recueilli.

— Les autres sont plutôt à l'état de squelettes, dit Samantha Bajraktari.

Broome n'était pas surpris. Après tant d'années, tant de

tours et détours, de nouveaux rebondissements, de rumeurs, la piste s'arrêtait là. Quelqu'un avait tué ces gars et les avait balancés dans le puits. Quelqu'un les avait attirés dans ce lieu isolé, et, après les avoir liquidés, s'était servi d'un diable pour les transporter jusqu'au puits à une cinquantaine de mètres du sentier.

Aucun doute là-dessus. C'était l'œuvre d'un tueur en série.

— Combien de corps au total ? demanda Broome.

— Difficile à dire pour le moment. Entre dix et vingt.

Les disparus du Mardi gras n'étaient pas en cavale, ils n'avaient pas changé d'identité, ne s'étaient pas retirés sur une île lointaine. Broome secoua la tête. Il aurait dû s'en douter. Il avait toujours cru que Kennedy avait été tué par un tireur solitaire. Il rigolait des ovnis, des apparitions d'Elvis, des fausses expéditions sur la Lune, de toutes ces théories du complot à la mords-moi-le-nœud. Même en tant que flic, il soupçonnait ceux qui se trouvaient aux premières loges : l'époux, le fiancé, un membre de la famille. Car, dans presque tous les cas de figure, la distance la plus courte entre deux points est la ligne droite.

Stewart Green devait être tout en bas de la pile.

— Il faut prévenir les fédéraux, dit Samantha.

— Je sais.

— Tu veux que je m'en charge ?

— C'est déjà fait.

Il pensait à Sarah Green, cloîtrée toutes ces années dans sa maison, incapable de faire son deuil, pendant que son mari gisait au fond d'un puits. Broome avait pris les choses trop à cœur. Sa vision s'en était trouvée faussée. Il voulait aider les Green. Il s'était mis en tête qu'il restait encore une chance de retrouver Stewart, envers et contre tout, et de le ramener chez lui.

Imbécile qu'il était.

Bien entendu, il y avait encore des zones d'ombre. Pourquoi le corps de Ross Gunther n'avait-il pas été jeté dans le puits avec les autres ? Les réponses, il y en avait, mais aucune d'elles ne plaisait à Broome. Les cadavres dans le puits n'expliquaient pas non plus le meurtre de Harry Sutton, à moins que ce ne soit une coïncidence. Quant à Lorraine qui aurait revu Stewart vivant, c'était une erreur facile à commettre. Elle-même avait admis qu'elle n'était pas sûre d'elle. C'était probablement quelqu'un qui ressemblait à Stewart. À dix-sept ans d'intervalle, avec un bouc et le crâne rasé, il restait peu de points communs avec sa photo d'origine.

Sauf si Lorraine ne s'était pas trompée. Auquel cas Stewart Green n'avait pas été la première victime, mais l'auteur des faits...

Broome n'y croyait guère.

On remonta un nouveau squelette.

— Lieutenant Broome ?

Il se retourna.

— Agent spécial Guy Angiuoni. Merci de nous avoir prévenus.

Ils se serrèrent la main. Broome était trop vieux pour chercher à marquer son territoire. Tout ce qu'il désirait, c'était faire arrêter cet enfant de salaud.

— Il y a qui là-dedans, à votre avis ?

— Ma fem...

Il avait failli dire « ma femme ».

— Ma coéquipière, Erin Anderson, est en train de dresser la liste des hommes disparus aux environs du Mardi gras. Nous vous ferons parvenir les informations pour que vous les compariez aux victimes dans le puits.

— Ça nous rendrait un grand service.

Les deux hommes regardèrent la corde redescendre.

— Il paraît que vous avez un suspect, dit Angiuoni. Un certain Ray Levine.

— C'est une possibilité, mais nous n'avons pas suffisamment de preuves. On est en train de perquisitionner chez lui.

— Excellent. Peut-être pourriez-vous coordonner le passage du relais à notre équipe ?

Broome hocha la tête. Il était temps de rentrer. Il n'avait plus rien à faire là. Autant aller voir si ses gars avaient découvert quelque chose dans le sous-sol de Levine. Il pensa de nouveau à Sarah Green. Fallait-il attendre la confirmation que son mari se trouvait bien dans ce puits ? D'un autre côté, les médias ne manqueraient pas de s'emparer de l'affaire, et il ne tenait pas à ce qu'elle l'apprenne par quelque journaliste avide de scoops.

— Je peux retrouver vos hommes chez Levine, dit-il.

— Ce serait parfait. J'ai besoin de vous, lieutenant. Il nous faut quelqu'un d'ici pour servir d'agent de liaison.

— Je suis à votre disposition.

Ils échangèrent une nouvelle poignée de main. S'éclairant avec la lampe de poche, Broome rebroussa chemin pour aller récupérer sa voiture. Son téléphone portable bourdonna. Il vit s'afficher le nom de Megan Pierce.

— Allô ?

Mais ce n'était pas Megan Pierce. C'était un enquêteur de la police criminelle du comté d'Essex, pour lui annoncer que Megan Pierce venait de faire l'objet d'une tentative d'assassinat.

Il lui fallut du temps, mais Erin finit par trouver le numéro de téléphone de Stacy Paris, la danseuse exotique à l'origine de la querelle entre Ricky Mannion et Ross Gunther, et de la mort de ce dernier. Stacy Paris se faisait appeler maintenant Jaime Hemsley. Elle était célibataire et tenait une petite boutique de prêt-à-porter dans la banlieue huppée d'Alpharetta, à une demi-heure d'Atlanta.

Erin hésita à l'appeler, puis se décida. Malgré l'heure tardive, elle décrocha le téléphone et composa le numéro.

Une femme avec l'accent traînant du Sud répondit :

— Allô ?

— Jaime Hemsley ?

— Oui, vous désirez ?

— Lieutenant Erin Anderson de la police d'Atlantic City. J'ai quelques questions à vous poser.

Il y eut un bref silence.

— Madame Hemsley ?

— Je ne vois pas en quoi je peux vous être utile.

— Désolée pour ce coup de fil inopiné, mais j'ai besoin de votre aide.

— Je ne sais rien.

— Mais moi, si, Jaime... ou devrais-je dire Stacy, répliqua Erin. Comme votre véritable nom, par exemple.

— Oh, mon Dieu.

L'accent du Sud avait disparu.

— S'il vous plaît. Je vous en supplie. Laissez-moi tranquille.

— Je ne vous veux aucun mal.

— Ça fait presque vingt ans.

— Je comprends bien, mais nous avons une nouvelle piste dans l'affaire du meurtre de M. Gunther.

— De quoi parlez-vous ? C'est Ricky qui a tué Ross.

— Nous pensons que ce n'est pas lui.

— Ricky va sortir de prison ?

Il y eut un sanglot dans sa voix.

— Oh, mon Dieu.

— Madame Hemsley...

— Je ne sais rien, d'accord ? J'ai servi de punching-ball à ces deux malades. Je croyais... Je croyais que Dieu m'avait fait une faveur. Vous savez, d'une pierre deux coups. Qu'Il m'avait débarrassée d'eux et m'avait permis de refaire ma vie.

— Qui vous a permis de refaire votre vie ?

— Comment ça, qui ? Dieu, le destin, mon ange gardien, je n'en sais rien. Deux hommes se battaient pour savoir lequel des deux allait me tuer à la fin. Et tout à coup, ils ont dégagé l'un et l'autre.

— C'est comme une sorte de sauvetage, dit Erin, réfléchissant à voix haute.

— Oui. J'ai déménagé. J'ai changé de nom. J'ai une boutique de vêtements. Ce n'est pas grand-chose, mais c'est à moi. Vous voyez ce que je veux dire ?

— Bien sûr.

— Et vous me dites que Ricky va sortir de prison ? S'il vous plaît, lieutenant, s'il vous plaît, il ne faut pas qu'il sache où je vis.

Erin réfléchissait toujours à ce qu'elle venait d'entendre. Cela correspondait à un certain profil commun à tous ces hommes... à savoir qu'ils n'étaient pas exactement ce qu'on peut appeler des citoyens modèles.

— Il ne vous retrouvera pas, mais j'ai une question : qui aurait pu faire ça, à votre avis ?

— Tuer Ross ?

— Oui.

— À part Ricky, je ne vois pas.

Le téléphone portable d'Erin se mit à sonner. C'était Broome. Elle remercia Jaime Hemsley et dit qu'elle rappellerait, si jamais elle avait besoin d'autre chose. Elle promit également de la prévenir si Ricky Mannion était remis en liberté.

Après qu'elles eurent raccroché, Erin ouvrit son portable.

— Allô ?

— Ils sont morts, Erin, annonça Broome d'une voix curieusement atone. Ils sont tous morts.

Erin sentit un bloc de glace se former dans sa poitrine.

— Qu'est-ce que tu racontes ?

Il lui parla de la photo du diable, des fouilles dans les ruines, des corps dans le puits. Erin écouta, sans dire un mot.

Lorsqu'il eut terminé, elle demanda :

— Alors, c'est tout ? C'est fini ?

— Pour nous, j'imagine. Les fédéraux vont retrouver ce type. Mais il y a encore des éléments qui ne collent pas.

— Aucune affaire ne présente une cohérence parfaite, Broome. Tu es bien placé pour le savoir.

— Certes, mais je viens de recevoir un appel d'un enquêteur du comté d'Essex. Megan Pierce a été agressée ce soir par une jeune femme blonde correspondant au signalement de la personne qu'elle avait croisée au cabinet de Harry Sutton.

— Elle va bien ?

— Megan ? Elle a été blessée, mais elle s'en sortira. En revanche, elle a tué son assaillante. D'un coup de couteau au ventre.

— Ça alors.

— Tu l'as dit.

— Légitime défense, c'est sûr ?

— Selon la police du comté, oui.

— La femme blonde, on l'a identifiée ?

— Pas encore.

— Et quel rapport avec l'affaire en cours, d'après toi ?

— Je ne sais pas. Peut-être aucun.

Erin n'était pas convaincue. Et Broome non plus, elle en était certaine.

— Je peux faire quelque chose ? demanda-t-elle.

— Dans le cas Megan Pierce, rien pour l'instant. Quand la police locale aura identifié la blonde, on essaiera de raccrocher les wagons.

— Entendu.

— Il faut aussi qu'on se pose la question du meurtre de Ross Gunther. Comment il est lié à tout cela.

— Je viens de parler à Stacy Paris.

— Et ?

Erin lui résuma leur conversation.

— Ça ne nous avance pas beaucoup, fit-il.

— Sauf que ça correspond plus ou moins au même schéma.

— Des hommes violents.

— C'est ça.

— Alors réexamine les choses sous cet angle. Des compagnons ou des maris violents, tout ça. En lien avec le Mardi gras. Cette fête, c'est le point de départ. Élargis un peu le champ, vois s'il n'y a pas d'autres affaires du Mardi gras qui nous auraient échappé.

— OK.

— Les fédéraux sont sur place en ce moment, en train de remonter les corps. Ils vont avoir besoin de ton aide pour l'identification.

Erin s'en doutait.

— Pas de problème. Laisse-moi le temps de réunir les infos et de leur transmettre les noms. Et toi, tu fais quoi, là ?

— Je vais faire un saut chez Ray Levine, puis aller parler à Sarah avant que les médias lui tombent dessus.

— Ça craint, dit Erin.

— Peut-être pas. Peut-être qu'elle sera soulagée d'être enfin fixée sur son sort.

— Tu crois ?

— Nan.

Il marqua une pause.

Erin, qui le connaissait bien, changea le téléphone d'oreille.

— Ça va aller, Broome ?

— Mais oui.

Menteur.

— Tu veux passer à la maison après ?

— Non, je ne pense pas.

Puis :

— Erin ?

— Oui ?

— Tu te souviens de notre voyage de noces en Italie ?

Drôle de question, totalement inattendue, mais quelque chose, même au cœur de ce cauchemar, la fit sourire.

— Bien sûr.

— Merci pour ça.

— Pour quoi ?

Mais il avait déjà raccroché.

35

LUCY L'ÉLÉPHANT ÉTAIT FERMÉE POUR LA NUIT. Ray attendit le départ du dernier gardien. En face, le *Ventura's Greenhouse*, un bar-restaurant pas vraiment classe, était bondé, ce qui rendait l'accès de ce côté-ci particulièrement hasardeux. Ray fit le tour jusqu'à l'endroit habituel près de la boutique de souvenirs et sauta par-dessus la clôture.

Des années auparavant, quand Cassie avait chipé une clé à un ex-petit ami, elle lui avait fait un double. Il l'avait gardé jusqu'à aujourd'hui. La clé ne marchait plus, mais ce n'était pas un souci. Lucy avait une porte dans chacune de ses massives pattes arrière. L'une était réservée aux visiteurs. L'autre était fermée à l'aide d'un simple cadenas. Ray ramassa une grosse pierre et fracassa le cadenas du premier coup.

S'éclairant de sa lampe de poche porte-clés, il gravit l'escalier en spirale qui menait dans le ventre du pachyderme. Les « entrailles » étaient une salle voûtée qui donnait l'impression de se trouver à l'intérieur d'une église. Les murs étaient peints dans une curieuse nuance de rose censée correspondre à la couleur anatomiquement correcte du tractus gastro-intestinal de l'éléphant.

À l'époque, Ray et Cassie avaient caché un sac de couchage au fond d'un placard. Visiblement, le placard avait été démoli au cours d'une rénovation. Ray se demanda si quelqu'un était tombé sur le vieux sac de couchage, ce qu'il en avait pensé et ce qu'il en avait fait. Il se demanda également pourquoi, alors que, une fois de plus le sol se dérobait sous ses pieds, il perdait son temps avec des considérations aussi ineptes.

Il commettait une bêtise en revenant ici.

Si seulement l'intérieur de cet estomac pouvait parler... Ray sourit malgré lui. Et pourquoi pas ? Pourquoi pas, bon sang ? Il s'était assez torturé comme ça. Puisque le ciel allait lui tomber sur la tête, autant invoquer le souvenir des nuits câlines. Comme disait son père, il n'y a pas de haut sans le bas, de gauche sans la droite... et on ne peut pas avoir de bons moments sans qu'un jour le vent tourne.

Pendant qu'il attendait l'amour de sa vie dans le ventre de la bête, il se rendit compte qu'il n'avait pratiquement pas connu de bons moments ces dix-sept dernières années. Que des mauvais. C'était pathétique. Pathétique et stupide.

Qu'aurait dit son père ?

Une erreur. Une seule erreur vieille de dix-sept ans, et lui – l'intrépide photojournaliste qui n'hésitait pas à travailler en première ligne sous une pluie de feu – s'était laissé sombrer. C'était comme ça, la vie. Tout était question de timing. De choix. De chance.

Pleurer sur le passé. Voilà qui était constructif.

Ray reprit l'escalier jusqu'au baldaquin-observatoire sur le dos de Lucy. L'air nocturne avait fraîchi, le vent soufflait par rafales de l'océan, apportant une merveilleuse odeur de sel et de sable. Le ciel était clair, des étoiles brillaient au-dessus de l'Atlantique.

La vue, se dit Ray, était magnifique. Il sortit son appareil et commença à prendre des photos. Étonnant, pensait-il, ce dont on pouvait et ce dont on ne pouvait pas se passer dans la vie.

Lorsqu'il eut fini, il s'assit dans le froid et attendit, se demandant si le fait de dire la vérité à Megan allait tout chambouler à nouveau.

Tout en enveloppant le bras de Megan de bandages, le médecin marmonnait que ça lui faisait penser au temps où il avait travaillé dans une boucherie étant jeune, quand il emballait du paleron haché. Megan en déduisit que son bras, c'était le moins que l'on puisse dire, était dans un sale état.

— Il guérira, lui assura le médecin.

Mais le bras l'élançait toujours, malgré la morphine. Le bras et la tête, sans doute le contrecoup de la commotion. Elle s'assit dans le lit.

Dave avait été prié de patienter dans la salle d'attente pendant que Megan était interrogée dans son lit. La femme flic – elle s'était présentée comme étant Loren Muse, enquêteur du comté – s'était montrée étonnamment conciliante. Elle l'avait laissée parler sans un haussement de sourcils, même si son récit paraissait quelque peu délirant : « Je sortais de la maison des vieux quand cette poupée blonde m'a sauté dessus avec un couteau... Non, je ne connais pas son nom... Non, je ne sais pas qui elle est ni pourquoi elle a essayé de me tuer, sauf que je l'ai croisée hier soir en bas de l'immeuble de Harry Sutton... »

Muse l'avait écoutée, imperturbable, presque sans l'interrompre. Elle ne la prit pas de haut, ne manifesta aucun scepticisme. À la fin de la déposition, elle appela Broome à Atlantic City pour confirmer sa version des faits.

À présent, quelques minutes plus tard, elle refermait son calepin d'un coup sec.

— OK, c'est assez pour ce soir. Vous devez être vannée.

— C'est rien de le dire.

— Je vais essayer de faire identifier la blonde. On se reparle demain. Vous croyez que vous serez en état ?

— Bien sûr.

Muse se leva.

— Prenez soin de vous, Megan.

— Merci. Voulez-vous me rendre un petit service ?

— Dites.

— Pouvez-vous demander au médecin de laisser entrer mon mari maintenant ?

Muse sourit.

— Comme si c'était fait.

Restée seule, Megan s'adossa à l'oreiller. Sur le chevet à droite du lit, il y avait le téléphone portable. Elle voulut envoyer un texto à Ray pour dire qu'elle ne viendrait pas – ne viendrait jamais, en fait –, mais elle se sentait trop faible.

L'instant d'après, Dave pénétrait dans la chambre, les larmes aux yeux. Et soudain, Megan se rappela un autre hôpital, une image qui lui coupa le souffle. À l'époque, Kaylie avait quinze mois, elle commençait tout juste à marcher, et ils l'avaient emmenée au dîner de Thanksgiving chez Agnes et Roland. Tout le monde était réuni dans la cuisine. Agnes venait de tendre une tasse de thé à Megan quand, se retournant, elle avait vu une Kaylie chancelante peser de tout son poids sur la barrière de sécurité bébé en haut de l'escalier du sous-sol. Roland, apprendrait-elle plus tard, n'avait pas fixé la barrière correctement. Sous ses yeux horrifiés, la barrière avait cédé, et Kaylie avait commencé à dégringoler les marches en béton.

Aujourd'hui encore, quatorze ans après, Megan ressentait la panique maternelle. En cette fraction de seconde, elle avait entrevu le pire. L'escalier du sous-sol était raide et sombre, ses bords inégaux. Son bébé allait atterrir la tête la première sur du béton. Et Megan ne pouvait rien faire – elle était beaucoup trop loin –, à part rester là, tétanisée, la tasse de thé à la main, à la regarder tomber.

Ce qui arriva ensuite restera gravé à vie dans sa mémoire. Dave, assis à côté d'elle, plongea vers la barrière ouverte. Plongea. Comme si le sol de la cuisine était une piscine. Sans hésitation ni même réflexion consciente. Dave n'était pas un grand sportif, il ne possédait pas de réflexes fulgurants. Il n'était pas particulièrement rapide ni agile, et cependant il plongea par-dessus le lino à une vitesse qu'il serait incapable de reproduire, même après dix ans d'entraînement. Il glissa et, le bras tendu, attrapa Kaylie par la cheville. Emporté par son élan, il ne pouvait plus s'arrêter, et cependant il réussit à catapulter Kaylie dans la cuisine, et ainsi à la sauver. Incapable de freiner sa chute, il roula au bas des marches et se cassa deux côtes.

Megan avait entendu parler de tels actes héroïques, des rares conjoints ou parents qui se sacrifiaient sans même y penser. Des maris qui, de leur corps, protégeaient spontanément leur femme d'une balle perdue. Ce n'étaient pas toujours de braves types, au sens traditionnel du terme. Certains buvaient, jouaient ou volaient. Mais ils étaient aussi foncièrement courageux. Il y avait chez eux une absence d'égoïsme, une pureté fondamentale. C'était quelque chose qui ne s'enseignait pas. On l'avait ou on ne l'avait pas.

Dave l'avait, Megan l'avait toujours su.

Il s'assit à côté d'elle, lui prit la main... sa main valide. Tout doucement, il lui caressa les cheveux, comme si elle était en porcelaine.

— J'aurais pu te perdre, fit-il, impressionné et incrédule.

— Ça va, je vais bien.

Et, comme l'horreur et l'abjection n'empêchaient pas le sens pratique, elle demanda :

— Qui surveille les enfants ?

— Ils sont chez les Reale. Ne t'inquiète pas pour ça, OK ?

— OK.

— Je t'aime, dit-il.

— Moi aussi je t'aime. Plus que tu ne l'imagines. Mais il faut que je te dise la vérité.

— Ça peut attendre.

— Non.

— Tu es blessée, protesta Dave. Bon Dieu, tu as failli te faire tuer ce soir. Je me fiche de la vérité. Ce qui compte, c'est toi.

Il était sincère en disant ça... mais Megan se doutait bien

qu'il n'en resterait pas là. Une fois à la maison, les mêmes questions resurgiraient, grignotant leur relation par les deux bouts. Lui pouvait peut-être attendre. Pas elle.

— S'il te plaît, Dave, laisse-moi parler, d'accord ?

Il hocha la tête.

Et, pendant que la main de Dave glissait lentement hors de la sienne, Megan lui dit tout.

Lorsqu'on sonna à la porte, Del Flynn porta machinalement la main au médaillon de saint Antoine.

Il était en train de regarder le match des Celtics contre les Sixers. Lui supportait les Sixers, son équipe de basket favorite, mais s'il y en avait une que les Flynn vénéraient – sur trois générations : Del, son père et Carlton – c'était l'équipe de foot des Eagles de Philadelphie. Del était un grand amateur de ce sport. Il se souvenait d'avoir emmené Carlton voir son premier match quand il avait quatre ans. Les Eagles contre les Redskins. Carlton avait tenu à acheter un fanion des Skins, même s'il les détestait. Ensuite, c'était devenu une sorte de tradition : il collectionnait les fanions des équipes adverses et les accrochait au-dessus de son lit. Del se demandait à quel moment il avait cessé de le faire et quand il avait fini par les décrocher.

À l'écran, le nouveau pivot des Sixers manqua deux lancers francs.

Del leva les bras au ciel, dégoûté, et se retourna comme pour prendre son fils à témoin. Mais, évidemment, Carlton n'était pas là. De toute façon, il s'en fichait. Il n'y avait que le foot qui l'intéressait. Maintenant qu'il était plus vieux, il préférait bien sûr aller voir les matchs avec ses copains et faire la fête après jusqu'au bout de la nuit. Mais quand avait-il commencé à débloquer pour de bon ? Il y avait eu cet incident en dernière année de lycée lorsqu'une fille avait accusé Carlton de viol après être sortie avec lui. Carlton avait dit à Del qu'elle était furieuse parce qu'il l'avait larguée après leur aventure d'un soir. Del l'avait cru. Il ne pouvait y avoir de viol quand on sortait avec quelqu'un. Un violeur, ça se cache dans les buissons et ça vous bondit dessus. On ne le réinvite pas chez soi, comme cette fille l'avait fait avec Carlton. Bon, d'accord, il y avait eu ces bleus et ces traces de morsures, mais d'après Carlton, c'était parce qu'elle aimait ça. De toute façon, Del n'avait pas envie de se prendre la tête, de chercher qui avait dit quoi. Et pas question que son fils aille en prison pour un simple malentendu. Il avait donc mis la main à la poche, et tout était rentré dans l'ordre.

Non, son fils était un gentil garçon. C'était juste une période qu'il traversait. Ça lui passerait.

N'empêche, Carlton n'était plus tout à fait le même, et maintenant qu'il en avait le temps, Del s'efforçait de comprendre pourquoi. C'était peut-être bien le foot. Petit, Carlton avait été un demi-arrière rapide comme l'éclair ; rien qu'à l'école primaire, il avait battu tous les records de la saison. Seulement voilà, il avait cessé de grandir. Le coup avait été rude. Ce n'était pas sa faute. C'était génétique. Ce n'était la faute de personne. Du coup, il avait atterri chez les remplaçants, et c'est là qu'il avait mis le paquet sur la musculation et, soupçonnait Del, sur les stéroïdes. C'était là que tout avait commencé. Mais comment en être sûr ?

Curieusement, et malgré tout ce qui lui arrivait, Del parvenait encore à se concentrer sur le jeu. La victoire des Sixers, il y croyait. Maria, quand elle le voyait comme ça, était morte de rire. Elle pointait le doigt sur l'écran en disant :

— Et tu penses que ces gars-là iraient t'applaudir sur ton lieu de travail ?

Ce qui ne l'empêchait pas d'aller lui préparer un plateau-télé.

Assis sur son canapé blanc, Del était en train de penser à sa douce Maria lorsqu'il entendit sonner à la porte.

Sa main se posa aussitôt sur le médaillon de saint Antoine de Padoue. Le saint qu'on invoquait quand on perdait quelque chose, ou quelqu'un. Plus jeune, Del trouvait que c'était de la foutaise. Mais avec l'âge, il était devenu superstitieux.

S'extrayant du cuir blanc, il alla ouvrir. Le flic, Goldberg, se tenait dehors dans le froid. Il ne dit rien. Il n'eut pas besoin de parler. Leurs regards se croisèrent, et Goldberg hocha imperceptiblement la tête. Del eut comme l'impression de s'effriter de l'intérieur.

Il n'y eut pas de déni. Pas au début. Au début, ce fut d'une clarté aveuglante. Del Flynn comprit parfaitement ce que cela signifiait. Son garçon n'était plus. Il ne reviendrait pas. Son fils était mort. Sa jeune vie s'était arrêtée. Il n'y aurait pas de sursis, pas de miracle, rien pour le sauver. Del n'aurait plus jamais l'occasion de lui parler, de le prendre dans ses bras. Il n'y aurait plus de matchs des Eagles. Carlton était mort, et Del savait qu'il ne s'en remettrait pas.

Ses jambes fléchirent. Il allait s'écrouler – il voulait s'écrouler –, mais Goldberg le rattrapa. Del s'affala contre son corps massif. La douleur était immense, indicible, insupportable.

— Comment ? articula-t-il finalement.

— On l'a trouvé pas loin de l'endroit où on avait découvert son sang.

— Dans les bois ?

— Oui.

Del imagina Carlton là-bas... seul, dans le froid.

— Il y avait d'autres dépouilles. Nous pensons que ça pourrait être l'œuvre d'un tueur en série.

— Un tueur en série ?

— Oui.

— Vous voulez dire que c'était sans raison ? Que mon gamin est mort parce qu'il se trouvait au mauvais endroit au mauvais moment ?

— Pour l'instant, on n'en sait rien.

Del essayait de faire taire la douleur, de se concentrer sur ce que lui disait Goldberg.

Tandis que les larmes se mettaient à couler, il demanda :

— Est-ce qu'il a souffert ?

Goldberg réfléchit une seconde.

— Je ne sais pas.

— Vous avez chopé le gars ?

— Pas encore. Mais on l'aura.

Derrière eux, une clameur s'éleva à l'écran. Les Sixers étaient en train de gagner. Son fils était mort, et les gens se réjouissaient. Personne n'en avait cure. L'électricité marchait dans la maison. Les voitures passaient dans la rue. Les spectateurs acclamaient leur équipe de basket.

— Merci de vous être déplacé en personne, s'entendit-il dire.

— Il y a quelqu'un qui peux rester avec vous ?

— Ma femme va rentrer bientôt.

— Voulez-vous que je l'attende ?

— Non. Ça va aller. C'est gentil à vous d'être venu.

Goldberg se racla la gorge.

— Del ?

Del le regarda. Son visage reflétait la compassion, mais pas seulement.

— Il ne faut pas que d'autres innocents souffrent. Vous comprenez ce que je veux dire ?

Del garda le silence.

— Rappelez ces cinglés, fit Goldberg en lui tendant un téléphone portable. Il y a eu assez de morts pour ce soir.

Oui, la douleur n'empêchait pas la lucidité. Goldberg avait raison. Trop de sang avait été versé. Del Flynn prit le téléphone et composa le numéro de Ken.

Mais personne ne répondit.

Broome appela Sarah Green.

— Vous serez chez vous dans une heure ?

— Oui.

— Je peux passer ?

— Vous avez du nouveau ?

— Oui.

Il y eut une brève pause.

— Je n'ai pas l'impression que les nouvelles sont bonnes.

— Je serai là dans une heure.

Les réverbères devant chez Ray Levine dispensaient une lumière trop violente, trop jaune ; on aurait dit que la rue avait la jaunisse. Quatre voitures de patrouille stationnaient devant son modeste appartement en sous-sol. En s'approchant, Broome vit arriver une camionnette du FBI. Il se hâta à l'intérieur où il tomba sur Dodds.

— Alors ? questionna-t-il.

— Rien d'anormal, si c'est ça qui t'intéresse. Pas d'arme du crime. Pas de diable. Rien. On a commencé à visionner les photos sur son ordinateur. Là-dessus au moins, notre homme a dit la vérité : les photos du côté de l'ancienne fonderie ont toutes été prises un 18 février, et pas les Mardis gras.

Voilà qui confirmait la déclaration de Ray.

Dodds regarda par la fenêtre.

— Les agents fédéraux ?

— Ouais.

— Ils prennent le relais ?

Broome acquiesça.

— On leur a refilé le bébé.

Il consulta sa montre. Plus rien ne le retenait ici. Il pouvait aller chez Sarah.

— Bon, si c'est tout ce qu'il y a…

— Ben, pas vraiment. Il y a un truc que je trouve bizarre.

— Lequel ?

— Ray Levine. C'est son vrai nom ?

— Mais oui.

Dodds hocha la tête, comme s'il poursuivait un raisonnement intérieur.

— Tu en connais d'autres, des Levine ?

— Quelques-uns, pourquoi ?

325

— Ils sont tous juifs, non ? Je veux dire, Levine est un nom juif.

Broome promena son regard sur le taudis dans lequel ils se trouvaient et fronça les sourcils.

— Tous les juifs ne sont pas fortunés. Tu n'étais pas au courant ?

— Je ne parlais pas de ça. Pas du tout. Bon, laisse tomber. Ça n'a aucune importance.

— Qu'est-ce qui n'a aucune importance ? demanda Broome.

— Rien. Je t'ai dit, on n'a rien découvert de compromettant. C'est juste que...

Il haussa les épaules.

— ... si ce gars-là est juif, qu'est-ce qu'il fait avec ça ?

Il tendit à Broome un sachet plastique destiné à la mise sous scellés. Broome jeta un œil sur son contenu. Tout d'abord, il ne comprit pas, mais quand il vit ce que c'était, il fut pris de vertige, comme s'il était en train de tomber en chute libre, sans pouvoir s'arrêter.

— Broome ?

Il ne réagit pas. Il cilla, regarda à nouveau, et un spasme lui contracta l'estomac. Le sachet en plastique renfermait un médaillon de saint Antoine.

Depuis son poste d'observation de l'autre côté de la rue, Ken regarda Lorraine quitter le *Crème* par la porte de service. Elle mit du temps à traverser le parking : toutes les filles qui travaillaient dans ce bouge l'interpellaient pour l'embrasser et la serrer longuement dans leurs bras. Lorraine n'était pas en reste : chacune d'elles semblait avoir droit à une oreille compatissante, un sourire complice, un mot gentil.

Comme si elle était leur mère.

Lorsqu'elle en eut fini avec les embrassades et qu'elle prit le chemin de la maison, Ken la suivit discrètement. Elle n'habitait pas loin. La maison avait dû connaître des jours meilleurs, ou peut-être qu'elle avait toujours été délabrée.

Lorraine ouvrit la porte avec sa clé et disparut à l'intérieur. Deux lumières s'allumèrent à l'arrière. Jusqu'ici, tout avait été éteint, ce qui signifiait qu'elle était seule. Ken fit le tour de la maison en jetant un coup d'œil par les fenêtres. Il trouva Lorraine dans la cuisine.

La barmaid avait l'air épuisée. Elle s'était débarrassée de ses chaussures à talons pour poser ses pieds nus sur une chaise. Elle se chauffait les mains sur une tasse de thé qu'elle sirotait à petites gorgées en fermant les yeux. Sous cet éclairage cru, elle paraissait bien moins séduisante et beaucoup plus vieille que dans la pénombre feutrée du club.

Ce qui n'avait rien d'étonnant.

Quelle vie elle avait, cette barmaid, pensait Ken. Au fond, il lui rendrait service en abrégeant cette existence de misère. Ça le démangeait déjà. Il serra les poings et, regardant la table de cuisine, se dit qu'elle devait être assez solide pour faire l'affaire.

Et maintenant, au boulot.

Ken était à la porte d'entrée quand son téléphone vibra. Puisque ce n'était pas Barbie, il décida de ne pas répondre. Il frappa, se lissa les cheveux et attendit. Il entendit un bruit de pas traînants, puis le verrou qu'on tirait. Les gens sont bizarres. Ils installent des verrous sophistiqués, mais ça ne les empêche pas d'ouvrir leur porte au premier venu.

En l'apercevant, Lorraine ouvrit de grands yeux. Sans pour autant lui claquer la porte au nez.

— Tiens, tiens, mais c'est le beau gosse éploré qui ressemble à mon ex !

Elle esquissa le sourire oblique qu'il lui avait vu au club, mais il y avait là comme une note discordante. Ken crut sentir… la peur ? Oui, la peur. Une expression fugace sur son visage buriné, qui l'excita.

Il prit son air le plus avenant.

— Il faut que je vous parle.

Lorraine semblait réticente – ou peut-être qu'elle se méfiait –, mais elle n'était pas du genre à faire un esclandre ou à virer quelqu'un du pas de sa porte.

— C'est très important, insista-t-il. Je peux entrer ?

— Je ne sais pas. Il est un peu tard, là.

— Oh, ne vous inquiétez pas.

Ken sourit, toutes dents dehors.

— Ça va prendre quelques secondes, je vous le promets.

Sans attendre, il pénétra dans la maison et ferma la porte.

Il commençait à faire froid dehors. Ray redescendit dans l'« estomac » de Lucy. Quelle idée aussi que d'être venu ici ! Oui, bon, ce lieu lui rappelait de merveilleux souvenirs. Peut-être qu'à Cassie également. Mais est-ce que ça l'aiderait à mieux comprendre les raisons de son geste ?

Une idée lumineuse, vraiment.

Ray regarda son téléphone portable. Aucun message de Cassie ou Megan ou quel que soit son nom. Il hésitait à la rappeler. Il attendrait encore une heure ou deux, puis il partirait. Pour aller où ? D'ici là, les flics en auraient fini avec son sous-sol miteux, mais avait-il réellement envie de retourner là-bas ?

Il était temps de passer à autre chose. Si Cassie – pour lui, elle serait toujours Cassie – refusait d'entendre ce qu'il avait à dire, eh bien, tant pis, il ferait avec. Mais s'obstiner à rester ici, alors que tout se délitait autour de lui, n'avait aucun sens. C'était trop risqué et, même s'il ne s'était jamais trouvé à court d'idées pour ficher sa vie en l'air, il n'était pas franchement suicidaire.

En se dirigeant vers l'escalier dans la patte arrière de Lucy, Ray entendit un bruit en bas. Il s'arrêta et attendit.

Quelqu'un avait ouvert la porte.

— Cassie ?

— Non, Ray.

Il eut un pincement au cœur en reconnaissant cette voix. C'était le lieutenant Broome.

— Comment m'avez-vous trouvé ?

— Le signal de votre portable. C'est facile quand on le laisse allumé.

— Ah bon. OK.

— C'est fini, Ray.

Il ne répondit pas.

— Ray ?

— Je vous entends, lieutenant.

— Inutile de chercher à vous enfuir. L'endroit est cerné.

— OK.

— Vous êtes armé ?

— Non.

— Je viens vous arrêter, Ray. Vous comprenez ?

Faute de mieux, Ray opta pour :

— Je comprends.

— Je compte sur vous pour nous simplifier la vie à tous les deux, dit Broome. Mettez-vous à genoux et posez vos mains sur votre tête. Je vais vous menotter et vous lire vos droits.

36

LE LENDEMAIN MATIN, À HUIT HEURES, Megan ouvrit les yeux et se sentit complètement laminée. La nuit avait été longue à bien des égards – dont celui, et non des moindres, consistant à avouer à Dave la vérité sur son passé –, et maintenant chaque parcelle de son corps subissait un nouvel assaut de douleur. Le pire, c'était le bras : on aurait dit qu'il avait été déchiqueté par un tigre avant d'être passé au mixeur en position glace pilée. Un forgeron avait choisi son crâne pour s'en servir d'enclume. Sa bouche et sa langue étaient aussi sèches que le Sahara, les mêmes sensations laissées par une monumentale gueule de bois.

Megan souleva lentement les paupières. Dave était assis au bout du lit, la tête dans la main. Lui aussi paraissait souffrir, mais d'un mal différent. Ses cheveux étaient hérissés dans tous les sens. Il avait dû rester toute la nuit à son chevet.

Elle essaya de se rappeler à quelle heure elle avait cessé de parler – Dave, lui, n'avait pratiquement pas ouvert la bouche –, mais ce fut impossible. Plus que dans le sommeil, elle avait sombré dans l'inconscience, vaincue par la fatigue, la douleur et la morphine. Si Dave avait fait des commentaires sur sa confession, elle ne s'en souvenait pas.

Megan n'avait jamais eu aussi soif de sa vie. Lorsqu'elle tendit la main vers le gobelet d'eau sur la table de chevet, son corps tout entier gémit en signe de protestation. Elle laissa échapper un petit cri. Dave se redressa en sursaut.

— Attends, je vais te le donner.

Avec précaution, il leva le gobelet à la hauteur de son visage et introduisit la paille dans sa bouche. Elle aspira avidement. L'eau lui fit l'effet d'un nectar divin. Quand elle eut fini de boire, il reposa le gobelet sur la table de nuit et s'assit à côté d'elle.

— Comment tu te sens ?

— Comme si je m'étais mangé un bus.

Il sourit, lui caressa le front.

— Je vais chercher le docteur.

— Pas tout de suite.

Sa main était fraîche contre sa peau. Fermant les yeux, elle savoura son contact. Une larme roula sur sa joue, sans qu'elle sache pourquoi.

— J'ai réfléchi à tout ce que tu m'as raconté, dit Dave. J'en suis encore à essayer de digérer.

— Je sais. Mais parle-moi, OK ?

— OK.

Elle rouvrit les yeux pour le regarder.

— C'est dur, fit-il. D'un côté, ça ne compte pas vraiment, ce que tu as été dans le passé. Tu m'aimes ?

— Oui.

— Tes sentiments pour moi, ce n'est pas un mensonge ?

— Bien sûr que non.

— Alors qu'importe le reste ? On a tous un passé. On a tous des secrets. Ou autre chose.

Il changea de position sur sa chaise.

— Ça, c'est un côté. Le côté facile à gérer.

— Et l'autre ?

Dave secoua la tête.

— Je suis en pleine digestion.

— Digestion, fit-elle, ou jugement ?

Il eut l'air déconcerté.

— Je ne vois pas bien ce que tu veux dire.

— Si, dans ma vie passée, j'avais été… je ne sais pas, une princesse riche et vierge avant notre rencontre, penses-tu que tu aurais mis tout ce temps à le digérer ?

— Tu me crois futile à ce point ?

— Je pose la question, c'est tout. C'est une question légitime.

— Et si je te dis que oui, cette version-là serait plus facile à accepter ?

— Ça peut se comprendre.

Dave réfléchit brièvement.

— Je vais te faire un aveu bizarre.

Elle attendit.

— Je ne t'ai jamais fait entièrement confiance, Megan. Non, attends, ce n'est pas tout à fait vrai. Je veux dire par là que je ne t'ai jamais vraiment crue. J'avais confiance en toi. Implicitement. J'ai fait de toi ma femme ; je t'aimais et je savais que tu m'aimais. Nous avions une vie commune, nous partagions le même lit, nous avons eu des enfants ensemble.

Il déglutit avec effort, regarda ailleurs, se tourna à nouveau vers elle.

— Je suis prêt à mettre ma vie entre tes mains. Tu le sais.

— Oui.

— Et en même temps, je ne t'ai pas toujours crue. On peut faire confiance à quelqu'un et savoir qu'il y a autre chose. Tu me suis ?

— Oui.

— Ça n'a pas été trop dur de me mentir toutes ces années ?

— Pas qu'à toi. À tout le monde.

— Mais surtout à moi.

Elle n'objecta pas.

— Ç'a été dur ?

— Pas vraiment, non.

Il se laissa aller en arrière.

— Ça, c'est du franc-parler.

— En fait, la vérité n'était pas une option. Je ne voyais

pas l'intérêt de te parler de mon passé. Ça n'aurait fait qu'empirer les choses.

— Mais quelque part, ça devait être dur quand même, non ?

— J'avais l'habitude.

Dave hocha la tête.

— Si je veux connaître les détails, c'est parce que mon imagination ne lâchera pas le morceau, tu comprends ?

Megan acquiesça.

— Mais dans un sens, je sais qu'il vaut mieux ne pas insister.

— C'est de l'histoire ancienne, Dave.

— Mais ça fait partie de toi.

— Tout comme ton passé fait partie de toi.

— Ça te manque ?

— Je n'ai pas l'intention de m'excuser de ce que j'ai vécu.

— Là n'est pas la question. Je te demande si ça te manque.

Les yeux de Megan s'emplirent de larmes. Après tout ce chemin parcouru, elle n'allait pas se remettre à mentir.

— Tu faisais du théâtre quand tu étais au lycée, n'est-ce pas ?

— Oui, et alors ?

— Avec tes copains, vous sortiez et vous fumiez de l'herbe. C'est toi-même qui me l'as dit.

— Je ne vois pas bien le rapport, répondit Dave.

— Ça te manque, pas vrai ? Mais tu ne retournerais pas en arrière. Ce temps-là est révolu. Dois-je renier mon passé pour que tu m'acceptes ?

Dave se redressa, décontenancé.

— Tu crois vraiment que c'est la même chose ?

— En quoi serait-ce si différent ?

Il se frotta le visage.

— Je n'en sais rien. C'est ça que je dois digérer.

Il s'efforça de sourire.

— À mon avis, les mensonges ont pesé plus lourd que

tu ne l'imagines. Ils ont créé une distance entre nous. C'est inévitable. À partir de maintenant, ce ne sera plus comme avant. Mais peut-être que ce sera mieux.

Le téléphone sur la table de nuit émit un gazouillis.

Dave fronça les sourcils.

— Tu ne devais pas être dérangée.

Megan tendit son bras valide vers l'appareil.

— Allô ?

— Il paraît que vous avez passé un mauvais quart d'heure hier soir.

C'était le lieutenant Broome.

— Je m'en remettrai.

— Vous n'avez pas encore allumé la télé ce matin ?

— Non, pourquoi ?

— Carlton Flynn est mort. Lui et plusieurs autres. Nous avons découvert les corps dans un puits non loin du vieux four.

— Quoi ?

Cette fois, Megan réussit à s'asseoir.

— Je ne comprends pas. Stewart Green aussi ?

— Probablement. L'identification est en cours.

En parlant de digérer…

— Attendez, quelqu'un les aurait tous tués ?

— Je vous donnerai les détails plus tard. Pour le moment, j'ai besoin de votre aide.

— À quel point de vue ?

— Je sais que vous souffrez beaucoup, alors si c'est trop vous demander…

— Que faut-il que je fasse, lieutenant ?

— Hier soir, nous avons arrêté Ray Levine pour assassinats multiples.

Elle ouvrit la bouche, mais aucun son n'en sortit. Son monde venait de basculer une fois de plus.

— C'est une plaisanterie ?

— Non…

— Ça ne va pas, non ? Vous avez perdu la tête ?

Dave la regarda, interloqué, mais elle ne fit pas attention à lui.

— Broome ! cria-t-elle.

— Je suis là.

Megan secoua la tête, prête à jurer que ce n'était tout simplement pas possible, quand les dernières paroles de Ray lui revinrent à l'esprit : *Je ne t'ai pas dit la vérité.*

— Non, non, c'est une erreur, reprit-elle, sentant une larme glisser le long de sa joue. Vous m'entendez ? Quelle preuve avez-vous ?

— Je ne tiens pas à en discuter maintenant ; en revanche, il faut que vous m'aidiez.

— À quoi faire ?

— Ray a été placé en détention. Il refuse de nous parler. Il ne veut parler qu'à vous seule, en tête à tête. Je sais que c'est beaucoup demander dans l'état où vous êtes, et ça pourrait certainement attendre quelques jours, jusqu'à ce que vous…

— Donnez-moi l'adresse.

Dave ouvrait de grands yeux.

Megan écouta attentivement. Puis elle raccrocha et se tourna vers son mari.

— Il faut que tu me conduises en prison.

Après sa conversation avec Megan, Broome retourna dans la salle d'interrogatoire. Ray Levine arborait la tenue orange des prisonniers. Ses mains et ses pieds étaient entravés. Il avait appelé son seul ami dans le coin, son patron, Fester, qui avait engagé un avocat nommé Flair Hickory, réputé pour son talent et son excentricité.

Lorsque Broome entra dans la pièce, Hickory, dont le costume lavande produisait un curieux effet de bon matin, lança :

— Alors ?

— Elle arrive.

— Magnifique.

— J'aimerais tout de même poser quelques questions à votre client.

— Et moi, j'aimerais prendre un bain moussant avec Hugh Jackman, repartit Hickory en agitant la main. Hélas, on peut toujours rêver. Mon client a été on ne peut plus clair. Avant de vous adresser la parole, il souhaite un tête-à-tête avec Megan Pierce. Allez, ouste maintenant.

Broome sortit. L'agent spécial Angiuoni haussa les épaules.

— Ça valait le coup d'essayer.

— Je pense aussi.

— Même avec une escorte policière, elle va mettre une heure minimum pour venir jusqu'ici. Si vous alliez prendre l'air en attendant, hein, qu'en dites-vous ?

— Il faut que je retourne au *Crème*.

— La boîte de nuit ? Pour quoi faire ?

Broome ne prit pas la peine de se justifier. La nuit avait été longue. Les agents fédéraux en étaient encore à passer le logement de Ray Levine au peigne fin à la recherche d'autres trophées. Douze corps avaient jusqu'à présent été sortis du puits. Plus les dépouilles étaient anciennes, plus il serait difficile de déterminer à qui appartenaient les ossements. Les squelettes s'étaient disloqués au fil du temps, transformant le puits en ossuaire.

La veille, après l'arrestation de Ray Levine, Broome s'était rendu dans la maison du malheur, naguère la maison familiale de Stewart et Sarah Green. Tout portait à croire, expliqua-t-il à Sarah, que Stewart reposait au fond du puits, victime d'un tueur en série. Elle l'avait écouté avec attention, comme à son habitude. Puis elle avait dit :

— Je croyais que quelqu'un avait revu Stewart récemment.

C'est pour cela qu'il retournait au *Crème*. Le club ouvrait ses portes pour le brunch du samedi matin lequel, étrangement, faisait salle comble. Broome n'espérait pas grand-chose de cette visite. À tous les coups, Lorraine allait hausser les épaules : « Je te l'avais bien dit que je n'en étais pas sûre. C'est juste que tu ne m'as pas écoutée. »

La vérité – une vérité qu'il ne s'avouait qu'à moitié – était qu'il avait envie de voir Lorraine. Il venait de vivre une nuit de cauchemar, avec trop de sang, trop de cadavres. Bon, d'accord, il avait une excuse professionnelle pour aller lui parler, mais peut-être qu'il avait juste besoin de voir un visage familier, le beau visage d'une femme qui n'était pas mariée à un autre. Lorraine, elle aussi rescapée de la vie, qui faisait tant de bien autour d'elle. Peut-être qu'il voulait se réchauffer un moment à son sourire réconfortant, à son rire de gorge. Et le fait qu'elle allait mourir bientôt, qu'elle n'en avait plus que pour quelques mois… peut-être que cela lui avait fait comprendre à quel point il redoutait de passer encore une fois à côté de quelque chose d'essentiel.

Il n'y avait pas de mal à ça.

À son arrivée, les videurs du *Crème* étaient en train d'ouvrir les portes. Et il y avait déjà la queue, des hommes qui devaient venir directement d'un casino ou d'un autre établissement de la vie nocturne. C'était la clientèle du petit déjeuner, des gens qui ne sortaient pas du lit, mais qui ne s'étaient pas couchés du tout et qui commençaient leur journée par un spectacle de strip-tease. Pensez-en ce que vous voulez, mais force est d'en conclure qu'ils devaient traîner, au mieux, un sacré mal de vivre.

Broome salua les videurs en noir d'un hochement de tête. Il traversa la salle obscure et mit le cap droit sur le bar de Lorraine. Mais elle n'y était pas. Il allait demander où il pouvait la trouver quand quelqu'un le poussa par-derrière, l'envoyant valdinguer contre le comptoir.

C'était Rudy, et son visage était écarlate.

— Ça va pas, Rudy ?

Le gérant brandit un doigt boudiné.

— Je t'avais prévenu.

— Qu'est-ce que tu racontes ?

337

— D'abord tu parles à Tawny. OK, ce n'est pas une grosse perte. Des comme ça, on en a à la pelle.

Il poussa Broome à nouveau.

— Mais je t'avais prévenu, non ?

— Prévenu de quoi ?

— Je t'ai dit que Lorraine, ce n'était pas pareil. Qu'elle n'était pas comme les autres. Et je t'ai dit ce que je ferais de toi si jamais il lui arrivait quelque chose.

Broome se figea. La musique lui parut soudain plus assourdissante. La salle se mit à tourner.

— Où est-elle ?

— Ne me fais pas ce coup-là, hein. Tu sais très bien…

L'empoignant par les revers, Broome le plaqua au mur.

— Où est-elle, Rudy ?

C'est ce que je te demande, tête de nœud. Elle n'est pas venue travailler ce matin.

37

DANS LA SALLE D'INTERROGATOIRE ANONYME et en même temps irréelle, Megan prit place face à Ray.

Elle n'avait presque pas prononcé un mot pendant tout le trajet. Un agent fédéral du nom de Guy Angiuoni l'avait appelée pour fournir des détails sur les meurtres et l'arrestation. Cela dépassait l'entendement. Lorsqu'elle eut raccroché, Dave essaya de la distraire en parlant de la pluie et du beau temps. Elle ne réagit pas. Il était au courant de sa relation passée avec Ray… en gros, mais c'était suffisant. Elle savait bien que ce n'était pas facile pour lui. Elle aurait voulu le rasséréner. Mais elle se sentait trop assommée.

Après avoir franchi un portique de sécurité et subi une minutieuse fouille au corps, Megan avait été admise dans la salle d'interrogatoire. Cinq hommes s'y trouvaient déjà : l'agent spécial Guy Angiuoni, deux policiers, Flair Hickory, l'avocat de Ray qui l'accueillit d'un sourire cordial, et bien entendu Ray lui-même.

Flair Hickory brandit une mince liasse de feuilles de papier.

— Ce sont des déclarations sous serment qui stipulent que votre conversation avec mon client ne sera ni écoutée, ni enregistrée, ni utilisée de quelque manière que ce soit. Toutes les personnes présentes dans cette pièce en ont signé une.

— OK.

— Je vous serais *tellement* reconnaissant si vous en signiez une.

— Ce ne sera pas nécessaire, intervint Ray.

— C'est également dans son intérêt, expliqua Hickory. Même si vous lui faites confiance, Ray, je veux les empêcher de l'obliger à parler.

— C'est bon, dit Megan.

Ses doigts fonctionnaient suffisamment pour pouvoir tenir un stylo et griffonner une signature.

Flair Hickory ramassa les papiers.

— OK, tout le monde, c'est le moment de sortir d'ici.

L'agent spécial Angiuoni se dirigea vers la porte.

— Il y aura quelqu'un pour surveiller, madame Pierce. Si vous êtes en danger, il vous suffira de lever votre bras valide au-dessus de votre tête.

— Mon client est harnaché comme dans un accessoire SM, protesta Hickory. Elle ne risque rien.

— C'est juste au cas où.

Flair Hickory leva les yeux au ciel. Guy Angiuoni fut le premier à sortir, suivi des deux policiers. Hickory quitta la pièce en dernier. Une fois la porte refermée, Megan s'assit de l'autre côté de la table, face à Ray. Les chevilles de Ray étaient attachées à la chaise, et ses bras à la table.

— Tu vas bien ? lui demanda-t-il.

— J'ai été agressée hier soir.

— Par qui ?

Megan secoua la tête.

— On n'est pas là pour parler de moi.

— C'est pour ça que tu n'as pas pu venir hier ?

Elle hésita avant de répondre.

— Je ne serais pas venue de toute façon.

Il acquiesça comme s'il comprenait.

— C'est toi qui as tué tous ces hommes, Ray ?

— Non.

— As-tu tué Stewart Green ?

Il garda le silence.

— Tu avais découvert qu'il me brutalisait, c'est ça ?

— Oui.

— Tu tenais à moi. Tu…

Elle marqua une brève pause.

— Tu m'aimais.

— Oui.

— Ray, j'ai besoin que tu me dises la vérité maintenant.

— J'en ai bien l'intention, fit-il. Mais toi d'abord.

— Quoi ?

Son regard la transperça de part en part.

— Cassie, dit-il. As-tu tué Stewart Green ?

Broome ne prit pas la peine de demander plus de précisions à Rudy.

Il s'exhortait à ne pas paniquer, mais sans grand succès. Il enjoignit à Rudy de rester au club et de l'appeler si jamais Lorraine se manifestait. Sans un mot de plus, il se précipita à la voiture, y prit son arme et se hâta vers chez Lorraine.

Non, s'il vous plaît, non…

Il téléphona pour demander du renfort, mais comme il était hors de question d'attendre les bras croisés, Broome se mit à courir. Ses poumons étaient en feu. Son souffle se réverbérait dans ses propres oreilles. Ses yeux larmoyaient dans l'air matinal.

Mais il n'en avait cure. Il n'avait qu'une pensée en tête, une seule.

Lorraine.

Si jamais il lui était arrivé malheur…

Il croisa des gens titubant au soleil après une nuit passée sous les néons. Mais Broome ne leur prêta pas attention.

Pas Lorraine. S'il vous plaît, pas Lorraine…

Il bifurqua à droite et, apercevant la maison, se rappela la seule et unique fois où il était entré chez elle. C'est fou ce qu'on peut être aveugle. Il y avait attaché peu d'importance

341

à l'époque, et elle sans doute encore moins. Maintenant il s'en mordait les doigts.

Carburant à l'adrénaline, Broome accéléra le pas et gravit les marches du perron deux à deux. Il faillit se cogner à la porte, prêt à la défoncer avec son épaule, puis se ravisa.

On ne faisait pas irruption chez les gens sans crier gare. D'un autre côté, il ne voulait pas attendre. Calmé, Broome posa la main sur la poignée de la porte.

La porte n'était pas verrouillée.

Son cœur manqua un battement. Lorraine serait-elle inconsciente au point de laisser sa porte ouverte dans un quartier comme celui-ci ?

Il en doutait fort.

Lentement, il poussa le battant, l'arme au poing. La porte grinça dans la fraîcheur matinale.

— Police ! cria-t-il. Il y a quelqu'un ?

Pas de réponse.

Il pénétra dans la maison.

— Lorraine ?

Dans sa voix, l'angoisse était presque palpable.

S'il vous plaît, non...

Il balaya du regard le séjour, une pièce assez quelconque. Un canapé avec une causeuse assortie, comme on en trouve dans tous les magasins de meubles qui poussent dans les zones commerciales au bord des autoroutes. Le téléviseur était modeste par rapport aux normes d'aujourd'hui. Dans le véritable style d'Atlantic City, l'horloge murale avait des dés rouges à la place des chiffres.

Il y avait une table basse avec trois cendriers, chacun représentant une vue à l'ancienne du centre des congrès sur la promenade. Sur la droite, il y avait un petit bar avec deux tabourets. Les bouteilles de vodka Smirnoff et de gin Gordon's montaient la garde telles deux sentinelles. Les dessous-de-verre jetables étaient les mêmes qu'au *Crème*.

— Il y a quelqu'un ici ? Police ! Sortez, les mains en l'air.

Toujours rien.

Les murs étaient ornés de reproductions spectaculaires d'affiches burlesques rétros. Il y en avait une du Roxy à Cleveland, une des Red Hots à Coney Island et, juste en face, en jaune vif, « Miss Combustion spontanée », Blaze Starr se produisant au Globe à Atlantic City.

L'appartement de Lorraine n'était ni grand ni élégant, mais il lui ressemblait. Broome savait que sa chambre se trouvait à gauche, la salle de bains à droite, la cuisine au fond. Il commença par la chambre. C'était un véritable fouillis, plus un dressing qu'une chambre à coucher. Les tenues de travail flashy étaient drapées sur des mannequins de couture plutôt que suspendues à des cintres, mais, manifestement, il s'agissait d'un choix esthétique délibéré.

Le lit cependant n'avait pas été défait.

Broome déglutit et retourna dans le séjour. Il n'y avait plus une seconde à perdre. Il se hâta dans la cuisine. De loin, il aperçut le réfrigérateur vert avocat tapissé de magnets. Arrivé à la porte, il s'arrêta net.

Oh non...

Il regarda le lino sous la table et se mit à secouer la tête. Il plissa les yeux, espérant s'être trompé, mais non, il avait bien vu.

Le sol de la cuisine était trempé de sang.

— Cassie, as-tu tué Stewart Green ?

Ray chercha son regard. Il voulait voir sa réaction face à ce qu'il s'apprêtait à lui dire.

— Non, Ray, je ne l'ai pas tué. Et toi ?

Il scruta son beau visage, sans déceler autre chose que la surprise face à une telle question. Il la regarda fixement, et la crut.

— Ray ?

— Non, je ne l'ai pas tué.

— Alors qui ?

Il devait se jeter à l'eau. Le problème, maintenant qu'il

était convaincu de son innocence, c'était comment lui présenter la chose.

Il était un peu tard pour s'en inquiéter.

— Ce fameux soir, commença-t-il, tu es venue dans le parc. Tu as vu Stewart Green étendu près du gros rocher, et tu l'as cru mort.

— On en a déjà parlé, Ray.

— Juste un peu de patience, OK ?

— Oui, dit Megan. C'est ça. Je l'ai cru mort.

— Du coup, tu t'es enfuie, d'accord ? Tu as eu peur. Peur qu'on ne t'accuse, toi.

— Ou toi.

— Exact, acquiesça-t-il. Ou moi.

— Je ne comprends pas, Ray. Qu'est-ce que je fais ici ? Qu'avais-tu à me dire ?

Il se demandait comment lui faire comprendre.

— Que faisais-tu là-bas, ce soir-là ?

Elle parut désorientée.

— C'est-à-dire ?

— Pourquoi es-tu allée dans le parc ?

— Comment ça, pourquoi ? J'ai eu ton message. Avec des indications détaillées pour arriver à cet endroit précisément.

Ray secoua la tête.

— Je ne t'avais laissé aucun message.

— Quoi ? Mais bien sûr que si !

— Non.

— Alors comment t'es-tu retrouvé là-bas ?

Il haussa les épaules.

— Je t'ai suivie.

— Je ne comprends pas.

— Je savais ce qui se passait avec Stewart Green. Je t'avais même offert de partir avec moi. Je voulais qu'on reparte de zéro, tu te souviens ?

Megan sourit tristement.

— Tu rêvais.

— Peut-être. Mais peut-être que si tu m'avais écouté...

— N'allons pas par là, Ray.

Il hocha la tête. Elle avait raison.

— Je t'ai suivie ce soir-là. Tu t'es garée sur le parking des Pine Barrens et tu t'es engagée sur le sentier. Je ne voyais pas pourquoi ni qui tu allais retrouver. Probablement aussi que j'étais jaloux. Mais peu importe. Tu t'es éloignée, et je n'ai pas bougé. Si tu voulais être avec quelqu'un d'autre, après tout, ça ne me regardait pas. On ne s'était pas juré fidélité. Ça faisait partie du plaisir, non ?

— Je ne comprends pas, dit-elle. Tu ne m'avais pas donné rendez-vous ?

— Non.

— C'était qui, alors ?

— J'ai eu tout le temps d'y réfléchir ces dernières vingt-quatre heures. La réponse me paraît évidente. C'était forcément Stewart Green. Il t'a tendu un piège pour être seul avec toi.

— Mais quand je suis arrivée là-haut...

— ... Stewart Green était mort.

— Du moins, c'est l'impression que j'ai eue.

Ray prit une grande inspiration. Le sang lui monta à la tête.

— Ton impression était la bonne.

Megan le regarda, déconcertée.

— Qu'est-ce que tu dis ?

— Stewart était mort.

— Tu l'avais tué ?

— Non. Je te l'ai dit, ce n'est pas moi.

— Qu'est-ce qui s'est passé, alors ?

— Tu es allée là-bas, reprit Ray. Tu as vu son corps. Croyant qu'il était mort, tu es redescendue en courant. Je t'ai vue. J'allais t'intercepter en fait, pour m'assurer qu'il ne t'était rien arrivé de grave. Encore une occasion manquée, tiens. Si seulement je t'avais arrêtée...

Sa voix s'éteignit dans un murmure.

Megan se pencha en avant.

— Que s'est-il passé, Ray ?

— J'ai cru... je ne sais pas... j'ai cru que Stewart t'avait malmenée. J'étais déboussolé, en colère, alors j'ai hésité. Toi, entre-temps, tu étais repartie. Du coup, j'ai couru là-bas. Vers les ruines.

Megan étudia son visage. Elle était curieuse, bien sûr, mais aussi inquiète. Cela se voyait. Il touchait au but, et peut-être que finalement elle commençait à entrevoir la vérité.

— Une fois là-haut, je suis tombé sur Stewart Green. Il était mort. On lui avait tranché la gorge.

Ray se rapprocha afin qu'elle voie dans ses yeux ce que lui-même avait vu ce soir-là.

— Imagine le tableau, Cassie. Imagine, j'arrive en courant là-haut et je trouve Stewart, égorgé.

Tout s'éclaircissait maintenant.

— Tu as cru... Tu as cru que c'était moi.

Il baissa la tête.

— Qu'as-tu fait, Ray ?

Ses yeux débordèrent.

— J'ai paniqué...

— Qu'as-tu fait ?

Le sang. Tout ce sang.

— ... ou peut-être l'inverse. Peut-être que tout m'est apparu soudain trop clairement. Je t'ai vue t'enfuir. Et j'en ai conclu que tu en avais eu assez de te faire maltraiter. C'était un citoyen respectable. Tu n'avais d'aide à attendre de personne. Alors tu as fait ce qu'il fallait. Tu lui as fixé rendez-vous dans ce lieu isolé et tu l'as tué. Mais quelque chose t'a fait peur. Peut-être que quelqu'un t'a vue, je ne sais pas. En tout cas, tu as laissé des indices. Il y avait d'autres voitures sur ce parking. Quelqu'un aurait pu se souvenir de toi. Le corps serait découvert, la police enquêterait, ça les mènerait jusqu'au *Crème,* et ils finiraient par te tomber dessus.

Elle venait de comprendre. Il le vit à l'expression de son visage.

— J'ai donc fait la seule chose possible pour t'aider. Je me suis débarrassé du cadavre. Pas de cadavre, pas d'enquête.

Megan se mit à secouer la tête.

— Tu ne vois pas ? En l'absence de cadavre, on allait penser que Stewart avait pris la tangente. On pourrait te soupçonner, mais si on ne le trouvait pas, tu ne risquerais rien.

— Qu'as-tu fait, Ray ?

— Je l'ai traîné un peu plus loin dans les fourrés. Puis je suis allé chercher une pelle pour l'enterrer. Mais on était en février, le sol était trop dur. J'ai essayé, la terre ne cédait pas. Le jour allait bientôt se lever. Il fallait que je me débarrasse du corps. Je suis retourné à la maison et j'ai pris la tronçonneuse...

Megan porta sa main à sa bouche.

Le sang, songea-t-il à nouveau en fermant les yeux. *Tout ce sang.*

Il aurait voulu reculer, mais une fois la tronçonneuse en marche, il avait su qu'il n'avait pas le choix. Il fallait finir le travail. Scier la chair et les os de Stewart Green, homme aussi méprisable fût-il, déposer les morceaux dans des sacs poubelles noirs ; toutes ces choses horribles, il en épargna la description à Cassie. S'il avait tenu le coup, c'était uniquement parce qu'il pensait sauver la femme qu'il aimait. Il avait pris les sacs, les avait lestés avec des pierres et transportés dans sa voiture à un endroit qu'il connaissait du côté du cap May. Il les avait jetés à l'eau. Puis il était rentré en espérant retrouver Cassie. Mais elle n'était pas là. Il avait passé le reste de la nuit à grelotter dans son propre lit en s'efforçant de chasser les terribles images de son esprit. Sans succès. Il avait cherché Cassie toute la journée, et le jour d'après. Elle n'était toujours pas revenue. Les jours devinrent des semaines, des mois, des années. Cassie avait disparu.

Il ne restait que le sang.

Erin Anderson finit par toucher le jackpot.

Elle avait passé la majeure partie de la soirée à travailler sur l'identification des dépouilles avec les agents fédéraux. Il était trop tôt pour affirmer quoi que ce soit, mais elle avait déjà recueilli suffisamment de données sur les vêtements, les montres et les bijoux pour se faire une idée approximative de leurs différents propriétaires. Le reste était affaire d'ADN. Et cela risquait de prendre un certain temps.

Lorsqu'elle eut une minute à elle, Erin s'installa à l'ordinateur du poste de police. Broome lui avait dit d'élargir la recherche, d'essayer de trouver d'autres voies de fait en rapport avec le Mardi gras. Très vite, elle tomba sur une affaire qui pouvait les intéresser, même s'il n'y avait pas de rapport direct.

Du moins, pas à première vue.

Erin recherchait des hommes assassinés ou disparus. Voilà pourquoi cette affaire-ci avait échappé à leur attention. À l'arrivée, l'issue fatale avait été classée dans les actes de légitime défense plutôt que les homicides. Faute de condamnation, l'affaire n'avait pas fait beaucoup de bruit. Un dénommé Lance Griggs avait été poignardé à mort chez lui, à Egg Harbor Township... en dehors d'Atlantic City. Griggs avait un lourd passif en matière de violences conjugales. Ce fut ce qui éveilla l'intérêt d'Erin. Il n'avait pas disparu, non. Il n'avait pas été jeté dans un puits. Mais, comme bon nombre de leurs victimes actuelles, Griggs avait été un homme violent.

D'après le procès-verbal, sa femme avait été hospitalisée à plusieurs reprises. Tout le voisinage savait qu'il la battait. Les flics s'étaient rendus maintes fois à leur domicile. Erin secoua la tête. Elle avait géré des dizaines de cas de violences domestiques. Elle avait entendu toutes sortes de justifications, mais en son for intérieur, elle ne comprenait toujours pas pourquoi ces femmes-là restaient.

Griggs, semblait-il, avait agressé sa femme avec un démonte-pneu. Après lui avoir cassé la jambe, il avait pressé la barre métallique contre sa gorge. Elle avait réussi à se dégager et, s'emparant d'un couteau, l'avait poignardé. Compte tenu du casier chargé de Griggs, il y avait plein de photos anthropométriques dans le fichier. Erin en sortit une. La femme aussi avait été arrêtée lorsqu'on avait découvert le corps. Erin afficha sa photo sur l'écran et les plaça côte à côte.

Quel couple délicieux !

— Vous êtes sur quoi, là ?

Se retournant, elle vit Goldberg. Génial, elle avait bien besoin de ça ! Lui aussi avait l'air éreinté. Sa cravate était desserrée au point de pouvoir lui servir de ceinture. La nuit avait été longue pour eux tous.

— Probablement pas grand-chose, répondit Erin en réduisant la luminosité de l'écran. Je regardais d'un peu plus près les crimes du Mardi gras.

— Stop.

— Pardon ?

— Rallumez ça, ordonna Goldberg.

Erin obéit à contrecœur.

Goldberg scruta l'écran.

— Ces deux-là, ils sont concernés aussi ?

— Oui. Elle l'a tué il y a des années.

Il secoua la tête.

— Ça n'a aucun sens.

— Comment ?

Goldberg pointa le doigt.

— Cette femme, je la connais.

À la vue du sang sur le sol de la cuisine, Broome eut le sentiment de recevoir un coup de poing à l'estomac.

Agrippant son arme, il pria malgré l'évidence pour que Lorraine soit toujours en vie. Il s'en voulait de lui avoir parlé au vu et au su de tout le monde. Tawny et Harry Sutton, ça ne lui avait pas suffi ? Il avait affaire à des individus dangereux. Comment avait-il pu se montrer aussi imprudent ?

Son cœur battait à tout rompre. Il n'y avait pas une seconde à perdre. Il fallait lui porter secours, essayer de stopper l'hémorragie. Se baissant, Broome se faufila dans la cuisine, et là il reçut un nouveau choc.

Ce n'était pas le corps ensanglanté de Lorraine qui gisait sur le lino.

C'était le corps d'un homme. En regardant de près, il repensa au signalement du type que Megan avait croisé dans l'immeuble de Harry Sutton. Il se pouvait bien que ce soit le même.

L'homme était mort, pas de doute là-dessus. On lui avait tranché la gorge.

Broome allait se redresser quand il sentit le canon d'une arme dans son cou.

— Lâche ton flingue, Broome, dit Lorraine.

38

MEGAN ÉTAIT EFFONDRÉE.

Elle comprenait mieux maintenant la réaction de Ray face aux rumeurs de la réapparition de Stewart Green. Lui savait que Stewart était mort. Ce sacrifice, beaucoup trop lourd à porter, et le secret qui le rongeait depuis tout ce temps avaient dû sérieusement entamer sa santé mentale. Il y a des gens qui peuvent vivre avec ces choses-là. Pas Ray. Il était trop sensible. Ajoutez à cela l'abandon de la femme qu'il aimait. La femme à qui il avait tout sacrifié… et dont il était resté sans nouvelles pendant dix-sept ans.

Avant de quitter la salle d'interrogatoire, Megan promit à Ray de remuer ciel et terre pour le faire libérer. Elle était sincère. Elle lui devait bien ça. Et une fois qu'il serait dehors, elle s'en irait pour de bon.

Mais ses premières paroles en sortant de la pièce furent :

— Où est mon mari ?

— Dans la salle d'attente sur la gauche.

En l'entendant arriver, Dave leva les yeux, surpris, et elle sentit son cœur se gonfler d'amour. Se précipitant vers lui, elle s'écroula dans ses bras.

Ce fut là, bien au chaud et en sécurité, qu'elle commença à se demander comment elle avait pu se retrouver dans ce parc le soir fatidique.

N'était-ce pas Lorraine qui lui avait transmis le message de Ray lui donnant rendez-vous dans les ruines ?

N'était-ce pas Lorraine qui avait fait courir le bruit selon lequel Stewart Green était de retour... alors qu'il était on ne peut plus mort ?

N'était-ce pas Lorraine qui prétendait savoir où Megan se trouvait depuis tout ce temps... et comment l'aurait-elle su ?

Elle retourna en courant auprès de l'agent spécial Angiuoni.

— Où est le lieutenant Broome ?

— Je ne sais pas. En partant, il a mentionné un club qui s'appelle le *Crème*.

Goldberg pointa le doigt par-dessus l'épaule d'Erin.

— C'est Lorraine, la barmaid du *Crème*. C'est quoi, l'histoire ?

— Elle a tué son mari violent.

— Quoi ?

— Légitime défense. Affaire classée.

— Où diable est passé Broome ? rugit Goldberg. Il faut qu'il entende ça !

— Lâche ton flingue, dit Lorraine.

— De quoi tu parles ? Je suis là pour t'aider, Lorraine.

— S'il te plaît, Broome.

Elle enfonça le canon du pistolet dans son cou.

— La nuit a été longue. Lâche ton flingue.

Broome s'exécuta.

— Maintenant appelle le poste. Dis-leur que tu n'as pas besoin de renfort, que tout est réglé.

Encore sous le choc, il obéit à la lettre. Puis, désignant le cadavre :

— Qui est-ce ?

— Quelqu'un qui a été engagé par Del Flynn.

— Qu'est-ce qu'il voulait ?

— Me torturer pour m'extorquer des informations sur les faits et gestes de Carlton. C'est rigolo. Faire souffrir, ça ne le gênait pas, mais l'inverse, il n'a pas supporté. Comme des tas de mecs.

Broome la dévisagea. Elle soutint son regard et hocha la tête, comme pour l'encourager à formuler ce qui semblait évident à présent.

— Mon Dieu… c'était toi ?

— Ouaip.

— Tu les as tous tués ?

— Un par an. Le Mardi gras, toujours, mais je ne pensais pas que quelqu'un ferait le rapprochement. La plupart de ces voyous n'avaient personne pour s'inquiéter de leur disparition. Que tu aies fait le lien avec le Mardi gras, alors là, chapeau.

— Ce n'est pas moi, c'est ma coéquipière.

— Ton ex-femme, c'est ça ? Un esprit brillant, je parie. Bravo à elle.

Il ne dit rien.

— On se calme, Broome. Je ne vais pas te flinguer ni m'en prendre à elle, si c'est ce qui t'inquiète.

Lorraine le gratifia d'un sourire en coin et contempla le pistolet comme s'il venait de se matérialiser dans sa main.

— J'avais imaginé cent fois comment ça allait finir, mais te tenir en joue pour m'expliquer… ?

Elle secoua la tête.

— C'est tellement… tellement… bof. Tu comptes essayer de gagner du temps en espérant qu'on vienne te sauver ?

— Ce n'est pas mon style.

— Tant mieux car ce serait vraiment maladroit de ta part. Rassure-toi. Bientôt, tout deviendra clair.

— Qu'est-ce qui deviendra clair ?

— Mon plan. Mais je veux l'exposer à ma façon. Et je veux que tu m'écoutes, Broome. Si tu as une once d'affection pour moi, tâche d'écouter sans a priori, OK ?

— J'ai le choix ?

— Peut-être pas, en effet, vu que c'est moi qui ai le flingue. Je suis fatiguée, Broome. On a bien rigolé, mais la fin du voyage est proche. Je veux juste... Je veux que tu m'écoutes. C'est tout. Commençons par le commencement, pour que tu puisses comprendre mon point de vue, OK ?

Elle avait l'air sincère. Comme elle semblait attendre sa réaction, il dit :

— OK.

— Tu sais que j'ai été mariée, n'est-ce pas ?

— Oui.

— On s'est maqués dès ma sortie du lycée. Je ne t'ennuierai pas avec le récit de mon enfance dans une petite ville auprès d'un papa alcoolique. C'est une vieille histoire, on en voit les fruits tous les jours dans les rues de cette ville, pas vrai ?

Broome crut que c'était une question rhétorique, mais elle marqua une nouvelle pause, toujours sans baisser son arme.

— Exact, acquiesça-t-il.

— Mais moi, ce n'était pas pareil. J'avais quelqu'un qui m'aimait. On s'est fait la malle, il a trouvé un job, puis il l'a perdu et s'est mis à me battre comme plâtre. C'était dur, Broome. Tu n'as pas idée. Il m'avait déjà tapée une fois ou deux, au début quand on s'est connus. Rien de grave, ça arrivait à toutes les femmes de mon patelin. Du coup, je n'y ai pas fait attention. Mais un homme, ça peut dégénérer très rapidement, si tu vois ce que je veux dire.

Faute de mieux, Broome hocha la tête.

— La vie s'est acharnée sur mon mari comme s'il était le seul punching-ball du club. Et comment mon petit homme a-t-il réagi ? En cognant sur la seule personne qui tenait encore à lui. Elle est bien bonne, celle-là, hein ?

Les cheveux de Lorraine lui tombèrent sur le visage. Elle les repoussa d'un doigt.

— Et que m'est-il arrivé ensuite, Broome ? Allons, tu es un type intelligent. Qu'est-ce qui arrive toujours dans ces cas-là ?

— Tu es tombée enceinte.

— Ding, ding, réponse correcte. Les premiers mois de

la grossesse, la paix a régné sur la terre. Les spécialistes se trompent, me disais-je : la venue d'un bébé peut sauver un mariage. Or voilà qu'un soir, le papa de mon futur bébé se plaint de la cuisson de son steak. Il pique une crise, je l'envoie paître, il me frappe au ventre, je tombe, et, là, il s'acharne sur moi à coups de pied, si bien que je perds le bébé.

Broome contemplait le corps inanimé sur le lino.

— À force de me taper, ce sale con, il provoque la rupture de l'utérus. Tu sais ce que ça veut dire, Broome ? Dois-je te faire un dessin ? Plus d'enfants. Jamais plus.

Des larmes lui montèrent aux yeux. Elle cilla rageusement pour les chasser.

— J'en voulais, tu sais. On ne dirait pas à me voir. Peut-être que j'ai appris à tirer le meilleur parti de ce que la vie m'a offert. Mais à l'époque, je rêvais d'avoir deux gosses et un bout de jardin. Pitoyable, non ? Je ne demandais pas un château. Juste un mari, des enfants et un toit sur la tête, tu comprends ?

Broome se rapprocha imperceptiblement, cherchant un angle d'attaque.

— Je suis désolé, Lorraine. Désolé que tu aies dû subir tout ça.

— Eh oui, c'est une triste histoire, hein ?

Elle leva son arme et, sur un tout autre ton :

— Ne fais pas le malin, Broome. En principe, ma dernière victime, c'est ce gars qui est par terre, pas toi.

Broome s'immobilisa.

— Bref, quelques mois passent. Le soir du Mardi gras, mon cher et tendre, bourré comme un coing, m'attaque avec un démonte-pneu. Alors je l'ai tué. Comme ça. Et tu sais quoi, Broome ?

— Non.

— C'est la meilleure chose qui me soit jamais arrivée. J'étais libre et heureuse.

— Pas de remords ?

— Tout le contraire, Broome. C'est quoi, le contraire du remords ?

Lorraine fit claquer ses doigts.

— La satisfaction pure. Voilà ce que j'ai ressenti. J'ai déménagé, trouvé un boulot au *Crème* et, tous les Mardis gras, j'ai fêté ma liberté, en quelque sorte, en délivrant une autre malheureuse. Tu connais la suite.

— Pas vraiment.

— Oh ?

— Ce qui m'échappe, c'est ce qui t'a décidée à fêter ta liberté et ta satisfaction pure en devenant une tueuse en série.

Lorraine s'esclaffa.

— Une tueuse en série. Ça sonne tellement… je ne sais pas… Hannibal Lecter ou un truc de ce genre. Mais bon, tu as raison. Je te ferai remarquer que tous ces types que j'ai expédiés l'avaient mérité. C'étaient des ordures qui tapaient sur les filles et fichaient des vies en l'air. C'est l'une des explications. Je te signale aussi qu'en supprimant ces losers, je donnais à bon nombre de filles une seconde chance. Personne ne les a regrettés. Il y a même des femmes qui t'ont supplié de ne pas ramener leur mari, non ?

— Ça n'excuse en rien ce que tu as fait.

— Non, en effet. Je m'en sers comme justification, c'est certain. On tue bien des animaux innocents. Ces gars-là étaient pires. OK, d'accord, ce n'est pas une excuse. Mais je vais te dire ceci, Broome. Tu m'as traitée de tueuse en série, sauf que, ça va te paraître étrange…

Sa voix n'était plus qu'un murmure.

— … je suis loin d'être la seule.

Un courant d'air froid parut traverser la pièce.

— Les autres, ils sont en sommeil, Broome. Et ils se comptent par millions, je parie. Beaucoup de gens sont des tueurs-nés, en série ou pas. Simplement, ils l'ignorent. Comment veux-tu savoir si tu n'as jamais essayé ? Moi, ça ne m'avait jamais effleuré l'esprit, mais quand j'ai tué mon cher et tendre, c'est comme si j'avais ouvert une vanne. J'avais aimé ça. Pas seulement parce qu'il le méritait, mais l'acte en lui-même.

Des sirènes de police déchirèrent l'air matinal.

Lorraine poussa un soupir.

— On n'a plus trop le temps, Broome. Je crois que le reste devra attendre.

— Attendre quoi ?

Elle ne répondit pas. Il se demandait quelles étaient ses intentions. Encercler sa maison avec des véhicules de police n'allait pas résoudre grand-chose. Il jeta un coup d'œil sur le cadavre.

— Pourquoi, Lorraine ?

— Tu n'as pas écouté ?

— Parce qu'ils le méritaient.

— Oui. Et parce que j'aimais ça. Ils avaient besoin qu'on les tue. J'avais besoin de tuer.

Et voilà. Au final, c'était aussi simple que ça.

Une voix résonna dans un mégaphone :

— Lorraine Griggs ? Ici la police.

Lorraine désigna la fenêtre.

— Notre temps est écoulé.

— Qu'est-ce que tu vas faire maintenant ?

— Faire ?

— C'est quoi, ton plan ?

Broome écarta les mains.

— Tu vas t'offrir un dernier petit plaisir avant qu'on t'arrête ?

— Ah, Broome, fit Lorraine avec un sourire qui lui chavira le cœur. Jamais, tu m'entends, je ne toucherais à un seul de tes cheveux.

Il la regarda, désarçonné.

Le mégaphone, à nouveau :

— Lorraine Griggs, ici la police...

— J'ai tout prévu, lui expliqua-t-elle. Ça s'arrête là. Je

te l'ai dit hier. Je suis condamnée. Je ne veux pas finir mes jours en cavale.

Elle fit pivoter l'arme sur son doigt, de sorte à pointer le canon sur elle.

— Ne fais pas ça, dit Broome.

— Quoi ?

Elle regarda le pistolet.

— Tu pensais que j'allais me suicider ? C'est mignon, Broome, mais non, ça ne fait pas partie de mon plan.

Elle lui tendit le pistolet et leva les mains.

— C'est là que tu m'arrêtes.

— Et c'est tout ? Tu vas te rendre, point ?

— Oui, trésor, c'est tout.

Elle lui adressa son sourire en coin.

— Les carottes sont cuites.

Broome se borna à la dévisager.

— Je ne sais pas quoi dire, Lorraine.

Le regard de Lorraine glissa brièvement sur la porte, avant de revenir sur lui.

— Tu te souviens, tu m'as offert de m'accompagner jusqu'à la fin.

Il hocha la tête.

— Oui, bien sûr.

— Alors c'est le moment de prouver que tu n'es pas un menteur.

Ses yeux débordèrent à nouveau.

— Promets-moi que tu ne m'abandonneras pas. Promets de rester à côté de moi.

Épilogue

Deux semaines plus tard

— VOUS ÊTES PRÊT ? s'enquit le médecin.

Del Flynn acquiesça. Il tenait la main de sa belle Maria. Le médecin débrancha le tuyau d'alimentation et coupa l'assistance respiratoire. Del savait que quelque part à l'extérieur de cette chambre, l'étau se resserrait progressivement autour de lui et de Goldberg, mais il s'en moquait. Il avait déjà perdu tout ce qui représentait ses raisons de vivre. Seul lui importait encore l'instant présent.

Del ne quitta pas le chevet de Maria. Il ne lâcha pas sa main. Huit heures durant, il lui parla de leur première rencontre, du moment où il avait compris qu'ils étaient faits l'un pour l'autre. Il rit en évoquant leur premier rendez-vous, quand il avait trébuché en se précipitant pour lui ouvrir la portière de la voiture. Il énuméra chaque seconde du jour où Carlton était né : il avait failli s'évanouir en voyant son fils, et Maria, elle, n'avait jamais été aussi belle que quand elle avait pris leur petit garçon dans ses bras. À la fin, alors qu'elle n'avait plus que quelques minutes à vivre, il éclata en sanglots. Il la supplia de lui pardonner. De ne pas le laisser tout seul. Mais même dans son délire, il ne souffla pas un mot de ce qui était arrivé à Carlton.

Maria mourut, sa main dans celle de Del.

Avant sa relaxe, Ray Levine accepta d'aider les autorités à retrouver les restes de Stewart Green. Son avocat, Flair Hickory, rédigea les documents. En échange de son aide, il demandait qu'aucune charge ne soit retenue contre son client. Le bureau du procureur ne s'y opposa pas. De toute façon, Ray Levine n'était coupable que d'avoir fait disparaître le cadavre, crime pour lequel il y avait prescription.

À la requête de Sarah Green, la veuve de Stewart, Broome prit la tête des opérations de recherche. Ray Levine les conduisit le long d'un autre sentier secret – cette affaire en était truffée – jusqu'à la falaise d'où il avait jeté les sacs avec les parties du corps dans un lac.

En guise de choc final, les plongeurs en retrouvèrent quelques-uns, intacts.

À présent, ils étaient tous au cimetière, en train de mettre les restes de Stewart Green en terre. Sarah, officiellement veuve maintenant, était flanquée de sa fille Susie et de son fils Brandon. Broome, qui les observait, se demandait ce qu'ils allaient devenir. À force de vivre tout ce temps dans un état d'apesanteur, il craignait qu'elle n'arrive plus à en sortir.

Pour les autres, la vie continuait. Ricky Mannion, par exemple, avait été blanchi de toute accusation de meurtre et libéré de prison. À sa sortie, il n'y avait personne pour l'accueillir au portail.

Le cercueil heurta la terre au fond du trou.

Broome venait tout juste de rendre visite à Lorraine. Elle n'acceptait de parler qu'à lui – c'était sa condition –, mais il était libre ensuite d'en discuter avec d'autres. Au début, il se demanda à quoi elle jouait, pourquoi, outre la fatigue et le désir de ne pas finir sa vie en cavale, elle s'était rendue aussi facilement et quel était son fameux « plan ».

Il lui fallut du temps, mais finalement il comprit.

Broome était devenu le confesseur et le confident de Lorraine. Il se serait fait hacher menu plutôt que de l'avouer, mais il aimait toujours autant sa compagnie, ce qui expliquait peut-être ses rapports troubles avec les femmes.

Lorraine savait qu'il se posait encore des questions et faisait de son mieux pour y répondre. Lors de leur dernière entrevue en tête à tête, il lui demanda :

— Parle-moi de Ross Gunther.

— Il a été ma première cible.

Elle arborait maintenant la tenue orange des prisonniers des pénitenciers fédéraux.

— Après mon mari, évidemment. J'ai vu un peu grand, mais ça a payé.

— Un peu grand, dans quel sens ?

— J'aimais bien Stacy, vois-tu. C'était une gentille petite qui, toute sa vie, s'était fait taper dessus par les mecs. Elle sortait avec un type immonde du nom de Ricky Mannion. Tu n'imagines pas ce qu'il lui a fait endurer. Et voilà que, comme si un taré, ça ne suffisait pas, Stacy est tombée sur un autre malade mental, Ross Gunther. À l'origine, j'avais prévu de les buter tous les deux.

— Et qu'est-ce qui t'en a empêchée ?

Lorraine sourit, regarda ailleurs.

— Tuer, c'est un peu comme... enfin, comme le sexe pour la plupart des hommes que je connais. Tu l'as fait une fois et tu n'as pas forcément envie de recommencer tout de suite. J'ai donc liquidé Gunther, et j'ai trouvé plus intéressant de faire porter le chapeau à Mannion. En fait, la mort de Gunther seul n'aurait pas délivré Stacy. Il fallait que je la débarrasse des deux. C'est une drôle de logique, je l'admets, mais ça marche.

— C'était donc la première année ?

— Oui.

Broome alla droit au but.

— Et Stewart Green, c'était l'année d'après ?

— Exact. Sauf que je n'ai jamais su ce qui lui était arrivé. Oui, bon, je savais que je l'avais tué. J'ai envoyé Cassie là-haut pour lui faire comprendre qu'elle était libre. Je ne pensais pas qu'elle flancherait. J'aurais dû m'en douter. Ça m'a servi de leçon. Mais comme personne n'avait retrouvé le corps de Stewart… eh bien, moi aussi je me demandais ce qui s'était passé. Je trouvais ça flippant. Je me suis dit que Cassie avait dû cacher le cadavre. Puis elle a disparu à son tour. Pendant un temps, j'ai même soupçonné Ray Levine de l'avoir tuée et d'avoir planqué les deux corps, surtout quand je l'ai vu traîner du côté des ruines, juste avant que Carlton Flynn se pointe là-bas.

— Attends un peu… tu l'as vu ?

Lorraine acquiesça.

— J'ai failli tout annuler, mais puisque je risquais de ne plus être là au prochain Mardi gras, j'ai préféré tenter le coup.

— Alors c'est toi qui as agressé Ray avec une batte de base-ball pour lui voler son appareil ? Tu en avais après ses photos.

— J'avoue, fit Lorraine. Tu ne vas pas m'inculper pour coups et blessures, si ?

— Je veux bien fermer les yeux là-dessus.

— C'est vrai que ça ne pèse pas bien lourd à côté de tous ces cadavres. Où en étais-je ? Ah oui, Cassie.

Broome hocha la tête.

— Je ne voulais pas lui pourrir la vie, mais il fallait que je sache ce qui s'était passé. Ça m'obsédait. Je l'ai cherchée, mais elle s'était carrément volatilisée. Entre-temps, je t'ai regardé, Broome, tourner en rond pour essayer de comprendre ce qui était arrivé à Stewart Green. Tu pataugeais dans la semoule. Sans cadavre, il n'y avait pas vraiment de quoi monter un dossier. Tout ce chaos, ça m'a fait réfléchir. Et j'ai décidé de changer mon mode opératoire.

— Tu as choisi de planquer les corps, dit Broome.

— C'est ça.

— Pour faire croire à des disparitions ou des fugues.

— Tout juste. Si j'avais continué à entasser des cadavres là-haut, les flics auraient fini par me tomber dessus. J'aurais dû chercher un nouvel endroit chaque année. Ç'aurait été trop compliqué, tu comprends ? Tandis qu'avec les disparitions, ma foi, il n'y avait pas grand-chose à faire.

— Il y a encore un truc qui m'échappe.

— Je t'écoute, mon mignon.

Broome s'en voulait un peu de prendre plaisir à cet échange.

— Tu as dit à Megan..., Cassie, que tu as toujours su où elle était. Comment as-tu fait ?

— Ah, mais j'ai menti. Je n'ai découvert où elle habitait que récemment.

Sa réponse le surprit.

— Ah bon ? Comment ?

— Pour tout te dire, Cassie – ne l'appelons pas Megan, ce n'est pas sous ce nom-là que je l'ai connue –, c'était la meilleure. Je l'aimais. Sincèrement. Et elle aimait cette vie-là. Ça, on n'en parle pas, Broome. Drogue, prostitution, violence, on n'entend que ça, mais ce n'est qu'une partie de la vérité. Tu as vu les clubs, Broome. Pour certaines filles, c'est ce qu'elles peuvent espérer de mieux. Faire la fête soir après soir, dans cette chienne de vie, où est le mal, hein ?

— Et Cassie était ce genre de fille ?

— Oh que oui. Je savais que ça allait lui manquer. Du coup, même dix-sept ans après, ça ne m'a pas étonnée de la voir remettre les pieds au club. Elle t'en a parlé, non ?

Broome fit oui de la tête.

— Elle a fait comme si elle venait à Atlantic City pour une espèce de Salon à la noix, et évidemment elle a fini au *Crème*.

— Tu l'as reconnue ?

— Oui, et je l'ai suivie jusqu'au *Tropicana*. J'ai des copines là-bas, à la réception. Elles m'ont donné son véritable nom et son adresse. Et j'ai inventé un bobard pour la faire revenir ici.

— Tu as prétendu avoir revu Stewart. En laissant entendre qu'il avait peut-être un lien avec Carlton Flynn.

— Exact. En voyant sa réaction, j'ai compris qu'elle ne

savait pas non plus ce qui était arrivé au corps. Alors à toi maintenant, Broome.

Lorraine se pencha en avant.

— Parle-moi de Stewart Green. Ç'a toujours été un grand mystère pour moi. Dis-moi ce qui s'est passé.

Il lui rapporta la confession de Ray Levine, et elle écouta, suspendue à ses lèvres.

— Pauvre chéri, dit-elle.

— Ce qui m'amène à te poser une autre question. Comment le médaillon de Carlton Flynn a-t-il atterri chez Ray ?

— C'est moi qui l'ai déposé. Qui veux-tu que ce soit ?

— Comment as-tu fait pour entrer ?

— Tu rigoles ou quoi ? Ray loge dans un sous-sol avec des fenêtres étroites. J'en ai ouvert une et j'ai balancé le médaillon dans la pièce. C'est aussi simple que ça. Tout de même, c'est drôle, son histoire de dépeçage de cadavre.

— Dans quel sens ?

— C'est tout le contraire de moi.

— Je ne comprends pas très bien.

— Moi, j'ai pris goût à la violence. Le pauvre Ray, c'est l'inverse. Ça m'a ramenée à la vie. Lui, ç'a démoli la sienne. Tout dépend de la personnalité, Broome. Il était trop impressionnable. Ce n'est pas le départ de Cassie qui l'a brisé, c'est le fait de devoir vivre avec tout ce sang...

Broome aurait voulu poursuivre, mais elle décréta :

— Assez pour aujourd'hui, trésor. J'ai un rancard avec la télé.

Il avait enfin compris. C'était ça, son plan.

Elle était à deux doigts de se faire prendre. Ils avaient découvert les corps. Ils avaient appris le meurtre de son mari le Mardi gras. Le FBI était sur le coup. Ce n'était qu'une question de temps, et, du temps, elle n'en avait plus beaucoup. À l'instant même où elle s'était rendue, eh bien, une étoile était née.

Le cas de Lorraine faisait sensation aux quatre coins du monde. Broome n'y aurait pas pensé au départ. Les tueurs en série sont rares. Les tueuses, encore plus. Il y avait là déjà de quoi appâter les médias, mais ajoutez-y une pincée de manipulation professionnelle, et le tour est joué. Lorraine avait choisi pour la défendre la célèbre et très médiatique Hester Crimstein. De monstre sanguinaire, comme l'avaient qualifiée les médias, elle était devenue une femme victime de violences conjugales, l'« Ange vengeur ». Épouses et petites amies des hommes assassinés venaient témoigner de l'enfer qu'elles avaient vécu, d'un long calvaire de souffrance et de terreur dont elles avaient été délivrées par la seule personne sensible à leur détresse.

Lorraine.

Aujourd'hui, elle donnait des interviews à la télévision. Tout le monde semblait fasciné par elle. La sympathie qu'elle inspirait spontanément n'était pas quelque chose qu'on pouvait contrefaire. La stratégie de Crimstein était simple : brouiller les pistes, faire diversion, atermoyer. Sur ce dernier point, le procureur fédéral ne trouvait rien à redire. Il n'était guère pressé de juger une femme condamnée par la médecine et que beaucoup considéraient comme une héroïne.

Broome songea au sourire en coin de Lorraine au moment de son arrestation. Elle savait. Elle savait exactement comment réagiraient les médias.

— Et tu retourneras à la poussière…

De retour aux obsèques de Stewart Green, un homme assassiné par Lorraine, les membres de l'assistance inclinèrent la tête.

— Disons notre dernier adieu à notre cher disparu…

Sarah Green s'avança vers l'excavation, une rose à la main. Elle la jeta sur le cercueil. Susie l'imita. Puis Brandon. Broome ne bougea pas. Erin, sublime en noir, se tenait dans la rangée du fond. Avec son mari, Sean. À dire vrai, Sean était un chic type. Se retournant vers Erin, Broome croisa son regard. Elle lui adressa un petit sourire, et il en ressentit le familier pincement au cœur.

L'assistance commença à se disperser. Broome allait

regagner sa voiture quand il sentit une main sur son épaule. C'était Sarah.

— Merci, Broome.

— Toutes mes condoléances, dit-il.

Elle plissa les yeux, mit sa main en visière.

— Ça va vous paraître bizarre, mais quelque part, ça me permet de tourner la page.

— Tant mieux.

— Il est temps de passer à autre chose, pas vrai ?

— Tout à fait.

Ils restèrent là quelques instants.

— Maintenant que l'enquête est close, reprit Sarah, vous viendrez quand même me voir ?

Il hésita, incertain.

— Je ne sais pas.

— Ça me ferait plaisir, Broome. Ça me ferait très plaisir.

Il la suivit des yeux tandis qu'elle s'éloignait.

Il pensait à Lorraine, à Del Flynn, à Ray Levine, à Megan Pierce, même à Erin qui l'avait quitté et avait quitté son travail, mais qui n'était jamais réellement partie.

Peut-être, se dit-il, que Sarah avait raison. Il était temps pour eux tous de passer à autre chose.

Fester déposa Ray à l'aéroport.

— Merci, dit Ray.

— Ah, mais tu ne vas pas t'en tirer comme ça. Viens ici, toi.

Fester descendit de voiture et l'étreignit avec force. À sa propre surprise, Ray le serra dans ses bras.

— Fais attention à toi, hein, dit Fester.

— Oui, maman.

— J'ai le droit de m'inquiéter. Une fois que tu te seras bien planté là-bas, je tiens à récupérer mon meilleur employé.

Ray avait appelé Steve Cohen, son ancien patron à l'Associated Press, dans l'espoir qu'il lui indiquerait un moyen de renouer avec le métier.

— Renouer avec le métier ? avait répondu Cohen. C'est

une plaisanterie ? Tu es libre pour partir la semaine prochaine sur la ligne Durand ?

La ligne Durand était la frontière perméable et dangereuse entre l'Afghanistan et le Pakistan.

— Comme ça, tout de go ? avait demandé Ray. Après tant d'années ?

— Qu'est-ce que je t'ai toujours dit, Ray ? On est bon ou on ne l'est pas. Toi, tu es bon. Très bon. Tu me rendras service.

Une fois dans l'aérogare, il se mit dans la file d'attente pour passer le contrôle de sécurité. Quinze jours plus tôt, quand Flair Hickory lui avait annoncé sa relaxe, Ray avait secoué la tête.

— Ce n'est pas possible, Flair.

— Qu'est-ce qui n'est pas possible ?

— De continuer à me défiler. Je dois payer pour ce que j'ai fait.

Flair sourit et posa la main sur l'avant-bras de Ray.

— Vous avez payé. Pendant dix-sept ans.

Peut-être qu'il avait raison. Les visions du sang n'étaient pas revenues depuis un moment. Ray ne s'était pas remis complètement. Il ne se remettrait probablement jamais. Il buvait toujours trop. Mais il était sur la bonne voie.

Il attrapa son bagage à main sur le tapis roulant et se dirigea vers la porte d'embarquement. D'après le tableau des départs, il lui restait encore un quart d'heure avant d'embarquer. Il s'assit à côté du tableau et regarda son téléphone portable. Il avait envie d'appeler Megan pour lui dire qu'il avait retrouvé un boulot et que tout allait bien, mais il avait délibérément effacé son numéro, et même s'il s'en était souvenu, ce qui n'était pas le cas, il ne l'appellerait pas. Il y *penserait*. Il y penserait souvent au cours des prochaines années. Mais jamais il ne passerait à l'acte et il ne reverrait plus Megan... Cassie de sa vie.

Megan Pierce referma le Sub-Zero et regarda ses deux enfants par le bow-window du coin-repas. Dehors dans le jardin, Kaylie, sa fille de quinze ans, était en train de taquiner son petit frère, Jordan. Megan fut tentée d'ouvrir la fenêtre et, pour la énième fois, de lui dire d'arrêter. Mais ce jour-là, elle n'en avait pas envie.

Les frères et sœurs se chamaillent entre eux. C'est naturel.

Dans le salon télé, Dave était vautré sur le canapé en jogging gris, la télécommande à la main.

— Kaylie a son entraînement de foot, dit-elle.

— Je l'emmènerai.

— Je crois qu'elle peut se faire ramener par Randi.

— Ce serait sympa, fit Dave. J'ai hâte qu'elle ait son permis pour qu'elle soit enfin autonome.

— Je veux bien te croire.

Se redressant, Dave lui sourit et tapota le coussin à côté de lui.

— Tu viens ?

— J'ai un million de choses à faire.

— Juste cinq minutes.

Megan s'assit sur le canapé. L'enlaçant par les épaules, Dave l'attira à lui. Elle se blottit contre sa poitrine. Il zappa de chaîne en chaîne, comme d'habitude. Elle le laissa faire. Les images défilaient, saccadées.

Ce n'était pas parfait, et Megan le savait. À la longue, ça pourrait même mal tourner. Mais au moins, c'était honnête. Elle ignorait où cela allait la mener, mais pour le moment, elle se sentait bien. Elle rêvait d'une vie ordinaire. Elle aimait faire le chauffeur, préparer les casse-croûte de midi, aider les enfants à faire leurs devoirs et regarder des trucs sans intérêt à la télévision avec l'homme de sa vie. Elle espérait que cela allait durer, mais l'expérience lui avait enseigné que c'était un vœu pieux. L'agitation reviendrait. Forcément. Le chagrin, la peur, la passion, le plus obscur des secrets... rien n'était éternel. Mais peut-être qu'en inspirant profondément, en retenant sa respiration, elle parviendrait à prolonger ce sentiment de bien-être, ne serait-ce que quelques instants de plus.

Remerciements

L'auteur tient à remercier Ben Sevier, Brian Tart, Christine Ball, Diane Discepolo, Lisa Erbach Vance, Chris Christie (je saute les titres), Linda Fairstein, Ben Coben (qui a pris plaisir à « rechercher » les ruines, Lucy et la promenade sans distinction), Anne Armstrong-Coben et Bob McGuigan.

Ceci est une œuvre de fiction. Autrement dit, j'ai tout inventé. Cela dit, le mémorial de la guerre de Corée sur la promenade d'Atlantic City, les ruines et les villages fantômes dans les Pine Barrens et Lucy l'éléphant existent réellement et valent le détour. Vous en saurez davantage sur HarlanCoben.com.

J'aimerais par ailleurs exprimer ma gratitude à Erin Anderson, Guy Angiuoni, Samantha Bajraktari, Howard Dodds, Jaime Hatcher Hemsley, Missy Malek, Rick Mason et Barbara et Anthony Reale. Ces gens-là (ou des proches généreux) ont versé des contributions élevées à des œuvres caritatives pour qu'en échange leur nom apparaisse dans ce roman. Si vous souhaitez participer vous aussi, rendez-vous sur HarlanCoben.com.

Collection Belfond noir

Composé par Nord Compo Multimédia
7, rue de Fives, 59650 Villeneuve-d'Ascq

Cet ouvrage a été imprimé en France par

à La Flèche (Sarthe)
en février 2013

Numéro d'impression : 71683
Dépot légal : mars 2013